我想写的不是抽象的青春，

而是陷于具体环境条件局限

和个人心理缺憾的成长后期生存状态。

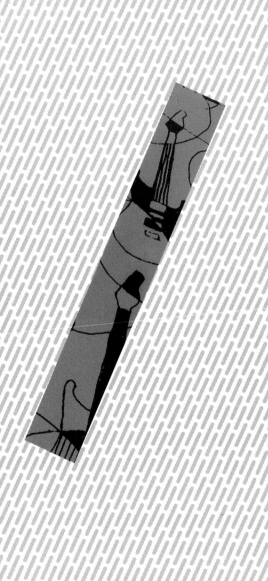

体育时期
P.E. Period

董启章　著

作家出版社

出版说明

　　《体育时期》于二零零三年在香港首次出版，为了表现香港地道
生活经验，原版中用了大量广东话。二零零四年印行的台湾版，是个经
过修改的新版本。为了减低阅读障碍，我把部分章节的广东话改成普通
话。但是为了保存小说的地方感，实在不能完全普通话化。所以，这可
以说是一个折衷版。按不同的实际情况，不同章节中"翻译"的程度也
有所差别。有的索性全改，有的只是改成比较易懂，有的则完全保留广
东话。当中以第二种情况居多，所以读者会发现，书中许多地方，特别
是人物的对话和内心独白，语感可能有点奇怪。在这些地方，我保留了
某些香港口语用词，而句式和语气也是广东话式的。至于完全用广东话
的片段，则是由于非如此不可了。读者看下去就会明白。现在由作家出
版社印行的简体字版，根据的就是零四年的台湾繁体字版。我希望这个
版本总的来说还是畅顺可读的，也希望内地读者能体会到当中的生活
感。也特别感谢作家出版社编辑李宏伟先生，对这样的一部充满"异
质"的小说表示兴趣和支持。

董启章

二零零九年四月二十九日

体育时期 P.E.Period

by 体育系
作曲、作词、主唱、电结他：不是苹果、贝贝；
低音结他：弱男；
鼓：智美；键盘：色色

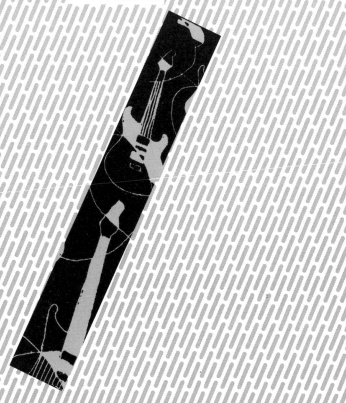

Aria:P.E.~ 期待

Aria:Period~ 期限

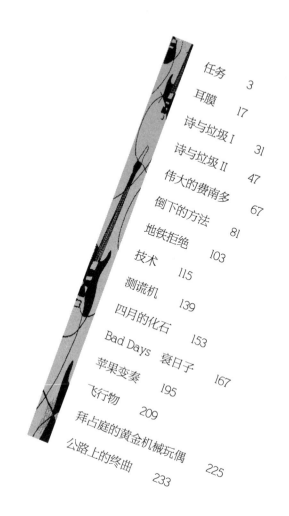

【上学期】

by 体育系

Contents

by 体育系
Contents

【下学期】

【上学期】

P.E.~ 期待

曲：不是苹果　词/声：贝贝

青春一切
并不残酷
也不空虚
只是无用

当无用结束
有用并不开始
如果欠缺热情
只要向着变冷的双手呵气

任务

曲/词/声：不是苹果

生存在世上总有一个任务
当首长总裁乞丐或其他
胸口接上红色电结他
把招摇而过的房车弹成火球

也不过因为爱你
不忍看见囚禁和掠夺的意象
也不过因为爱你
望着扬长而去的车尾灯流泪
非不得已　用我眼瞳中仅余的火焰
把倒后镜中的霓虹光管引爆

想抽烟却划不着火柴
就心知不妙
心里已经预见明早报纸上的交通意外
给疯禽症的头条压在左边角落
右边有高官在平治房车里露出的笑
随时掉落

在深夜的路边烧报纸或大学用书
BMW掠过刮起满天的灰
在黯蓝的夜空中像蝙蝠般飘忽
沿港湾的公路上排满长长一列美艳火球

也不过因为爱你
不忍看见囚禁和掠夺的意象
也不过因为爱你
望着扬长而去的车尾灯痛哭
非不得已　用我胸中仅余的火焰
把后窗玻璃上的夏日大三角引爆

自此我接受了
自己生存在世上的任务

任务。

想来必定是那个女孩给推倒在地上时露出那迷你洁白网球裙下面的深蓝P.E.裤的景象和她那双修长光脱的腿在空中发狂乱蹬的姿态，令贝贝产生了微妙的、来自久远之前的、深埋在身体的记忆里的共同羞辱感。那看似是一个强暴的场面，虽然首先发难的其实是那个女孩，而且被袭击的一方并没有怎样动粗，只是同行的人一拥而上把女孩扯开，并在混乱的制服行动中无可避免地把女孩推按在地上而已。一行人中似乎只有贝贝一个站着不动，瞪着眼看着女孩痛苦地挣扎着，口里吼着贝贝听不太惯的粗话，后来女孩实在是无力推开压着她的人堆了，声音就开始尖锐成近乎无实质的嘶泣，好像在电结他的高音弦上勾出来的颤音一样，穿着簇新白网球鞋和小白袜的双脚却依然心生不忿地在木板地上击出一下一下的重捶鼓。贝贝也不知道自己有没有尖叫，不过就算表面上没有，她也觉得好像事实上已经叫出来了，合着那女孩的喉音给叫出来了。就像久远之前的那一次，在学校的更衣室内，她没有出声，却让另一个女孩把她心里的尖叫给叫出来。但眼前这次令贝贝最感震动的，是在惊惶失措的同时，她竟然隐隐享受到一种闪烁的光芒。是享受到没错，不单是感受到。纵使这可能是令人惧怕的光芒，是要刺痛双眼的，是要以羞辱和极度的不安作为前提的光芒。女孩的白裙、白鞋和白腿变成了一团光，盖过了那沉沉的黑洞一样的P.E.裤，贝贝就觉得自己的下身一阵凉，像初中时期深秋的体育课后，双腿渗满运动后的酸性汗水暴露在穿过操场排球网洞袭来的风中，那种忽然涌起无处躲藏的羞涩感的彷徨。那薄薄的、贴着下身的、却沉沉如铅的小裤子。和内里来得措手不及的湿和腥。然后突然又化为一阵焦灼的热，从身体的深处燃烧出来。

直到卡拉OK的经理推门冲进来，喝令侍应们把女孩抬出去，贝贝才不忍卒睹地合上眼。女孩那双腿在贝贝闭黑的视景内烧出两道光痕。贝贝在人声噪动的背景中，听到房间内正在播放着刚才选定了的一首流行曲的配乐。房中居然有人还有兴致和着音乐哼了几句。

腿的那种白，把裤的深蓝映成了黑。那是比黑更黑的深蓝，是成绩表上蓝墨水的印渍，带有霉霉的味，化开而且渗透性的，不易洗净的颜色。贝贝一直不明白，为甚么女子排球裤会成为具有普遍适用性的P.E.裤。贝贝本来是喜欢打排球的，她不介意皮球击打在手腕上那种疼痛和因此留下来的蓝青色瘀痕，她反而是尽情地去享受这种痛感。可是因为身材生得较矮，升上中三之后就知道自己是没有资格参加排球队的了。有时摸摸手腕，也会怀念那种彻骨的触觉。卡拉OK的事件之后，在白网球裙下面穿深蓝P.E.裤的女孩在贝贝的心中徘徊不去，像一个从久遗的记忆中走出来的影子一样，模糊但却巨大。贝贝尝试去寻回那种无以名状的感觉。当晚回到宿舍，就立刻在衣服堆中寻找去年修体育课时还在穿的P.E.裤。起先贝贝对大学还要修体育，而且还规定要穿P.E.裤，感到很讨厌。试想想，对一般爱娇的大学女生而言，换下了入时的衣着，脸上还涂满化妆和美白护肤品，甩着染成又红又金的负离子直发，却被迫穿着中学式的P.E.裤在运动场上跑来跑去，样子不是有点可笑吗？她有些预科旧同学，还真的因为这间大学的这个规定而考虑选另外的大学。不过，大学时代的贝贝，并不属于特别爱娇的女生，对必修体育和规定穿P.E.裤一事，除了感到轻微的厌烦，已经对这样的事情没有特别的深刻的感受了。这已经是个没有质感的经验，甚或是称不上一个经验，而只是一件为学分而做的例行公事。可是，当贝贝再度捏着深蓝裤子，和当晚在卡拉OK中目睹的情况对照起来，那种奇异的质感竟又回来了。不知是哪一天开始，P.E.裤把某些隐微的东西暴露在别人的目光之中，尤其是男同学的目光，和中二时候教体育科的郭Sir眼中。那是突然发生的状况，事前没有预告，事后也没有解释。那比穿上泳衣更令人自觉着赤裸，虽然布料的厚薄和面积的大小也在在说明着相反的结论。贝贝想，那会是因为游泳池所造成的差别吗？是因为游泳池是个相对隔绝的场所，是个脱离日常状态的地方，所以一切非日常的装束也因而得到合理化吗？而P.E.裤呢？操场、走廊，不就是平时接触的地方？早会的时候大家还穿整齐的校服，上体育课时却只剩下那薄薄的一幅蓝料子。大腿的肥瘦长短，也都无从掩饰了吧。想到这里，贝贝也为着这番谬论而偷笑了。有谁会想到这些呢？

　　　　　　　　　　　　　　　　体育时期 ▌ *P. E. Period*

当时难道真的会想到这些吗？突然，她浅浅泛起的笑又迅即退却，胃部涌起一种窒闷感，好像是有些东西卡住了说不出来，当时不能，现在也不能。理解是多么的无力，或者，事情根本不值得多加理解。

在裙子里穿P.E.裤打底，曾经是贝贝初中时代的习惯。很多女同学也是这样做，因为方便穿着校服裙打球和盘腿坐在地上。贝贝想，其实真正的原因，可能是源自那个阶段的一种不安感。她必须得到P.E.裤那种紧束的感觉，好像它能遏止正在无法控制地变化和增生的身体。就像同学小宜偷偷告诉过她一种方法，就是在睡觉的时候用毛巾绑束着自己的胸部，可以有效地防止它胀大。当然，那很痛，小宜补充说。贝贝试过这个方法，但一点用处也没有。胸部还是像破土而出的苗一样，无可阻挡。可是贝贝至少感到，小宜和她分享了这种不知为甚么会突然变成了另一个自己的恐怖。也许，就是这一点使她和小宜成为朋友。后来校方禁止了在校服裙里穿P.E.裤的举措，说是有损仪容。贝贝还记得，那次训导主任来到班中，命令全部女同学站起来，然后逐个用间尺撩起校服裙来检查。窗外有男生偷看，有一个没有违规的女生哭起来，贝贝、小宜和几个同学给逮个正着，被解到洗手间脱裤子，出来还要向训导主任出示P.E.裤。她清楚记得，训导主任Miss冯拿着她的P.E.裤在手中捏来捏去的样子，好像在检查布料下面有没有藏着甚么东西似的。裤子当时还是暖的吧。这就像捏在自己的皮肤上一样，给尽情地淫辱着的感觉。贝贝的身子像被火烧一样，她从洗手间的镜子中别过脸。以后上体育课穿P.E.裤，也就残留下这种羞辱的温度。

她好像明白了甚么。

那天晚上韦教授请了他的研究院学生去卡拉OK玩。贝贝不是他的学生，但因为她的男朋友政，她也跟着去了。她常常听政谈到他的老师，所以也好奇想去见见他。韦教授一见政带了女朋友来，就取笑了他两句，不忘细心问了贝贝的班级和学院之类的背景，又说，下个学年选我的科吗？不过你到时要小心点！我不会因为你是政的女朋友而手下留情啊！贝贝的主修科是文学，本来对韦教授的文化研究兴趣不大，但经他这么一说，竟又有点心动。但她搞不通那句普通的说话里究竟有甚么魔力。正如这个人的外表，只是普通中年男人一个，额角虽然有点光，但又未算显著地脱发，穿的浅灰色西装并不特别入时，也不名贵，但看上去又不老套古板。总之就是不知从哪里发出一种奇特的气味，令人不知不觉就受到吸引。她开始理解政对老师的崇拜，但她却隐隐有点莫名的担忧。是预感吗？她没法说清。

据韦教授说，这间卡拉OK是新开张的，以体育运动作主题，本来想配合这个城市申办亚洲运动会的热潮，后来申办失败，多少有点扫兴，不过生意还是要做的。整间卡拉OK分为七个主题场馆，有足球、排球、网球、田径、游泳、体操和水上运动。但所谓场馆其实不过是挂羊头卖狗肉，布置颇为粗糙，最多是挂些体育明星的照片，展示些有关的体育用品。可惜本土的体坛明星不多，歌星的照片反而不少。当然啰，说到底这是一间卡拉OK啊！比较有看头的反而是接待员方面，都是年轻男女孩，穿上不同的运动服装，在场馆内穿插来往。韦教授很熟行地选了个网球馆的房间，穿成网球界娇娃库尔尼科娃的样子的女孩，叫同行的男生也有点侧目，只有政显著地做出不以为然的表情。贝贝倒想看看游泳馆是甚么光景，会不会满是穿泳衣的女孩和穿泳裤的男孩？感觉好像色情事业似的。甫一进入房间，政就既虚心但又有意表现主见地问韦教授为甚么会带他们来这间卡拉OK。这里似乎弥漫着一种虚伪的消费主义味道！他以生硬的敢言语调说。韦教授没有立即回答，只是慢慢地在沙发上坐下来，做出一个颇舒适的样子，然后才温和地望向政，露出赞赏的笑容，说：政，你听我说，论成绩，你是我学生之中最好的了，不过，你就是脱离不了好学生的思维，对理论的态度不够灵活。在这个时代，做一个学者，不再是躲在象牙塔里念书写论文就可以，而是要和这个就算是充斥着垃圾的现实世界正面接触，不单是去和它战斗，也要融入它，拥抱它，这就像爱一个人吧，没有试过最亲密的接触，是不会产生理解的啊！作为一个好学生的政，因这突然变得课堂化的气氛而得到鼓励，试着反问说：你是叫我们去拥抱这堆垃圾，去爱这堆垃圾吗？韦教授稍顿了一下，脸上的赞赏笑容却一直没有消退，说：我说到爱，是夸张了点，那么就说，和它发生关系吧，就像性关系一样，是不能空谈的，非得先发生过，才能揭示甚么的！好，各位同学，这里就是我们实习学过的理论的最佳场所，不看清楚这个社会的各种面貌，又怎懂得去分析和批评？我们就先和它发生关系，然后大家回去好好给我做一篇关于这间主题店子的文化评论！有人抱怨说出来玩也要交功课，又有人说要弄到高潮才能写啊，韦教授就只顾大笑。贝贝不明白这种比拟有甚么好笑，但却不好意思地跟着大家笑了。政也搞不清老师的发生关系论是不是认真的，室内的空气好像很局闷。看来善解人意的女同学咏诗立刻就拿起遥控器选曲了，一边还嚷着有阿Moon的新歌《爱情教室》啊！气氛突然就舒缓下来，大家纷纷回复一个普通年轻人的本相，争先恐后地演唱。贝贝很少听流行曲，很多歌也不懂得唱，只有听的份儿。后来有人就起哄，说要政和贝贝合唱情歌。政的歌喉劣透，平日又厌恶流行文化，所以扰嚷了好一会也没有结果。韦教授突然提议唱Double的《分离仍忘不了爱》。贝贝算是听过，政却推说不懂，韦教授就说：别忸怩啦！男人大丈夫！来！我先和贝贝唱，你跟着学，然后轮到你。大家把歌曲插播了，音乐立即出来，前奏是罐头式浪漫钢琴独奏。男音一开始，韦教授先唱，声线很柔，很纯熟，眯着双眼一副陶醉的样子，教人弄不清他是真心投入还是故意反讽。众人趁机一阵哗叫。然后轮到贝贝，开始时有点颤颤的，后来也跟上节拍，音质也悦耳，于是人们又拍掌，并且催促着政出场了。那个女孩，就是在这个时候开门进来的。

女孩进来的时候，大家也以为她是来送饮品的。她穿着网球馆的制服，手上也的确捧着餐盘和饮品，但当她趋近，弯身如隐形般把杯瓶放在矮几上，再站直的时候，突然就向旁边正拿着麦克风的韦教授的脸上揍去。事实上当时没有人看见她做了个甚么动作，只听见昏暗的房间内发出一声在那音量放到很大的配乐中几乎是难以辨别的闷响，要不是韦教授的歌声忽然中止了，而且重重地跌落在沙发上，可能待女孩静悄悄走出房间也没有人发觉。而这个女孩竟然还想再扑上前去。旁边的政和另一个男生立即反应过来，冲上前去按住她。贝贝这才看清楚，韦教授的金属框眼镜给打碎了，左边脸有一道血痕。女孩咬着牙和两个男生扭打着，其他人都加入制止暴行的行列，把女孩压在地上。她的整个上身也给牢牢按住了，只露出穿白色迷你网球裙的下身，双腿还在蹬地，很白很白的，照亮了幽黯的房间，但两腿间却有那团奇异的黑。那本应是非常不协调的景象，但对贝贝来说却完全合理。在她的意识能明白之前，她身体的记忆已经了解一切。女孩的右臂给政紧紧锁着，她的手指戴满了粗金属指环，握成一个铁拳头。贝贝清醒了一下，察觉到，刚才的歌曲已经完了，房间内正播出新星阿Moon的《爱情教室》。

女孩给抬出去之后，经理几乎要跪在地上道歉，又说不收钱又说送套票。女孩真的是卡拉OK的员工，但没有人知道她为甚么要袭击韦教授。政坚持要报警，韦教授却说：算了吧，只是个女孩子吧！可能是认错人！咏诗用手帕给他拭去血迹，他脸上好不容易挤出无奈的笑来。贝贝见他狼狈的样子，先前那种魔力突然就消失了，随着金属框眼镜粉碎了。

众人拥簇着教授离去的时候，贝贝看见刚才的女孩被人围住在角落里，经理不顾公司形象在那里狠狠地责骂着，引致房间里的客人也纷纷出来看个究竟。后来另一个经理上前制止了，立即又回头安抚客人。女孩静静地坐在地上，神情疲累，还在喘气，头发和衣服乱作一团，但眼睛却一直盯着离去的教授。她的指间有血，不知是教授的血还是她自己的，白裙上也沾上血迹。双腿V字形在地板上撑开，看来其实并不真的很长，只是因为裙很短，和皮肤很白。除了膝头擦损的一块，特别红。有一种烫烫的耻辱感。贝贝在踏出门口时忍不住回头看她。

之后同学们在教授家留到很晚，教授好像恢复得很快，和大家若无其事地谈天。要不是脸上的药胶布和替换的胶框眼镜，之前的事真像梦一样不真实。教授妻子静静地给大家做了宵夜，开了红酒，但自己没有吃东西，只是拿着四分一满的酒杯坐在一旁，却一口也没有喝过。贝贝不时偷偷看她，觉得她很眼熟，好像在哪里见过，但又不能确定。她脸上有一种不确定的表情，不知是安静还是低落，是耐心还是烦闷。贝贝后来就不敢看下去，好像怕有秘密会突然自她的口中爆发出来。

在回宿舍的路上，贝贝想起那女孩，和政说：那个女孩好像受了伤，不知她现在怎样呢？该会被炒鱿鱼吧！政很不屑地说：这是活该的！这种女孩，不学无术，只懂撩是斗非，你说有甚么前途？贝贝自言自语说：我想回去看看她。政瞪大了眼睛，把她的身子扳过来，正色说：你傻了吗？这种人千万别惹她，说不定有黑底！由她自生自灭好了！来！累不累？去吃糖水好不好？

贝贝推说饱，没有去吃糖水，让政送她回宿舍去了。一关上门就去找去年上课的P.E.裤，找了大半晚也找不到，同房的阿丁也给她吵醒了，问她搞甚么鬼，知道她找裤子，就叫她到自己的衣柜随便拿用，别半夜三更翻天覆地。贝贝打开阿丁的衣柜，果然有条深蓝色裤子，看来小小的，好像童装，但弹性很大。她试着用手扯了扯，把裤头拉开来就在腰上比画了一下，然后就弯腰脱下牛仔裤，穿上了那条P.E.裤。因为怕弄醒阿丁，只亮了盏床头小灯，站在镜子前照了照。在掩映的灯光下，是一双泛光的圆腿。贝贝坐在床边地上，伸直V字形张开双腿。然后伸手关了灯，闭上眼，想象那女孩的样子。那种下身的紧束感又回来了，慢慢发热燃烧，直至，它融进自己的肌肤，在黑暗中与自己成为一体。在那黑暗中，尖叫的声音由深处钻出来，像萌芽的乳房那种痛。那是小宜的尖叫。

小宜给按在更衣室的地上，白色校服裙给扯高到腹部上，未脱稚幼的缺乏线条感的双腿虽然给抓住，却在拼命乱蹬。把小宜按在地上的是四个中三女生，是校内的滋事分子，听说有背景，放学后常常有金发不良少年在学校门口等她们。曾经发生过低年班女生惹怒了她们而给袭击的事件，后来随受害者转校而不了了之。贝贝不太知道小宜和她们的瓜葛，那似乎是很偶然的事情，好像是那帮人的同伙中有个男生盯上了小宜，在学校门口等过她几次。那几个恶少女就因为这个找上门来。那时候贝贝和小宜刚刚上完体育课，那是安排在放学之前最后两节的体育课。小宜慢条斯理地换校服，后来又在厕格内弄了很久，其他同学都走光了，独剩下贝贝在等她。然后那四个人就走进来，一见小宜从厕格出来就拿羽毛球拍乱打一通。小宜挨着拍打，缩作一团，后来就被按倒在地上。贝贝站在旁边，吓得呆了，不敢跑，又不敢插手。其中一个短发女生把贝贝推到墙边，警告她不要出声。那些人质问小宜和那个叫阿虎的做了甚么，小宜却只懂得哭和摇头。其中一个看来是头头的高瘦女生卡着小宜的喉咙，说：我条仔你都敢沟！你未死过定啦！那人一把扯起小宜的校服裙，看见她在里面穿了P.E.裤，就说，打底都冇用，除咗佢条裤！用羽毛球拍插佢！贝贝眼睁睁看着那些人扯下小宜的 P.E. 裤，因为裤子很紧，小宜又在挣扎着，所以纠缠了好一阵。然后有人怒吼道：顶你个死八婆！来月经呀佢！整到我成手都係！这时更衣室门外传来一把男声，好像是校工梁伯的声音，在问里面干甚么。那帮人立即就往外逃，手给弄污了的那个还一边走一边扯着长长的厕纸卷。贝贝僵硬着贴墙而站，看着躺在地上的小宜，双腿间的内裤裆里染了一大片黑黑的血。小宜的眼光和贝贝的眼光直接遇上。小宜的眼神是惨然的，但也包含着怨怒，而贝贝则被迫进了羞惭的角落，好像给暴露出下体的是自己而不是小宜。小宜突然止住了哭叫，自行站起来，捡起掉在地上的 P.E. 裤，穿回去，因为手脚被打伤而有点笨拙，在瞬间中差点就落入可笑的跌倒。她小心地把校服裙放下，背了书包，站到镜子前整理了仪容，然后一声不响地蹒着步走出去。在这个过程里，她没有再看过旁边的贝贝一眼，好像她根本不存在似的。贝贝突然预感到，她和小宜的友谊就此结束了。她目睹了小宜的屈辱，这就足以让小宜必须忘掉她这个朋友。现在做甚么也于事无补了，就算贝贝站在小宜这边告发那些人，也不能再改变她旁观了小宜的屈辱的事实。唯一的可能，就是贝贝因着目击者的身分而一同被那帮人强暴，被扯起校服并且强行脱掉裤子。只有这样才能维系两人之间的共同感，分享彼此的屈辱，否则，受辱者就必须忘掉这个站在旁边的人。尖叫卡在贝贝的喉咙头，像有东西要刺破她的胸口似的。她望着在地上拉得长长的厕纸条，觉得自己参与了强暴，手指上有腥腥的、小宜的经血的气味。她捡起厕纸条，撕了一块，抹着手。

小宜后来加入了那帮人，开始染发、讲粗口、抽烟、搭上不同的男孩子，念到中三就辍学了。看来好像不可思议，但贝贝完全明白个中原因。那是小宜对她的报复，对完好的旁观者的报复。

在教授被袭击之后第二天，贝贝跑到那间卡拉OK去找女孩，经理说她已经给辞退了。贝贝央了半天，一个女侍应才偷偷把女孩的手提电话号码告诉她。她拿着那个号码，竟然又不敢打。把纸张折叠好，放在银包内，以为这样的举动已经足够令她安心。她也一直没有把这事告诉政。新的学期快要开始了，那将会是她最后一年的大学生活了，这一年该如何好好利用呢？贝贝想坐下来计划一下，她相信把精神集中在学业和与政的感情上，很快就可以把不安的事情忘记。反正她不认识那个女孩，对她的事没有任何责任。是女孩先袭击教授的，没有因由的，被制服也是应得的。加上贝贝没有参与其中。她只是旁观而已。被辞退也是应得的。她只是旁观。这一切和她无关。韦教授的事也和她无关。她不过是他学生的女朋友，不过和他在体育主题卡拉OK合唱过一首叫做《分离仍忘不了爱》的情歌，不过在他家吃过一顿他太太做的宵夜和喝过小半杯红酒。她和他无关。下学期也不会选他的课。但，他是她男朋友的老师。但，她打了他。但。她在白色迷你网球裙下穿了深蓝P.E.裤。但。她在当天晚上回宿舍也穿上了深蓝P.E.裤。小宜的P.E.裤。那光，那火，那温度。那羞辱感。

贝贝忽然为大家当晚的行为感到极度的羞愧。纵使那看来是正当的自卫，是没有过火的恰如其分的制服。但那个女孩，被按在地上，露出白网球裙下的腿，和裙下面的P.E.裤，就算怎样嘶叫、怎样挣扎也没有用。那是多么的可怕的行为！贝贝看着自己坐在宿舍地上，光脱脱的双腿撑开，V字形伸直。早晨的阳光从窗外投落，暖暖的，把腿间的阴影驱除。她摸摸柔嫩的膝头，想象那种痛，和神奇的光芒。

她是有份的。她不是无关的。

贝贝掏出那张写了电话号码的纸片。打了那个号码。

喂？喂？……搵边个？

我……搵个晚喺卡拉OK打人个女仔。

乜话？……几点呀？……咁早？……

係咪你？

喂！天都未光呀！你唔瞓人哋要瞓架！

係咪你呀？

……

你点解要打佢？

……

你点样呀？有冇受伤？我去过搵你……

……

我想讲，我觉得好惭愧。我好似以前一样，我一直都係个咁嘅人。

你讲咩呀？

我冇帮你。

你係边个？

个女仔真係你？

你係咩人嚟架？你唔使瞓嘅咩？天都未光呀！

耳膜

曲/词/声：不是苹果

任谁也会感到愤怒吧
关于生存这回事
要试的也试过了
未试过的也绝不想试

下午一个人在家吃CD
小心翼翼结果还是刺伤脚指
努力模仿皱眉和瞪眼
或者任由自己迎头摔倒在玻璃茶几上
结果也无法做成令人害怕的姿态

谁叫你只懂唱歌
或者虚耗言词
除非你的声音够尖
足够震碎整个城市的玻璃

任谁也会感到愤怒吧
关于爱情这回事
要说的也说过了
未说过的也绝不想说

我只想喊破你的耳膜
连同我自己
一起聋掉

耳膜。

清晨五点给陌生人的电话吵醒的女孩。

想不到那人真的会来。我只不过是随便说说吧，这里那么远，要来也很麻烦，一般人也只会是随口说说吧，怎会真的找来？这不是认真得有点白痴吗？而且，真好像这边放下电话筒，那边门钟就响起来。见鬼！如果是电视台的闹剧，该会引起无聊的笑声吧。掷下电话筒，看看钟，还不过是五六点，天刚刚才亮。不过真的热。八月尾啦，热到早上会给自己的汗淋醒，枕头都湿了一大片，有时还夹杂着在梦中哭过的泪痕。在梦中哭这种糗事，我一直想极力避免，因为日间老扮作酷酷的，晚上却偷偷在流泪，自己想来也没劲。但在梦中的眼泪总是源源不绝，也不知是不是因为憋尿的缘故。有时候也会梦到很畅快地撒尿的情况。撒呀撒呀地撒个不停，比真实中的尿量要多和长久，有时还是脱了裤子蹲下在随便一个甚么地方，在大街大巷或者是课室之类的，毫无拘束地尽情解放。尿在下面像开了花洒一样地撒出来，劈劈啪啪地打在地板上的声音特别响亮，还可以看见它逐渐形成一条洪流在脚底下伸展出去，再分叉成较细小的支流向四方八面蔓延。但梦里流泪的情况竟也差不多，只是心情截然相反而已。湿湿的苏醒，当然只限于面部，下面纵使是憋尿，也未至于像小孩子般失禁。至于因为梦中的性场面而把下面弄湿，也未至于没有，只可惜是近来颇为稀罕，有的话也老是以可厌的撒泪告终。把鼻子埋进枕头里去使劲嗅，也嗅不出甚么，只是洗头水和头皮混合的味道。有时候实在抵不住热了，就不得不开冷气，但那部老爷机吵过轰炸机，有一次沉沉地就梦见自己在打鼓，一会是智美在打，一会又变了是高荣在打，好像打在耳膜上，耳朵很痛。后来高荣竟然把鼓打穿了，穿破的鼓里面还喷出像是果汁的东西，溅在他的脸上。那样子本来是蛮滑稽的，但梦里的气氛似乎显示出溅上果汁也是件很严肃的事。他挺着满是橙红色果汁斑点的胸口，说要走了，不如索性把结他也打碎算了，以后别再玩了。我觉得打碎结他这种故作狂野的举动很可笑，但当时我却笑不出来。他说完就来抢我的结他，我拼命抱着它，几乎哭着求他别这样。奥古也在旁边，来帮我拉开他。他松开手，耸耸肩，说，鼓都破了，还可以怎样？不能走回头啦。说完，舔了舔手臂上还滴着的果汁，就转身走了。我记得他那把金色长发，刚刚在颈后翘起的发尾。醒来，枕头和被单却照样是湿的。好像还有果汁又酸又霉的气味。是放了不知多久的烂生果发出来的吧。空气却很冷，手脚都冰冰的。迷蒙中竭力爬起来，差不多要把冷气机的键钮扯掉，突然就忍不住捶打那残旧的网板，撒了一脸灰尘，很刺眼。擦了擦眼睛，才知道自己真的在哭。死蠢！越想越哭。冲进厕所里，坐在马桶上，就上下一起流个不停。

贝贝觉得就好像中学家政课弄坏衣车没出声。

也许我一直在等待这种无条件的东西。这甚至在我和政之间也没有过。想到这点，先是很惊讶。和政一起已经两年了，到现在才发现其实未曾有过这种东西，那我之前感到的算是甚么？不是也有十分快乐的时刻吗？为甚么到头来会有这样的结论？再想下去就有点不知所措。总之那一刻我是不顾一切的了。看来还没有这样的程度吧。但我实在是感到了。那举动里蕴含了这样的性质。情况就像念中一的时候在家政课上不小心弄坏了衣车。我当时真的是无心的，甚至可能不是我的责任，只不过是衣车突然不动了，我试着去修理它，不知怎的就把车针弄断了。下课钟声响起，同学都收拾好东西，我是最后一个用衣车的，没有人知道发生了甚么事。我也静静把未缝好的围裙折好，放进布袋里，随着同学们离开课室。我是最后一个，在关上门前怯怯地回头望了一眼那衣车。它沉寂地匍匐在远远的角落里，像只受伤的兽。我在心里向它说，耐心点等吧，明天会有人发现你的伤，然后给你治疗的了。兽们都在阴暗中沉睡，不论受伤与否。那个晚上我无法入睡。我知道我应该向老师自首，要不，明天可能连累另一个用那衣车的同学。我也知道隔了一晚才招认，一定比当场招认更严重。那显示出我的怯懦或狡诈，而怯懦或狡诈只会令老师更愤怒。但是，我感到那其实并不是最令我害怕的，纵使的确因为怯懦而害怕，但那也不是最核心的。最核心的地方，躺着那沉睡的受伤的兽。如果我要负上任何责任的话，那是对兽而负的责任，不是对老师、对同学的。也许我当时还未懂得这样去理解这件事，但有一点很确凿的是，我对兽感到愧疚。这一点就说明了一切。直到今天，受伤的兽和我对它的愧疚，也作为一个核心形象给保存下来，常常在生活的背景里浮现，像是催迫着我去重新确认它，和重新承认我对它的责任。我躺在床上，辗转挣扎着，右手食指指尖隐隐作痛。那是尝试修理衣车时刺伤的。再过一会，阳光照到我的枕头上，就可以看到指头上殷红的一点。

·

在卡拉OK打人之后手腕和膝头还隐隐作痛的女孩。

我以为那人不会真的来，所以放下电话筒之后立刻又蒙头大睡了。不过也不能这样说，因为给电话在五点几吵醒之后，是不容易真的再回到难得的酣睡状态中的了。那是一种半睡半醒，既不能奋然起来，又不能完全沉堕的中间状态吧。也即是一种最混账的状态。在这种状态中，人只会越睡越累，好像整个人掉在泥淖中一样。在泥淖中我差不多把那人忘掉了，仿佛那种一闪而过，在苏醒前已注定被忘记的短梦一样。我常常想，如果我们记得晚上做的所有梦，就再没有空间生活下去了，梦的世界一定会把日间生活的世界完全占据，像精神病患给脑袋里的幻影蒙住眼睛一样。就只是那个高荣打破了鼓溅满果汁的梦，已经足够整个人也浮躁一整天了。在之后那天晚上，我就在卡拉

OK遇到那个姓韦的，而且还狠狠地揍了他一拳。那个梦难道不就是个恶兆吗？还惹来了刚才电话里的那个不识趣的麻烦人！

　　好热啊！被子不知哪里去了，是掉到地上吗？阳光骚扰我的眼睑，我就转身背向着窗子。几乎可以感觉到光线随着太阳上升的角度而逐渐加热的缓慢而微细的进程。又好像有人在我的背上鬼鬼祟祟地呵气。是谁啊？尝试集中幻想性事，给抚摸，流汗，体气，对方的勃起，湿热的吻，但也不成功。裸体的形象像融化中的雪糕，甜腻而且难以入口，舌头也找不到惬意的形状。下面除了尿急的紧束感，没有半点性欲的兴奋。房间内突然有人大声说话，但语气很平滞，像在施行催眠。长官的民望，比去年低几多个百分点，民意调查的可信性，今天最高温度三十三……是收音机的预校响闹播放。去死吧，怎么会校在这个时候？几点了？八点钟新闻？又没事做，为甚么校八点？八点根本不是正常人应该起床的时间。我伸手往地上摸遥控器，摸着软软的，是拖鞋。撞鬼你！手腕还在痛，还怕会废掉，以后没法弹结他了，真好笑。刚才好像有电话。是谁？发梦吧！遥控器呢？在牛仔裤裤裆里面，怎搞的，跑到这里？去死啦民意调查！随便按了CD Play键。里面有没有放碟呢？噢！是《幸福论》。探寻真正的幸福时，开始思索爱与被爱的问题，而我汲取你的强势与隐然若现的脆弱……好像有门钟声。是幻觉吧？把脸埋在手臂里，好乱，好暖，幸福啊。弹结他。苹果。不是苹果。在时间之流与天色之间，若无所盼一般，只为给真实笑着哭着的你燃起动力……好热。是门钟啊。真是。

贝贝清晨坐车到元朗去，沿途的景物很陌生。

她说她住在元朗。我没想到她会这么爽快地说出来。在一个清晨突然响起的电话中向一个陌生人说出自己的地址，极有可能是神志不清的不幸结果。而我在途中一直担心着，那个地址是打发我而胡诌出来的，又或者，在神志不清的状态下稍有错漏的。那么不幸的将会是我吧。但我是绝无怨言的。就算她是存心作弄我，欺骗我，我也是自招的。

从宿舍出来，坐火车到上水，再找到往元朗的巴士。因为早，人不算多，可以找到座位。我靠着那新式空调巴士的大型玻璃窗，看着那些陌生的景色在外面掠过。那是个我几乎没有去过的郊区，公路右边大概是北面，相信是米埔鸟类保护区的湿地，虽然天上不见甚么鸟。远远的后面隐隐然有高楼大厦，给蒙在一层晨光也驱不散的灰雾中，想是大陆那边的市区吧。今天看来是晴天，灰雾有污染物的颜色。左边山谷中平坦的低地，从前应该是农田，深一块浅一块的，现在一律不深不浅，一种无色的哑灰，长满野草，或者变成废车场。锈红的废车壳和散碎的配件，像巨兽的骸骨，堆叠在一起。还有那些积木似的货柜，堆砌成十几层高的建筑，好像古代文明的遗迹、神坛或墓冢之类。巴士的空调很冷，我双臂抱着只穿了薄薄的T恤的身体，外面却已经越来越烫了，公路地面像熔掉的金属，我仿佛嗅到车胎胶质过热的焦味。差不多看到元朗市区的时候，我猜这不会是别的市镇吧，公路两旁更平坦了，沿着某河道正进行着很大规模的工程，平整了大片农地和河岸，四处布满泥堆和各种像游戏模型一样的工程车，还高高竖起了一排排石屎支柱，像新品种的巨树，只是很笔直，灰色，而且没有枝叶，顶端露着钢筋，像给截断的露出骨头的残肢。和工程地盘相间的，是拥挤而俗艳的小房子群，该是原居民的丁屋，一律浮泛着一种既不传统也不现代的建筑风格，应该说是没有风格的暴发豪华装修吧。这就是原居新界郊区数百年的大族的当代风貌了吗？我暗暗纳闷，她住在这地方做甚么？她是这里的人吗？

到达元朗市区大马路便下车，发现这里比想象中现代化，不像听闻已久的昔日小镇模样。宽阔的大马路给笨重的轻便铁路从中破开，残旧的战时建筑依傍着新建的购物商场。我嗅到街上有一种顽固的气味，那是在新潮风尚侵蚀下残余的朽败气息。我手里捏着草草写下女孩地址的纸片，留心着路上哪里可以截到的士。她住的地方看来离这小镇还要远一点。我忽然产生流落异地的感觉。这就像去年暑假和政到欧洲旅行时遇到过的失去了任何坐标的迷失感。好像乘坐夜班火车于清晨抵达陌生的市镇，神志还未从一夜颠簸无眠的车程中恢复，呼吸着肺部还未适应的空气，拿着地图站在人影疏落的路旁，于事无补地默念着那个不懂如何发音的地名的时候，顿然袭来的一种脚下的地面在浮动的彷徨。地面真的不友善，沉默而不愿意协助，好像随时准备把我摔开。心在跳。可以清楚听到，耳膜侧旁的血管在鼓动。脉动的鼓声令人晕眩。

在半梦半醒中把住址向陌生人说出来的女孩。

真的是门钟声吗？难道真的有那个人？我真的把地址告诉了那个人，而她也真的立刻就来了？不是梦中的事吗？我真鲁莽！她和姓韦的是一伙人啊，说不定是来寻仇的，还带齐人马了吧！这次死梗了。

我半爬起来，又让自己躺倒在床上。如果不是开着了音响，大概还可以装作没人在家。真笨。要不要拿武器？我用惺忪的眼瞄了瞄房间，迷蒙蒙的哪有充当武器的用物。只有用枕头蒙着耳朵，但门钟明明在响啊！索性用遥控器把音量调得更大。我不记得当晚在场的人了，卡拉OK房内很暗，只知道有男有女，只看见在唱歌的姓韦的那人。连后来和我扭打起来的几个，也不认得了。对，他们离去时有一个矮小的女孩回头望过来。那是她吗？

唉！蠢！我在做甚么呢？我为甚么要把地址告诉她呢？

我是有意这样做的吗？我是盼望着有人像她这样来看我吗？在我揍了那人之后，有人来关心我的状况？而不是给无情地喊骂着，或者不当一回事地遗忘？我记得她，那个回望的女孩。电话里的必定是她。虽然在电话里语无伦次，但语气却好像是已经知道我的事一样，好像一个很久之前已经认识的人一样，还向我说了那些不知所谓的道歉。好像，我的恶梦，我的流泪、憋尿，被压倒在地上和一切失态，都给她亲眼目睹，而且不单一点也不觉得可笑，反而在天还未亮就老远跑过来看清楚。世界上还有比这更不可理喻的白痴吗？这个蠢人，你还想看甚么？难道你还要看着我在你面前像梦中一样蹲着狗的姿势毫不羞耻地尽情撒尿才心足吗？才足以显示你的包容和善心吗？

天啊！这个人来了。

我放开了抱着枕头的手臂，拨开散贴在脸上的乱发。

贝贝转身打算离去。

来到这个地步，我已经不再感到犹疑了。那是个村屋的地面单位，里面传出嘈吵的音乐。再三对了一次门牌，就大力往门钟按下去。也不知道究竟是门钟没有响，还是给音乐声掩盖了，断断续续地按了十几下也没有反应。但明明是有人在。我怯生生地望望四周，怕遭到邻居奇异的目光，但没有半个人影。只有一条黑狗，在小路那边侧着头红着眼在窥视，不知是敌意还是好奇，但看样子不似会咬人。里面的歌曲已经转了第二首，我在空当里再按了铃，今次我自己也听得很清楚，是那种电源不足而有点走调的铃声。第二首歌曲开始了，也不知是甚么音乐，从没听过的，内容也模糊，只听出唱歌的是把女声。

我知道三四分钟又过去了，因为第二首歌也完了。也肯定对方是有意不开门的了。虽然她告诉了我地址，但因后悔而改变主意也是有道理的。突然一切也明晰了。有一种如释重负的感觉。我已做了我所能做的。在这之外，就会变成强人所难了。我决定转身离去，这件事，也从此真的和我无关了。

就在我走到小路旁的时候，身后的门突然打开，音乐轰崩出来，就像一直阻隔着的一层膜突然穿破了。黑狗闪躲而去。我听到那是一首日语歌，嘶号的歌声收歇，音色突转沉缓，是过场的钢琴独奏，像小孩子弹练习曲一样战战兢兢的节拍，然后渐趋狂乱，锐利的歌声再插入。我回头，茫茫然的，看见她站在门框中，穿着红色背心和蓝短裤，发丝贴在汗湿的脸上，一只手不停无效地拨弄着。我突然察觉，今天很热，颈后都是汗。

一只手不停无效地拨弄头发的女孩。

我一直记得，在开门看见她的一刻，背后响着的是椎名的《时光暴走》。

那人回望的样子，像在时光的另一端回望的自己。很奇怪。那一刻，她回过头来，脸上有一种不明事态的愚蠢，加上那幼稚的及肩直发，就像是一个笨蛋小女孩，不懂反抗地坐在家里的钢琴前，刚弹完一首枯燥之极的第三级练习曲，懵懂地向有人呼唤的方向望去，双脚因为太短而在琴椅上无聊地摇摆着。那是自以为爱惜子女的父母的呼唤吗？那样的傻子，不就是我自己吗？那时光，又消失多久了？

时光暴走。

数字显示的文字令我感到疲倦

然而我却依然湿着头发颤抖着

面对开启的窗户我在期盼甚么呢

电话筒不肯打破沉寂

几因为幻觉的电话声而身体动了起来

反应迟钝地早晨再度到临

时光疾行

一边关上被开启的窗户偷偷窥看着外头

电话筒不肯打破沉寂

不断地被恶梦侵袭有如搭着摇晃的船

没有任何允许月亮变得皎白

时光疾行

同样的事情不断地在脑海里转啊转的

反应迟延地早晨再度到临

时光疾行

屋企有蛋同咖啡。

我近乎粗野地叫了她一声。你就係嗰个乜鬼贝贝？她点点头，用手背揩了揩额头上的汗，露出红红的微笑。我就问她。食咗早餐未？
我屋企有蛋同咖啡。

苹果，不是苹果。

你係边个？

个女仔真係你？

你係咩人嚟架？你唔使瞓嘅咩？天都未光呀！

我叫做贝贝。你呢？

……

你叫咩名？

……苹果。

你叫苹果？

唔係，唔係苹果。

吓？

不是苹果。

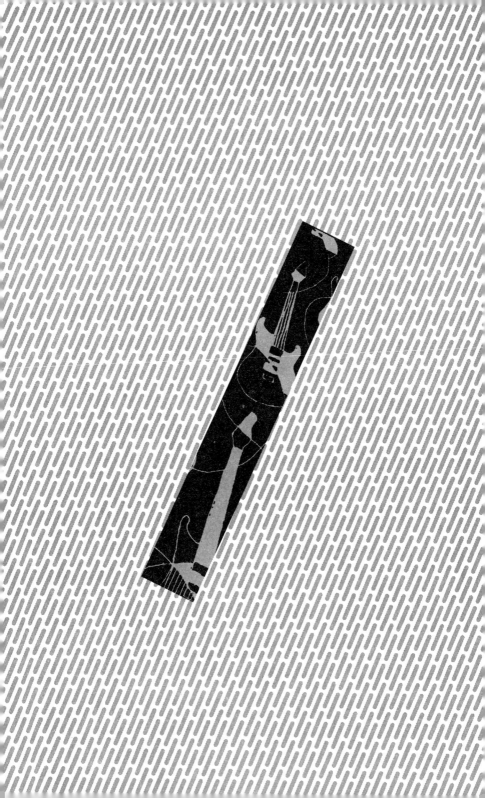

诗与垃圾Ⅰ

曲/词/声：不是苹果

最讨厌那些精美的诗篇
机智的比喻　巧妙的通感
动人的节奏
如果都只是虚拟的人格
给我吃垃圾好过

最讨厌那些阴暗的小说
不外乎是遗憾背叛和欲望
霉雨的屋角
如果影印自己的扭曲就是伟大
给我吃垃圾好过

至少垃圾光明正大
至少垃圾实实在在

我爱你以我的一切
我爱你以我的遗骸
我爱你以我的残余
我把自己像垃圾一样抛给你
请你好好吃它
因为垃圾是我的一切

至少垃圾光明正大
至少垃圾实实在在

诗与垃圾Ⅰ。

　　相信关于贝贝和不是苹果首次在村屋门口见面之后的事情，是不必详加交代的了。例如贝贝点点头，走向不是苹果，随着她走进屋内，看到房间的布置究竟如何，是整洁还是凌乱，哪里堆满了CD盒子，哪里撒满脱换的衣服，窗子大小、方向，光线如何，气味如何，墙角是否挨放着结他，床单和被子是以怎样的形状卷成一团，上面有没有汗水的痕迹，不是苹果弄蛋和咖啡的时候有没有和贝贝说话，说话的内容是甚么，会不会说她该是大学生吧，是不是那个人的学生，对，应该说是那个人吧，会删去他的名字吧，贝贝又会不会问她伤好了没有，会不会问她给辞退后打算做些甚么，不是苹果会弄煎蛋还是水煮蛋，咖啡的香气浓不浓，呷饮的时候会发出怎样的声音，和音响上会播放怎样的音乐，会继续是椎名林檎吗？和，为甚么必定是椎名林檎呢？这些，也不必说了。

　　我们会问，一个人和另一个人的关系是怎样建立起来的？事情是怎样发生的？这和事情是怎样结束一样，任谁也没法找到最完满的解释吧，甚至是接近满意的解释也找不到。但我们还是顽固地希望去了解它，和更虚妄地，尝试去用语言说出来，甚至用语言中最为虚妄的形式，诗，或者虚妄程度次之的，小说，来把它说出来。我们开始的时候，会从不太核心的地方说起，会描绘情景、气氛、动作、样貌、背景、事件或者抽象的意念，但当我们无可避免地来到核心的边沿，我们的信心开始动摇了，我们的语言开始迟缓了，我们会把这视为小心翼翼、精心洗练的表现，但事实上是因为，有些东西卡在喉咙里，吐不出来，也没法再吞下去了。不幸的话，它会一直卡在那里，随时间的逝去体积有可能会变小一点，不致噎呃而死，或者因慢慢习惯而接受它成为喉咙的一部分，但它会照样一直卡在那里。

话说回来，其实两个人之所以会发生关系，并不需要很精心的铺排，和漫长的发展。对，我是说发生关系，但我指的是人与人之间的情感关系，而不是这个词不知因何而演变出的一种看来委婉但其实怪诞的用法，也即是韦教授的发生关系论的用法。话说回来，有些关系，是不需要岁月的累积的，它只要一个促发点，只要对准了这个促发点，它就会一发不可收拾。当然，是甚么令这个促发点得以对准呢？这也不能说是没有背后长久累积的因素的，看似偶然的事情背后常有必然的趋势，相反来说，看似必然的事情其实也会因偶然而改变性质和方向。所以，我们不要再多费唇舌去分析这种无用的悖论了。一言以蔽之，贝贝和不是苹果自一见面，彼此间就产生了关系。直白地说，是一种以隐晦的共同感为核心的关系，这就是我们的主题，也是两个人之间的实质，无必要多加掩藏，让语言转弯抹角来作侧面的呈现了。如果我们不习惯在文学中把事实的意义直接说出来的话，那可能是因为我们已经失去了直接说出真相的勇气和能力。我们想说这样的话，就用那样的话去暂代，渐渐地暂代的话就变成了想说的话，而想说的话就不知掉到怎么样的深渊里去了。不，说是深渊也有点过分诗化了，其实是掉到思绪的垃圾堆里去了吧。

要说贝贝和不是苹果相像，并因而给她们的关系的促发一些长久累积的背景因素，也不是没有证据的。不过还是先说说她们不相像的地方。大家都已经知道，在故事发展到现阶段而言，贝贝是将会升上三年级的大学生了，而不是苹果呢，大家所知的就只是她当过卡拉OK的服务生，而且在上班的时候不知为甚么打了一个尊贵的客人一拳。为了减省不必要地耗费篇幅的交代性情节，我们还是在这里一举把基本的事实搞清楚好了。

不是苹果小时候的家庭生活可说是幸福家庭的典型。我这样说当然没有嘲笑所谓幸福家庭的意思，这反而应该是人生中最值得尊重的正当追求之一吧。她爸爸和妈妈是大学同学，毕业后很快就结婚，也立即生下了不是苹果。爸爸看准那个时代往外的移民潮，开设移民顾问公司，生意业务不错，生活虽未能说是大富大贵，但也十分充裕，足以提供那种可以让太太辞掉工作全心照顾女儿和让女儿去学弹钢琴和跳芭蕾舞的生活水平，和那种在家里养一只毫无用处的不懂看门而只懂徒添麻烦的西施狗的生活品味。毕竟，那是八十年代啊！不过，在不是苹果小六那年，幸福的彩虹色泡沫就突然爆破了。那天不是苹果照常在放学后到钢琴老师的家上课，那天学的是一首巴哈的小曲，对不是苹果来说不难，她几乎是一学就会了。老师常说，如果她再早一点开始学，和跟到更好的老师，说不定可以成为一流的钢琴家。当然老师这种夸张的赞赏是不可以尽信的，但也不能说当中没有接近事实的判断。那是一首调子轻快的小曲。和平常一样，在差不多下课的时候，有人来接她了，但这天来接她的不是妈妈，而是爸爸。不是苹果虽然觉得奇怪，但却很兴奋，因为平时爸爸也工作到很晚，是几乎不可能在午后的时间见到爸爸的啊！爸爸和老师不知交代了点甚么，就带不是苹果走了。爸爸罕有地在路口蹲下来抱了她一下。自从小二之后，爸爸已经没有在街上抱过她了。爸爸说带她去吃西餐，说是吃圣诞大餐，但明明不过是十二月初，店铺的圣诞节装饰还未挂出来，哪里会有圣诞大餐吃呢。不是苹果就很自然地问：妈妈呢？妈妈不一起吃吗？不可以不叫妈妈啊！妈妈没空我们就不要吃，等妈妈在一起才吃吧！说到这里爸爸就放下不是苹果，自己走到一旁。不是苹果看不到爸爸的脸，只看到他的肩膀在不停颤动，好像扮鬼扮马却无法忍笑的样子。她知道爸爸说的圣诞大餐是个玩笑，妈妈躲起来也是玩笑的一部分，她于是在爸爸抖得厉害的背上拍打着，说：爸爸唔好玩啦！好衰架！

　　妈妈走了之后，爸爸就像变了另一个人，除了性情之外，连样子也好像完全认不出来。用不是苹果自己的说法，就是已经好似死狗一样，文雅点说即是没有生存的动力了。事实上，家里养的那头西施狗就因为缺乏照顾而开始生病，不久之后就死掉了。不是苹果当时完全不明白在发生甚么事情，这样的突变对一个小六女生来说，就像是养尊处优的头上扎辫身上穿裙的小西施狗，无缘无故地忽然给抛掷到满是抢屎饿狗的垃圾堆填区里去。也许不是苹果心里无意识地把自己和西施狗的状况关联起来，使她突然中止了对西施狗的宠爱，甚至开始对狗产生反感，刻意地对它疏忽，任由它生病致死。但她自己并不明白这些，她只知道爸爸把公司让了给别人，不上班，天天在家里发呆，开始饮酒。从文学中人物塑造的角度去考究，我们也许会发出强力的质问，为甚么在感情上遭受挫折的人也会做出这些样板的庸俗行为，但我们必须对失意的人们表示谅解和宽容，因为事实就是当人生真的去到极低点的时候，是再没有精力去想出创意地表现自己的情绪的方式，而只能抓住最方便的寄生形象了。所以毫不意外地，有一晚爸爸就因为不是苹果带回来的测验卷只拿到九十五分而拿羽毛球拍打了她。拿九十五分会被打，那是个将会一生留在不是苹果心中的无形标尺。拿不到满分，只拿到九十五分，会被惩罚，所以，如果真的拿不到满分，那就拿更低的分数也没所谓。零至九十五，意义原来是一样的。第一次被打了的晚上，不是苹果带着手脚上羽毛球拍留下的痛痕躺到床上，爸爸却突然推门进来，坐在她的床沿。起先只是抚着她的头发，低声说着对不起，说爸爸是不忍心打她的，爸爸没用，爸爸是个废物。然后就开始抚摸她的身体，一边叫着妈妈的名字，说自己是怎么的爱她，说大家从前是怎么的相爱。再说下去，就慢慢脱掉她的睡衣，她的内裤。不是苹果很害怕，但她不知道这是不是安慰的行动，如果她反抗，又会不会激怒爸爸，再挨一顿打。她只是一动不动，任由爸爸做着奇怪的事情。在黑暗中，爸爸赤条条的影子非常巨大，他像神秘的兽一样爬上来，分开她的腿，然后把一个硬硬的东西往她尿尿的地方塞进去。她很痛，尖叫了一下，爸爸就掩着她的嘴，说，忍一下，很快就过去的，不用怕，爸爸很挂念妈妈，你让我当你是妈妈一会，妈妈也是让爸爸这样做的，如果不可以这样，爸爸就会很伤心，你忍一下，帮爸爸一下吧，很快就完的了。那东西再进入去，不是苹果就痛得更厉害，手脚都痉挛起来，眼泪也忍不住涌出，哭道，爸爸不要，很痛，爸爸我下次不会拿九十五分了。爸爸却好像听不到一样，而且开始大声咒骂妈妈，说了很多不是苹果不懂的难听的话，每一声咒骂也配合着一下更不留情的冲击。后来有甚么暖热的东西，像火烧一样涌进她的里面，爸爸就像负伤的狗一样退开，滑落床边，沉重地跌在地板上，呜呜地哭起来。不是苹果下面一松，就和着抽搐和痛楚尿了床。这种事情，后来还重复发生过几次，遇上不是苹果初次来经，爸爸就叫她用口给他解决。她也不敢违逆，因为她完全不知道在发生甚么事。

爸爸后来还是选择和妈妈一样，一走了之。一天晚上他突然平静地在家做了一顿晚饭，因为没有做饭的经验，所以十分难吃，蒸蛋过老，炒菜像山火过后的焦木。饭后他给不是苹果削了个苹果，切成两半，自己拿了一半，一边咬着一边打开家门走出去。不是苹果后来才知道，爸爸径直走到大厦天台，本来也许真的只是想一边乘凉一边吃苹果，后来突然来了个念头，就跨过围栏跳了下去，不过他也许有意设想到，不要掉到他们家的窗下。所以爸爸的尸体躺在大厦后面的空地，口里还咬着那半个吃剩的苹果芯。不是苹果对一个人能从这个世界消失到哪里去没有概念，而没有概念多少也减轻了痛苦的尖锐性。她也学会了不再去问，因为世界上的事大部分也是没有答案的，又或者是有很多个互相矛盾的答案的，所以如果不想发癫，最好还是别问了。中二开始，她跟外婆住在一起，从本来比较中产的居住环境搬到旧式公共屋邨。我们都知道，外婆也即是妈妈的妈妈，但这些日子，不是苹果也没有在那里见过妈妈。有时候她猜到在电话里和外婆说话的是妈妈，但每次外婆都是用一种她听不懂的方言向话筒里大声臭骂。方言听起来就好像都是由粗口构成似的。她知道，是她妈妈一直在给她生活费的。但她已经没有学钢琴了，成绩也开始离九十五分的标尺越来越远。她再见到妈妈的时候，是中四那年。外婆心脏病发，夜晚躺到床上，第二天早上就没有起来。那晚不是苹果和朋友去唱通宵卡拉OK，也没想过要打电话回去告诉外婆，第二天早上满身烟味回到家，脱掉昨天没换下来的校服想冲凉，就发现外婆直直地躺着。那是她自妈妈离开以来第一次哭，连爸爸自杀她也没哭过。她真的没料到，会为这个整天说着粗口似的方言的外婆流那么多的眼泪，她还以为自己对任何人也不再有感觉。所以她在外婆的葬礼上再见到的妈妈的样子是模糊的，因为她没停止哭过。爸爸的葬礼妈妈没来，但这次她来了。妈妈好像没怎么变，仍然是记忆中的妈妈。不是苹果有一刻的幻觉，以为站在妈妈旁边的是爸爸，但那是另一个人。虽然视野模糊，但那个人的样子却很清晰。她一直记在心里。妈妈只是走到她的跟前，伸手摸她的头发，摸了很久，像摸一只给遗弃的可怜小狗，但始终没说话。心地善良的人可能会觉得不可思议，一个人怎可能残酷如此？可是在这种场面，还可以发生怎样的状况呢？可能性不外乎是三种：第一，母亲红着眼向女儿说，我对不起你啊！然后母女抱头痛哭，冰释前嫌，或者女儿不领情，摔开母亲的手，反责她多年来的无情。第二，母亲若无其事地和女儿打招呼，就像看到多年没见的不相熟朋友，双方不无尴尬地交换无关痛痒的说话，例如葬礼的时间安排，遗照选得不错，某某亲戚有没有来之类。第三种情形，就是现在的情形，母亲沉默地抚着女儿的头发，女儿沉默地低着头，咬着嘴唇。第一种情况是通俗剧的场面，在现实中很少发生。第二种比较普遍，但其实比第三种更残酷。如果可以的话，第一种其实最理想，因为里面的人至少能真诚地把心情毫无保留地表现出来。但人生往往欠缺这种坦然的时刻，最真实的东西全都卡在喉咙里，剩下的只有虚假，或者沉默。

外婆死后，不是苹果开始了自己的生活，可以说是属于自己的生活，也可以说是被抛弃到自己手中的无可选择的生活。总之从此和母亲全无关系了。勉强念到中五之后就没念书，出来打工，售货员、推销员、服务员也做过，不值多谈。有时好像很多朋友，都是吃喝玩乐的，看上去像一群不良少年，但也未至于作奸犯科，只是生活颓废而已。有时又会自己一个人，做着完全不同的事，例如听音乐，和看书，后来喜欢摇滚乐，自学结他，就是在这时候认识了高荣，而且和他住在一起。这是后话了。如果你觉得一个染了金发，喜欢唱K和听摇滚乐，每天抽烟间中也会喝酒，日间做sales晚间去P，和男孩同住，说话中不乏粗言秽语的十七八岁女孩不可能同时嗜读日本文艺小说或者沉迷Glenn Gould弹奏的巴哈，不可能周末一整天躲在房中作曲和填词，那是因为我们对人物的预期太狭隘，又或者现实本身的容量真的是太狭隘了。

不过，我们庆幸能遇到这样的人，除了不是苹果之外，还有她的朋友奥古和智美。奥古是个日间在唱片店工作的售货员，对古典音乐很在行，可以告诉你四五个布兰登堡协奏曲版本的分别，除了懂得吹色士风，每个晚上下班后也会花三个小时练习吹尺八，还打算储钱到日本拜师学艺。智美在饼店卖面包，很容易喜欢上男孩子，也容易给男孩子欺骗，但打鼓很在行，比男孩子还有劲。庆幸遇上他们，因为他们让你知道现实的容量就算狭隘，也还可以挤出微小空隙，追求自己小小的愿望。

不是苹果告诉贝贝，她的偶像是椎名林檎，愿望是可以到日本看林檎的演唱会，和，她以惯常的不知是认真还是说笑的口吻说出来，就是成为像林檎一样的歌手。贝贝不懂得椎名林檎，那天早上在不是苹果的家第一次听到她的歌，印象是很吵，唱腔是呼喊式的，而且不懂她的语言，所以迷惑不解，但却几乎是立即就给打动了。是因为不是苹果的关系吗？她不知道。贝贝看过不是苹果作的歌词。在学生的练习簿上，杂乱地写了三本。她翻看着，较近期的有几首，题目是《任务》、《耳膜》、《诗与垃圾》、《倒下的方法》。从文学角度考究，那也许都是些颇随意松散的东西，但里面有一种情绪，令贝贝觉得很震动。也许，那就是触动那隐晦的共同感的地方。你写诗的吗？诗？没怎么看过，没那么高深，只是发泄一下吧。贝贝低声念着那些歌词，一边不住摇着头，感到不可思议。老实说，我自己写不出这样的东西，我还说是念文学的，而且热爱写作！不是吧，你在说笑吧，都是蹲马桶的时候乱写的垃圾。不是苹果一边自嘲，身子却一边移向墙角的木结他。她无论表面怎样装酷，结果还是在一个微小的动作里暴露出自己的幼稚。喂，唱给你听，这个你懂吗？她拍拍结他的音箱。我不行，我只懂一点初级民歌结他伴奏！这就行啦，来，一起玩！不是苹果把木结他塞给贝贝，自己在床尾的盒子里拿出另一支结他，这是支电结他，红色，有白色的泪滴形装饰。来，看看，如果不懂这些Chord，就把Key升高啦，转作Am可以吗？拍子一样。OK？来，试试，开始是这样的，一二三四，对啦，对啦，看你这个人，也不算笨，还可以啊！

后来贝贝去参加大学同学搞的诗会，心里就一直挥不去不是苹果的歌。那天诗会的主题叫做《诗与时代的撞击》，听来有点像天文学会办的天体碰撞研讨会。贝贝带着准备念出来的诗作，后来突然却推说没写好，悄悄收起来。与会者以青年诗人互相称许，但动不动就发生激烈争论，好像是某人的某一句不够精炼，或者是有某前辈的影子。一个把写过的每一首诗也配上作品编号，和在诗末记录着初稿和至少三四个修订日期的二年班青年诗人装出老练的口吻，说：这首诗的问题是不肯定自己在诗发展史上的位置，未能对既有的形式和新兴的形式作出回应，贝贝师姐，你说对不对？贝贝因为心不在焉，一时回不过神来，就说：诗和垃圾有甚么关系？众人面面相觑，政坐在贝贝旁边，就低声问她：你没留心吗？你一直在想甚么？政虽然忙着搞研究和搞学生运动，在习惯用语中两者也是用搞的，就像人们说搞政治搞生意或者搞艺术一样，但他总会抽空陪女友出席这种场合。纵使他自知对文学认识肤浅，并且兴趣缺缺，但既然女朋友有这样的爱好，他也唯有勉为其难，硬着头皮忍受着这些年轻疯子们脱离现实的星际争论。不过他说这是为了表示对她的支持，这曾经令贝贝颇为感动。不过，政对文学的社会功用却很感热衷，觉得这些咬文嚼字的功夫说不定有助于社会批判。这多少和政的老师韦教授是念文学出身有关。因为有文学底子，韦教授好像对言词的幽微诡谲有特别敏锐的反应力，从事文化和社会研究之后又开始写政论，还计划参选立法会议员。有人说为了这个目标，韦教授有意识地培养了一群活跃的入室弟子，使他在学生组织里颇有名望和影响力。政是韦教授最寄予厚望的学生之一，他的评论文章有时也会经韦教授的转介在报纸上发表。对于这些，贝贝抱着她一贯的旁观心态。一方面是不太懂，另一方面也是出于一种不明所以的怀疑心。这种怀疑心在目睹韦教授给不是苹果打了之后更强烈了，但贝贝又说不出是甚么一回事。

贝贝一直没有问不是苹果那件事的因由，不是苹果也没有提起。这好像不合情理。我们一直预期贝贝和不是苹果第一次见面的安排，一定是为了要揭示这问题的答案。但在这个我们没有复述的片段中，相信我，她们真的没有提起。因为一开始就没有讲，所以以后也就变成了不能轻易讲出来的东西了。这种东西究竟暗示着大家不说也能意会到，还是纵使没有意会到也没关系，还是一说出来就会产生不能弥补的破坏，其实大家也不知道。无论多亲密的两个人，也总有许多不能确知的事情，所以关键就是能否在确知和不能确知之间的地带一起走下去。政对贝贝结交了像不是苹果这样的朋友，也抱有怀疑心，这本来也不是不合情理的，而且也很难说贝贝和政之后发生的事情完全是因为这点，尤其是政后来对不是苹果的态度也发生了不可逆料的转变。这也是后话。

　　贝贝不知道自己是不是能够理解不是苹果的感受，从事实方面讲，她们的经历是那么的天南地北。可是，在表面的差异底下，是存在着早前提过的隐晦的共同感这种东西吧。这种东西和性格无关，也和背景无关，也和抽象的存在论或者神秘主义式的性灵现象无关，而是一种潜藏在身体内的、从感官一直膨胀到自我的界限的东西。那不是人与人之间的精神融合，或身分认同，那反而是确认了人以身体作为界限的必然互相阻隔，才能体会到的站在同一个境况内的共感。那也可以说，是本质上的孤独和无助的共感。所以，贝贝那截然不同的背景并未造成和不是苹果分享共同境况的障碍。贝贝的家庭，简单说来就是不是苹果小六之前所拥有的家庭的平安延续吧。至少到了她大学三年级这一年，也不见有父母离异的迹象。不过，当她知道了不是苹果的事，心里也曾想象过，如果有一天这样的事突然降临在自己身上，她是绝不能抵受的。如果以中一为两人经验的分界线，中一以后的贝贝过的就是平凡但幸福的人生吧。家庭融洽，虽然初中经历过迷惘期，但很快就疏远损友，努力上进，成绩位列前茅，顺利考入大学，念自己喜欢的学科，顺利找到固定的男朋友，依然对人生抱有理想。这样的人生还有甚么可以挑剔？但在不是苹果面前，她却竟然暗暗为自己貌似完好的人生感到羞愧，就像在更衣室内目睹小宜受辱的一幕而对完好的自己感到羞愧一样。她有资格问，自己还欠缺甚么吗？她有资格怀疑自己的幸福吗？她试过问政，政沉思了一会，说：也许，人生是永远也得不到最终的满足的，生存本身就包含着缺憾。虽然无论从文学还是哲学的角度来说这也是个做作而平庸的答案，但也同时不能算是个无理的答案。贝贝对他的答案感到很惊讶，她还以为政会为这样无聊的问题而训斥她。更惊讶的是，如果从前政说出这样的话，她一定会理解为他不满足于他们的关系，而且一定会对此感到不快，但这时她却好像更真实地看到自己，和身旁这个人，而且有一种前所未有的对他的体察感，一种好想沿着他的鼻梁摸摸他的脸的体察感。这也算是瞬间的爱情的感受吧。

　　二零零零年，新世纪的第一年，虽然这说法其实没有甚么意义，九九年和零一年也不过是个数目上的差别，但发生在这一年的事好像蒙上一层似是疑非的深远暗示。所以我们也不必刻意去抛弃和浪费这巧合和方便的联想吧，尤其是在这个有意义的事情变得这么罕有的时代。贝贝虽然大不是苹果两年，一个二十二，一个二十，但她们其实也是同代人，可以说，同是处于青春的最后时期了。再跨过一点点，青春就要永远逝去不返了。当然最新潮的文化分析家可能会对于把青春期的终点线推到二十岁不表同意，比如说有人会认为现在人类，注意是人类，我们做起文化伟论的时候也喜欢选择气魄比较魁宏的措辞，已经进入了青春当权的时代，每隔两岁就一个代沟，十几岁就成为科技神童和上市公司主席，就算连十七八岁也已经算不上文化上的青春期了。可是，这极可能是成人杜撰出来的论述罢了。去问问年轻人吧。去问问他们谁会觉得自己有权力，甚至感到受到尊重吧！在这个城市，我有所保留地说这个城市而不说在整个地球，青春不过是一堆垃圾，令人急不可待地要抛到垃圾筒，而在这个公德心竟然还没有普及化的国际大都会中，随便把这垃圾丢在路边也没所谓，反正这东西是没人去捡也不太妨碍交通的。

如果从高空下望这个城市，纵使垃圾再充裕也绝不会碍眼。而如果你认为经这个章节这么的一番概述，我们对人物们背景和关系的全局也知道得更清楚的话，请你也记着，更多的细微幽秘之处却也必然同时给隐埋了。

老实说，我并未因此知道更多关于不是苹果、贝贝、政和韦教授的人生。相反，我离他们越来越远了。

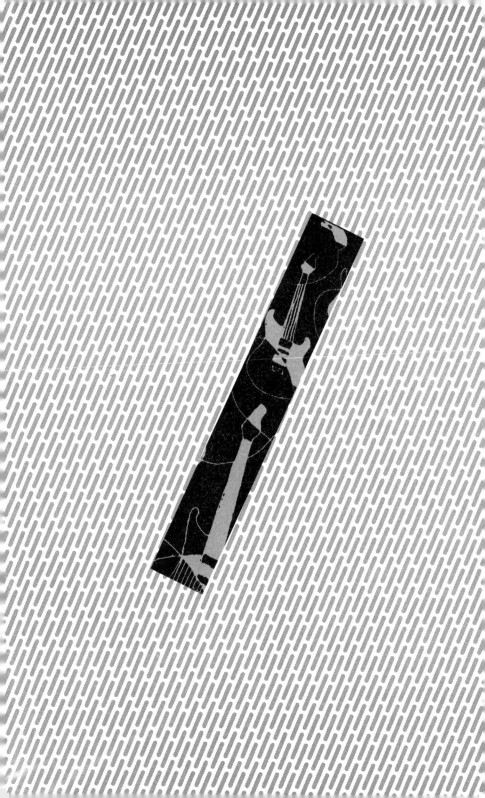

诗与垃圾 ‖

曲/词/声：不是苹果

我必得在生活中扮演自己

没有别的可能性了

在堆填区的地底也许还存在真实的东西

我必得在语言中扮演生活

除此之外还有其他吗

还有比化成石油的恐龙更远古的东西吗

装出愤怒事实就变成愤怒

装出颓废事实就变成颓废

比真正的愤怒更愤怒

比真正的颓废更颓废

好比一首花了五十六秒就草草写成的歌

诗与垃圾Ⅱ。

我所爱的一人啜饮呐喊

极度空虚扰弄着夜间道路

剪票口的简陋荧光灯

就连你的影子也照射不到

偏离无常的遥遥长日也只留下香气

唤起享乐般的季节

而我所期望的事　便是优雅超越自我的矛盾

就连最爱的你的声音　也让我一并掠夺吧

划破寂静的德国车及巡逻车

警车声　爆破声

现实世界　或者浮游

《罪与罚》

谈话：

你信唔信罪与罚？

你讲咩？椎名首歌呀？

唔係，我係话罪同罚这两件事情。

你做咩？传教呀？给你吓鬼死。半夜三更我同你两个人坐在条未起好的天桥上面，你突然问到这么严肃的问题，你不觉得好怪鸡吗？

唔係呀，我反而觉得好正常，因为这类问题应该是在不正常的情况之下，才会好似好正经咁讲到出来。比如话，如果平时一齐在快餐店食饭，或者搭地铁，有人失惊无神跟你讲甚么罪与罚的问题，你一定会说他唔知黐咗边条线。但是，在这里就不同了。你睇下，半夜地盘附近一个人都冇，有谁会想到，有两个女仔会走到这条未盖好的天桥上面，还坐在又高又危险的边缘上面倾谈？睇下那边的房子，前面那里就是元朗吧，另一边就是天水围，再远一点就是大陆，你说，在房子那边有谁会想到我们就坐在这里望着他们？这里就好似另一个时空，好似是很久以前，一个已经毁灭了的地方，或者是以后，从将来睇返转头，但是我们就坐在这里。我想，这样的情况自然令人讲到平时不会讲的问题，就好似罪与罚的因果关系。

平时还有好多东西不会讲。

那就在这里讲啦。

你个人真是天真，但是偏偏讲话又好复杂，真奇怪。我觉得你太多胡思乱想。

你都好多嘢谂。

唔好审问我啦，现在不是上演罪与罚大审判啊？椎名首歌你记不记得怎么唱？开头用好沙哑的喉音清唱的。

记得，中间好似嘉年华那样的气氛，好似好华丽，但是又好沉，好似，好沉郁。

你讲得对，真是好似嘉年华，但是计我话，应该是个没人来玩，只是得自己一个人的嘉年华，即是呢，坐着好名贵的房车，擦满好夸张的化妆，着上好暴露好野性的衣服，整个天空在放烟花那样子，但是四周只有自己一个人。初时还做到好似好开心的，玩到好high的样子，然后就在烟花爆炸声和兴奋的音乐声里面，搏命地大声喊，大声尖叫。但是没人听到，就好似在一个没有人但是甚么都开动着，那些旋转木马和机动玩具都在移动的游乐场里面，真係好邪。你知不知，我六年班之后就整天做这样的梦。梦里面有个好鬼死大好鬼死靓的游乐场，开满了七彩的灯，那些马仔在转下转下，又上又落，但是一个人都没有，好恐怖。然后就会有个小丑在黑暗里面走出来，化满白色面和红色鼻红色厚嘴唇，对眼周围还要画个星星那种小丑，着住花花绿绿的衫，裤裆那里挂住条倒吊的波板糖。是那种大大块，扁圆形，上面有漩涡状条纹的黄色波板糖。那个小丑好高，梦里面的我就一定是好细个，好似变回几岁大，所以那条波板糖刚刚在我面前好似钟摆一样摇来摇去。小丑话请我食波板糖，但是我不肯，我跳了上去其中一只木马，想逃走，转头一睇，小丑就坐在后面那只马上面追我。我

只马走来走去都是慢吞吞地上上落落，后来就变了只狗，而小丑就来
来去去都是在我后面的一段距离，坐着另一只狗，不近又不远，一路
死跟住，手上面还拎着变了好似个球拍那么大的波板糖挥下挥下，我
这个时候就会好急尿，结果忍不住就坐在只狗身上面屙出来。个旋转
木马，不是，应该说是个旋转木狗上面的狗都一齐从后面屙尿。整个
地方就好似变了个旋转喷水池那样。查实都几壮观，都唔好话。

后来个小丑呢？

唔知道。所以我好憎小丑，觉得他们都是些会迫人口交的怪物。
我想我都是因为这个所以讨厌帮人口交。遇到钟意口交的男仔，他的
样子就会即刻变成小丑，好恶心，好鬼邪。但是我又不介意别人帮我，
有时都会突然想到如果向他的嘴里屙尿会怎么样。不过，只是想想吧，
还未试过真的那么变态。怎么啦，这种话题算不算配合这个不寻常的
时空？

我第一次听人这样讲。老实讲，我未试过这样。

未试过口交？

我是说，未试过这样讲这些东西，好似好激的样子。

其实都是罪与罚的问题，如果你喜欢这样理解的话。

　　　　为何我会哼着这个旋律呢　仔细地想想看

　　　　为甚么我会说出这样的话呢　稍微地想想看

　　　　要堕落到哪里　这个身体　遥远遥远的灰色天空里

那一天确实在寂静之中

晃动的地面妨碍了我的志向

为甚么我要流下这样的泪　　好好地想想看

要堕落到哪里　　这个身体　　遥远遥远的灰色天空里

《晕眩》

笔记：

　　《晕眩》。《在这里接吻》单曲辑内的歌。后来没有收入大碟。连同几只single内的歌，《遥控器》、《时光暴走》、《溜滑梯》，也没有选进大碟。都是绝优秀的歌，为甚么后来可以弃而不用？是好歌太多而不能不抛弃？开首的是直升机螺旋桨转动的声音？空气在旋转了。然后主要是结他和钢琴，比较清，不像椎名主力的摇滚风。但还是很椎名的旋律。词较淡，但晃动的地面妨碍了我的志向，也很椎名的句子。天空是灰色的，身体在堕落。那是个怎么样的高处。像那些施工中的天桥，很高，在半空中止，站上去却仿佛在晃动。那个晚上和她爬上去，坐在未接驳好的边沿地方，看远处市镇的灯，公路上掠过的车，回旋处转动的光，灰蒙蒙的天也挡不住的星，夏日大三角，她说，第一次来到元朗的那个清早，她下了巴士，站在陌生的路上，有一种路面不友善的晕眩感。于是我就哼了这首歌。向着凹凸不平的广大沉睡的地面挑战。起来啊！天桥！公路！地面！有种就反过来抛倒我吧！
她说好像站在舞台上，远处闪动的灯就是歌迷的荧光棒。哗呵！这是
我们的舞台，我们的体育馆！令人晕眩的体育馆。

只要一听到蝉鸣　便会想起九十九里滨
放开祖母满是皱纹的双手　独自探访的欢乐街

妈妈是这里的女王　活生生我就是翻版
每个人都伸出手来　虽然还小却已经深深迷恋的欢乐街

抛弃十五岁的我　女王销声匿迹
应该是跟每星期五来的男人去生活了吧
盛者必衰
领悟这道理却一脚踏进欢乐街

虽然怨恨失去踪影的女人但小夏我现在
却光荣地顶着女王的头衔

成为女人的我卖的只有自己
也许当我需要同情时就会失去一切吧

走出JR新宿东出口

那里就是我的庭园　大游戏场歌舞伎町

今夜开始在这个城市女儿的我将成为女王

《歌舞伎町女王》

谈话：

还要饮甚么？咖啡好唔好？

我想听歌。

听甚么？

《歌舞伎町女王》。

为甚么？

气氛好似好开心，其实有一种悲哀的味道。

我都好钟意这首，试过听着听着哭了出来。好羞家，其实我好容易哭。你看不出吧。不过每次哭都是我自己一个的时候。我不会在别人面前哭。

为甚么哭？

你猜我以前跟甚么人在一起？怎么坏的人都有，做甚么不可以？有个时期，我想是中四阿婆死了之后不久，有两个认识的女孩都是做那个的，好好搵咁话，又有得玩。那些仔其实好贱，话想沟你，其实想你帮他们搵钱。认识了高荣之后，我才开始疏远那些人。可以话，高荣是我的转捩点，如果不是认识了他，我不会玩结他，不会识听音乐，可能会去了做鸡，好听点说就叫做歌舞伎町女王。高荣虽然不是好人，他不是社工，音乐都不是不良少女的辅导课程，这点我好知道，但是他至少不是那种坏人，你知道我的意思啦，老套一点讲句，就是他无法给你幸福。不过，我说我不相信这东西，讲起来也有点肉麻！我没想过要幸福，只有白痴才会相信这种大话。高荣听我这样讲就好放心，他走的时候我想他也没有悔疚。就是这样，我自己铺好条路给他走。其实我跟歌舞伎町女王分别不大。一需要同情的话就会失去一切。

你可以自己做女王。

女王？现在还有女王吗？英女王都已经走啦。椎名其实是骗人的，根本就没有歌舞伎町女王，尤其是在我们这个地方，做鸡就是做鸡。食快餐就有鸡皇饭。

因为这个所以哭？

唔知。为甚么你老是问我的事？不讲自己？

我没甚么好讲。我个人好闷。

其实蠢的是我，你最懂得保护自己。我可能会早死，你这种人好容易生存下去。

　　　为甚么　历史上诞生了语言

　　太阳　氧气　海风

　　　应该就已经足够的吧

感觉寂寞不论你我都是

确切地相互治愈伤口　这无法责难于谁或是任何事物

绳索　被解开　生命　被比拟着

请原谅我的反复无常

事到如今别去想为甚么了还是快点行动吧

请进入更深的核心

用我的冲劲　勇敢地行动吧

《本能》

笔记：

金属感的鼓击。用扩音器唱的前奏。对美的歌声有新的定义。不一定要柔滑，不一定要真实。经过过滤，变得粗哑的宣示。是原始的，街头的，粗糙的工具，扩音器。那会更接近本能的粗犷吗？还有封套上那用拳头打碎玻璃的护士服形象。呼应《在这里接吻》的手术室场景，冰冷的金属器皿，有两条腿部支撑架的妇科手术床。只看见挥拳的护士，和碎玻璃，没有背景。好美的造形。又回到美的观念。通常也会说是玩嘢。节奏很有劲，虽然其实不算爆音的歌。一听到身体就想跳动。好像脉搏。医院意象不是无关的。听到脉搏在跳。本能就在里面吗？抛弃语言、历史。可以吗？结果还是要说出来，喊出来的都是语言吧。无路可逃。但本能可以在里面凸显吗？那喉咙里非常赤裸的东西。几乎可以触摸到的肉体的微粒。对，赤裸感的喉音。摩擦着耳膜。亢奋。要刺穿它吧。却隔着扩音器，粗陋的机器化。不是精致的。击破玻璃的手，是肌肤，但金属指环有机器感。耳膜要像玻璃般粉碎。语言也会被喉音粉碎吗？历史会消灭于肉体吗？连记忆也可以彻底毁掉，只剩下这刻的肉体吗？是被抛弃的肉体也没所谓。

你总是马上想照相

但不论何时我就讨厌那一点

因为一旦照了相　那我就变老了不是吗

你总是马上说出绝对的甚么的

但不论何时我就是讨厌那一点

因为一旦感情冷却了　那些不就都变成了谎言吗

don't you think? I wanna be with you

就在这里待着

永远地

明天的事谁也不知道

所以请紧紧地拥抱我吧darling

《石膏》

给林檎的信：

我一直以为理解你，一开始就被你的歌曲深深感动，或者以为你理解我，就算你不会认识我，也从来不会想到有像我这么的一个人，但却通过你的歌唱出了我寻觅已久的说话。就算其实我不懂你的语言，看着曲词的翻译也只能得到大概吧，尤其是像你这样的不容易解释的言语。总会有错漏或误解或根本无可翻译的地方吧。可是，就算能够依靠的就只有这不可靠的译文，我却觉得能够明白你，或者你已经明白了我。因为那是在言语之外的东西吧。是从音乐、曲调、意念，甚至是视觉上的形象，你的封套扮演，你的MTV演出，就可以传递的东西。当中最重要的是音乐，和声音吧。没有音乐和声音，言词都不过是哑默的狗，卷起尾巴来的。犬是要吠的啊。纵使吠的犬多少还是凄凉和孤寂。

震动的东西，是声音，从没有听过这样的声音。不纯然是粗野，也拒绝无力娇柔，是面向残酷，充满戏谑和嘲讽，但又深埋同情的声音。是有质感的，好像是有实体的声音，不是柔腻的、平面的、虚浮的。然后我看到MTV影像，就无法不把听觉上的你和视觉上的你融合在一起。特别是《石膏》映带中的意象。褐色的死亡的梦，是沉入还是惊醒？仰天伸出双手的女孩，邪恶的稚气，头上有教皇的冠冕。深绿色的荒野，失去焦距的乐队，抽动不祥的黑礼服和高帽，响应罂粟花的呼唤，没进死水，或者屈服于兽头骨的凝视下，滚动在无情的地板上。你穿的裙子是灰色、褐色，还是粉红？低低的胸口要挑战谁的目光？无可比拟的结他姿势，是挖出肉体内的荒芜吗？是挥击缠扰的阴影吗？临终结他孤鸣的颤音，是犬的垂死嚎叫吗？人们都说你代表颓废、虚无、享乐主义。我听到这些就纳闷。除此就没有更明晰或者更隐晦的东西了吗？为甚么都只是些简单的词汇？听惯听熟的说法？这么方便随意就把你定在某种容易消化的形象？那不过是因为你擅长的反白的双眼，撅起的嘴角，或者沉迷拳头的意象。但其实你是玻璃而不是拳头吧。我无法挥去你在MTV中那迎面仆倒的身躯，像失去意识的空壳，但其实是咬紧牙关的向地面的迎击吧！是以脆弱的骨头施以的最后的还击吧！乐队倒地，荒地上凸显歪斜的十字架。但你不相信救赎吧。如果不挣扎，就一切也没有。除了罪和罚的循环，就甚么也没有。

听到人们把你形容为恶女，就感厌恶。在这样的世界中，恶形恶相有甚么用处？恶就可以反击吗？这未免太天真，太无聊。恶不过是愚昧吧。为甚么人们分不开恶和愤怒？是愤啊！是激愤之感。没有愤就活不下去。而你的愤，不能只是声嘶力竭，这样下去会死掉啊，还必得伪装成游戏和调笑。人们都理解为搞怪，那也没有办法。嘲笑堂皇的虚伪，也连同无聊的笑声一起嘲笑，连同自己也一起嘲笑，这是无可避免的。只此一途。自己不愿自命善人、清醒者，就只能以病者自居。在听你的歌，我感到了激愤的生命之音，是咬紧牙关地迎向没方向的每一天。但是，脆弱的身心也仿佛要给震碎了。这样心力交瘁，会不会有一天真的要倒下来？保重啊。

信写到这样，感到有点荒诞。这些话是说给谁听的呢？我真的说对了吗？真的理解了吗？还是不过是自说自话？就算我记得而且能唱出你的曲词的每一个音，那代表我明白了你吗？到头来只是我一厢情愿的误解？我可以相信，在那种种的扮演底下，真的有那么的一个会面红，会咳嗽，会晕眩，但也会盼望着得到生存的能量，和一边调侃一边拼命抱紧片刻即逝的幸福感的女孩吗？苹果，能相信你吗？能认同吗？能为这个而生吗？

天气预报每天失算遭致谎言的深渊

兴奋悸动或叹息都将消失无踪

不想邀请

虚伪的泥土香和向日葵

那马上迎面飘香的绘画和伪装的太阳

不管委身于你是危险或安全

都已经无法停止

不惜飞蛾扑火

不管灌注你的是雨或命运

都无法忍受

一定用这双手守护

让我待在你身边

《暗夜的雨》

谈话：

其实你不讲也没所谓，不用因为我这样说了几句，你就觉得要拿些甚么出来跟我交换。我最憎人家讲甚么交心。个心怎么去交？交交声好骨痹。

我没这样想。我其实一直都想讲，不过不知道怎么讲吧。

不用勉强，真的，我自己爆出来是我自己的事，你不用不好意思。

你为甚么讲到我好自私的样子？

我没有。

你让我觉得自己好不坦白。

我已经说过没有。你想讲就讲啦。我在听。

我真的好想讲好久，好想知道，究竟我的人生还缺少甚么？我一直觉得自己没有资格问这个问题，尤其是在你面前，我没有资格埋怨甚么。

千祈不要这样想，谁敢说自己有资格对全世界抱怨？讲到资格是不是太无聊？为甚么你老是要顾虑到这些不必要的东西？你这个人真是！

好，那我们就不要再争论这个问题啦。讲回我自己，其实我从来都不敢做危险的事情，除了中学有一段时间有点不听话，例如在校服裙里面穿 P.E. 裤，但是想回来其实也不算甚么。其他方面都好乖，上完学就放学，放学就补习，回家就温书，放假去看看电影，拍拖都好斯文，最多亲一下嘴。你讲的东西我都没试过，连想都没想过。我到了大学，跟现在的男朋友拍拖，即是那天在卡拉OK的其中一个男孩，才第一次跟男孩发生关系。那是在他租住的村屋里。那个晚上没有甚么预期，在房子里面弄了餐晚饭，食完饭坐在沙发上面听歌，抱下亲下，不知怎么样就发生了。其实也不算顺利，有点笨笨的，可能是我太紧张，他无法进来，到后来他就在我外面解决。但是我都觉得算是跟他做了。那种感觉好奇怪，不知怎么说，不是不开心，之后每天都在想着，后来再发生，慢慢就开始顺利。但是，我老是觉得，就算他顺利深入到我里面，也好似还有甚么没有向他打开，好似其实还没有真正深入到核心。我知道这个是心理方面的问题，未必跟身体接触的情况有关，但是，第一次那种没办法进入而要在外面解决的形象，就好似一种象征那样概括了我们的关系。你一定会说根本就没关系，但是我没办法抛开这种感觉。

或者你试下跟不同的男孩做下会有答案。

哈，理论上可以这样讲。

我知道你不是这样的人。

我没有道德判断的意思。

还要讲吗？

我觉得，不单是关于我跟他的问题，还是关于我自己里面的问题。

你跟他做爱的时候，是不是有一种自己站在旁边看着的感觉？

你怎么知道？我看到的是我的中一同学小宜，躺在更衣室地上，给人夹硬张开双腿，用羽毛球拍柄插她下面的景象。

你当时在做甚么？

我站在墙边。

好似那天在卡拉OK一样?

嗯。

有没有告诉他?你男朋友。

告诉甚么?

以前更衣室那件事。

没有。

甲州街道上因为交通阻塞剧化而目睹日本的清晨

徘徊于今天要求觉醒的严重矛盾之中

就在不久前

不管在年少上堆积多少看似圆形云团的笑容都不会改变

每每尝到寂寞滋味　我总是企盼你的回应

在你的眼眸眨眼示意时我初次聆听生命之音

如果连天鹅绒的大海都只对没办法的事情沉默的话

我该怎么办

受到摆布就状态而言　美丽吗

不　美丽花朵都会遭到枯萎丑化的嘲笑

无论何时

《依存症》

笔记：

起始音乐：勾出电结他单音，微颤、轻静，像缓缓苏醒的黎明时分。在MTV中以三味线模拟，身穿黑色传统丧礼和服，在以富士山为背景的草坪上。开段：迷茫之音，像彻夜未眠，有点沙哑、柔弱。重唱段：渐趋激愤，强力吼叫，像突然涌出来的火山熔岩。末尾：长达三分钟的结他合奏，狂扫，配合重鼓音和钢琴，像要席卷城市的热风。MTV在音乐进发前的鼓击的稍顿中，引爆身后躺于草坪上的从中切割剩下一半的Benz。火焰，抢救人员冲前。演出完成。

谈话：

做个好似圆形云团的笑容来看看。

甚么？

是《依存症》的歌词，做啦。

为甚么要我做？

你个面圆啲。

——

哈，好似。盞鬼呀你！

你呢？

我做不到，我年少的时候不笑。

咁变态!

我是每每尝到寂寞滋味呀。

所以总是企盼你的回应?

在你的眼眸示意时我初次聆听生命之音。

那如果连天鹅绒的大海都只对没有办法的事情沉默的话,你怎么办?

那就要问一下死狗皮的天空啦,或者它会给你一个灰色的愿望。

我的愿望是出一本自己的书。

出书咁易?

有个人应承帮我。

边个咁好死?类似长腿叔叔那种人?

你呢?

开演唱会。

在红馆?

发梦啦你!在这里,我们的体育馆。

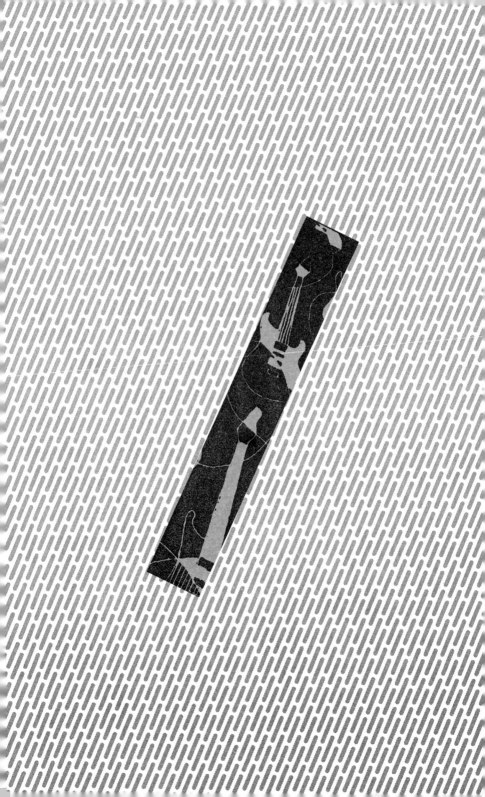

伟大的费南多

曲：不是苹果　词：黑骑士/不是苹果　声：贝贝

可怜的费南多

在周末约会自己

和自己去饮咖啡

在咖啡馆跟自己开诗歌讨论大会

出席者包括列卡度、亚尔拔图和艾华路

费南多却临时缺席了

一不小心就把自己遗留在河畔的木椅子上

我有时候问你

我是不是真的认识你

如果恋爱只是名字

我算不算爱你

如果我约会你　你会不会来

如果我给你写信　你会不会撕掉

只要听见纸张裂开的声音

就会知道这一切也是真的

我的爱　也是真的

纵使是拒绝　也至少是真的

伟大的费南多

在周末约会自己

你为甚么连最爱你的人的这个资格

也不允许给我？

我在黑大衣下藏着手枪

魔术子弹穿过出席者隐形的身体

河畔的木椅子上迸出缺席者的血柱

伟大的费南多。

《关于persona的论文练习》

Persona原本是拉丁语词，意指在古典剧场中演员所戴的面具；后来演变出dramatis personae这个名词，意指一出戏剧中人物的名单；最终演变成英语中的person，意指特定的个人。在新近的文学批评中，persona通常指第一身叙事者，无论这叙事者是叙事诗或小说中的"我"，或抒情诗中读者所听到的说话者的声音。

M.H.Abrams, A Glossary of Literary Terms

我创造了自己各种不同的性格。我持续地创造它们。每一个梦想，一旦形成就立即被另一个来代替我做梦的人来体现。为了创造，我毁灭了自己。我将内心的生活外化得这样多，以至在内心中，现在我也只能外化地存在。我是生活的舞台，有各种各样的演员登台而过，演出着不同的剧目。

Bernando Soares/Fernando Pessoa, The Book of Disquietude

·

《不安之书》的叙事者贝尔纳多·索亚雷斯，是这本书"真正"的作者费南多·佩索阿（Fernando Pessoa）的其中一个笔名。佩索阿是二十世纪葡萄牙诗人，生于1888年，死于1935年。生前并未得到重视，死后作品才被重新发现和整理，并且被誉为葡萄牙最伟大的诗人之一。佩索阿遗留下大量零乱手稿，至今还在整理中，过程中的一大困难，是确定每篇作品的"作者"。考据结果显示，佩索阿一生曾使用七十二个名字进行创作，他把这些名字称为heteronyms，并不单纯是笔名，而是有不同个性和生活背景的人物，其中主要的角色，如Alberto Caeiro、Ricardo Reis、Alvaro de Campos、Bernando Soares，包括称为Fernando Pessoa的这个角色，也各有代表作品、不同的文风和文学理念，和颇为详细的生平事迹，他们之间亦互相认识，甚至互相批评。佩索阿的创作扮演，把写作过程中必然的自我分裂、繁衍和创造推到极致。"作者们"反复探索生活当中感官经验的真实性和写作中自我的虚构性，但上述两者之间的关系其实十分矛盾。如果写作必然只能是一种扮演，一种假面的艺术（或者艺术本身就是一种假面活动），那么片段的感官真实还有可能言诠吗？还有可能通过文字去重现吗？如果真实只存在于事物的存在本身之中，或者在个人感悟的当下之中，那么抽象的没有实质的语言重组还有甚么价值？真实感官和语言表现是否因此也属两个迥然不同、毫不相干的事情？也可不可以说，一个是实在的经验，另一个是虚构的代现？而两者之间并没有相连的桥道。

唔……我想我明白你的意思。你在文中是想讲Pessoa这个作家显现出来的关于写作的矛盾状况吧。Alberto Caeiro的诗说过，蝴蝶只不过是蝴蝶，花只不过是花，事物也没有深层意义，它们只是存在，而觉识这些事物的方法只有通过我们的感官，那当下的感官反应至少也是真实的吧。可是Bernando Soares却说真正的旅行是脑袋里的旅行，只有从没去过的地方，才能保住美丽幻想的可能，一旦真的去了，就给现实经验局限了，所以他从不离开里斯本的道拉多雷斯大街，但他也因此拥有无边的山光水色，而且能在文字中创造它。前面说的是人的自我消融，让事物的存在渗透到自己的感官里去；后面的想法却否认了现实世界的实质，把一切归结为自我意识里的凭空想象。也可以说，里面有两种主张，和两种状况，一种是实质的，一种是幻想的，或者是你说的实在的经验和虚构的代现。所以你觉得困惑了，是不是？

那个晚上我们到黑骑士家聚会，原以为可以见到他的太太，但她却有事外出了。黑骑士的家比我想象中寻常。没有过多的装饰，但又不过于简陋；不见另类的风味，但又未至于庸俗。一般家居中会有的东西，他的家也有，书也算多，但又未至于令人印象深刻。结婚照片也很寻常地放在当眼的地方。唯一出乎意料的，是他原来会抽烟斗，因为平常都不见他吸香烟。我们叫了外卖作晚饭，吃完后大家帮忙收拾碗碟，我就趁机问他看了我早前交给他的一篇短论没有。他蹙眉想了想，就说了上面的一段话。我其实对这篇东西很没信心，我一向也不擅长论说，但因为对黑骑士介绍我看的葡萄牙诗人佩索阿感兴趣，而且觉得和黑骑士的创作方向以及自己正在尝试的写作实习有某种关系，便胆粗粗试写了篇文章，思考persona或"假面"的意念。

政听到我们谈到这些，就很留神。他对思辨性的东西格外有兴趣，但对语言艺术上的东西，就不甚了了。其实，政和诗会里的人在本质上并不真的有很大的差别，但我知道这样说出来他一定会生气，因为他对那些青年诗人有很强烈的反感。我当时心里也想到，我没有把那篇短文给政看，甚至没有和他提及过，他会不会觉得有点甚么？我为甚么不给他看呢？是觉得他不会明白？还是不想他知道我写了篇这样的东西？不想在他面前展现自己的某个面貌？不想某些主题涉入我们之间？

不是苹果在厨房作状要洗碗，听见黑骑士说不必了，就不客气地拿了人家放在厨柜里的砵酒，问可不可以开。一般我和太太也不喝酒，一瓶酒打开总是喝不完，这支是一时兴起买的，放在那里，还在愁甚么时候有人来帮我们消受呢，既然刚才谈到葡萄牙文学，那就更加应景了。黑骑士说。大家在厅里围坐下来，倒了酒，黑骑士只斟了一小杯，不是苹果却倒了满满的，我和政也只是象征式地呷一点。我有点心急想回到刚才的话题。

我只是在想，如果写作不能表现真实的东西，那还为甚么要写？难道只不过是一场游戏吗？我说。

黑骑士照样是没有立刻回答，低头细想了一下，才说：但怎样才算是真实呢？是哪一种真实呢？是不是心中有一个意念，有一种感觉，直接说出来，那就是最真呢？有时候，我们通过虚构的行为，比如写小说，或者是写诗，为甚么反而感到更真呢？这是写作中很奇妙的地方。而这个虚构的过程往往就是通过一个persona去完成的。

政在沙发上直了直身子，我便知道是他想发言的表示，他的身体总是抢先暴露他的意图。我认为，其实是没有真实这回事的，一切称为真实的东西，其实也是语言的建构，而语言是社会的产物，所以说到底也就是一个社会的或时代的意识形态的建构。我不认识你们谈到的那个作家，但如果他是以很多笔名，或者扮作不同的角色来写作的话，我最感兴趣的是，这些角色之间的矛盾和冲突，又或者共谋，是如何凸显出那个社会和时代的意识形态矛盾和冲突。

政一说到这些理论性的东西，语气总是不能自控地强硬起来，好像急于要挑战甚么似的，那其实是颈膊的肌肉紧张所致吧。我偷偷斜视黑骑士的反应，但见他只是低头在听，眼睛盯住手中的酒杯，轻轻晃动的砵酒在杯肚子上留下了一层黏着的透明薄膜。

不是苹果突然就加插进来，说：你们讲的这个作家都几过瘾，虽然我不懂这些东西，但我觉得，写出来的东西就必定是要扮演的，不是有意去作假，而是不由自主的，你总要给自己一个形象，一个角色，然后才能做下去，才能把东西说出来，有些东西如果一直接去说，是会死人的，所以这根本不是一件值得去批评或者苦恼的事，至于同甚么社会时代的东西有关系，这个我不知道，这些，需要去理会吗？我觉得有点无谓。

政的身子比刚才更板直了，是准备还击了吧。我正想开口打岔，黑骑士却抢先问：要不要听点甚么？说罢就起身往CD架上翻看。其实在我们一走进这个房子，不是苹果便已经率先检阅过黑骑士的不算丰富的音乐藏品。这是我第一次来黑骑士的家。虽然之前在大学二年班上过他兼职教授的写作课后，一直也有保持联络，不时请教他关于写作的问题，但想不到后来他会请我和政来他家里坐。为这个着实兴奋过一阵子，和不是苹果提到黑骑士这个人，她也感兴趣，于是便叫她一起来了。其实，我是想借机把不是苹果写的歌给黑骑士看看，而且有预感他是会欣赏的。

很抱歉，家里的音乐种类很贫乏，如果听巴哈的话，会不会闷坏你们？黑骑士蹲在地上，把身子扭过来说。不是苹果就应道：怎会呢，如果能够听Glenn Gould就很不错。黑骑士显然有点惊讶，试探着说：那么听Goldberg Variations好吗？五五年版还是八一年版？不是苹果就说：要听老年版。为甚么？还以为后生女会钟意年轻版？我係老人精。她笑说。我望着他们，觉得对话完全是在两人之间进行着，有点出乎意料。之后再听Tom Waits的The Blackrider，你的笔名是从那里来的吧，那算不算是你的主题曲？不是苹果说。

佩索阿令我感兴趣，或者令我困惑，其实是因为他令我想起黑骑士的小说。尽管两人是那么的不同，但我却非常强烈地感受到那种相似的persona的存在。那是一种很有自觉意识的假面，例如佩索阿说到一个诗人其实是一个伪装者，而他因为太擅于伪装，以至他甚至因假装出来的痛苦而感到痛苦。至于黑骑士也曾在一篇模拟女性叙事者的小说的序言中谈道，自己的写作其实是在模拟人物，甚至模拟小说这种文体，而最终就是在模拟自己，因为语言中的自己和"真实"的自己之间永远有一段无可跨越的距离，而不断的表达便只能是不断的扮演的尝试。这个自我，并不是一个已经完成和完整的东西，而是一个得在言语中不断地加以创造的角色。正如佩索阿所说，他是自己写下的散文，用词藻和段落使自己成形，给自己加上标点，用一连串意象使自己成为一个国王，用一连串词语寻找韵律以便让自己华丽夺目。这样说，一个作家的真正自我，除了他的作品、他的语言所组成的相貌，还有没有其他？他的作品、他的语言所组成的相貌，又是不是一个一致的、完整的、可全盘理解的、信赖的人格？如果你来到作家的跟前，非常实在地面对他，这个person，和他作品中的persona，不就是同一个人吗？

扬声器传出非常沉缓的钢琴声。那是郭德堡变奏曲的Aria。大家也觉得似乎不必为刚才的话题争论下去，虽然勾起了的疑问悬而未决。一边听音乐，一边静静地闲聊着各种不着边际的事情。不是苹果问到黑骑士写过甚么书，他就从书柜上抽出几本小说。送给你吧，给你签个名留念，要不要？不是苹果拿着厚厚的一本小说，说：这么长，看不下去啊，有没有短的？政就问：好像很久没见你出新书了，有没有在写甚么？黑骑士只是笑笑，说：是啊！忙着教人写作，自己就没时间写了，真没法，总需要工作啊，写作不能当是一种工作，所以必得做其他的工作来维持自己的写作，但到头来却没有时间写了，就是这样的状况。也许应该改行写诗吧，只要一年写他三五七首，就可以保留会籍，蛮经济的。不是苹果挑了一本短篇小说集，说：要这本可以吗？贝贝说你会帮她出书，是不是？黑骑士一边在书的扉页上签名，一边说：你的名字，嗯，写不是苹果吗？你提到贝贝的书，对了，情况怎样了贝贝？写了多少？跟以前说过的一样，会是个短篇集吧，不用急，如果这年内完成，就可以，我给你安排一下，正在跟一间出版公司谈，他们一向出的是实用书，但也有兴趣出文化的东西，我看有机会说服他们出一个新写作人的系列。不过，情况暂时还是有保留，不能说是一定成功，所以也请你有心理准备可能要等一下。

我看看政，见他没有特别反应，不泼冷水，但又不表兴奋，就有点纳闷。他没有预计今天不是苹果会一起来，所以一直有点怪怪的。两人碰面的时候，我知道他已经努力地作出和解，说卡拉OK那晚的事很对不起。其实这说法很怪，因为事实是不是苹果打了人，政只是制止事情而已，但对于曾经这样粗暴地冲突，总觉得是不太安然吧。不是苹果却没甚么，不明所以地笑了笑，可能是看在我的分上吧。可是之后整晚，两人之间好像也存在着相冲的磁场似的，就算不说话也感到暗涌。刚才不是苹果对政的见解的不以为然的响应，更是重重地打击在他最为自豪的智力表现上吧。

黑骑士把书送给不是苹果，又继续说：贝贝写的东西已经很不错，对于细微的情景描绘有很好的触觉，但总体还是有点黏着，嗯，怎样说呢？用我们刚才谈过的说法，就是假的地方不够假，真的地方不够真；可能就是不够假，即是说虚构的功夫未到家，未完全能够进入小说的状态，所以也不足以表现出意念和情感里面最真实的核心吧！哈，这样讲会不会有点故弄玄虚？这种谈话不会令不是苹果小姐感到无聊吧？

我思索着他的话，半懂未懂，不是苹果却有点尴尬地笑着，好像觉着自己刚才有点无礼的语气似的。这情态有点罕见，在别的情况下，不是苹果总不会轻易承认自己的失礼，而会向对方回敬一点甚么更厉害的言词吧。政刚才给打了岔，好像还未平顺过来，对反击不是苹果的轻蔑态度的机会也没有加以把握。我觉得自己的耳朵和脸颊烫烫的，不知是受不了酒精还是给说得不好意思，于是就引开话题，指着不是苹果，说：老师，其实今天请不是苹果一起来，也是想介绍一下她写的歌，填的词很不错，我觉得有诗的味道。不是苹果不是忸怩作态的女孩，径直拿出她的歌曲本子，递给黑骑士，说：失礼了，其实也不算是甚么，我这样说不是故作谦虚，只是自己真的这么想，觉得只是顺着自己的喜好写出来的东西，并没有经过甚么细心的考究，不过既然是写了，就当然是想公开出来给人欣赏的，所以也就带来给有经验的人指教一下。黑骑士接过本子，坐在一旁，慢慢翻看。我只看见他的背，不知他神情如何。不是苹果又装作不在意，呷呷酒，东张西望，其实也是紧张别人的评价吧。她在某方面和政有点像，就是内心很容易给自己的身体动态出卖，就算她表面上是比政更为机巧伶俐。不过，这也可能是自觉的，刻意让人看见的，更高层次的蒙骗，一张幼稚的假面。过了一会，黑骑士回来，好像没甚么反应，但太没反应又显得很不寻常，只是说：为甚么后面有一首未写好？不是苹果漫不经心地说：是呀，不很顺利，你帮我填填看好不好？我看她其实是在发出一个小小的挑战。黑骑士却只是笑，招手叫不是苹果过去，叫她把曲调唱出来。两个人坐在饭桌前哼哼哈哈的，拿着笔断断续续地写，有时不是苹果大声反对，有时又拍手叫好。我忽然就更加纳闷了。不知怎的，觉得给冷落了。刚才谈到自己的时候，只想快点改变话题，现在焦点落到她身上，又觉得有点不自在。其实，我大可以走过去加入他们的行列，但不知是甚么阻止了我这样做。和政坐在一起，又没话说，突然就显得很失措。沉缓的Aria再响起，然后音乐就停了。

歌词终于填好了，黑骑士过来坐下，好像是刚刚下完一局棋一样，样子有点疲累。不是苹果模仿弹结他的姿势，扮了几下结他前奏，就清唱起来。歌名叫做《伟大的费南多》，是呼应我们今晚的谈话吧。我对这种毫不怕羞的即兴表演有点不惯，被里面某种过于自觉的东西磨碴着，思绪就没法集中在歌词上。但当她唱到第二遍，那种形象和声音的磨擦才渐渐变得平滑，我紧缩着的肩膊也开始松弛下来了。歌词开始在我的耳朵里跳舞。那是黑骑士写的歌词吗？他在扮演的，是不存在的费南多的爱人吗？可怜的费南多，在周末约会自己……我有时候问你，我是不是真的认识你，如果恋爱只是名字，我算不算爱你……我的爱，也是真的，纵使是拒绝，也至少是真的。是真的。可以是真的吗？为甚么你连最爱你的人的这个资格，也不允许给我？伟大的费南多。费南多。

　　歌曲唱完，气氛又沉静下来。黑骑士点了烟斗，脸庞鼓胀了几下，无声地在吸。房子内弥漫着浓浓的樱桃味。不是苹果说：好香！把手中本来想点的香烟放下，闭上眼，只顾在细细呼吸那甜稠的空气。政只顾在斟砵酒，饮了一杯又一杯，面红红的，双眼像给薄膜胶住。黑骑士在烟雾里说：你的歌写得很好，我不去做文字上的评鉴，只是如你所说，顺着自己的喜好说出来。记得我们刚才谈到的假面persona吗？《诗与垃圾Ⅱ》令我想起Pessoa。你有一张很好看的假面，看来很真。顿了一下，又说：有没有想过组乐队？贝贝也可以填词，不知道唱歌行不行？说完，没有人答话，好像这是荒诞不经的梦呓，不值响应似的。过了一会，不是苹果问：为甚么会抽烟斗？黑骑士咬着斗嘴，发音有点含糊地说：太太送给我的，间中抽一下，只是个玩意。不是苹果伸出手，差不多是要不问自取地，说：借来吸下可不可以？黑骑士衔着烟斗没放，只是嘴角歪斜地笑了笑，没有理会她这个明显的挑逗性的动作。不是苹果瞬即缩回手，拿打火机点了自己的香烟，短促地吸了一口，夹在两指间拔出来，皱着眉，别过脸，向无人的地方呼一声地喷出烟雾。好像在苦恼着，这样好没风格。又或者，是在展示着自己那张好看而且看来很真的假面。

　　其实这篇论文也颇失败吧，因为我最终也搞不清楚问题的答案。搞不清楚，为甚么会因为佩索阿而想到黑骑士老师。也许我只是因为其他的原因，而牵强地比附着你和佩索阿吧。也许是因为我自己也在尝试写作，也在思考为甚么写和怎样写的问题，所以才突然产生了困惑吧。又或许，是因为在自己写作的粗浅经验里，发现自己无法把一些卡在喉头的重要东西说出来，一些我理解为真实的东西说出来，所以才感到无助吧。我只是想问，为甚么须要假面？为甚么假面反而能说出真相？或者真相必定隐藏在假面之下？如果假面下面没有真相呢？如果除了假面，就甚么也没有呢？如果假面就是真相本身呢？我一直是思想这么简单的一个人，追求真而害怕假，但为甚么我却依然会这样地为你的文字，和为你介绍给我的这个和我毫不相关的葡萄牙诗人而着迷？为甚么我会在你的假面里看到真？是真吗？是确切无误的吗？

　　黑骑士评语：

　　贝贝，其实你是富有创造力的，只要看看这篇结合论说和叙事的文章就知道。虽然你未必能在理念上很精密地搞通写作这事情，但这其实并不重要。至少，现在的我开始觉得这并不重要。纵使有困惑的事也不必过分担忧，因为没有困惑就没有写作了，而困惑是没有一天可以完全解除的。我自己就没有停止困惑过，纵使我曾经是如何言之凿凿地声称自己理解了甚么、主张着甚么。到头来，我也不过是在寻找中的人。至于你问的问题，我该如何回答呢？我可以用我的假面回答你吗？请原谅。

倒下的方法

曲/词/声：不是苹果

花了十九年研究倒下的姿势
假装绊到电线或者双腿发麻
被碰撞或者突然休克
往后翻倒或者迎面仆跌

举着枪支的塑料士兵
双脚在空中乱撑的机械人
堕楼姿势的豆袋小熊
脑袋埋在裤裆中的唐乔凡尼扯线木偶
地板上——倒下

你不要来扶我
不要来察看我额头的伤势
不要来摇动我含着泥沙的嘴巴
如果你不准备吻我倒下的躯体

花了十九年练习倒下的姿势
抱着结他却绝不放开手
不去保护脸庞或胸口
感觉重力加速头骨在地板上粉碎

最后还要确保双脚向后高高扬起
才算完成了
一个完美的倒下的姿势

倒下的方法。

苹果日记

10/4/1994

条友真係想死。连老秋个班人都敢惹。

今日走堂，同阿华去打机，在机铺碰到老秋同佢班友。我叫阿华走，唔好玩，他却不动，还和老秋班人有讲有笑。后来就说一起去某人屋企开台。我说不去，知道老秋班人冇好嘢，上次阿Cat都俾佢哋搞过，甩唔到身。但阿华说冇问题。不知谁有车，一上车，阿华就话call机响，有事，迟些来找我们，自己走开了。我心知不妙，但给夹在后座中间，出不来。心里很惊，口里就装作镇定，强笑着同班友应对下。后来我说想落吧，拖延时间，班友竟然也肯，就去了一间偏僻的。里面好似冇客。他们拣了个暗角，就开始队酒，有人拿了些丸仔，叫我试下。我笑说今日胃痛，留翻佢哋自己，唔好嘥料。老秋啪了，好快就开始high，郁手郁脚。我推开他，想走，一起身，就给推倒在地上，给几个人按住，扯高我条校服裙，老秋就开始除裤。酒吧的人都唔理，可能係佢哋自己人。后来不知怎的，老秋就突然砰嘭一声跌在桌子上。看见老秋给一个人扭着颈，其他人就不敢动。他们好像识得那人，叫他高哥。只听见他说，想唔想死？很奇，他们都不出声，后来他放开老秋，让他摇摇摆摆同其他人走了。那人自己坐下来，继续饮啤酒，自言自语说，有枪就打爆你个头！你老母！我爬起身，整翻好条裙，不知该说些甚么，又不敢走出酒吧，怕那班人还在出面。那人望了我一眼，说了句莫名其妙的话：你话点解要继续做人？连佢都fair低自己咯！我想问他，边个係佢？但又惊这人也是癫线。

后来我就躲在后面，望着他不停地喝酒。喝了大半天，突然站起来，拉开牛仔裤拉链。我吓一跳，以为他要干甚么，但他只是向椅子撒了一泡尿，很长很长的尿，那东西不胀不软在喷射着。有水花溅到我的小腿上，我缩了一下，他好像这才发现我在那里，毫无恶意地点了点头，竟然还说了声不好意思，继续那漫长排泄。弄完了，把那东西收藏起来，拉好裤子，甚么都没再说就走了。酒保这才开骂，拿地拖过来洗抹。那人叫高荣，酒保说，条友今日丧咗，找死，唔好惹佢。

2/5/1994

去CD铺找Kurt Cobain的碟，不知哪里找，问那店员，他说，Nirvana嘛，最近很多人买，你想买哪只碟？净係买一只？咁就听

《Nevermind》啦。钟意先买埋其他。点解依家先嚟听？知道Kurt Cobain自杀死咗？我就唔係好好rock，不过都有听下。我叫奥古，得闲有咩碟想听嚟揾我，我都几熟。使唔使打开嚟试听下？可以可以，我话得就得，老细唔喺度，我开俾你听。

这个人好得意。二十岁男仔。瘦瘦的。好好人。我就买了《Nevermind》。

3/5/1994

《Nevermind》。我不明白。不懂他在唱甚么，初时觉得一点都不好听。那么嘈。大叫大喊。

I don't understand！

但我还是听着听着，一次又一次，想着高荣，和他在酒吧里撒尿的样子。这个Kurt甚么死了跟他有甚么关系？不明白。想知道。我mind。好mind。

8/7/1994

不会再信阿华这个人。他来求我，说欠老秋他们钱。那找我做甚么？关我乜叉事？这样的人，唔值得。后来他就要挟我，说有我的相，那次在他那里饮醉咗搞嘢的时候拍的，睇晒全相。死仔居然大我。我话，有相你就拿出来周围贴，我唔怕益街坊！我估他是老作，但事后自己都有点心虚，想记起有没有这回事。

听说九美她们帮黑春卖丸仔，俾差佬周咗，仲自己揽晒上身。今日萧萧打电话叫我去K，说Jackie他们都在，好耐没一齐出嚟wet。我边度都唔想去，想喺屋企听CD。好烦！乜人都唔想见！统统去死啦！

阿婆见我最近唔去街，话我好乖。哈。

如果俾人影咗相就真係唔掂。

3/9/1994

第一日开学。好冇瘾，闷到抽筋。个阿Sir，懒严肃，话我哋入咗D班唔使灰心，虽然人哋认为这是垃圾班，但係佢唔会放弃我哋咁话喎。

放学见阿华在学校门口等我，连忙回头，走后门出去。

去了CD铺找奥古。铺里面在播日本歌。他说，介绍你买这个吧，Luna Sea，正嘢。我犹疑不决，他就问，你唔係钟意rock嘅咩？我说，我其实係冇钱买碟，好贵。

19/12/1994

一口气买了Luna Sea的三张碟，《Image》、《Eden》、《Mother》。虽然奥古给我录了，但还是忍不住买了。那天我在酒吧和高荣说，在听Luna Sea，他竟然停下来望望我，还问我喜欢哪首歌。我说，Rosier。他歪着嘴笑了笑，不知是甚么意思。他没喝酒都算是个正常人，会笑，又不会随地屙尿。

24/12/1994

鲜艳带刺无法拥抱　鲜艳带刺用情太深

我已收起易碎的心

顿然如新生般

找出答案或继续迷失　　无法得知

我该如何踏出

这一切尽听老天安排无法摆平我的茫然

置身这个没有星星没有边际的城市

存在只为远离寂寞和残酷的真相

我不断追求希望　　我择善固执选择要走的路

不管好或坏都要去闯　　我择善固执

《Rosier》

　　我把最喜欢的歌词抄在信中，放进高荣的邮箱。估唔到自己会做这种白痴事情，好似纯情少女咁搞笑。他今晚不会回家吗？会不会去找甚么女人？他这种人会有很多女人吧。我真係超级白痴。我在他家附近的路上走，元朗这个烂鬼地方，好远，好陌生，好荒芜，好邪，好像地球的边缘。再过一点，不知会是甚么地方？是悬崖吗？会掉下去吗？

　　今晚谁都找不到我。我不要见任何人。只想着高荣和女人一起。

31/12/1994

高荣没有回音。我一定是把自己弄得很难堪。当作没见过这个人，可以吗？

12/1/1995

今天放学，看见高荣在学校路口。他说要带我去一个地方。我拉起校服裙，就坐到他的电单车后面。我知道同学都在望着我，就有点沾沾自喜。开车前，他说，估唔到咁老仲要喺学校门口等女仔，真係千年道行一朝丧。我还来不及笑，他就命令我戴上头盔和抱紧他的腰。

要看的原来是他的band房。他从来不肯让我知道他打band的事。他的队友阿灰、Frankie、肥Ken也在。那些新奇的东西，美丽的结他和鼓，比钻石更灿烂的金属！那实在太耀眼了！连同他们都是那么耀眼！精彩的阿灰，有Sugizo的眼神，迷人的长发。我以为自己去了天堂。虽然那原本是很简陋的studio，一点也不豪华，设备也很有限，但，一切都闪烁着，是那么美！

然后，高荣和他们一起弹了《Rosier》，很有风格，不完全模仿Luna Sea，好像有相同的感觉，但又不一样。后来又唱了他们自己写的歌，我知道我其实不懂，但我的心感觉到，那是有水平的东西，因为我深深地受震动。我知道这不可能是假的。是不会错的。

唱完之后，我就和高荣说，可以教我吗？我想学。我学过钢琴，乐谱我识睇。

他们相望笑着。Frankie说，阿高，呢个女仔有作为。

26/1/1995

中期考试很差，钟Sir说要请家长来学校谈谈。我说我冇家长，净係有个阿婆，唔多识讲广东话嘅。他考虑了一下。说迟些来做家访。好烦。访也Q嘢？

7/2/1995

今日开始到高荣studio学结他。不算难，但手指头很痛。我说要学电结他，但高荣要我先学木结他。他把他的一支旧结他借给我。感到上面有他的指纹，摸着弦线，好像摸到他的手指尖。

1/3/1995

那天差点忘了晚上钟Sir来家访。赶回来已经七点半，见他站在门外等，阿婆却不知去了哪里。平常也在家的。请钟Sir进来坐，开电视给他看，给他可乐，但没有话和他说。他说想参观一下我的房间。我心想，这间屋一眼就睇晒。刚走进板间的勉强叫做睡房的地方，突然就从背后被大力一推，跌倒在床上。很重很重地压下来。掩着我的嘴。压低声音在我耳边说，已经喜欢了我很久，从开学第一天就被我吸引了，每天都享受着见到我，晚上都睡不着，我逃学的日子都过得很惨，很担心我，惊我学坏，很想照顾我，对我好，让我得到最好的，好好读书，不要群坏人，要好好保护我，很爱我，要发狂了，从未试过这样爱一个人，未试过这样想为一个人牺牲，甚至名誉都可以不要，不怕别人说他不道德，喜欢自己的学生，一个未成年的女孩子，将来要我过好的生活，给我一个温暖的家，不用住这样破旧的房子，不用为生活担忧，做自己喜欢的事，不用再怕孤单一人，不用再有被遗弃的感觉，知道世界上有人真心爱你，为你做一切的事，啊，你的脸，一直都好想吻你，你是那么的完美，但又那么的天真，所以不知道自己的价值，不知道自己是多美丽，而不慎地糟蹋了自己，啊，多迷人的脸……我挣扎着，踢他，捶打他的头，但也没用。为甚么每一次都没用？反击都注定没用？如果这个人真的爱我呢？白痴！谁会真的爱我呢？哪里会有这样的东西呢？去死啦！我奋尽全身的力量把他推开，冲出房子，在走廊上一直跑，却不懂得呼救，只懂得不停地狂奔，电梯也不搭，从楼梯冲下去，冲到街上，在迷糊不清的暗夜路灯下乱闯。高荣。你在哪？高荣。来救我。

不知地上有甚么，脚一绊，就倒下来，手脚都跌损了。

高荣。

30/3/1995

高荣说我学得很快，有潜质。我很开心。

始终没有把钟Sir的事告诉他。虽然很想，但，我不要他睇小我，不要他的同情。我要的不是这些。

钟Sir没再做甚么，我在学校也不和他说话，看见他就怒瞪着他，他看来有点心虚。我看他不敢怎样。最近好像转移目标，堂上常常问小惠问题。

12/4/1995

阿华每天都在楼下等我，好烦。给了他五百元。全副身家都给他了。叫他以后不要再找我。他也没提相片的事，早知是流嘢。

28/4/1995

小媚退学了，说去跟阿Cat揾食。一班人还去唱K庆祝。唱通宵，有个叫阿辉的男仔送我，说是在酒吧做校酒的。都几好倾。俾佢送我，但冇谂咁快同佢do嘢。虽然个样几唔错。

6/6/1995

考试好闷，暂时没有去学结他，高荣要我温书。唉。

1/7/1995

暑假快开始了，高荣却要去日本两个月，不知有甚么音乐方面的工作。结他暂时跟阿灰学。也好。但，想到整个美好的夏天也见不到高荣，就很沮丧。

24/7/1995

去了奥古铺头做暑期工，天天都可以听歌，很不错。奥古这个人很厉害，懂很多东西，还业余在古典乐团吹色士风。和他谈起音乐他就起劲，说个不停。这个人真好，不过，我知道是那种他不会喜欢上我、我也不会喜欢上他的关系。这样反而很好，很舒服。

4/8/1995

奥古说，这个钢琴家好劲，一定要听。Glenn Gould，弹巴哈最犀利。我告诉奥古我懂弹钢琴，考到五级，巴哈的小曲都弹过，他竟然唔信。

6/8/1995

到studio学结他，阿灰未到，就在他们的电子Keyboard上玩玩，试了一会，弹过的曲子竟然都记得，都回来了。肥Ken回来，听到我弹琴，很惊讶，说，不如我也教你Keyboard，不用一味跟他们学结他。我也想学。我甚么都想学。好久没有这种感觉了。好像在另一个世界，自己变了另一个人。

不知高荣的工作怎样？好想弹钢琴给他听。

最近和阿辉去过几次街，又去过他工作的酒吧看他校酒。他知我钟意Luna Sea，也去买CD来听，好像人家努力补课。也不知自己是开心不是。礼拜六就答应和他去长洲，在度假屋和他睡了。他人也算温柔，好节制，做一次就够，但是有吃奶癖，搞到我个胸好痛。

29/8/1995

阿华死了。在机铺里俾人斩。不知是不是和老秋他们有关。

我伤心吗？

2/9/1995

成绩虽差，但还是原校升上中四，可见低处未算低，总有人比你更不济。不想念书了，但阿婆会不开心。

15/9/1995

高荣回来了。我是去到studio才知道。看见他抱着结他在弹。样子好像不开心。看见我也没有笑。我问他日本的工作怎样，他只是耸耸肩，说OK啦。很敷衍。想不到等了两个月就得到这样的招呼。我没心机练习，他也看出了。但他又没说甚么，只是一声不响自己走了。我坐在一旁，死忍住不哭出来，好蠢。阿灰看在眼里，后来就告诉我，高荣去日本不单是工作，他一直有个喜欢的女孩在那边，不过在一起的机会很渺茫，今次去，相信是最后的努力了，不过，结果也不行。我很震惊，不知道高荣的内心在发生这么多事，但也更伤心，因为这些事也和我无关，是我无权过问的东西。是个怎样的女孩？我问。阿灰说，是一个乐队的成员，Le noir的结他手和主音，听过未？高荣以前在日本留学过，识这个女孩时她才十五岁，后来女孩组乐队，高荣常常过去帮手，最近乐队好像越来越红，女孩和高荣的障碍就越大了，唉，这没法，做我们这行，唔红又话冇人赏识，红咗生活就大变，身不由己。我听着，心里就更发狠想学好结他和唱歌。我都是十五岁。

2/10/1995

在苦练《Wish》。愿望啊。

14/10/1995

在街上碰见阿Cat，跟一个长脸男人在一起，着件低胸吊带衫，个奶差唔多跌晒出嚟。做到好热情，又话我唔係friend，咁耐都唔搵佢哋班姊妹。见我背着结他，又说，玩音乐呀？咁high呀！好型喎！沟到啲咩好仔？搵日出嚟聚下啦！我推说有事，急急走了。

3/11/1995

昨天放学，不知道原来阿Cat同老秋啲靓仔在学校路口等我，见我出来就跟踪我，一直去到高荣studio楼下。等我练完结他出来，就上来装作刚巧碰见，说有嘢搵我帮手。我知冇好嘢，想走，他们就左右挟住，想拉我上车。好在高荣他们下楼，见状就上去喝止，还揪了条靓仔一拳，说，叫你大佬有嘢嚟搵我，唔好搞啲细路女。之后高荣怕我有事，一直陪我，和我吃日式火锅，吃完出来已经十点几。于是又说去兜风，开车去赤柱。坐在沙滩上抽烟。海风很凉。秋天了。我有点冷，高荣就把外套披在我身上。想来好像很寻常，甚至老土的情景，但心里还是觉得甜。如果一直在沙滩坐下去就好了。我大着胆问他日本女孩的事。他也不惊讶，大概是知道阿灰已经告诉我，慢慢地吐露了一点，怎样相识、为甚么喜欢她之类。我再问，她是甚么样子的，是不是很美丽，他只是苦笑。我于是又说，我苦练了支歌，想唱给你听，可惜依家冇结他。甚么歌？《Wish》。噢，你可以清唱。好啊。*叹息刻画时间，漫漫长夜途中，每每想起，便反复梦见你，拥抱孤独，*

尽管希求永远，却不断感受到刹那，蓝色的心情，镶在时间里，连回答都没有。

我觉得很累。我说。我也是。他说。想睡吗？他点点头。我就把头挨在他的肩上，闭上眼。我感觉到，他也闭上眼了。蓝色的心情，镶在时间里，连回答也没有。

5/11/1995

高荣的studio给人捣乱，打烂了好些器材，损失惨重。是我累他的。是我不好。我见他沉默着，看着破烂的结他和鼓，心很痛，但又不敢和他说话。后来，我说，我去找那些人算账。他一把拉住我，说，蠢人！你以为他们是谁？溶咗你呀！你留在这里给我收拾东西，我知怎样做的了。说罢，就自己去了。我想跟着他，但阿灰却止住我，说，听话啦。

在studio收拾了整晚，碎片都清理了，也点算了损失。大家都通宵没睡，虽然很累，但还是在等。差不多清晨，高荣就回来了，说，大家不用担心，事情摆平了。我问，发生甚么事？他只是说，我以前都有啲底细，讲到恶人，老秋未够班。然后他突然凑近，向我说，记住，以后唔好再惹啲嘅人，知唔知道？我以前都係咁，做过啲蠢事，后来钟意咗音乐，先至努力走出嚟，好唔容易，记住，音乐可以俾你力量，去追求好嘅嘢，远离啲坏嘅嘢，知唔知？我点点头，突然又忍不住笑，说，你好似个老师咁！他故作气愤，拍了我的头顶一下，说，正经啲好唔好？

6/12/1995

最近天天放学后都和高荣他们去看器材，重新把studio整顿起来。因为没钱，都是买二手的。我本来不想念书了，但高荣坚持要我念完中五。

阿辉昨晚问我，是不是有另外喜欢的人。他是在酒吧内很嘈吵的情况下说的。他其实是个老实人，居然会怕羞，不敢在单独面对面之下讲出来。我们睡过几次，但又不像正式拍拖的样子，他一定以为我在耍他。我说，我一直也有喜欢的人了，对不起，原本以为你和我只是玩玩。他很自制，没有叫骂或甚么，只是说，你这样算不算欺骗？

1/2/1996

钟Sir给警察拉了，告他性侵犯女生，有两个今年中三的受害人，相信以前也不少。上晒报纸头条。报纸形容得很露骨，那两个女孩一定更惨，以后怎生活下去？高荣问我那不是你学校的老师，我点点头，始终没提到自己那次的事。忽然感到耻辱。不单是受那人侵犯的耻辱，更加是没有反抗他、对付他、告发他、惩罚他的耻辱。我只求自己没事，却没有想过要做甚么来防止他继续伤害其他人，甚至眼睁睁看着他继续这种恶行，那我是不能逃避责任的啊！但事到如今，还可以做甚么？我还可以站出来吗？我怎可以让那两个女孩子承受一切的屈辱？这样做不是更可耻的行为吗？高荣见我心不在焉，就问我怎么了。我咬紧牙关，始终没有告诉他。我不可以。

20/4/1996

阿婆，你去了。对不起啊，我连电话也没打回来。你夜里是在等我吗？会想到第二天就不会再见吗？

是我不好。我甚么都不懂说了。

7/5/1996

事情过得这样快。阿婆好像刚刚才去了。现在丧礼一切都办完了。好像不曾发生过一样。好像只要我睡下来，第二天早上又会见到阿婆给我煮的白粥早餐一样。但房子现在是那样的空洞。为甚么，我好像从来没有察觉过阿婆的存在，好像她不是我人生的一部分，每天出去，在外面，也没有想起她，好像她和我不相干，但当她不在了，永远不在了，我才懂得自己错过了甚么。

丧礼她也来了。和那人一起。有一刻我还以为是爸爸。她只是抚着我的头发，我决意低着头，怎样也不肯望她，也不让她望我。一夜间消失的人，她、爸爸、阿婆。为甚么都是这样？都是这么无情地弃我而去？不，对于阿婆，无情的是我，我和他们一样，我是个无情的人，我不配去爱。

我拒绝见高棠。

我不配去爱。

我是个废物。

31/12/1996

好久没写日记。Luna Sea解散了。终于和高荣一起了。

是因为失落我们才在一起吗？

那天我们一起唱着《Wish》，他是受不住那种孤单感，所以需要找一个人拥抱吗？那个人必定是我吗？还是我只不过刚巧在他身边，所以他就抱住了我？

总之，我住到他的家里，能够每晚抱着他睡，幻想以后就这样生活在一起。趁幻想还可以的时候。

但我知道他心里其实有东西已经死了。随着之前的Kurt Cobain，随着Luna Sea，随着那个女孩，随着更多我不知道的过去的事情。

我像抱着一棵根部已腐烂的树木，竭尽心力令它起死回生，但我能做到吗？

到头来，他会不会像其他人一样，在一夜间消失？

一想到这里就很恐怖，有时在半夜哭醒，死命抱着他的身子，但他不知道，他睡得很死。他太累了。

19/3/1997

高荣老是要我考会考，我早说过我要像他们一样，我已经努力学习，而且进步很快，有一天我会有足够的水平和他们一起演奏。但对我玩音乐，他好像变得不那么积极了。有时他会说，他这样其实是在害我，他给我太大的期望、太大的幻象了。你看，我和阿灰、肥Ken、Frankie，边个靠搞band揾到饭食？个个都要打杂维生，自己作的东西只能娱乐自己，最多间中出下地下show，大家开心下，想有前途难过登天。我反驳说，你唔记得你嗰次同我讲呀，你话音乐可以俾你力量，去追求好嘅嘢，远离啲坏嘅嘢！我冇谂过有乜前途，总之係做自己钟意嘅事！追求自己认为係好嘅嘢！高荣叹了口气，说，你仲细梗係可以咁讲，到你好似我咁仲唔知自己做乜，就太迟啦。我不想听他说这些泄气话，这完全不像高荣。我想，这其实还是因为那个日本女孩，他不愿接受人家因事业成功而远离他的事实。我知道他放唔低这件事。而我是怎样也没法取代她的。

10/5/1997

终于考完会考了。我知道考得一塌糊涂，但已经完成了。从此我要做自己的事了，不要高荣再来指导我了。

30/6/1997

去了"地底回归打击会"，有好多地下乐队，最开心是现场睇到"化石"的演出。化石结他手石松也上过高荣studio，粗粗实实的身材，并不是肌肉型，但很稳健、很沉着，和高荣的高瘦和飘忽不同。那次我同高荣弹了首歌，石松还猛说不错。想不到他现场更厉害，可以说是全场焦点，反而高荣他们表现有点涣散，令人担心。会后去了附近酒吧饮嘢，同行有好些初见面的人，那个叫智美的女孩，散散的长发，看来比我大一两岁，穿件背心，手臂圆圆，原来是打鼓的。还有阿明、刘宝、卡卡，都很年轻。阿灰说我和他们可以夹下，大家年纪差不多，应该玩得埋。大家都好兴奋，即刻约好一齐上studio。酒吧电视机在播倒数，有人唱起化石的《烂铜时代》，其他人就加入，掩过了电视节目声音。高荣拿着啤酒樽，静静站起来，在人群的缝隙中钻出去，消失在漆黑的门口。外面下很大雨吧。我起来，挤到门口去，想跟上他，却给一把声音叫住了。那是有点熟悉的混在酒吧背景噪音中的声音。回头一看，是阿辉。他原来转到这间酒吧工作。我顿了一下。回头高荣已经不见了。

回到家里，已经是凌晨五点。高荣却不在。现在是七月一日了吧。七月一日和六月三十日有甚么不同？有人在一夜间走了。有人在一夜间来了。但我只想知道高荣去了哪里。我有一刻害怕，他已经走了，消失了。

很大雨，窗子给搞打得很吵闹，房间内却很寂寥，像给一种无形却很强力的东西罩住，而且要迫破门窗进来了。我抓住笔在写，好像这能抵抗甚么。至少这可以让时间过去得更快。

高荣，就算你脆弱，就算你失败，我也不会离开你，请你也不要嫌弃我。你回来吧。我不能一个人在这屋子里啊。它倒下来的时候，我不能没有你在身旁啊。

1/9/1997

找到时装店sales的工作。自己的生活开始了。不能依靠高荣。

和智美、阿明、卡卡、刘宝谈好，一起组织乐队，名字叫做Rejuv，来自英文字rejuvenation，回归青春。大家都很满意。定时去高荣

studio练习。

27/10/1997

Rejuv进度不错，已经可以夹出第一首自己作的歌，是阿明的作品，卡卡主唱，下次轮到做我的歌。阿灰帮我们很大忙，指点了我们很多不懂的地方，肥Ken也提了意见。很多谢他们。练歌时很少见高荣。说是在忙一个Live的演出，帮歌星Bonnie搞音乐。

18/11/1997

那天和阿辉去吃了餐饭，高荣知道却很不高兴，说我唔听话唔小心识人，又说了阿辉很多坏话，说酒吧的人都知道。我说阿辉是好人，他不听，半夜出去没有回来。

高荣。你知道我在想甚么吗？为甚么总是当我甚么都不懂？

18/12/1997

Luna Sea复合了。虽然大家都不信解散是真的，但知道重组的消息，都好像失而复得。我和高荣却默默然的。我想欢呼大叫，但还是静了下来不说话。过了很久，高荣突然说，你咁青春，年纪咁细，唔应该跟住我，应该同可以一齐叫同跳嘅人一齐。我说，唔好咁啦，你都係二十九咋嘛，唔好好似好苍老咁啦。他只是抽烟，没有理我。

23/1/1998

Rejuv夹了我的歌，歌名叫《名字的玫瑰》。效果不错，智美的鼓可再加强，结他和bass也太滑溜。我想要的是更实在的感觉。阿灰说已很好，慢慢执，急不来。我想高荣听听，录了个demo。

2/2/1998

高荣迟迟也未听我的demo。带放在床头，没动过。前晚他回来，粒声唔出，忽然把我推倒在床上，说很想很想，我就由他。我何尝不想呢，高荣。我想一世都同你做爱。但你突然的狂热是为甚么？你喝了酒，但没有醉，你有其他的原因，你连这个都要掩饰，要装作饮醉。但我还是由他来。也回应他。但动作都带着悲哀的节奏。我想起我的歌，《名字的玫瑰》，想告诉他，名字是玫瑰，而我心中的玫瑰，是高荣。Rose。Rosier。但我不能告诉他。我绝不会告诉他，就像我的过去，我每一次的跌倒，我也不会告诉他。我不是不想告诉他。我多么的想啊！我多次有这样的冲动，把我短短的人生的一切破烂都让他看清楚，但我不能，我不能要他因为这些而留下。如果他为了真正爱我而留下，我就会向他展示我的伤口，毫无保留地，最赤裸地，把我的一切都打开给他。但这绝不能成为让他同情的手段。绝不。我默不作声。而高荣在行动着，在我身体内，但却对我内里的真相一无所知。他射进来了，很暖的，竟然令我想起第一次在酒吧见他，他那东西在撒尿的样子。我说，高荣，如果想屙尿，就屙喺我里面啦。我忍不住哭了。他竟也在哭了，第一次在我面前哭了，像个小孩子。但各自为了不同的理由，互相也不知悉。

13/4/1998

高荣走了。我已经预知。在一夜间消失。把房子留下，房子里的东西也统统留下，包括我在内。我们是在四年前的这个时候认识的吧。那时Kurt Cobain刚刚吞枪自尽。那时高荣问我，你话点解要继续做人？连佢都fair低自己咯！但高荣没有fair低自己。我想他没有。他只是走了。如果他有枪的话，可能他会走得利落些。

想不到这本日记写了四年。四年足够我变成一个完全不同的人，但事实上也可能没有甚么分别。

是时候停止了吧。

还有甚么值得写下来？

补记：

15/6/1998

今天在MOV碰见奥古，他在铺里主管日本歌曲部，好久没见，他还是老样子。他说他跟了个日本师傅学吹尺八，一种竹筒做的古代乐器，还即刻拿出来给我看。我告诉他我在夹band。他听了就说，那你应该会喜欢这个。

那是只新出的single，一个叫做椎名林檎的日本女孩子，短头发，穿水手装，抱着电结他，眼睁睁，歌名叫做《幸福论》。

今天，我找到了椎名林檎。苹果。

地铁拒绝

曲/词/声：不是苹果

清晨戴上摇滚耳机踏上地铁荃湾线
幸运地在眼前空出座位像地狱之门打开
一坐上了就绝不放弃

冷锋吹袭别处有意外撞机
这个城市被评选为最自由的经济
天真得令人angry确有道理
同一个车厢内有十六对时款黑长靴和十七对脚跟穿洞的丝袜

一坐上了就绝不放弃
一坐上了就千万不可放弃

阿婶夸张地展示酸痛的腰
小学男生老人精似的唉声叹气
秃头男子对座位上的人投以真诚的憎恨
年轻女文员悄悄闪烁着猎豹般的眼珠

一坐上了就绝不放弃
一坐上了就到僵死也不放弃

望着旁边的你就想哭
因为不想玩下一轮的游戏
就算知道自己一定会赢
和你悲凉地占着最后的两张凳子
一坐上了就绝不放弃

深夜空洞的尾班车中我一个人戴着耳机
孤单坐到比终站更远的地方

地铁拒绝。

那天政史无前例地缺了韦教授的课去陪贝贝吃午饭。这是个突如其来的决定，连他自己也不知为甚么。总之就是在走进课室之前，碰见同学咏诗，听她说刚才在校巴上看见贝贝一个人在斜路上走，他心里浮现了贝贝的身影，忽然就有股打电话给她的冲动。那是一种奇怪的、隔了一层距离才感受到的东西，是要在回想，或者是在旁边不被知悉地观看，才产生的亲密感，好像忽然因为陌生化，而重新思索到两个本来互不相识的人为甚么会发展到今日的关系，而一想到这种难以解释的微妙状况，就会不期然想把对方拉近到眼前。

"为甚么这么好？"见面的时候，贝贝问。

"没甚么，突然想见你，好像很久没有和你吃午饭了。"

"是啊，一年班初拍拖的时候还天天一起食早餐呢！"

政搔搔脑袋，笑笑道："找天再一起食早餐吧。"

"走韦教授的堂不怕吗？"

"一次半次没所谓，反正学期才刚刚开始。你今天穿这件恤衫很好看。"

贝贝望望自己身上的红蓝小格子恤衫，里面衬了件小背心，和普通女学生没有分别。

"上次去黑骑士家也是这件。"

"是吗？"政有点尴尬，说，"夜晚和日间好像很不同。"说罢，伸手捏捏她的衣角，"你这个人，买一大堆背心，但总是穿在恤衫里面。"

"不穿在里面，难道穿在外面吗？我肩膊不好看，不能只穿背心。"

这时候贝贝的手提响起。政一听就知道那是不是苹果，不知怎的，心里就一沉。挂线后，贝贝说："不是苹果说今日去见工，是间高级皮具店，人家说她的头发太金，要染黑才请她，她不肯，就拉倒，说好气顶喝，想唱K发泄下，今晚。"停了一下，见政没甚么反应，再说，"你去不去？"

"人家也没叫我去。"

"没所谓啊，她不会不想你去，其实都预了你啦。"

"跟她没话说。"

"那随便你啦。"

吃完饭，政送贝贝去上课，到了教学楼门口，贝贝再问了一次："你今晚真的不来？"政还是耸耸肩，摇摇头。

可是晚上贝贝坐火车出市区的时候，却收到政的电话，问她们会在哪里唱，他可以过来一下。

政进来卡拉OK房的时候，不是苹果正在唱新星阿Moon的《爱情教室》。

天资不错　但是很懒惰

科科不合格　不留心上课

皆因还未找到梦中的老师来感动我

个性好动　爱做白日梦

普通男孩我都不放在眼中

有谁明白孤单的心情比心痛更痛

政有点愕然，奇怪不是苹果也会唱这样的歌，而且唱得那样投入。他静静地坐下，看着站在电视机前的不是苹果。他实在看不透这个人。也许，这是因为她不是他有经验的类型，是完全陌生的，用他熟悉的知识无法正确解读的一种女孩。她穿了条看来是紫色的长裙，夏天还未过去但却已经着了对浅色靴子，在靴筒和裙摆之间露出一小截小腿肚，虽然灯光昏暗，却好像很白，是一种无论光线环境如何也始终如一的白。也可能是因为那截白，才知觉到靴子应该是米色的吧。她上身只穿了吊带背心，但却辨别不出颜色，只觉不深不浅，臂和肩也白，但总比不上那截小腿肚。政突然想起第一次在卡拉OK见她，把她按在地上，她死命蹬着的赤裸的双腿的那种白。当时好像无暇注意到，现在却竟然从记忆的角落里伸展出来，差不多占据了整个画面。以靴子和裙裾之间的小小空隙里的一截小腿肚来作暗示，那肌肤的白色开始扩张，拉长成整条小腿和大腿，甚至之外更多的部位。政刻意注视着桌面玻璃小食盆里的花生和炸虾条，及时把那怪怪的思绪打碎。

不是苹果显然是在模仿着阿Moon的台风和声线，热情、青春、欢快，小鬼头但又不邪恶，诱惑但又不失纯真。但看来是不是夸张了点？政对这种谐谑式的假装感到有点恶心，比那歌星表现幼稚的原版唱法更难以忍受。然后不是苹果突然改变了唱腔，用尖锐的怪叫声把重唱部分喊出来：

心已动　想放纵

天作弄　想吹风

请来给我补补课

从黑板讲解到咖啡座

从书本教授到你居所

请给我上上爱情讲座

不用我天天望窗外在发傻

我保证满分一题不会错

如果我再不听话就体罚我

她还要用故作娇媚的声音重复一遍："如果我再不听话就体罚我啦！唔该你！"然后她和贝贝就大声拍掌和爆笑，政觉得贝贝的笑好像有点牵强，但他自己竟然也在不期然间咧着嘴角。

时间以三四分钟的单位很快便过去，大家只是唱，和笑，没有空间谈话，后来政随便地说了句："可惜卡拉OK没有'化石'的歌。"

"化石？你听化石的吗？"不是苹果的眼睛突然闪亮起来，政觉得，这是真正的闪亮，而不是唱歌发泄时那种做出来的高昂，是在黑暗中也会放射出来的光。他突然又看到她的另一个面貌，或者面貌的另一个角度。这另一个她完全洗净了刚才给他的那种恶心，而显露出他认为比较真确的东西。

"我很少听歌，但就是喜欢化石，我们很多同学也喜欢，歌词很有意思。"

"对呀！"说罢就唱起来："微尘　细胞　分解　压力　沉积物"

政竟然很自然地应接下去："自我　心情　肉体　言语　淀粉质"

然后两人就合唱起来："清理我们吧　社会底层的沉积物　把思想埋藏在黑暗的石屎地里　欲望向光之所在发芽　狠狠一脚踩死　狠狠一脚踩死"

"Woo！正！居然有人识化石，你知道吗，化石队员里我最钟意石松。"

"石松？我也是，好劲，大部分歌都是他作曲同填词。我最钟意这首《沉积物》。"

"还有《大陆沉》、《地底城》、《考古》、《白垩纪》、《三叶虫》，全都是整体的concept，一流！话是话，这个石松，我认识他。"

"真的吗？我们一直想请他们来大学表演。"

"我是说，一点点，是会打招呼那种，他是我以前男朋友的friend。不过我不敢保证能请得动他们。"

"你帮我试试问一声吧。"政说。下一首选播的歌早已出来,贝贝就问:"这首谁来唱?"

唱完K大家就去吃饭,在旺角吃廉价回转寿司。不是苹果说这是"轮回寿司",大家笑了一顿,吃的时候就净扯些废话,不是苹果指着输送带上的一碟玉子寿司说:"这碟轮回了十世也没人要。"政于是一手抢过面前的一碟吞拿鱼寿司说:"这碟就倒霉了,要堕入地狱做恶鬼!"说罢就一口把寿司吞掉。"想不到你这个人真无聊!"不是苹果说,感觉上是第一句直接和政说的话。政只是傻笑,望望贝贝,她就捏了他的脸皮一下,说:"他平时不是这样的,是个严肃鬼。"不是苹果捧着肚子,嚷道:"喂,够未,我已经轮回咗十几次,顶唔顺喇。"

吃完寿司,不是苹果说还约了朋友,不一起坐火车回去了,政于是提她代联络化石,又把他的电话和电邮抄给她。

之后政和贝贝又去了吃糖水,然后才回大学。来到大学火车站,政又说:"你明早没有课吧,不如不要回宿舍,今晚去我那里。"结果贝贝就去了政在大学后面租住的村屋。

一进房间,政就拿起音响上搁着的化石CD,是那种低成本制作的地下乐队歌集。不一会,房间里就响起刚才他和不是苹果唱过的那首《沉积物》。室内的空气好像固体般在不动声色中下降。有些东西令两人难以动弹。他们各坐在床的一边,好像在听歌,又好像在等它完结,但它总是不完。政心里盘算了一下,就过去把CD关掉,那种仓促的动作好像在怪责自己似的。在寂静中,政向贝贝走回来,跪在她跟前,望了她半晌,然后开始吻她的嘴。政感到,她也顺着嘴唇的触觉回应了。他判断，她的脖子应该开始烫热起来了，胸口的起伏也加速了。吻完嘴唇，他就移向她的脸庞，然后是耳垂，然后是颈侧，双手自然慢慢撩开她的恤衫衣领，把衣襟打开，轻轻从肩膊上褪下来。在褪下的恤衫与里面的背心之间露出的一截臂膊令政想起那截小腿肚，虽然没有那么白，但却同样是那种中间状态的暗示着可能性的形象。贝贝的眼珠望了天花板上的电灯一下，但要关灯就会破坏了节奏吧。政的呼气仿佛在说：由它吧，灯有甚么关系？但贝贝的眼神开始闪烁了，虽然身体还是柔顺地没有移动。政的鼻子埋在贝贝的小背心上，手降落到更低的位置，快要从腰部的空隙探进去。他感到贝贝的双手抚着他的发，有点震颤，好像迟疑不决，然后就渐渐地停止了。脑门一阵凉。她放开手了。政也停下来，抬头问她："怎么了？不舒服？"

"没甚么，没事。"贝贝疲弱地笑了笑，望向音响那边，说，"我也不知道原来你听化石。"

"就是为了这个？为了我听化石？"

"不，听化石没有不好，很好听。"

"那，是为了甚么？"政站起来，坐在贝贝旁边。

贝贝低头看着自己的双手，说："我最近在想，其实我们有多了解，有多喜欢对方？"

"为甚么无端端胡思乱想？我们不是一直好好的吗？"

"我也不知道。照计是没有理由这样想的。可能是我自己来到一个界线，觉得不安，所以才会不那么肯定吧。"

"甚么界线？毕业？"

"不知道。是很模糊的。是一个时间的东西。我没法说出来。但它是在这里的。"她摸着自己的喉咙，说。

政不太明白，但又没有努力去想。拿了件自己的外套，给她穿上，让她在床上躺下来，关了灯，自己就躺在她旁边，一只手搂着她。在黑暗中，他说："别担心，没事的，很快就会过去。"

贝贝很快便睡着了，政却一直凝视着天花板，双眼习惯黑暗之后，室内的一切都变得明晰了，甚至连墙壁上剥落油漆的地方也能辨别。他心里却有一团很模糊的东西在搅动，很久也没有沉淀的迹象。更奇怪的是，刚才的不顺利竟没有带给他太大的失望。初时他觉得这显示了自己对贝贝的体谅，但越想又越觉得这种没所谓并不是真的没所谓。虽然没有半点恼她，但又觉得有一种孤单感。这种孤单感并不全然是因为被她拒绝，这在她拒绝亲热之前已经存在，已经浮游在空气中。不是苹果的小腿肚又不期然地在他的思绪里冒现，那种白，在若隐若现的缝隙中。他的手臂有点麻了，下面却还在勃起之中。是一直在勃起，还是再次勃起呢？他搞不清楚了。小心地从熟睡的贝贝身后抽出手来，悄悄下床，走进厕所里，轻轻关上门，把裤子脱到膝头上，扭开一点水喉，让水在洗手盆里发出微微的撞击声。很快就解决了，把洗手盆冲干净，顺便洗了手。出来的时候，看看床那边，贝贝看来真的睡得很沉。

政没有立即回到床上。走到书柜后的计算机前面，拿起钱包，掏出里面写了不是苹果的联络的纸片。手指上还残留着混合着精液和杏子浴露的味道。开启计算机，机件运行的声音在暗夜里特别响亮，好像是政身体内有东西在翻动似的。他又回头望了床上的贝贝一眼。接上网络，心里正搜索着字句，却收到新邮件。寄件者名称是notringo，题目是"午夜轮回"。打开一看，真的是不是苹果。上面写着："等待那一天　花生成石　等待那一天　顽石生花。"政知道，那是化石的歌词。下面还有一句话："那次在卡拉OK你压着我的手臂，害我手腕痛了很久，你记得那时候正在播甚么歌吗？不知怎的我竟然记得很清楚。不是苹果"

政无意识地摸了摸自己的手腕，在记忆中搜索那一晚的情景。除了那伸展着的白色光亮，他好像还记得，那个女孩的身体，很柔，内里却有钢铁的骨。那挣扎着的身体。和那首歌。

他的手指在键盘上无目的地摸来摸去，突然就果决地敲打了一通，也没顾虑到按键发出的声音。他想说，有些东西，自从那一晚就打开了一个缺口，只是他一直没有承认。不过，他不知道这是甚么，也不肯定那是不是一种追补的解释。总之，这是他当下需要为自己的困惑提出来的理由。有了理由，无论是怎样的理由，他就觉得安心点了。好像只要有理由就不会是不正当的事。他又怀疑这和贝贝所不知道的甚么有关。自从他和这个不认识的女孩身体紧贴地挣扎，自从贝贝说要去看这个陌生的女孩，和跟她成为朋友，一些东西就开始发生。他决定要看个究竟。要去找出这个甚么。

直至第二天早上，不是苹果也没有回复。政打她的电话，却打不通。他不知道她的地址，也不知道她会到哪里去。他午间又约了贝贝吃饭，心里却想着不是苹果可能会打给她。可是结果也没有。沉寂的一天过去，晚上也没有电邮。他整晚开着电子邮箱，但除了不相干的邮件，没有不是苹果的信。到了深夜，收到一个邮件，却是贝贝的，内容说："睡觉了没有？因为深夜在打功课，很闷，想找你，但又怕吵醒你，所以给你写信，不过，也许明天见面时，你也未必会读到吧！真傻呢！还有，不是苹果告诉我，已经找到工作，在Music Box CD店做售货，沙田那间，很近，叫我们有空去找她吃饭。"

政去到沙田Music Box的时候，是早上十一时许，店子刚刚开门，顾客几乎没有，所以政很显眼。他环顾了一下，不见不是苹果，于是就问店员有没有一个新来的女同事。那人是个瘦瘦的二十六七岁男子，不待政问完，就说："你找不是苹果？她在里面点货，很快会出来。你是她朋友？我叫奥古，和她识了很多年，算係好friend下。"他们刚一握了手，不是苹果就出来店面。一看见政，就露出看来很真的不可思议的表情。

"喂，贝贝呢？来吃饭没那么早啊，刚刚才开工，还未lunch time呢！"

"我一个人，刚巧出来书店买书，顺便过来看看。你收到我的e-mail没有？"

"别再提啦，那晚send完mail给你，我的计算机就down了。部烂铁好鬼cheap，是朋友用旧了让给我的，又慢又成日当机。也没时间修，又没钱，不知甚么时候才能弄好。喂，我第一日返工，不可以整天在谈，要工作喇。"

"那，你甚么时候放工，我来找你。"

不是苹果顿了一下，不可能没意会到他的意思，好像想转身，又好像思索着搪塞的说话，嘴唇轻轻动了动，不改变声调地说："今晚七点半。"

政看着她走开的背影。穿了公司制服的她好像变小了，瘦瘦的，晃晃的，也看不见那截白色小腿肚。穿的是条毫无形状可言的棕色长裤。政竟然为她这身装束感到哀愁。这连他自己也不明白。他第一次知道，他不明白的事原来很多很多。

技术

曲/词/声：不是苹果

殊不容易隐藏眼珠无用的颜色
殊不容易掩盖耳膜多余的振动
眼白翻起黑色的耳筒没入
车程在巧妙的安排下开始

我甚么也不做好
我甚么也不感兴趣
我甚么也不去捣毁
我有的是过人的技术

你要看我就给你看
眼球的上下左右
我喜欢才给你打开深处的门口
在技术中心的漩涡
乖乖地说佩服吧
我会给你一个有眼无珠的笑

你话好吗喂好吗
小姐俾钱过嚟呢边
你究竟係咩意思
真係唔该你喇
唔知你几时得闲
嘿……嘿嘿……

我甚么也不做好
我甚么也无所谓
我甚么也不会接受
我有的是无人能及的技术

技术。

1) To produce sound from the tuning fork, hold it by the stem and tap one of the prongs against something hard. This will set up a vibration, which can be heard clearly when the bass of the stem is then placed on a solid surface, e.g. a guitar body.

2) Place a finger on the 6th string at the 5th fret. Now play the open A (5th string). If the guitar is to be in tune, then these two notes must have the same pitch (i.e. sound the same). If they do not sound the same, the 5th string must be adjusted to match the note produced on the 6th string. Thus the 5th string is tuned in relation to the 6th string.

3) Tune the open 4th string to the note on the 5th fret of the 5th string, using the method outlined above.

4) Tune all other strings using the same procedure, remem-

bering that the open B string（2nd）is tuned to the 4th fret（check diagram）while all other strings are tuned to the 5th fret.

Tuning may take you many months to master, and you should practice it constantly. The guidance of a teacher will be an invaluable aid in the early stages of guitar tuning.

Jason Waldron, Classical Guitar Method

终于人齐了，我来介绍一下，这是阿灰，我的半个师傅，不要谦啦，是师傅，全个都是，不是半个，好不好？这个地方是阿灰和朋友夹份租的，我们来玩半价，是不是？没折头？不是这样吧？其实是不用钱的啦！阿灰师傅个人好好的！对不？嗯，好的。继续。这是贝贝，在大学读，你是读中文系的吗？中文系，未来大作家，就快出书，是不是？个人小说集，好厉害！这个是智美，我们的鼓后，不是讲屁股，虽然你个股都好正！妒忌死人！哈！讲笑！还有奥古，我同贝贝提过啦，是老友啦，吹色士风跟，那叫甚么？尺八，对，尺八，好似日本鬼片那种音乐。呜~呜~呜……那种。学了几年？有三年喇？好劲。还有，这是政，都是大学生，读甚么的？你读甚么文化？我其实不知是甚么东东。是，贝贝的，嗯，男朋友。你玩甚么乐器？哈，哈，他玩古筝？不，琵琶？哈哈，不，他甚么都不玩，好严肃是不是？硕士的确是不同。好，好，政是来做观众的，扮fans，要叫口号啊，记住，有带banner没有？好啦，介绍完。其实好难得，居然有机会一起玩，虽然阵容不是很完整，没关系，随便玩下。没keyboard不要紧，我们有

bass，阿灰帮我们弹，有鼓，有吹sax的，贝贝可以弹结他，叫做和下音，扫下chord，很容易，不用怕，我们的歌其实好简单，幼儿班水平的东西，主力我自己弹，两支结他好声啦。

不是苹果讲完开场白，就派发曲谱。其实上面只有歌词和简谱，而且好像还未完成的样子。贝贝看不明白，就问：这就可以弹？不是苹果笑笑，说：一会你就知，一起度度下就会出来。说罢就转向大家：我先唱一次大家听听，这首歌叫做《技术》，结构都几简单，melody其实不强，主要是在编排方面看看如何作些变化，突出要点，好，我来了。

不是苹果用结他伴奏，唱了一遍曲词。大家都很用心听。智美双手一边在大腿上轻轻拍打着，推敲着节奏。阿灰缩在椅子里，咬着纸包柠檬茶的饮管，看来好像在发呆。贝贝却忙于留意着不是苹果弹结他的手法，生怕模仿不来。政低着头坐在贝贝后面，蹙着眉盯着曲谱，有时抬头，越过贝贝肩膀刚刚可以看到不是苹果的上半身。

唱罢，让大家消化了一会，不是苹果就问：觉得怎样？大家有甚么意见？贝贝耸耸肩，怕羞地笑了笑。智美首先发言：看你唱的方法，是有点不自然的，有点怪怪的，但前后很均匀，没有很大起伏，你是想这样的吧？节奏上有点平板，但音质上却不沉闷，带点微微的，尖锐感，是不是？不是苹果轻轻地点着头，思索着智美的话。沉寂了半晌，阿灰好像从白日梦中醒来，说：其实，可以刻意做得technical一点，即是突出技术的特点，instrument不要太含混、太嘈杂，不要黏在一起分不开来，可刚刚让每一种乐器都有自己的性质的展示，但也不可以太花巧，是恰到好处的technical display，结果就好像很纯粹的技术上的，不太带有强烈感情的演奏。不是苹果直起身子来，说：对，就是这个，我一直在想的就是这样的效果，师傅真是师傅，即刻就给你说穿了！不过，vocal方面我不想太机械化，太techno的感觉，反而，我想有一点点，怎样说呢？轻佻……不，不可以是轻佻，是带点刚才智美说的尖锐感，是嘲笑性质的，挑衅的，虽然不能说是个性化，但也不是乐器方面的那种无个性。阿灰也连连点头：Exactly是这样！这首歌的特点就是在于如何用技术作为个人情感的防护，或者掩饰，甚至是反击，是不是？不是苹果低头无声地拨着弦线，笑说：甚么都给阿灰师傅你看穿了……中后的一段有点rap感觉可以吧。不要rap，因为你原意并不是为了rap而写的嘛，颇有节奏感的念白就可以。阿灰说。不是苹果又有点拿不定主意，说：那奥古的sax有没有用？阿灰吮着饮管，说：我觉得sax太柔滑了，不太夹，奥古不如吹尺八，在念白的地方，吹那种送气的声音，当是sound effect来用，而不是一个演奏的乐器，你认为如何？就像这样子。说罢就用饮管吹出送气的声音。奥古耸耸肩，说：没所谓，你们话事，我怎样都可。智美又补充说：那段可以重复多一次，渐进急促，送气声就好像是喘气一样。不是苹果于是总结说：就这样吧，贝贝你明白吗？其实不太难吧？总之，你在第三节重唱那里才加入，照chord弹，四四拍，一会我给你示范一次，很简单，重唱段也和我一起合唱，唱法不要紧，那里不用那种怪腔，实一点也无所谓，来个变化。好了，不如先来试试开头，鼓和bass，四个bar vocal就入，阿灰师傅唔该试一段来带我们。阿灰吸尽最

技术

119

后一口柠檬茶，呼噜噜的，纸包装吸得噗噗作响，然后说：唔好叫我师傅，再叫我就罢弹！不是苹果在结他上扫了一下，说：好的，好的，由阿灰大师来带吧！阿灰朝她做了个鬼脸，bass的前奏随即响起来了。

> 以全音符作的数小节的旋律叫做：定旋律（又称指定歌调，或题歌）。对于这样的定旋律，依照指定的节奏作出一个或更多的旋律便是严格对位法所要学习与练习的。这练习要遵守一定的规则。这类练习的规则是故意作成非常严格的。因为根据过去的经验，愈是在严格的规则中训练出来的人，愈能获得熟练的作曲形式。原则上必须记住下列事项：
>
> 1）所有旋律要作得平易，而且具有歌唱性线条。
>
> 2）由数个旋律的重叠而产生的和声，必须要好听，换句话说，必须使练习曲富于音乐性。
>
> 3）粗率的态度是最大的错误，要以细心探求的态度去作。
>
> 4）在五线谱上为视觉而作的对位法是无意义的，那只是纸上谈兵。各声部要写得易唱是必要的，但这还不够，还要考虑各声部旋律联结是否富于音乐感。
>
> 不注意以上几项的人是没有希望进步的。对位法的学习就是要从这种学院式的修炼而获得写音乐的技术。
>
> 查理·郭克朗，《对位法》

"想唔到咁夜茶餐厅仲咁多人！"政很大声在贝贝耳边说，不知是因为四周很嘈吵，还是耳膜习惯了练习室内巨大的音量。不是苹果在另一边大动作地招手，一张圆桌空出来了，刚够他们六个人。不是苹果问那伙计十点后还有甚么吃，他说要甚么有甚么，大家就叫了粉面之类和饮品。智美拿筷子在杯碗上乒乒乓乓地敲，其他人就哼起刚才练的歌。阿灰点了烟，喷了一口，说："喂，仲细咩！好似啲靓仔咁！俾阿妈闹架！"智美故作惊怕地缩回手，说："阿妈唔敢喇！灰哥对人人都好温柔，就係对我恶。"见阿灰没答话，又说："灰哥今晚有乜节目？"阿灰说："关你乜事？"智美伸手过对面拿阿灰的烟包，说："今晚冇人陪，好闷。"不是苹果就补充说："呢个人最近又俾人飞咗，日日揾人安慰佢。"阿灰摇摇头，说："唔係我话你吖傻妹，你真係要带眼识人呀，都唔係第一次架啦！我都话咗个条友信唔过，你硬係要钟个头埋去，蚀晒底都唔知乜事呀！"智美忽然没作声，低头把玩着烟支和打火机，却没有点上。不是苹果见状就拍着智美的手臂，说："阿灰唔好咁话佢啦，智美其实係对人太真，完全冇防范心，所以好容易信人，係咪？我就唔同，我有张睇落好真嘅假面！"阿灰望着不是苹果，歪着嘴笑了笑，政向她瞥了一眼，不是苹果就转了话题："其实智美头先打得好好，咁耐冇见，我觉得你啲鼓有进步，仲有同刘宝佢哋玩吗？"智美没精打采地说："冇喇，你知道佢哋架啦，自从个阵时唔likey你，就连我都唔多理，后来我都冇乜揾佢哋喇。"阿灰插口说："我一早都讲过，好似你咁，一做嘢就话晒事咁嘅样，唔容易同人相处。""我今日都冇啦！"不是苹果争辩说。"你喺我呢个老嘢面前梗係啦。不过，我唔係话你错，你都唔係有意。我嘅意思係，你主观好强，有啲嘢唔肯就人，但係有时又冇离正经，人哋会唔知你几时讲真几时讲假。你认真嘅时候，人哋当你玩玩下，你玩嘅时候，人哋又以为你嚟真嘅，咁会好伤。"这时轮到不是苹果沉默了。

在桌子另一边，奥古正在向贝贝和政讲述他学尺八的缘由："係三年前喇，其实係要讲番四年前，有一次好奇心驱使下去听咗个尺八演奏会，呢种演奏会好少有，我原本都唔係太认识尺八係乜嘢，知道就知道嘅，但係未正式现场听过，嗰晚咁啱去大会堂，见到有个男人企喺门口，话买多咗飞，问我要唔要，我见佢咁惨，咪帮下佢，反正都想试下，点知一试就甩唔到身，真係，冇夸大，直情係想甩都甩唔到身，好似有啲咩上咗身咁，直情係着晒迷，演奏会一完咗，就即刻忍唔住走入后台揾嗰个师傅，求佢教我。嗰个日本师傅其实已经好有名，唔容易随便教人，你知啲日本人好讲究呢啲嘢，佢冇即刻应承我，我都知道好难迫人。后来自己就猛咁买啲尺八嘅碟嚟听，又买咗支尺八嚟自己吹，咁梗係唔识吹啦，初头真係连一粒声都吹唔出架，唔係讲笑。点知一年后嗰个日本师傅又再过嚟演出，我又去揾佢，仲带埋支尺八。佢见我咁有诚意，就应承咗我，但係佢一年唔多时间喺呢度，所以除咗自己教我，主要係叫佢喺度嘅日本人徒弟教我，不过，我都算係佢门下。我依家储紧钱，希望可以去日本跟佢。"

"真係难得！你点可以有咁嘅毅力？你点可以只係见咗一次听咗一次，就知道自己钟情嘅嘢？你唔会觉得只不过係三分钟热度嘅咩？要持续一种热情，其实唔易。"贝贝虽然听不是苹果说过奥古的故事，但还是感到不可思议。

奥古只是侧着头，说："我都唔知点讲，都冇谂过话坚持啲乜，总之，有啲嘢係唔使解释嘅，老土啲讲就係一见钟情，我信有呢样嘢。"

不是苹果转过头来，插嘴说："奥古你对尺八就一见钟情，对女仔就百见无情，咁耐都冇见你拍拖。"

奥古尴尬地笑着说："係啰，係啰，所以话係有就有，係冇就冇。"

"真係可以咁样一往无前？一直无怀疑咁做落去？"贝贝说。

"真係会咁突然？一钟意咗就甩唔到身？自己都冇办法控制？"政也说。

粉面来了，扰嚷了一阵，贝贝叫的云吞面写错单，来了鱼蛋粉，想换，但又肚饿，又怕麻烦，就照样吃了。不是苹果说："你呢个人，明明係想食云吞面架嘛！嗳，我碟云吞捞面俾咗你好唔好？"贝贝却说："咁你够係想食云吞捞面啦，做乜要俾我？"不是苹果说："我唔係好紧架咋，我食乜都冇所谓。"政突然就说："我再叫一碗云吞面俾你。"贝贝有点心烦地说："唔使啦，咁小事，唔好搞啦，鱼蛋粉咪几好食！"

那边智美正在谈着她打工的事，好像兴致又回来似的："依家做promote唔係净係讲有咩优惠架喇，乜都唔使讲，净係氹个客签个名，你话，净係登记者，唔使俾钱，一个月免费试用，唔使讲有乜着数，净係派啲靓女，见后生男人就缠住佢，苦苦哀求咁，话公司要一晚签满几多quota，如果唔够，今晚就白做，好惨，你当係帮下我啦好唔好？咁讲架，真係拉住你只手，係咁哆你架！好少男仔唔心软！"阿灰吸吮着河粉，口里含糊地说："真係咁搞？乜依家啲手法咁毒！"不是苹果指着智美，说："呢，佢咪做緊呢啲嘢啰！下次唔好喺街度撞到佢，如果唔係真係唔好彩！"智美拨开不是苹果的手，说："你估我想嘅咩！啲女仔个个都用呢啲手段，自己唔係咁就听食白果啦！你估好玩咩？我虽然都想识男仔，但係，都唔係咁cheap，钟意随便哆啲陌生人，有时遇着啲衰人，都有俾人占便宜。"阿灰放下碗筷，突然郑重地说："智美，转过份工啦，唔好做啲咁无聊嘅嘢！"智美没有回答，低头在吃面，咬了很久面条也没断，在筷子间拉拉扯扯的。智美刚食完一口，抬起头来，阿灰又拿起筷子低头在吃着。不是苹果也没说话，看着他们两个，看见智美抿着嘴，眼湿湿的，但阿灰只是低着头。

不是苹果索性别过脸。在另一边，奥古又在侃侃谈着他的尺八传奇："我每晚至少练习三个钟，有时隔篱邻舍都会投诉，你知啦，有啲人觉得尺八啲声好恐怖，好阴冷个种，我自己钟意就唔觉。我屋企养咗只狗，每次我一吹尺八，就会一齐喺度叫，好似哀鸣咁个种叫法，呜呜声咁。开头我觉得好搞笑，后来就觉得几讨厌，你知啦，只狗咁搞破坏晒啲气氛，但係依家又觉得其实好特别，可以话尺八嘅天然之音连动物都感染到，佢係个知音嚟架！我有谂过同只狗合奏，或者带埋只狗去日本学师，不过唔知师傅接唔接受到。"听奥古这样说，贝贝和政也笑得合不拢嘴，不是苹果就把狗和尺八的故事转告智美和阿灰。两人也忍不住大笑，不是苹果就扮狗叫，尖声地模仿狗音尺八。大家于是就笑得更加不可收拾了。"有时真係觉得，狗好过人，同人讲也乜物物，可能都会冇同感，冇沟通，反而狗有种直觉，好真诚。"奥古总结说。不是苹果却说："我同你相反，我最憎狗，见一只杀一只，尤其是嗰啲懒可爱嘅小小狗。"奥古露出惊恐的样子："咁变态！冇听你讲过嘅？"

吃到后来，不是苹果拿起啤酒杯来，说："今日玩得好开心，首歌夹得好好，好耐冇咁玩过，特别係多谢阿灰，我唔叫你师傅喇，帮咗我哋好多，下次都唔知大家几时得闲，可以再一齐玩。贝贝结他弹得唔错，其实好有潜质，不过你嘅志愿係写嘢，我就祝你嘅第一本书早日出世。奥古就祝你可以去到日本，同埋只狗一齐去。哈，哈！智美，祝你，揾到钟意嘅人，或者，钟意嘅人都一样咁钟意你啦。我自己呢，就祝自己，唔，咩好呢？都唔知喇，是但啦。噢，仲有政，祝你，咩好呀……"她望望政和贝贝两人，就把杯中的啤酒干了。政拿啤酒回敬不是苹果："你唔祝自己重组自己嘅乐队？呢个係你嘅愿望嘛！祝你重组Rejuv吧！"不是苹果拿空杯和他碰了碰，说："祝我，讲真嘅时候讲真，讲假嘅时候讲假啦！係咪咁讲呀灰哥？"阿灰不明所以地笑了一下。贝贝悄悄拿可乐呷了一口，无声的，或者，没有人听到。

双腿交替地上下踢动时，手臂同时在动作与归位之间交替地划动。当一只手臂从你的正前方伸出时，另一只手臂也正完成拨水动作，到达你的大腿侧。当前面的那只手臂进入水里，准备抓水时，你就以缓慢、有节制的方式把气吐进水里。游自由式的时候，脸是浸在水里的，所以，想要在恰当的时机吸气，就得掌控时间和动作节奏。当你完成一个完整的手臂动作时，身体会滚动到一侧，你把那只归位的肩膀抬高，脸稍微向上转到腋下，预备吸气。做这个动作时，只需要露出半张脸到水面外。练习把嘴巴（而不是整个头）稍微抬高吸气。等归位的手臂伸到比较远的地方，再让脸回到水里，这时，归位的那只手才入水；一旦你的脸回到水里，就把空气由鼻子和口呼出去。

Sharron Davies, Learn Swimming in a Weekend

那已经是十月尾了，是天气已经不太适合游泳，或是不太适合嬉水式的游泳的季节了。这个时候，如果跳到游泳池中而不立即拼命地游，就会很快给秋风吹得浑身发抖了。是个很怪的季节，日间阳光普照的时候还可以穿背心短裙，多走几步也会满头大汗，但空气中就是不经不觉地浮动着隐形的凉意，在出其不意的时候突然袭来，比如站在建筑物的阴影中，或者，在游泳池里。游完泳出来，秋日的阳光和秋风合谋，蒸掉发肤上的水分，留下一种泳池氯气的味道，成了习惯，就会借代成秋日的特有味道。这种味道，一般也不会和人分享，只有自己品尝，所以也往往是一种孤寂的味道。游泳于贝贝来说可算是个最持久的运动。在中学时期结束，排球和跑步也一一放弃之后，游泳就成了贝贝唯一自愿的运动。夏天常常游泳自不待言，深秋甚至冬天也不会完全荒废。中学时候贝贝就常常挂一身铜黑皮肤，大学之后，多少受了女孩子美白文化的影响，就不太敢在烈日下游泳，不是黄昏后才游就是去室内泳池。只有在游泳池里，贝贝才不害怕面对自己的身体，不会为自己较矮小的身材而自惭，不会为展露自己的肌肤而害羞。平时不敢穿背心的贝贝，穿上泳衣时却毫不尴尬，而且往往能在娴熟的泳姿里流露一种连她自己也不自觉的自信。所以那秋日皮肤的气味也是一种自信的味道，好像有金属的强韧感。

不过，这种味道并没有和政分享。那是因为贝贝和政太少肌肤之亲吗？还是因为政的嗅觉太迟钝？还是因为贝贝刻意向政隐藏自己这方面的小小秘密？贝贝自己也无法解释。是甚么促使她接受和政以及不是苹果三个人一起去游泳的事实，她也不清楚。总之在这个初秋黄昏，三个人有点不合情理地同时浸泡在还没有暖水提供的泳池里。贝贝一下水就先自行游了十个直池。贝贝也不是不知道不是苹果的游术不佳，但她并没有先停下来陪她嬉戏一会，或者指点她如何改善姿势之类。贝贝以一种竞赛的姿态一开始就认真地游起来。或者可以说，是一种逃亡的姿态。好像要游得远远的，离甚么远远的一样。她明明知道，政看见不是苹果不太懂水性的笨拙样子，必定会留在池边的地方，教导她诸如呼吸、划手、踢腿之类的动作。政也曾经这样地指导过自己吧。贝贝想。虽然她当时其实已经游得不错，但她还是让政去指导她，装作听了他的意见去游自己早就懂得的泳式。她奇怪，那时她为甚么会不说出来？为甚么不明白表示，她其实无须任何教授了？为甚么她总是那样虚心？或者，装作虚心？她每次游近池边，就会首先在池底水中看见不是苹果白而修直的腿。是那双腿啊。她第一次在卡拉OK中看见的挣扎着的腿，第一个印象里已经是和政纠缠在一起的腿。但在水中看去好像有甚么不同了。那种白好像化开了，好像模糊了，晃动和变形了，无力了。她多次想游近看清楚，但那腿总是在浮动，而且旁边总是有另一双腿。那是谁？为甚么好像很陌生？贝贝停下来休息，一点也不累，但还是尽量深呼吸着，好像想把体内积郁的东西使劲吐出来。天色越来越暗了，泳池畔的灯光都亮起，在水面投下幻变不实的光斑。除下隐形眼镜的贝贝，要靠近视泳镜才稍稍看清四周的景物，和那两个人影。她扯下泳镜。那两个人影就更糊作一团，差不多要融合成一个。奇怪的是，除下泳镜，贝贝竟有一种自己的身体变得隐形了的假象，令她更敢于直视那两个影子，纵使其实她除了暧昧的轮廓之外几乎甚么也看不见。她把头枕在池畔，斜斜向那边望去。两个变化不定的身体令她产生很多想象，例如想象政弯身抱住了不是苹果吻她，而她也响应他的吻，把自己的身体紧紧贴着他，她发出异样光芒的双腿缠绕着他。她突然又更奇怪，为甚么自己可以这样冷静地目睹着这些，心里一点也不愤怒，而只有泛起深深的孤独，或者被遗落的感觉？是她在容许这样的事发生，还是这样的事令她束手无策，所以她就以一贯逆来顺受的作风听其自由发展？也许，是她个性里的旁观者因子，教她以站在一旁来洗脱自己的责任？风吹过来，手臂都起鸡皮了，趁还未彻骨冰凉之前要保持活动了。贝贝离开了那肉色异象，奋力向另一面游去。风掠过她的肩背，水抚摸遍她全身。她慢慢地暖起来了。

回到更衣室里，贝贝和不是苹果各自冲身。当贝贝从冲身间包着毛巾走出来，终于还是无法再避开正在擦干身体的不是苹果。她知道自己万万不能看到这个景象，万万不能看到不是苹果的肉体，因为她知道一旦看到了，就会没法停止自己的幻想，没法停止在脑海中看见不是苹果和政搂在一起的裸体。印象这种东西一留下了就永远无法擦去，如果她看到不是苹果的以这样纤瘦的女孩来说算是丰盈的乳房，她就没法不在心象里把政的双手甚至嘴唇放上去。想到这里她的心就突然抽痛了。她突然明白整件事了。她想找些闲话和不是苹果聊聊。那绝不是因为害羞。就算要她自己在不是苹果面前赤裸，她也不会害羞。她怕的是，现在她们两个都赤身裸体了，没有一丝遮掩了，却反而是她们之间最没法坦诚的时刻，反而是要互相隐藏的时刻，反而是要找话题来障蔽真相的时刻。是不是苹果打开沉默的。她说：为甚么避开我？为甚么在泳池一直躲得远远的？贝贝不肯承认，只是说：没有啊！只是想自己多游一点吧。贝贝，别这样吧！为甚么不理我？我没有不理你，政在教你游泳嘛，用不着我。你知道嘛，池水很冷，我一直在浅水那里，发冷，但还是勉强练下去，我看着你，游得那么自如，好像是自己天生的能力，不费力气地、自由自在地游，很羡慕，我以前很憎厌游水，真的，觉得不好玩，而且，很害怕那种掉在水中没有依傍的感觉，很害怕，小时候爸爸带我去游水，我怕，就一直拉着爸爸不放手，觉得有爸爸就不用怕，之后去游水也不过是为了那种感觉，那种可以抓着爸爸不放的感觉，结果就永远学不懂，后来没有了爸爸，就更加不要来泳池了，但你说要来，我就想再试试，看到你游，我就更想像你一样，真的啊，贝贝，我真的羡慕你，一直也是，羡慕你的一切，你拥有的一切，你懂得的一切。贝贝听到这里，却突然变得冷酷起来，说：还有政，你也想拥有他吧？不是苹果呆了一下，好像想笑，但笑不出来，双手拉紧身上的毛巾，身体慢慢地就开始抖颤，嘴唇也变成青紫色，困难地进出微弱的呼吸。好冷！贝贝见状，却没有动，看着不是苹果蜷缩在木长凳上，肢体扭曲，胸口像给甚么重重压着，想叫出来但又给卡住。毛巾一角滑开，露出了下体，和一双瘦长的白腿，和在卡拉OK里一样赤条条的腿，但却没有了那种光芒，而变成了暗哑无血的，像易碎的冻蟹脚一样的白色。贝贝背贴着墙边，竟然不敢动，只是眼巴巴地瞪着不是苹果阴淋淋的私处，好像看见黑黑的经血在淌滴着。她的手脚不听使唤，像中了咒的人一样，化作了盐石柱。如果不是苹果现在就要窒息而死，她也会像这样垂着手站在旁边目睹着一切吧？不是苹果连小宜的哭号声也发不出来，更衣室里的其他人也没有察觉异状，要任由不是苹果死去，不是那么困难的事吧。她在透彻入骨的发抖痛苦中，依然倔强地坚拒望向贝贝，拒绝向她发出求救，究竟是在宽容她还是在谴责她呢？可以听到牙关咯咯碰撞的声音了，像一种令人毛骨悚然的敲击乐。那不是作假的，她真的有病。咒语突然解除了，贝贝趋前，解了自己的毛巾，重重地包裹住不是苹果的身体，但因为毛巾都是湿的，所以反而更冷。于是她索性把毛巾都扯掉，把整瓶润肤油倒在不是苹果身上，涂满了，然后使劲地擦她的皮肤，好像要擦出火来似的。贝贝触摸着不是苹果真实的身躯，那在她的印象中那么的炽热和光芒的身躯，现在却变得那么的脆弱无力，像块薄脆的冰。那是多么的可耻。她无法自制地变成了政，她的手变成了政的手，把不是苹果的整个身体也搓捏遍了。这想法是那么的可耻。她甚至想象着把手指插进她的阴道里，去探知那里面是不是冰冷的，还是燃烧着可耻的黏湿的火，感受着政是如何地把阴茎插进那团黏湿的火中一样。然后她就发现原来燃烧着黏湿的火的是自己。她扮演了小宜的强暴者，也扮演了被强暴的小宜。终于。她在想象中把这两个双重的角色也同时扮演出来了。

两个人都累倒了。贝贝的双臂很酸，挨着木椅背上，身上冒着汗。不是苹果浑身通红，皮肤上布满横横斜斜的擦痕，面色涨绯绯的，呼吸却回复平顺了。在接触到真正的共同羞耻感的边沿，两个身体又分开了。到头来两个身体还是两个身体。你我还是隔绝的两个人，互相看不到对方的真相，体会不到对方的感受。贝贝，我是个坏人，我本质是坏的，是遗传，总是做很多伤害人和伤害自己的事。别这样说。是真的，政的事也是这样。别说吧，就算是，他也有份儿，连我也有份儿，是一起也有责任的，不是因为你一个。贝贝，你太好了，好得令人难受，好得可厌。你完全错了，我一点也不好，我是个可耻的人，你知不知道我刚才在想甚么？贝贝，你身上有种香气。香气？这不是香气，是池水的气味。不，不是，是海水。不，其实是秋天。是孤寂。是惭愧。的气味。

她们出来的时候，两人仿若无事，不是苹果神色疲倦，政以为是她游泳累了，也不知道更衣室内发生过的事情。这会是在她俩之间的秘密吧。连同那种肌肤的气味。连同当中的不悦，和分享了不悦的共同感。就算最终没法驱除这不悦之感。就算共同感只是刹那即逝。

最早的时候我们谈过"观看"的问题，认为在下笔写之前，决定如何去看事物是十分重要的。我们必定是从某些角度去看事情。关于一件事情，从我的角度看和从你的角度看，结果也常常有差距。我们写东西的时候，一般也会直觉地从自己的角度，而且是自己最习惯的角度来写。可是太习惯的时候，可能会缺乏新意，好像自己写来写去的东西也差不多，想来想去也想不出新的构思。这时候，尝试转换一下角度，可能会有令人惊喜的发现。转换角度的好处，就是令人对事物重新感到陌生、感到新鲜。因为陌生，所以非想出新的表现方式不可，因为新鲜，所以想象力的资源还依然非常充分。从前我学过一阵子摄影，起先看的很多教材，都是谈那些固定的构图和镜头运用的规条，好像大家照着规条去拍那些千篇一律的日落美景或者柔焦镜头下的人像，就算是好照片了。后来读到一本很不一般的摄影集，作者却叫初学者拿着相机，在家中趴在地上，从那种不寻常的角度去拍自己的家！这里面是大有道理的。家岂不就是自己最熟悉，但也因此感觉最迟钝、想象力最薄弱的题材？当你以为自己的家普通得不得了，实在没有甚么值得观察，就趴下去看看吧！也许你会有完全不同的观感！"角度"本身当然也有很多种理解和层次，不过我们暂且不用太理论化，只要概括地理解它便够了——那就是，你写作时，无论你写的是哪一种文体，所采取的究

竟是怎样的观点。比如说，你是从一个学生的观点去写？还
是从老师的观点去写？是从一个少女的眼睛去看？还是从一
个中年男子的眼睛去看？是用一个女儿的声音去讲？还是用
一个父亲的声音去讲？这些观点都会产生出不同的写法。

董启章，《贝贝的文字冒险》

要观看一间日本料理寿司台前的一对男女的对话，可以采取的角
度不算很多，但也不乏变化。比如说，从他们身后远处的广角度望去，
虽然只可以看见两人细小的背影，但从他们的衣饰和背部抽动的幅度，
至少也可以提供某方面的判断根据。例如男的穿的是极不显眼的长袖
卫衣和牛仔裤，但剪了个整齐的短发，连发根也清洗得干干净净，可
见是个一丝不苟的人。他的衣着不像上班一族那样正式，但又不像是
低下阶层劳工般粗俗，所以极有可能是个大学生。如果能透视到他脚
下的背包中真的放着甚么后殖民主义的论著的话，他的身分就更加无
可置疑了。可是，我们却无法从男方的身分来推断女方的，因为她在
红格子小恤衫里面穿了件深绿色长袖T恤，虽是坐着也能从挑战极限地
下垂的裤头和重金属腰带辨出下身穿的是流行的低腰牛仔裤，在露出
大半的臀部可以看见纯黑色的内裤和一线隙阔的若隐若现的纯白肌肤，
在身体稍稍前倾时还会浮现出股沟上端的凹陷阴影，金黑相间的头发
在脑后扎成小马尾，在两边夹满了鲜艳的发夹，是个非常入时的样子，
和男方的素实截然不同。当然我们不能因为大学生不会作过于新潮打
扮的前设来推断女方并非男方的同学，因为这样的装容在大学生之中

就算未算普及也不能说绝无仅有。不过从她抽烟的侧脸看来，又的确有一种非学院的粗鄙感。请原谅我用粗鄙这个词。它在这里并无贬义，只是旨在说明一种较通俗、较无拘谨的姿态。至于背部抽动的幅度，这个着眼点对当前这对男女来说并不太有参考价值，因为在他们坐着的大约一个小时内，除了低头吃东西之外，几乎没有作大幅度的移动。不过至少也可由此知道，他们大部分时间是沉默的，或者是在僵持着、等待着、试探着，并没有前仰后合地发笑的情况。当然，背部的广角度也可以令我们看到，这是间颇小规模的日本料理，格调中等，墙上挂着的食品名目小木牌写着的是真的日文，或者对不懂日文的顾客来说很像真的日文。料理里客人疏落，有很快就要关门大吉的迹象，但看来应该是老板娘的女子却罔顾近在眉睫的危机，没有苦苦去构思更市侩的经营策略，反而还无微不至地照顾着客人琐碎而不会带来经济效益的需要，可见这间日本料理就算食物水平不够正宗，却也模仿了日本饮食业的优良传统。不过，这些对了解我们的一对客人没有任何帮助。

另一个角度当然就是寿司柜台后面寿司师傅的角度。相信大家也会认为这是更有利的角度，因为从这里可以正面观察这对男女的样貌和神情，甚至可以把他们说话的内容偷听得一清二楚，就像电影中的近镜一样把现场的情景活现眼前。可惜，请原谅我现在无法把这方面的画面向各位转播了，原因可能是寿司师傅基于专业操守拒绝把客人的谈话内容披露，或者在客人谈话的关键时刻寿司师傅刚巧去了接电话，而其他时间的谈话实在乏善可陈，又或者寿司师傅自己也因为刚刚失恋而心神恍惚，对别人的私事兴趣缺缺，诸如此类。既然无法采取公认是最有利的角度，我们唯有激进地占据那位男子面前桌子上的木盘子里的一件三文鱼生寿司的角度吧。虽然三文鱼生已经是一块死物（纵使它是新鲜美味的死物，而就算是它生前也不可能拥有人类的意识和观察能力），但在文学叙事技术上，是没有不可能代入的角度的，所以一块死的鲜三文鱼片绝对可以扮演透视故事情景的中介角色。在这方面，小说世界的确比现实人生完美和幸福，因为在现实里是绝对无法做到代入三文鱼片去看别人的私隐这种事情啊。如果我们不是那两个人，就无法经历那顿晚饭，如果我们是三文鱼，就早已经给切片，等待被品尝的命运。与文学相比，可用于应付现实生活的技术十分有限，或者技术的应用范畴十分有限，不过人还是对如何生活掌握得很拙劣。

回到三文鱼片的角度，我们可以看到的是男子的手捏着筷子，在寿司之间徘徊着，不知是犹疑还是心不在焉，筷子尖几次在三文鱼寿司上空掠过，结果却都是落在其他寿司身上。在这过程中，两人很少说话，就算有，也只是些无关痛痒的闲谈。到了最后，盘子里只剩下三文鱼寿司和玉子寿司，筷子多次来回兜圈，也未能作出抉择，这即是说，已经来到关键性时刻了。男子果然就在这时候开口说话：听过有人话，人生就好似一盘杂锦寿司，里面总有好吃的和不好吃的，如果你先选好吃的，后来也难免要吃那不好吃的，也有人先吃难吃的，然后才吃心头好，但怎样也好，事情有坏的一面，也总会有好的一面，一切只看你选择怎样的角度，你说对不对？从三文鱼片的位置看出去，在那圆形围墙似的木盘边沿上面，正好可以看到女子的脸部，和她那正在吃面的神情。不知是由于她正在吃的面太辣，还是受到男子的发言困扰，她的眉头微微皱着，鼻翼也轻轻搐动着。过不久，她就响应说：我看人生不一定是这样，人生如杂锦寿司的人其实已经十分幸福，没有权利再抱怨甚么好吃不好吃，你看看有些人的人生，是一碗地狱拉面，无论是先吃面还是先吃料，还是先喝汤，都是一样劲辣，一点也不轻松，没有选择可言，根本没有分别。男的不作声，筷子还没有选定对象，后来他说：我也不过想你往好的一面想，你的人生，也不尽是难吃的东西吧，也不一定要过那种生活，你自己也有权去选择不同的东西嘛。女子放下筷子，说：你根本不明白，你的生活都是那么的井井有条，真是像一盒寿司，清洁、干净、美观，但我不同，地狱拉面是不可以跟杂锦寿司相提并论的啊，你明白吗？是两种完全不同的事情啊！男子打断她说：那么我就请你吃寿司啰！你索性不吃地狱拉面，那就成了嘛！女子坚持说：你都不明白这个比喻的意思，不是拣地狱拉面还是寿司的问题，而是人生本质上是地狱拉面还是寿司啊！我也不是说是地狱拉面我就不要吃了啊！我不是一直在吃吗？而且也不怕吃下去，明明知道是地狱，也得死顶下去，我是打算这样子的啊！不要把我看成宿命或者低头好不好？就算我知道不会有好结果的事，至少我不会逃避，我想认清它，而不是跑掉，如果这真是地狱，要跑也跑不掉……我来问你，如果我请你吃地狱拉面，你吃不吃？不，不该这样说，让我再讲一次，情形是，如果你来到一间日本料理，坐下来，看了餐牌，有齐照片那种，看得好清楚，结果你叫了杂锦寿司，因为你一向也习惯吃杂锦寿司，而且也觉得很合口味，怎料送上来的竟然是地狱拉面，而你是从来也不吃辣的，你会怎样？会拒绝吃吗？会向伙计投诉然后要求换回杂锦寿司？还是，会照样吃下去？女子说完，点了香烟，慢慢地吸了一口，不知嘴角是笑还是属于吸烟的自然动作。男子没答话，最后夹了三文鱼寿司，一口吞下了。我们的视点，也随之而堕入黑暗深渊了。

至于台底的角度和天花板的角度，虽然也可能提供视觉上有趣的细节，或者饱足某些偷窥狂的眼福，但相信也不会再为这场谈话加添甚么更有意义的揭示，所以不必多费笔墨了。如果我们竭尽所能，转换了不同的角度和叙事手段，甚至用上了两个关于人生的比喻，结果也未能探挖出事情的核心，那可能是因为，现实容许的事情虽然比文学少，但却远远比文学难于名状。人生毕竟不是杂锦寿司，也不是地狱拉面。

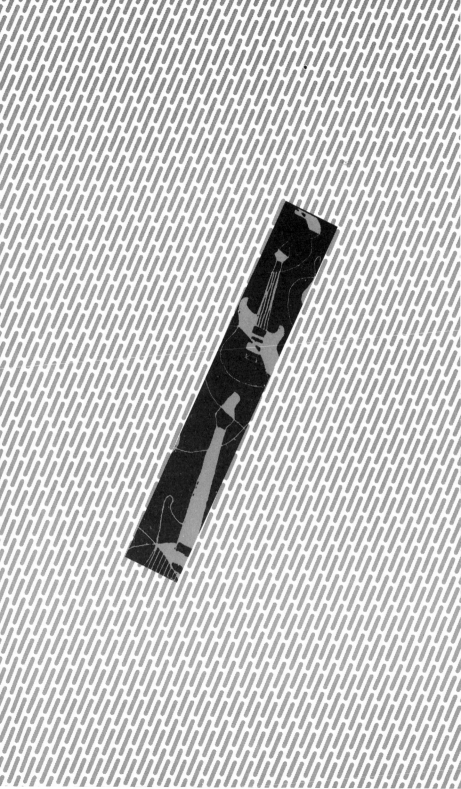

测谎机

把苹果连皮放进去然后搅动

小心你的手指和你稀薄的尊严

无眠的夜晚最适宜聆听磨刀转动的声音

把染了咖啡渍的白恤衫塞进去然后搅动

还要不要连同长发和掉落的睫毛

迟起的早上不如遗忘漩涡中心湿濡的叹息

热爱的机器最熟悉我的气味

随时委身也不觉得自己太像跟随尺八哀鸣的狗

受够了隔壁生疏笨拙的色士风

幸好有说明书细读直到天亮

从烟圈扭曲的形态可以看到真心吗

家里的温度计降到最低点

把信用卡插进去记住要抽出来

屏幕出现今天的运程

生值器指出尚有九十七元余额多谢你

启动来电转接功能输入自己出生年月日

你的声波深深植入我的记忆

永远遇到对方通话中

如果割破指头流出苹果汁

穿上白恤衫躺下准备受刑

闸口不通请到补票处

我在哪里？喂？我就快到旺角站了

从烟头的余臭中可以闻出真相吗？

护士把咬断的探热针从我口中拔出

有轻微发烧

你总是这样说

毫不知悉真心像水银灌注我的血管

测谎机。

那天下午在大学水池畔，我突然领略到，把事实说出来的困难。我是说事实，而不是复杂的解释，前因后果，意义之类。只是事实。好像一化成言语，就不是事实，而只是说法之一种。于是我尝试在言词中找寻事实的界限，想知道，把言语简化到怎样的程度，就可以触摸到事实的边沿。于是我就尝试把当天的事，由始至终地用这种程度的言语，在脑海中叙述一次。我问自己，可以说一种事实的话语吗？我怎样才测知它就是事实的话语？

还是从头开始说吧。

早上和政一起吃早餐。是很久也没有试过的事了。他记得那天我提起过。昨晚深夜打电话来约我。我听到的时候没有惊讶，只是有点怕。是不是有甚么要和我说。过不久就收到不是苹果的电邮，把她的新歌传过来了。自从那天一起游泳，个多星期没见面了。好像有些东西没法立即恢复过来。通过几次电话，也不过匆匆的。我问她早前提过的歌写出来没有，她也支吾以对。到昨天，才传过来了。我读着，虽未听到曲调，但又仿佛已经听到了。那是在挣扎着的歌声吧。但跟谁，跟甚么在挣扎呢？那是说出事实的歌词吗？还是拒绝事实的歌词？想到再深究下去可能会挖出她内心的甚么，就有点不敢看下去。

回到事实上去。

这个早上很暖，一点不像秋天。这个秋天真不像样。我有预感它会一直暖下去，好像一个伪造的夏天一样。噢，这也是一个说法。来到饭堂外面，冷清的门口旁边墙上，是闹哄哄的大字报。好像在自说自话。其中一张用拙劣的字迹大字标题地喊出：

"大学理念何在？荣誉学位岂可为大独裁者涂姿抹粉？"

那是最近关于大学方面把今年毕业礼的荣誉博士学位颁赠给某国前首长的风波。那位先生在位期间用假民主的手段实行家长式统治，但却把国家的经济搞得很好。这算是事实吧。校方似乎是想表扬他那种管理才能。这却是说法。我发现大字报标题里的"姿"字写错了，忍不住笑了笑，就没有看下去。

饭堂里人很疏落。可以想象早餐吃起来也会是放冷了的那种味道。开学后一段日子，大家的早起上课意欲大概也开始走下坡了吧。我自己买了个早餐。煎双蛋是意料中的僵冻。面包也硬硬的。牛油怎样涂也不融化，一大块地凝固在扯碎的面包片上。连奶茶也缺乏温度。我拿出不是苹果的歌词，想轻声念出来，但字句来到嘴唇就像给甚么胶住。这也是说法？但明明是胶住了。

政没有迟到，是我自己早到了。他也买了相同的早餐，一点也不觉异样地吃起来。他望着我的装束。我这才知觉，我穿的也是那件白色背心和格子恤衫，和相同的牛仔裤。我没有怎么说话。在等他说。但他一直没说。我们像干硬的面包涂上凝固的牛油一样，不是味儿。不能不这样说。没法子。于是我就把不是苹果的歌词给他看，问他看过没有。他说没看过。很快就看完递回给我。我以为他眼神里闪烁着甚么。只是以为。然后他说：

"老实说，我觉得她的词太隐晦，很容易做成误解。她说的'真心'是甚么意思？"

这是当天第一次思索到说法的问题。怎样才算是太隐晦，甚么叫做误解，如何才能肯定真正的意思。我记起，他从前也这样评论过我写的东西。那我和他之间有甚么误解？他和不是苹果之间又有甚么误解？我在等待着他说出来。但他真的好像没有甚么要和我说。吃完早餐，看看表，就说要上课了，是韦教授的课。也许，他是临时打消了和我说甚么的念头？是那些曲词令他改变主意吗？我真想问他，叫他心里有甚么就直接说出来吧，不用担心我承受不来。我早已准备好和他说：

"无论你真正的意愿是甚么，我也可以理解的，请你说出来吧！"

但他没有说。我也没有说。而且，我敢说我真的理解吗？大家在饭堂外说了再见。我好像没吃过早餐一样，肚子空空的。沿着斜路往下走，来到下一个校巴站，刚好有一辆上行的校巴停下来。不知是甚么驱使，总之事实就是我突然上了车。车上有同学和我打招呼，问我去哪里。我想去哪里？其实自己也不知道。口里就自然地应说去上课。同学又问上甚么课，口里就说上文化研究，韦教授的，在本部大楼。那同学说她也修过他的课，还大赞了甚么甚么的，又问教到哪里没有之类。我一一虚应。校巴随即来到本部，我就顺势下车。朝韦教授上课的地方走去。来到课室门口，同学们接续走进去，我也跟着进去了。我当时只是想着刚才错失了机会没有和政说的话，或者他没有和我说的话。也许，我只是想见政一面。或者叫他出来，立即说清楚。或者，约他课后再说。又或者，只是见他一面。可以有很多说法。

课室里已经有四五十人，看来出席率不错。我站在后面，一时间找不到政的踪影。突然有人在背后叫我，回头一看，却是韦教授。他样子很惊喜，知道我来找政，也环顾了一下。政是这个科目的助教，虽没有规定必须来旁听，但他很少缺课。韦教授叫我不妨坐下等一下，有兴趣也可听听。我反正无事，就留下来。其实我心不在焉，也不太知道课程的发展。今天讲关于本地考古工作的文化含义，提到三年前回归前后的一些考古发现。韦教授侃侃而谈地说：

"借着在这个边沿地区的地底掘到的青铜时期器物，把这个城市的历史上溯到六千年前，说成是整个大中原文化不可分割的一部分，其实并不是个考古学这个学科内部的客观结论，而是必然带有当时政治论述的暗示性，是配合着时势而产生的一种意识形态渗透，也因此让我们理解到，貌似科学和客观的研究，其实也难免成为权力中心的合谋。"

句子必然很长。好像说法越长越像事实。只要说得很长，就开始忘记不明白的地方，并且开始觉得完全明白了，甚而变成无可置疑的事实了。所以就算我不太明白他的论点，他的语气和措辞也很有力地印在我的思绪中。但不是措辞越简化，越接近事实吗？我更搞不清楚和政之间悬而未决的关键说话是甚么了。

直到下课，政也没有出现。韦教授在臂下夹着书本，说政也许有别的事，问我要不要打他手提。我说不用了。我其实是不想打不通，也不想知道他去了哪里。不想真的碰到事实。我只想把说法当作事实，躲在语言的捉迷藏中。韦教授以为我没事，就叫我一起去吃饭。我也无所谓，就跟他去了教职员餐厅。上了他的车，听他在说着政如何如何的，都是赞他的话。都好像不凉不热的风掠过耳边。他的车里面有一种香气剂，但却好像某些燃烧品的味道。竟然令我想起不是苹果的一首歌词。也突然记起旁边这个人在卡拉OK给不是苹果打过一拳。他大概不知道我心里面的这些，在饭桌上继续着他永不衰竭的话题。教学。研究。喜欢吃生蚝。哪间扒房格调最高。跟某政党的头头商议合作。之类。明明都是事实，听来却像很多说法。很奇怪。又详细谈到他刚在报上发表的一篇文章，批评了校方在荣誉学位事件上的失当，并且因而得罪了大学的某些高层。不过，管他呢！他把杯里的茶一饮而尽。灌烈酒似的豪气。突然又停下来，望着我说：

"老实说，你留给我很深刻的印象，那一晚，你那种不同于其他人的气质。"

我有点不知所措，开始跟不上他的思路。这也算事实吗？可以相信吗？没有吃甚么就觉得很饱胀了。和早餐相反。

踏出餐厅门口，韦教授说送我，刚巧看见黑骑士从对面的教学楼走出来。我匆匆托辞告别，向黑骑士追上去。他今天也兼课，我怎么没早点记起？为甚么不去听他的课而去听韦教授的？为甚么不和黑骑士吃饭而和韦教授。黑骑士一直低头走着，我不想跑过去或者高声喊他那么夸张，但快步又赶不上，追在他后面好一会。我在他身后叫了他几次，他才听到，回过头来，见是我，有点愕然。他说下午有事做，正在离去，我就陪他走路下山。问他做甚么，他又语焉不详。天色很好，我提议走山路，穿过山涧那边下去。树上有长尾的大蓝鸟在呀呀啼叫。样子很美。不知叫甚么名字。他说可能是喜鹊一类的。过了溪涧，他问我最近有没有写新的东西。地点和说话我也记得很清楚。我不好意思地摇摇头。他又提起不是苹果，我就把她的新作给他看。他接过看了一眼，就退给我，说，他也收到了，不是苹果和他通过电邮，把歌词传给他看了。这点我倒不知道。虽然只是很普通的事实，但心里却像哪里挨了一记碰撞似的。我记得那天黑骑士说过不是苹果有一张好看而且看来很真的假面。黑骑士见我沉默着，就说：

"你也很喜欢她的词，而且感受到里面的甚么，对不对？你和她其实有共同的地方。我不是说你和她相似，你们基本上是截然不同的两类人，我也不敢说你们能互相了解，但是，纵使是这样，你们之间还是存在着共同感的。你认为是不是这样？"

我表面上不置可否。也许我自己早就觉察到这事实，但却找不到具体表达出来的说法。经黑骑士说出来，好像更确凿无疑。就像给人一眼看出自己患的病。来到火车站，临分别前，他提起出书的事。和出版社商谈不太顺利，那家公司好像有变卦，未必可以照原定计划进行：

"不过，我保证，无论怎样，你的书也一定会出来，这是我答应过你的。"

他和我挥挥手，走进入闸口，进去之后又回头。我记着他这句话和之前那句话。在心里秤量着，是这件事重要，还是另一件事重要。沿路往回走，来到池畔路，就向水池方向走去。

来到池畔，没有人，坐在长木凳上。山上有云。树上传来鹎鸟的清脆鸣叫。远处球场上有上体育课的同学的吆喝。我想起政说过的话。脱下格子恤衫。只穿着白背心。让阳光肆意触摸手臂和肩膊的皮肤。如果他看到了会怎样？会取笑我吗？还是会快乐一点？会对我改观吗？我也有气质吗？也可以是个有吸引力的女孩子吗？我们曾经也常常坐在这里，说着在这种情景下情人会说的话。不过我没有只穿背心。政今天究竟去了哪里？要不要打电话给他？还是打给不是苹果？如果找不到他，或者找不到她，那该如何是好？我看看手提的显示屏，然后按键把它关了。我也不要有人找到我。再拿出不是苹果的歌词，试着想象怎样唱，仿佛就响起背景音乐。念出来。这次念得很清晰，草地和池面好像有回响，很好听。这就是事实的声音吗？我问自己，为甚么还会在这里享受着不是苹果写的东西。真奇怪。我怎可以接受这样的处境？在这里细味她的心迹，而不去当面质问她。她的歌词是说了真心话吗？还是掩饰了真正想说的东西？是谁毫不知悉谁呢？突然想抽烟。虽然我不懂，但觉得在这种情景中应该要抽抽烟才像样。也想看看烟圈的形态可不可以看到真相。我可以说我是在努力地尝试体会她的感受吗？甚至是体谅她？这对我有甚么意义？有甚么益处？她又有没有体谅我、想过我的感受？但我能怪她吗？我有对她坦诚地讲过我自己的想法吗？我不是一直在回避着、掩饰着吗？在装作不着紧，装作若无其事，甚至暗暗地促使事情的发生吗？我是想借她来了结我自己无法了结的事情吗？因为我自己没有勇气，拿不定主意，不愿意承认自己并不真的爱政，但又不想做出抉择，不想负上行动的责任，所以一直希望她来代我打出决定性的一击吗？那么我就可以安然地扮演受害者、牺牲者，回复无拘无束的自我吧。但这难免也有点孤独啊。我又想起中学家政课的事。想起那个怯懦的自己。弄断了衣车针而不敢承认的自己。任由别人承担错误的自己。和阴暗中那头受伤的兽。到头来，最卑劣的也是自己。就是这个时刻。我忽然领略到。说出事实的困难。甚至不可能。说出来的。都变成了说法。事实是说不出来的。但我们还是要去说啊！要写。要唱。要讲。除此之外。没有办法了。那个界线。事实与说法之间的界线。是不存在的。无论是用很冗长的句子。还是很扼要的句子。结果可以是真实。也可以是谎言。那和句子无关。和说法无关。需要的只不过是勇气。和意愿。

　　我掏出手提，开着了，拿在手中，好像在秤着它的重量，又好像随时要把它抛掷到池水中去。然后我打了电话给不是苹果。她在上班，电话转驳到CD店。是奥古接电话的。她来听的时候，我说：

"你可以听听我说真话吗?"

见到不是苹果,是她下班后。那是晚上十时了。她还未吃饭,我们就买了汉堡包和可乐。离开新城市广场,穿过沙田大会堂外面的公园,来到后面的城门河畔。拣了张可以望到河和桥的石凳。汉堡包的气味在清新的空气中显得特别人工化。十一月的晚上像日间一样热。我跟午间在水池畔一样,脱下恤衫。风就往腋下钻。其实没有风。是微汗蒸发时隐隐的凉意做成的假象吧。不是苹果看着我的肩膀,和我的胸口。是察觉到我的举动跟平日不同吧。不过,她首先和我说的,是Luna Sea真的要解散了。是昨天宣布的。她还买了他们明晚在会展中心的演唱会的票。她好像很落寞的样子。我不是Luna Sea的歌迷。记忆中从来没有真的算是迷上了哪个歌手,有较喜欢的也只是称得上喜欢而已。很难想象她的心情。原本想说的话于是突然又卡住了。沉默了好一会,还是她先说话,问我有没有看。我知道她是指新歌,就点点头。她喝了口可乐,清了清喉咙,就望着远远的河的对岸,清唱了一遍。歌声的回响好像在测试着脚下河水的深度。又好像是河水在测试着歌声的质量。我看着在唱歌的她。她今天穿了件白色无袖连衣裙,只戴了一双简单的小银耳环。样子竟是那么朴实无华。又好像是一种哀悼的容色。在对岸高楼的灯光背景中,她好像一张薄纸裁出来的白色剪影。仿佛会给风吹走。她唱完,回过头来,说:

"其实是我要说真话才对,贝贝,我知道,和他一起的代价,我会加倍讨厌自己,因为我无法不看清楚自己虚假的程度。虽然,我一直在努力地延迟这个地步。"

这样的说法没有新意，因为是我已经知道的东西，但她说出来的直接程度还是前所未有的。不管是事实还是说法，这是真话没错。真话是另一回事。我知道这是件艰难的事，但我还是不得不问下去。因为既然终于也不再回避了，就要彻底地去到事情的核心。于是我问她今天早上政是不是来找她。她很坦白地点点头。还说政向她表白了：

"他跟我说，他对我是真的，他又说，虽然很对贝贝不起，但他知道自己在做甚么，知道自己要做正确的选择，不能纠缠下去。他就是这样说的。他真是个蠢材。我和他说，没有正确不正确的选择，如果觉得对贝贝不起，就不要这样做，我是没所谓的。"

但是，我说，没所谓又为甚么要接受他？她说她未认识过像政这样背景和性格的男孩子。她从前的圈子里没有这样的人。但也许她只是好奇也说不定。好奇想知道这种学究型的像稀有动物或者受保护动物的男孩子会是怎样的一个情人。事实上，她对政的话没有感觉，也不相信那是真的，或者那可以永远也是真的。可是，这不是说她没有喜欢他的地方，没有被他吸引而跃跃欲试的反应。那是连她自己也弄不清楚的东西，所以她要去搞清楚，知道事情是她自己要的，而不是抛在她手上，无可奈何地去接受的。她知道在我面前这样说很无耻，简直不是人说得出来的话，但她可以说的就是这程度的话了：

"我不知道这算不算是你要求的真话。我一直没有刻意去隐瞒甚么，只是，当事情在发生，谁都不能完全看清楚真相吧。也许，根本就没有所谓真相，也没有所谓的真话可说。我们总是在各自的角度、在不同的时间，看到不同的景象，没有人能全盘都看见。那么，把这些零零碎碎的图片拼凑在一起，就叫做真相吗?"

我给她搞乱了，我以为真话很简单，好像是，今天早上政是不是来找她，政是不是喜欢上她，你们说过甚么，去过哪里，做过甚么，等等。这些可以归为事实的东西，好像一张清单一样，只要清楚列出来，一一确认，那就真相大白了。但结果我得到的是一个说法，关于零碎图片的说法。我突然不知怎样把对话延续下去，我不能，也绝无意欲责骂不是苹果，把一切总结为她用心计抢走了我的男朋友。如果真的是这样简单，事情就好办了。可是，很奇怪，我心里完全没有这样想，但这不代表我心里一点不舒畅也没有，相反，我给一种不知是甚么卡住了，让我不能若无其事地对政放手，虽然我心里是已经决定了这样做。那，那是甚么呢? 是甚么令我和不是苹果之间不能就此解决问题呢? 是她那种拒绝承认真诚存在的倔强，和我寻求真诚决定的妄想产生了冲突，令我不能接受这个我早就预期了的结局吗? 我知道，我是带着强迫她说出甚么的意图这样地说:

"如果你想通过行动去弄清楚的话，你不用理我，本着你的真诚，即管去做你喜欢的事吧! 我这方面你不用顾虑，我不会恼恨你的，真的!"

不是苹果没有作声，自己走到堤道一旁抽烟。火光一闪就熄灭了。她的脸亮了一下，就没入黑暗中。远远望去，可以看见烟雾在黑夜中散开、稀灭。一身白裙的她也好像烟雾一样，随时会消散于无形。我嗅到薄薄的、从她的鼻息里飘来的烟味，偷偷地尽情把它吸进体内。如果我们都像烟雾般消散，至少也会有一刻可以融成一体吧。她在石栏上弄熄烟头，走回来，说：

"我从未遇过一个人，能像你这样迫我，迫我去想甚么真诚的问题。我原本可以很简单的，但你却弄到我很烦！弄到我连向你道歉也讲不出来。你这个人真的很烦！你知不知道？你让我静一下，暂时不要再谈这个好不好？"

她一脸困恼地摇着头，掏出香烟想点上，夹在手指间挥动了几下，突然就丧气地垂手，在旁边坐下来。我知道，今天不适合再待下去了。该是回去的时候了吧。追求事实是多余的举动。寻找说法也只会徒劳无功。我咬着唇没说话，望着黑暗的空中，徒劳地搜寻她刚才喷出来的烟雾的踪迹。她转过头来，伸手捏捏我的手臂。她指尖的干燥摩擦到我肌肤的干燥。那是真正的秋天。真是有点凉了。我问她冷不冷。她摇头，双手却抱着臂。我穿上恤衫。和她贴得很近。走着。仿佛甚么也没有发生过。穿过公园树影的时候，我问她：

"Luna Sea真的要解散？"

她说：

"我想这次是真的了。"

我们一起坐火车。我在大学站下车，见已经没有校巴，就走路回宿舍。走到半路，有辆车子驶过来，停在旁边，一看才发现是韦教授。他从车窗伸出头来，说：

"刚刚从办公室出来，经过这里，看见你在路上走，真巧！其实，今日见你好像不开心，之后一直在想着你，担心你有事。上来，我送你！"

我呆在路旁，觉得在无人的山路上僵持很不妥当，就上了他的车。在车里又闻到那种燃烧品味道的香气剂。心里想，如果现在点火，可能会爆炸吧。

四月的化石

曲：不是苹果　词：贝贝/不是苹果　声：贝贝

四月是最残酷的季节
说法未免诗意得过分
记忆留给我的是舌头上的烟灰味

荒原上唯一的菊花
掉落的残余的太阳
砂砾地比较适合插上十字架
布满歪歪斜斜的朽木
最多是梅雨天熬出哑白色的菌菇

一段日子的档案统统删除
曾经预算的书本还原为空白内存
从此拒绝无相干的眼睛无关系吧
虚伪的读者　我的同代　我的兄弟
我以痛苦来滋养一块石头

让我再抚摸你的脸
紧紧地拥抱在一起
荒原上吹起歪风
邪恶的使者准备掠夺记忆
亲爱的　到死也要抱住它
墓地上唯一的菊花

四月是最温柔的季节
令人难受的讽刺
我大力吐口水把烟灰的余臭吐掉

花生成石未免太凄凉
顽石生花也不必去说吧
让我们掩埋那阴魂不散的四月
到博物馆看无害的化石

四月的化石。

回到家里，已经是晚上十点。

其实贝贝是可以早一点回来的，但她不想面对家里的境况。

从没想过情况会这么坏。

还以为，只不过是将会搬家，而且是搬往更新更大的房子。

贝贝的家原本在港岛上环。虽然只是五百多呎的两房单位，但对她和父母弟弟四人来说，生活空间算是颇充裕的了。

自从贝贝小五住到这里，就一直没有离开过。楼下的士多、茶餐厅、文具店，都密不可分地编进她的生活经验里。

所以，当贝贝知道父亲打算卖了这所房子，转买另一间大四百呎的新居的时候，她并没有表现得特别热衷。不过，她像这个城市里的任何一个普通居民一样，也没有怀疑过细屋搬大屋等于生活质素提升的逻辑。

她只是没有想过，一个普通的美好追求会带来无法收拾的后果。

贝贝六点下课就离开大学。

她知道这晚学生会请了化石来作小型演出。

那是政一手安排的，不是苹果当然也帮了忙。听说政和一些同学想用化石的演出来介入校内最近荣誉学位的风波。化石写过不少质疑权威的歌曲，正好把演唱会办成对校方的举措的一场批判。

贝贝已经两星期没见过政了。

她从不反对他做的事，但心理上就是没有认同感。况且，现在他们的关系处于一种不明朗状态，她就更加不想牵涉到他的事里去。她也不知道，事情背后是不是有韦教授的意思。

自从那次去课室找政而旁听了韦教授的课，之后又和他吃了饭，晚上又在路上碰见，韦教授就好像不时在她的身边出现。也收过他的电邮，她也尽量礼貌地作了简短的回复。

其实贝贝是想去看化石的，因为不是苹果。

她知道不是苹果会去，但到时政也会在，她不想出现三人坐在一起的荒谬处境。况且，母亲叫她今晚回家，说有要事和她谈，所以更不会在学校逗留了。

刚一上火车，就接到不是苹果的电话。

不是苹果没想过贝贝会不去看化石。她还特地带了一件东西给贝贝。贝贝问那是甚么，不是苹果却没有说出来。于是就约了在沙田火车站月台见。

不消五分钟，贝贝就来到沙田。月台的人群散去后，发现不是苹果原来已经坐在椅子上等她。

她今天穿了件紫色樽领无袖上衣，红蓝格子苏格兰裙，黑色长靴，化妆很粉艳。

贝贝想，如果自己是男孩子，也会立刻喜欢上她吧。

不是苹果把手上的一包东西交给她，叫她有空看看。又再问了一次，她是不是真的不去看化石。贝贝摇摇头，她就露出很失望的神色，但也没有说甚么，挥挥手就走了，格子裙的摆尖一晃一晃。

贝贝捏着手中那包东西，却没有立即打开，只是用手指摸索着。无意间一抬头，看见不是苹果站在对面月台。对面的火车来了。不是苹果上了车，走到贝贝这边的车门前，双手按着玻璃，眼睛定定看着她，好像有话要向她说。贝贝就拿手中的东西向她扬了扬，笑了笑。

列车载着不是苹果远去了。可以想象，她在玻璃前一直回望。

贝贝觉得非常怪诞。她是在目送不是苹果去见政啊，但她心里记挂的却是不是苹果的格子裙，和那迟疑的晃动。她小心打开那包东西，原来是一个本子。拿出来翻开，发现是日记。她连忙合上本子，心开始乱跳，胡乱地在月台踱着步。

望向对面月台，仿佛不是苹果还站在刚才的位置。

贝贝没有立即回家。她去了几间唱片店，把可以找到的椎名林檎CD都买了。

这令她觉得接近不是苹果。

有时看看表，猜想化石的演唱会开始了没有，不是苹果有没有和政坐在一起。草草吃了点东西，回到家里已经是十点。

爸爸、妈妈和弟弟都在厅里坐着。

妈妈早已告诉她搬家的事出现困难，好像是钱不够。新单位是两年前楼市最炽热的时候买的楼花，后来楼价一直下跌，原本预算旧房子可以卖到的价钱也大不如前了。到今年年底新居落成入伙，他们就要付出很大的差额，如果没法在限期前筹足金钱，爸爸就要宣布破产，物业也会被银行没收拍卖。就算可以勉强应付过去，将来供款和还钱给亲友，将会是父母亲两人也无可能承担的了。而且，还有小弟在念中五。爸爸原来提早退休的计划也被迫取消了。

贝贝于是就明白，明年她毕业后，将要负起的责任。

数目对她来说很抽象。她怎样计也计不通她要有多少的收入，和有几多年的承担。

爸爸整晚一直坐着没说话。

后来妈妈私下和贝贝说，爸爸其实十分歉疚，觉得一切都是自己不好，初时还坚持要自己独力承担一切，不要太太和儿女忧心。女儿长大，应该让她自由地追求自己的人生方向了吧，那也是父母一直教养他们姐弟俩的态度吧。

贝贝并没有愤怒或抱怨。

对于要分担家庭困难，她绝对不会迟疑。她只是不明白，完全不明白这个世界的逻辑。如果是因为嗜赌，或者花天酒地，或者生意失败，而变得一穷二白，那还可以理解。但现在不过是做了个普通的决定，就无法挽回了，也没有人可以帮你了，甚至没有人会同情你。如果这个社会还有同情心的话，那都只是留给老弱伤残的，不是给无病呻吟有苦自招的有产阶级的。

本来还是好好的，一家人快快乐乐，过简单满足的生活，为甚么会突然变了样子？为甚么好像甚么事也没有做，也没有犯过甚么过错，突然就欠下一笔一生也难以偿还的重债？

她一时间也无法想象毕业后会是怎样的生涯。也许，表面上并不会觉察出来吧，不会需要怎样不择手段去赚钱吧。分别可能就是，对于自己的将来，不可能再考虑自己想做甚么，而是以还债为前提了。那会是个很大的分别吗？

贝贝不知道。也不知道自己会失去甚么。这问题对她来说太大了。百万以上的数目对她来说真的太大了。

爸爸和妈妈回到睡房后，还可以在隔壁听到他们的私语。妈妈好像还在饮泣，是极力压抑的饮泣声。贝贝回到和弟弟共住的睡房。弟弟先上床睡了，明天还要上学。他明年还会会考呢。弟弟一定要上大学啊。贝贝心想。那也将会是她的责任了。

她想起最近那些因不堪负债而跳楼自杀的新闻，虽然觉得不可能在她家里发生，父亲一直又是个温和稳定的人，但心里还是觉得恐怖，好像生活已经不能以常理预测。

她坐在书桌前，脑袋空空的，突然觉得一切都来到尽头了。

梦想中的生活已经来到尽头了。

桌上的小书架放满了黑骑士写的书。十二本。贝贝全都买齐了，而且放在最当眼的地方。她曾经多么地渴望自己也可以像他这样出自己的书，放满读者的书架。那些书给她幻想，也给她勇气，给她一个图像，觉得可以预见，人生可以这样过，做自己喜欢做的事，简简单单地生活下去。

她抽出其中一本，那是黑骑士最新的书，是一本给年轻人写的书，是一本教写作的书，或者应该说是激励年轻人写作的书，也是关于一个学习写作的女孩子的奇幻历险故事。贝贝曾经从书中得到多么大的快乐和盼望，而且决心要实践这盼望，努力写出自己的第一本作品。

可是，还未开始，这盼望就要来到尽头了。

那将会是离她越来越远的事了。

那本书所谓的奇幻写作历险，也许不过是自欺欺人的东西。如果黑骑士早知道这是无望的事情，为甚么不说出来？为甚么还为她和其他人制造这种幻象，把一个不存在的世界描写得那样值得追求？他能回答这问题吗？他自己不也正在陷入这样的困扰中吗？

她很清楚知道，就算黑骑士给她安排出她的第一本书，那也几乎可以肯定是会亏本的了。投稿也不是办法。有几篇投到文学杂志上的东西还一直压着未有刊出，开办的刊物很快又结束，可以投的地方也寥寥可数。有些喜欢写东西的同学已经打算毕业后念研究院，那就可以挂名念书，延长学生的生涯，或者将来在学院里谋教职，在空隙里尽量维持着写下去。但现在贝贝要继续念书也是不可能的事了。

把刚买的CD倒出来，放进CD机里，插上耳筒，然后打开计算机，一边整理稿件一边听椎名的歌声。

那是在不是苹果家里反复听过的歌声。

现在听着，仿佛就去到她的家，躺在她的沙发床上，和她吃着雪糕，拉扯着无聊话题。还有那次在她家里通宵听椎名，不是苹果把每一首歌的感想都说过，好像里面唱的就是她的心底话一样。

现在听着，仿佛就听到不是苹果的倾诉，她的快乐与忧愁。

她的梦想，不也和自己一样，越来越渺茫吗？想做一个像椎名一样的歌手。这个城市容许吗？在这个城市，还可以成就甚么吗？除了供楼还债，购买永远买不完和丢不完的东西，这个城市的人还有余裕做甚么？有自己喜欢的事吗？外面的夜是怎么样的呢？午夜的城市是怎么个样子的呢？房间的窗子很小，外面是另外的房子，因为夜深，黑漆漆一片。

虽然是那么小的房子，但她在这里成长得那么快乐、那么无忧无虑，可以挑剔的事，实在想不起来。

可是她想起少年时代开始的自己，为甚么总是罩在一种失落、一种久缺、一种不知是对谁和对甚么的歉疚感、一种青郁的颜色里呢？为甚么总是有那么的一个声音、一个目光，在谴责她，在催迫她为自己那所谓的幸福生活而羞愧？而现在，家里突然落入这样的窘境，又算不算是对她没资格拥有的幸福的加倍偿还？

当自己来到这个地步，这个时代即将结束了，无论愿意不愿意，也将要过完全不同的人生了，感到的又是甚么？在这个界线，会想到自己做过甚么，在做甚么，将来打算做甚么吧。自己在做甚么呢？

CD上播着一首不是苹果很喜欢的歌。贝贝去翻歌词。

那是《依存症》，里面有这样的译文：*不管在年少的脸上堆积多少看似圆形云团的笑容都不会改变/每每尝到孤独的滋味/我总是企盼你的回应/在你的眼眸眨眼示意时我初次聆听生命之音/如果连天鹅绒*

的大海都只对没办法的事情沉默的话/我该怎么办。

这就是青郁的颜色的歌词吗？

她把打算出书的稿件档案作了最后的整理，一切都已经齐备了吧。本来还打算多写一两篇，但现在决定不写了。就这样作定稿了。她把档案附在电邮里，传给黑骑士，顺便写了几句话给黑骑士，告诉了他家里发生的事。

传了出去，才后悔起来。为甚么告诉他这些事呢？为甚么要和别人说呢？是想得到别人的同情吗？这真的值得那么悲惨吗？与习惯更悲惨事情的地方相比，在这个城市里才会发生的这种事不是很可笑吗？为这个就喊苦，不令人惭愧吗？

总之，书的事已经告一段落了。

不要再去想它了。所有事情都应该告一段落了。明天起来，要开始找毕业后的工作了吧。政府工或者大商业机构之类的，许多同学早已经面试了。贝贝之前还是悠哉游哉的，现在才起步，会不会已经太迟？

已经是半夜三时半了。

买到的CD也全部听过一遍了。上隔床的弟弟睡得很熟。化石的演唱会该已结束多时。不知不是苹果有没有和政一起？那会是他们也共同享受的一场演出吧。

记起那次在卡拉OK中两人第一次提到化石时的兴奋神情。那是不久前的事情吧。现在却一切也不同了。有些事实现了，有些事破灭了。

这事情也应该告一段落了吧。

桌子上放着那本贝贝整晚也不敢碰的日记。

她好像想忘记它，装作不知道它就在那里，不知道有这件东西。但它明明是在那里。

日记是那种中学生喜欢买的封面有粉彩色风景图画的本子，里面的纸页有四种颜色，页面上有淡淡的风景图像衬底，页下方有不同的关于人生的金句。本子的硬皮封面已经弯曲，角位破损，纸页的边沿也有点发黄。那是很多年前买下的本子了。

终究还是要看的。

开始的年份是一九九四年。不是苹果该是十四岁吧。结束的年份是一九九八年。不是苹果十八岁。期间记录没有定期，疏密不一。可以看见前后字迹的转变。贝贝从第一篇开始看。一九九四年四月十日。

看完日记，是早上五时半。

一九九八年四月十三日之后就没有了。后面有一段同年六月十五日的补记，但那是另一回事了。

贝贝原以为，会直接读到关于最近的事的日记。那会是不是苹果说出她的真话的方法吧。

但没有。

不过，读完不是苹果从前的日记，贝贝却好像明白了甚么。她知道，那天读到不是苹果的《测谎机》，自己是彻底地误解了她的意思。不知悉真心的，不是指政。

她知道，不是苹果一直在写的，是谁。她一直没法抛开的，是甚么的一段过去，而这又是她一直拒绝去承认的，甚至在日记里，也从来没有承认过，好像一旦承认，就是要求同情，而一要求同情，就会失去残破的自己仅余的一切。她知道，政也不能进入这个生命的破口里去。

那个位置，早就已经给一个人占住了，而且可能会永远占据下去。

不知怎的。日记令她想起椎名的《石膏》。她看着歌词，在CD上选播了这一首。

你总是马上想照相

但不论何时我就讨厌那一点

因为一旦照了相　那我就变老了不是吗

你总是马上说出绝对的甚么的

但不论何时我就是讨厌那一点

因为一旦感情冷却了　那些不就都变成了谎言吗

don't you think？ I wanna be with you

就在这里待着

永远地

明天的事谁也不知道

所以请紧紧地拥抱我吧darling

四月又来临了

这让我回忆起同一天的事

贝贝一边听，一边重看第一篇日记，一边哭。

她终于听到了真话。苹果的真话。不是苹果的真话。自己的真话。

纵使那可能只是真话的断片，零碎的图片，可能无法组成真实的全象，但是，碎片本身，不就是我们必须看到的真相，我们唯一拥有的真相吗？

那样的四月。

那叫人嘶喊出来的四月。

床上的弟弟被她的哭声吵醒了，以为她是为了家里的事，迷迷糊糊地问了一声姐姐怎么了，她就立即止住，说没事，叫他继续睡。然后她从抽屉拿出自己写过的习作本子，找到里面的一首诗。那是从前的一首没有完成的诗，关于菊花和石，和荒原。那时候怎样也没法把那种感觉写出来，很做作，后来就放弃了。现在她终于来到那境地了。终于可以写出来了。

她写得很快，不消一会就把诗改完，或者其实是重新再写一次，然后给它一个题目，叫做《四月的化石》。把诗抄在一张信纸上，收在信封里。

打开衣柜，拣了条牛仔裙，换了件碎花无袖恤衫。在镜子前照照，擦了擦脸颊和眼角。

她不想再等了。

家人还未起床。她带了日记本和信，悄悄开门出去。

街上很静，车子经过的声音特别响亮。天那种蓝是寂寥的蓝。空气里漾着干冰的燥冷。她的衣衫是过于单薄了。地铁站刚开闸，她坐上了第一班列车。车上的人都若有所思地沉默着，只有门闸开关的声音粗暴地打断摇摆的短梦。到九龙塘转火车，一直回到大学，才七点。

她想过要不要先打电话给政。但发现自己忘了带手提。那就不必了。她想。

她只是不想再等。不想再多拖延一时半刻。

穿过大学校园，来到后山的小村。政租住的房子在村口不远。单位在地面，门闸也关上，窗子敞开小小的缝隙，但里面一片黑暗。那是个缺乏阳光的房子。

她迟疑着要不要按门铃，听到里面有人走动的声音，就轻轻在铁闸上敲了几下。过了一会，门就被小心翼翼地打开了。在黑暗里露出政的看来很疲倦的脸，和他赤裸着的上半身。他似乎来不及感到惊讶，眼神茫茫然的。

贝贝说：她在里面吗？

政回头看了一下，好像自己也不敢确定似的，然后才点点头。

贝贝再说：能进来一下吗？不用怕，我不会吵，只是想放下一件东西给她。

政像中了咒一样，照她的话开了门给她，自己让开在一旁。

里面没开灯，充溢着人在里面睡了一整晚的气息。适应了里面的光线，就可以看到，不是苹果在床上熟睡着。她侧着身，脸朝里面，被子盖了她半身，露出了差不多整个背部。凸出的肩胛骨和脊骨的弧度都隐约可见。四周虽然很暗，却好像有一种荧光，像第一次在卡拉OK里的那种肌肤的荧光。床下立着那双黑色长筒靴，靴柄向侧旁塌垂，椅背上披挂着红蓝格子苏格兰裙，摆尖刚刚触到地板。

贝贝站在那里凝视着，像窥看到曾经睡在相同的位置的自己。

她早该在心象里目睹过这样的场面。

这时她居然很平静，甚至在享受着那裸背上肌肤的光芒。

好像，那就是她一直想看到的东西。

她把日记本子和信掏出，轻轻放在铺了红蓝格子苏格兰裙的椅子上。她几乎可以听见不是苹果的呼吸声，随着背上微妙地变化着的光影起伏。

她跪在椅子旁边很久。离床很近。一伸手就可以触摸到那背的距离。

然后她起来，向门口走去，经过政的时候，向他很快地望了一眼，低声说了句：我们的事，就这样，算是了结了吧。政还未从懵懂里清醒过来，只晓得点头应她。她疲弱地笑了一下，就踏出门外去。

外面很光。光得刺眼。泪腺周围紧束了一下。

贝贝从村口一直走出去，有村里人家的狗只在吠叫。吠了几下，就转变成呜呜的哀鸣。

Bad Days   衰日子

曲：不是苹果　词/声：黑骑士/不是苹果

Bad days are bad and there's nothing
worse than that
Bad weather，bad luck，bad blood
and bad breath
Not so very bad but quite bad
and quite bad is bad enough
Damn it！My bad days！

没有更好的却总有更衰的
父亲常常说
这个城市的整体走向
大街都向海底倾斜
连日下雨
照例是谋杀、纵火、欺诈、强奸、逮捕
没有更新奇的新闻
早餐的面包有隔夜报纸的味道
我始终等不到那更可怕的兽
比闷热还要衰的平静日子

Bad days aren't so bad and things could always be
worse than that
Bad clouds，bad winds，bad nights
and bad songs
So very bad but not quite bad
and not quite bad is bad still
Welcome，dear！My bad days！

Bad Days 衰日子。

From：Blackrider

To：buibui

Date：31/12/2000

Subject：文字

贝贝

这个时间，你正在听音乐会吗？正在沉醉于你喜欢的音乐吗？

你曾经有甚么想和我说，但我却没有问下去。我也没有把自己的事告诉你。你会觉得我是个很不近人情的人吧。请原谅。

忙是暂时告一段落了，自己的困难也告一段落了，好像一切也赶在一年的终结时终结了。日子好像过得很坏。无论是自己的事，还是周围的事。打开报纸就愤怒。甚么都不想知道。甚至对文学也产生怀疑了。也许不该在这时候和你说这些吧。我没能帮你，反而总是带给你负面的东西，真是罪过。我自己不堪的样子，大概也已经显露无遗了。

知道你和不是苹果一起享受作曲的快乐，很令人安慰，也反过来带给我一些鼓舞。把你们一起写的歌给我看吧。说不定会带给我力量。你们不是说过要组乐队的吗？对于你们，我是羡慕也来不及。你们的这个年纪，在青春的末期作最后的奋战，姿态是多么的动人。这将会是你们共同怀念的东西，无论你们将要经历怎样的转变，这也是你们要珍惜的最后机会啊！就算我不能再说前面的路途会如何如何美丽康庄，至少，我可以肯定你们现在的时刻是不容错过的。就算是最后，也不要放弃啊！

下学期会来旁听吗？见见面吧。买了甚么东西给我？到时记住带啊。

黑老师

----Original Message----

From：buibui

To：Blackrider

Date：26/12/2000

Subject：音乐

黑老师

圣诞节过去了。今年本来以为会独自一个人过，但后来还是和不是苹果一起。她常常说起你。最近又作了新歌。我也和她合作写了。好像有新的东西在形成。我也不知那是甚么，但和以往自己写作有点不同。一段时间没有写，现在改变了方向，尝试写词，感觉很新，好像变了另一个人一样。有时写得很快，尤其是在长途车上。因为我常常去不是苹果在元朗的家，要坐较长途的车。你的理论果然没错。还是你太太的理论？

前些时见了几份工作，但因为都是商业性的，我们念中文系的较不利，机会很微。也报了政府部门，陆续面试。看来还是去中学教书的成数最大。不过，还是想找薪水多点的。没法子。无论是怎样的工作，相信很快就可以接受吧。要不就跟不是苹果去卖CD啦！：）

过两天还会去看一个元旦concert。音乐真好，可以令人沉醉、激奋。文字可以吗？

我和不是苹果买了一件东西给你，该会很适合你的。

贝贝

----Original Message----

From：buibui

To：Blackrider

Date：18/12/2000

Subject：静

黑老师

　　最近心情比较静，学期又结束了，可以看点书。读到几篇关于高行健的文章。他说，文学和政治应该是没有关系的，而且文学永远高于政治。别人总是用政治去看他，却没有真正了解他的文学。试过看他的《灵山》，但不容易看下去。听说明年年初他会来大学演讲。

　　老师你怎样了？

贝贝

----Original Message----

From：buibui

To：Blackrider

Date：7/12/2000

Subject：毕业

黑老师

　　今天是政的本科毕业礼，但我没有去。那学位事件结果也好像没有牵起甚么，雷声大雨点小。

　　在校内竟然碰见不是苹果。后来我们一起做了很离谱的事。但很畅快。也不知自己为甚么会这样。简直是不顾后果呢！

　　老师你知道我和政分开了吧。但你没有问。你一向都不问。

　　如果还未想回复，也没紧要。晚上想找人说几句话罢了。

希望你快点没事。

贝贝

----Original Message----

From：Blackrider

To：buibui

Date：24/11/2000

Subject：

贝贝

很对不起，我不知道自己对你做成这么大的影响。有些东西我自己也在思索，还未搞清楚。可以让大家静一下吗？我需要空间去处理事情。对不起，我暂时不能说。

黑老师

----Original Message----

From：buibui

To：Blackrider

Date：23/11/2000

Subject：Re：乱

黑老师

老师说的混乱是甚么事？可以说出来的吗？

我不是夸张地把写作的前景看成是灰色的。事实上是这样啊！是你这样告诉我的嘛。如果情况必然是这样，为甚么你不早点告诉我？为甚么还鼓励我做下去？我梦想的不是有空便写一下那种生活啊。是像你一样，全心全意地去做，而且只要能做到你的程度的一半，甚至更少，我已经心满意足了。为甚么原来连这个都不可以？对不起，我不是想怪责谁，或者把责任推到别人身上，但你给我的是那么大的梦想。如果你现在告诉我这不过是幻象，我受得了吗？

贝贝

----Original Message----

From：Blackrider

To：buibui

Date：23/11/2000

Subject：乱

贝贝

对不起，我自己的事最近有点混乱，精神疲累，一时间没有心情回复。

你家里的事，我了解不多，不敢给意见。看来的确是很大的困难，希望你能勇敢面对。对于前途，也许不用想得太极端。出来工作，反正也是大部分人会面对的转变。如果不能全心投入写作中，也不必完全放弃。事情不是非此即彼、互不相容的。而且，就算没有发生事故，也几乎是不可能把写作当成是你的事业吧。放开一些，尽量争取空间继续写。当然我知道于你会是十分困难，但，也只能这样期望啊。书的事不要说得太灰。拖延着没结论，是我不好。待我处理好自己的事，会尽快给你安排，请你再耐心等一下。

学校的事，那个韦教授也写了文章。（竟然不小心还是看了报纸！）听说化石演出的事，是他的主意。但也有人说，是他出面制止化石当晚唱出讽刺校方的歌曲的，因为演出实在聚集了很多人，不能小看化石的影响力。究竟他是站在哪一面的？这个人，我看不透。他还有没有找你？

早前我和你说过好多东西，都是胡说的，你不要受影响。

黑老师

----Original Message----

From：buibui

To：Blackrider

Date：21/11/2000

Subject：

黑老师

事情终于解决了。不知是做对了还是错了，总之是解决了。奇怪的是结束得那么容易。

老师你最近怎么了？没事吧？

贝贝

----Original Message----

From：buibui

To：Blackrider

Date：20/11/2000

Subject：最后定稿

黑老师

家里发生了点事。看来好像没甚么，也没死人塌楼，但又好像很重大。爸爸在楼市最高的时候买了楼花，现在要上楼了，跌幅很大，差额也很大，几乎填补不了。或许可以暂时借钱回来应付了，但将会很困难。（可能你最憎听到这种事，很对不起啊，居然冒昧向你提起，但这的确是在发生着的事啊。）我毕业后，也不能再奢想甚么自由自在的生活，要努力赚钱还债了。看来真好像没事啊，还要搬到大屋了，别人也会恭贺吧。但，有些东西不同了。有些事也不能做了。

出书的稿件已整理好。附上给你。就用这些吧。不会再写新的了。想不到梦想会提前结局。这会是我第一本书，也会是最后一本吧。

而且，还有另外的事要解决。已经三点半了，看来今晚不会睡。

贝贝

----Original Message----

From：buibui

To：Blackrider

Date：18/11/2000

Subject：怪论

老师真多怪论。为甚么那样劳气？最近你有点怪。

----Original Message----

From：Blackrider

To：buibui

Date：17/11/2000

Subject：新闻

贝贝

　　学校的事我也知道。不过最近很少看新闻，特别是看报纸。我有另一个理论，就是高中之前不要让孩子看报纸，因为不要给他们接触到报纸里的各种混账东西，免至学坏，至于高中至大学时期，却反而要多看报纸，好让年轻人知道这个世界的丑恶，不要太天真，学懂将来好好保护自己，到了三十岁以后，我认为就不用再看报纸了，因为丑恶的事大体上也见过了，不用再让自己的精神继续长期受罪。报纸上值得看的东西实在太少，何必浪费时间？我不是指某些报纸，而是指所有报纸。一看新闻，看到那些人怎样做新闻，那些惯用的手法，那些千篇一律的观念，一提到这个城市的经济如何如何，楼市几时复苏，政府甚么大计，官员犯甚么错，政党又乜又物，申办甚么亚运，乜鬼一定得一定得，就令人发火。

都不知为何说了这些。对不起。我在发谬论而已，不用理我。

黑老师

----Original Message----

From：buibui

To：Blackrider

Date：14/11/2000

Subject：闷

黑老师

这几天心很烦。有些事情决定不了。我一向不是个会做决定的人，都是等事情发生在自己身上。自小父母就给我安排一切，我也欣然接受，从没出过问题。但我最近在想，自己该怎样决定自己的事，自己的将来应该怎样走？

学校里也很烦，在争论颁荣誉学位的事，你在新闻里也会看到吧。政在安排一个化石的演唱会，听说在会上会有讽刺这件事的演出或甚么的，到时会请传媒来采访，听来好像会演变成一场抗议行动。他最近对音乐很有兴趣，但都是为了用在某些方面。我觉得有点不妥，但又说不出来。

这些你也知道吧。没有新鲜东西。很闷。

贝贝

----Original Message----

From：Blackrider

To：buibui

Date：12/11/2000

Subject：没甚么

贝贝

阿辛担心的甚么，其实没甚么。总之别理这个圈子里的言言语语。听我一个意见。如果想快快乐乐而且心理健全地写下去，就不要去涉足任何群体。不要理任何人，只做自己的事。我现在其实也不参加任何活动了，不要靠任何人、任何关系，独力做自己想做的事，直至无法做下去为止。你提到申请资助，我建议你不必了。那机构对申请人很没礼貌，好像人家是去乞钱一样，结果会弄到很没尊严。别理它。如果没有人出资，就由我出钱吧。这个数目我也拿得出来的。总之，像我今天说过的，别担心。书是一定会出的。

那个姓韦的我不认识，有时看到他的文章，观点不错。人就不知了。

黑老师

----Original Message----

From：buibui

To：Blackrider

Date：10/11/2000

Subject：甚么甚么

黑老师

　　今天遇见你，真巧。你说到出书的阻滞，真的不会太麻烦你吗？如果真的找不到出资的人，可不可以申请官方的资助？听说有这样的途径。另外，甚么时候要最后定稿？现在已有三十篇，其中二十五篇没有发表过，全都是为了出这书而写的。还想再加两三篇，因为不想书太单薄。你会给我写个序言吗？刚才和阿辛通过电邮，想请他也写一篇感想放在书里，但他却说和你写的序放在一起不太好，别人会说甚么甚么。我也不太明白他的意思，那甚么甚么是甚么？

　　你认识韦教授吗？教文化科的。是政的老师。那次在卡拉OK给不是苹果打了一拳的，就是他。今天碰见你之前，很没预料地和他吃了饭，晚上回来又碰见他。好像有点怪怪的。

　　很累，好像发生很多事，又好像甚么也没有发生过。

贝贝

黑老师

有啊！我常常在火车上写诗，好像写得比平时快和准。可惜车程太短，所以没有因此写出过好作品。或者找天要坐长途车试试。

贝贝

贝贝

你一个人去游水吗？不是在大学泳池吧？我以前也曾经常常一个人去游泳，而且连冬天也风雨不改。不过现在没去了。力气也大不如前。唉！我不过三十三岁吧。以前写的很多小说，都是一边游水一边构思出来的。我太太有个理论，就是人在高速运动的交通工具上，思路特别灵快。我也有个理论，就是人在水中浮游，特别有利于创作性思维。你有没有这样的经验？

黑老师

----Original Message----

From：buibui

To：Blackrider

Date：29/10/2000

Subject：秋泳

黑老师

今天去了游水。最近也很热，像夏天一样，但其实泳池水已经很冷。不过我以前也有游冬泳，只是进了大学就减少了。

游完水出来，本来该会是舒畅地疲倦，可以大睡一觉吧。但今天却睡不着，头很痛。双臂也很痛。

贝贝

----Original Message----

From：Blackrider

To：buibui

Date：20/10/2000

Subject：Re：高行健

贝贝

噢，还未看过呢。相信会给抢购一空吧。我近来在看前年的诺奖得主Saramago的书，差不多他的全部著作都看完了。很喜欢。他的文风非常奇特，奇特在他竟然由始至终也用着平铺直叙的手法，没有甚么时空交错之类的炫技东西，所有故事也是绝对地顺时序的，而且巨细无遗，例如写一个人早上起床，梳洗，然后上班，然后下班，直写下去，好像没有剪裁的样子，几乎是犯了许多初哥也会犯的毛病。但他竟然用这种笨拙的方法写出了非常好看的小说，而且当中有一种优美。他的想象也非常奇幻，有一个小说写整个西班牙和葡萄牙半岛脱离了欧洲大陆，在大西洋上向美洲漂过去！还有一个，叫做The Year of the Death of Ricardo Reis。你记得吗？Ricardo Reis是Pessoa的其中一个假面诗人啊。他的小说方法看似朴直，其实文字非常灵巧，把处境描绘得非常独特。不过，他最感染我的，是他那种在嘲讽的笔锋底下对人的同情，和对生命的热情。他的书好像大部分没有中译本。奇怪为甚么中文世界对他好像一点兴趣也没有。是因为他是葡萄牙人，是所谓小语种的作家吗？去年就有人在报章上说过，出于平均分配和政治正确，诺奖近年太多颁给小语种的作家，致使常常出现名不副实的结果，还说世界上有分量的作家都在大语种的国家，所以去年德国作家格拉斯得奖可说是回归正道。格拉斯当然是非常实至名归的得奖者，但这是甚么垃圾言论？

将来有空也会细心看看高行健。不过想到人们一直对他毫无兴趣，多年来卖书寥寥几本，现在又忽然跟红顶白起来，也不能不对写作这种行业感到悲哀。

黑老师

----Original Message----

From：buibui

To：Blackrider

Date：20/10/2000

Subject：高行健

黑老师

高行健得了诺贝尔文学奖呢！老师你看过他的书没有？

贝贝

----Original Message----

From：Blackrider

To：buibui

Date：13/10/2000

Subject：Re：技术

贝贝

歌词的确很好，我在想着这样的歌词应该以一种怎样的旋律和编曲表现，又想着不是苹果翻白眼的样子。"技术"这个词用得很好。好像不带感情，但其实当中说的是绝不轻松的事情。我猜想是这样。

真想听听那尺八狗的表演呢。

黑老师

----Original Message----

From：buibui

To：Blackrider

Date：12/10/2000

Subject：技术

黑老师

上次和你提过会和不是苹果夹歌，今天去了她的师傅阿灰的Band房。还有她的朋友智美，一个长发的女孩子，是负责打鼓的呢。还有奥古，也是她的老友。是个有趣的人，吹一种叫尺八的日本乐器，非常专心一意地去学，每天练三小时，很令人佩服！

今天的歌叫做《技术》，是不是苹果作的，原本只有曲词和简谱，大家围在一起讨论，给意见，试试不同的编曲和效果，后来整首歌就成形了。是个很神奇的过程。可惜没有录音版给你听。将来有机会再夹歌，请你一起来好吗？你也可以一起作词，该会很好玩。

夹完歌才知道肚饿，一起去了吃东西，弄到很晚才回来，但那歌声还在耳朵里响着。今晚会不舍得睡。

贝贝

附上《技术》的歌词。

那个奥古说他在家里吹尺八，他的狗会和应，呜呜地叫，好好笑。

----Original Message----

From：buibui

To：Blackrider

Date：8/10/2000

Subject：努力啊

黑老师

　　如果忙的话，不用急于回复。那事也不过是胡思乱想，随便问问，想不到会打扰你。

　　你是很认真和重视才会感到紧张吧！希望你的新工作顺利啦！我也很想来参加你的写作班啊！几时会在大学开班呢？好像好一段时间没有读到你的新作了，其实是十分期待。也许，教学会给你新的刺激和灵感。

贝贝

　　下星期会和不是苹果的音乐朋友一起夹歌。是第一次呢！很紧张！她叫我一起弹结他，我很久没弹了，怕生疏，这几天都在练。

----Original Message----

From：Blackrider

To：buibui

Date：7/10/2000

Subject：Re：习惯

贝贝

因为刚开学，忙于准备新课程的东西，而且也开始了教写作班的新工作，所以迟了回复。

你的问题一点也不无聊，我们总会遇到这种困惑吧，不知道究竟问题是发生在当下的个别情况中，还是普遍地发生。如果是后者，就没有甚么选择可言，反正无论怎样、无论是谁，结果也会一样。但如果是前者呢，那就会令人想到，会不会有其他的、更好的选择。如果接受了后者的情况，从正面的角度看，也许会令人安然，因为不会再去怀疑甚么。至于前者，在还未有可以比较的另外选择出现之前，是很难清楚判断的，也很难有理由去作出改变的。除非真是非常强烈地感到怀疑吧。

是不是越说越乱呢？老实说，这种问题，我也没有答案啊。我也许可以就这种处境写一个小说，但在现实生活中，却也会束手无策吧。

近来尝试到中学办写作班，希望可以当作工作去做，一方面是为了维持生活，另一方面也是自己觉得有意思的事情。不过，当然，自己的写作就要暂时放下了。天天构想着写作班的内容和教法，有时也睡不好，有点紧张呢。

黑老师

黑老师

昨晚和政和不是苹果三人去卡拉OK，他们提起有队叫化石的乐队，你有没有听过？好像是很有意思的东西。上次在你家听的Glenn Gould，我也去买了他的CD，不过没有那张，买了另外的一张叫做《Images》的精选，里面也有那变奏曲的头几节。

有个问题想冒昧问你，希望你不要介意。究竟习惯和一个人一起，是好事还是坏事？一方面是很安稳，没有担忧，但另一方面，又好像没有前进的可能了，只能停在原地了。这又会令人想到，究竟是因为习惯了，无论对象是谁结果都会是这样，还是，会有另外的人不是这样的？

听来好像是老生常谈啊！老师你如果觉得无聊，可以不答这个问题。没要紧的。

贝贝

----Original Message----

From：Blackrider

To：buibui

Date：24/9/2000

Subject：这不是烟斗

贝贝

是我该感谢你们来陪我才是呢！和你们谈天，很舒服。我不知道你们友侪间的圈子是怎么样相处的，不过如果常常说别人的甚么甚么，就太没意思了。有时我很怕文学圈里的人一聚在一起就讲是讲非，那太无聊了。其实大家的存在也微不足道，何必自我膨胀到可笑的程度？但你的情形不同，你是那种不会高估自己，常常省察自己的人，是不是？有时甚至是对自己太严苛了。你虽年轻，经验尚浅，但我觉得你已经写得不错，是可以拿出来见人的了。当然，不用把出书看得太重。只是发表的一种方式吧，尤其是较长的东西现在也很难有机会刊登吧。

不是苹果写得的确很好，歌也很好，她不是念文学出来的，也不是这个圈子里出来的，但有一种属于自己的东西，令人惊喜。叫她有空多写。除你之外，我很少见到这样的感悟和能力的年轻人。我不想说是才华，这是个令人生厌的词。那该是一种感悟吧，是从生活里累积得来的，也是从作品（无论是文字还是其他）的体味中培养出来的。不过她这个人有点浮躁，如果将来再沉潜一点会更好。

看到你们，我就觉得欠了你们一点甚么。我想我必须给你们做一些事。

政今天没有甚么吧？我见他好像有点不畅快。

黑老师

我想，不是苹果吸烟斗，一定会很迷人吧！那会是Margritte的名作大结合了：这不是苹果！这不是烟斗！

----Original Message----

From：buibui

To：Blackrider

Date：23/9/2000

Subject：真面告白

黑老师

今天晚上的聚会很开心，谢谢你请我们来你家。可惜见不到你太太。

不是苹果在路上还哼着和你一起写的歌词，说将来要公开演唱。你说我们可以组乐队，她真是认真考虑呢！说迟些约些旧朋友出来一起夹下。我觉得她写的东西很好，你说是不是？我写过的诗都不像样，远远不及她的歌词，教人很惭愧呢！

老师说出书的事真的可行吗？其实像我这样还未毕业，出书会不会太早？我觉得自己写的东西还未很成熟，但要写到怎样的程度才算是好，又不知道。有时看同学间写的东西，觉得好的又说不出所以然，不喜欢的，别人却又大加赞赏。于是就会怀疑，是不是自己有问题。

最近和一个叫阿辛的男孩常常通电邮，他也是写诗的，在书店打工那个呢。他说我写得好，故事令他感动，手法也新颖。我很少看到他的诗，只看过两三首，印象也不错。你知道他吗？

很累了，但还未想睡，还在回味几个人一起坐在厅里谈天、唱歌，甚至是间中的沉默，都好像是难得的时刻。很久没有这种感觉了，平时和写作的朋友聚会都总是争论这争论那，或者说谁谁最近如何如何，其实没有真正的谈话。

贝贝

回到家，空气中好像还有烟斗的气味。不是苹果说也想买一支，不过女孩子吸烟斗好像不像样。

----Original Message----

From：Blackrider

To：buibui

Date：30/8/2000

Subject：假面诗人

贝贝

最近没写甚么，看了点书。有一个葡萄牙诗人，很有趣，叫做Fernando Pessoa，发明很多人物来写诗，给他们出诗集，每个都有不同的背景、个性和文风。有空不妨看看，不过很不容易买到他的书。

下星期会外出，开学前才回来。到时来我家坐坐吧。也叫你的朋友一起来，特别是那个苹果小姐，听听她的歌是不是真的厉害。

黑老师

----Original Message----

From：buibui

To：Blackrider

Date：30/8/2000

Subject：正餐

黑老师

想不到牛油很快就融了，完全渗进面包里去了。

她叫做不是苹果。喜欢听椎名林檎，"林檎"在日语里就是苹果的意思。但她偏偏要叫"不是"，很古怪。

她自己懂作歌和写词。词写得非常好，比诗还优美，有空给你看看。令我很自惭呢。

也再努力了，再给你三篇新作。整个人好像很有力量似的。暑假已经差不多要完了啊！老师你最近在做甚么？有没有写东西?

贝贝

----Original Message----

From：Blackrider

To：buibui

Date：27/8/2000

Subject：Re：果酱

当然可以，我给你安排一下。正在筹备一个出版计划，相信可以包括进去。你只管努力写就是。

----Original Message----

From：buibui

To：Blackrider

Date：26/8/2000

Subject：Re：果酱

真的可以出版吗？够水平吗？

贝贝

----Original Message----

From：Blackrider

To：buibui

Date：26/8/2000

Subject：果酱

贝贝

　　我没有到哪里去，这个假期大概也不会走开吧。下学年幸好还有续约，真是朝不保夕的工作呢！有空来旁听，无任欢迎！

　　你的小说已经看过，写得很不错。语言很灵活和有质感，能把细致的情景描绘出来，而且对事情有一种难得的触觉。这就不是技巧上的事情。你有那种敏感，是可以写出更好的东西来的。意念当然也很有趣，把零散的短章的力量大大加强了。我看这个构思可以考虑出版。反正分散发表也不方便，是要整个放在一起看才最理想的作品。

　　你提到的那个女孩怎么了？不知牛油融掉了没有？吃面包除了牛油也要涂果酱啊。

黑老师

----Original Message----

From：buibui

To：Blackrider

Date：25/8/2000

Subject：牛油

黑老师

　　暑假如何度过？不知你会否外游？自从上学期修完你的课，很久没联络了。之前和你提过想写的短篇故事，趁放假就开始努力着，已经完成了五篇。构想中是一个系列性的，以餐单上不同的菜式作主题，写过头盘、主菜、甜品了，也许也要写写饮品。每篇也尽量尝试用不同的方法去写，对自己也算是一种锻炼吧。也因此创造了很多不同个性的人物，写到了生活上不同的经验。过程虽然有点辛苦（因为有时候变化的能力自觉很有限，经验里的材料也不足），但每当能完成一篇，就感到很满足快乐。

前天也发生了件奇怪的事。晚上和朋友跟一位教授到卡拉OK玩，后来一个在那里工作的女孩突然袭击那教授，真的是打了他一拳啊，连他的眼镜也打坏了。后来人们把那女孩制服，没有报警，也不知道动机。很怪。更怪的是，我整晚一直记挂着那打人的女孩，第二天竟然跑去卡拉OK找她。她已经炒鱿了，我就拿了她的电话，还打给她。结果，我在清晨坐车入元朗，去到她家里去看她呢！你说奇不奇？也不知道自己为甚么会这样做，很像我自己啊。好像有全新的东西在开始了。这个女孩会是餐单上的甚么呢？我还未知道，暂时可能是牛油吧。一块雪得很冷的、硬硬的牛油。

附上几篇新作，有空请给我意见。谢谢。

贝贝

老师下学年还会在大学教吗？想再来听你的课。

苹果变奏

曲：不是苹果　词/声：不是苹果/贝贝

Ceci n'est pas une pomme

大街已经被你占据
东京被你的歌声攻陷
被誉为才华横溢的女孩林檎
地上滚满　大调的苹果

终于能拥抱心爱的人了吗
终于能杀死讨厌的空洞了吗
自己一人的时候相信还能像少女时代一样的面红吧
药瓶中盛着　小调的苹果

从天亮到天亮耳里灌满你的嘶叫
生活满不容易但也绝不肯死去
甚至连声音失掉也在所不惜
镜子中倒映着　走调的苹果

寻找方法打碎石膏
迷恋你却要决心和你背道而驰
在这连歌舞伎町女王也容不下的城市
没有胜诉也没有败诉
连败德也只是庸人饭后的谈笑
歌唱恶之花成为遥不可及的梦
最美满的是冲上沙滩的鱼首人身怪物
虚伪的听众　我的同代　我的姊妹们
我唯有戴上马格列特的礼帽跳舞

在杜撰的乐团中否定杜撰的模仿
可否也可以奏出震撼的音乐
在这个涂满奶油的世界
画框中虚浮着　滥调的苹果

Ceci n'est pas une pomme
Je ne suis pas une pomme
Oui, ou non…

苹果变奏。

大调：

我一直在想，那个朝早你原来来过，在政那里，见到我睡在床上。起先我不觉得好惭愧，因为我一直觉得，这件是大家都默许它应该这样发生的事。你突然间冲入嚟，而且在我不知道的时候，亲眼睇见我毫无防备地睡在床上面的样子，我觉得好嬲。我想话，你怎可以这样，明知我跟他那晚在一齐，你都特登撞入来，好似想令我无地自容那样去揭穿我，暴露我出来。但是你粒声唔出就走咗。我完全懵然不知地起身，睇见那本日记就放在条裙上面。那一刻，我觉得被羞辱了，给一个我珍惜的人羞辱了。但是，我读了你封信之后，我就反过来想，或者，当你睇住我睡在那里的样子，你会好深好深地受伤。为甚么我只会首先想到自己，想到自己怎样受害，而不会想到自己伤害了人？我突然觉得本日记里面的东西全部都是垃圾，都是讲自己怎样受害，在期待别人同情。而我一边向你乞讨同情，一边又伤害你。我这样算是甚么？后来那天在大学撞到你，我们去扑烂了那个人的车子之后，我本来想同你讲清楚，但是讲不出口，之后就病到现在。你知不知，那晚我一个人返屋企，我坐在床上，一路睇你写的那首诗，一路哭。不知哭了多久。我从未看过写得这么重的东西，好似好大力向我撞过来一样，撞在我的心口上面。我几乎透不到气，一站起身，就想晕。其实我时不时都会晕，不知是甚么病。（为甚么不看医生？）唔知，是不想知道吧，反正又不会死，至少不会即刻死，过了就没事。那天真的是晕，跌落张床上面，好彩是跌落床，如果跌落地就大镬。晕的时候，脑里面有好多东西闪过，好似事情好快地重新发生一次，但是这又有甚么用？都赶不及重新想清楚。不过就算真的是重新再发生，都是一样懵盛盛地度过。后来就一直不是好舒服，那天从大学回来，整个人散了一样，第二天行路都没有力气，有时透不到气。（以前都是这样？）嗯，试过，就好似那次在泳池更衣室那样。最犀利是高荣走了那阵子，整个人好似散掉一样。后来好点。应该跟心情有关。可不可以斟杯水给我？唔该。我以为你不会来。打电话给你之前想了好久。你应该好憎我才是。虽然那天你跟我一齐打烂那辆车子，但是你依然有权继续憎我。（不要说这些东西啦！）你真是！你是个怪人呀你知不知道？比我还要怪呀！你的样子表面四四正正、正正常常，其实，你好复杂，有时好得人惊，好似好温和，甚至有点软弱，但是又严厉得好恐怖，死都不肯随随便便地对待一件事。就算现在弄成这样子，我都不知道为甚么，你还要理会我这样的衰人。（喂，不准再这样说，要不我就走了。）好，好。唔该。喉咙好干。昨晚到现在都没有食过东西。躺在这里好似死了一样，一直在想，我跟他为甚么会发生这样的事。照计是没有可能的嘛。对唔住，你会不会不想听这些东西？如果不想，我就不讲。（没关系，想讲就讲，讲出来会舒服点。）……其实我欠你一个理由，我知道这样讲好多余，但是，我在想，他有甚么吸引我。他其实绝对不是我钟意的类型，初时都没有特别好感，尤其是他跟那个姓韦的这么熟，我应该好反感才是。但是，那次讲到化石，在卡拉OK那次呢，大家好似有些甚么触发了。我们后来有倾谈，讲到最开心其实都是关于这东西。我跟他讲我的梦想，这东西其实我好少跟人讲，自从高荣走了之后，我就决定以后都不会再相信。我知道一个人一讲到梦想就好危险，这代表他的防卫能力已经减到最低，因为他会变得好幼稚、好白痴。在那些工作时认识的朋友面前，我只是一个超无聊的女仔，那种得闲沟下仔，又懒又烂玩那种人。我其实都没所谓，或者我真的是个这样的人都未定。但是好衰唔衰，给我遇到你和政。你知不知道，你们都是白痴。你们在这点上面是相同的人。你们硬是要迫自己和别人去想，究竟自己在做甚么。你们都不愿意接受一种白痴的人生，于是你们就变得加倍白痴。和你一齐，或者和政一齐，潜伏在我心里面的白痴就统统都走出来，几乎占据了我整个人。所以我可以好不怕丑好白痴地跟他说，我相信自己的能力，而且有一日会成为杰出的歌手，是本地乐坛从未见过的强劲歌手，把现在的那些低B友统统砌低，我话我一出来，那些又不懂音乐又不懂唱歌只是得个样的笨蛋统统都要行埋一边。讲到好自大呢！你说是不是好白痴？但是我不怕在你们面前讲，好似你们是来自一个讲一种高等的外星白痴话的地方，正常人听不懂的东西你们一点都不觉得奇怪。政都有他讲的白痴话，这种话我一半听得懂一半听不懂，但是就算不懂都知道是白痴。对，怎么说呢，老套点讲就是觉得他这个人有追求，好不满意这个世界里面的东西，好想做些事去改变它。这样想不单好不时兴，而且是超级戆居，但是好奇怪，当白痴遇到白痴，竟然会产生一种类似希望的幻觉。我好怕用这么正面的词语，硬是觉得听来好假，但是，这一刻我想不到其他讲法。是希望。其实如果我要颓，大把理由，没有人有我那种不断给人抛弃的经历，我这样的人应该死了很久，去跳楼，或者变了人渣，或者发癫，拿刀去插人或者拿枪去学校狂扫那种人，但是音乐救了我，真的，我不似政那样会想到音乐有甚么改变世界的作用，我没有想到那么大那么远，我只知道这东西是我喜欢的，令我有生存的力量。政好想在大学搞音乐，好似跟政治有关，用来冲击甚么甚么。我不是好同意他这样利用音乐去做其他事，但是我隐约觉得他的目的是为了别人好。就好似化石那样，将他们不满意的东西表达出来，令人思考多一点，令人想做些甚么。所以呢，我和他在这一点上面可以认同，而且觉得好难得。（嗯，我明白，但是不止这样吧，是不是？不会只是认同。）……我希望你不会觉得我在找借口，讲些动听的大话来掩饰自己做的事情……（怎会呢？想讲下去就讲啦。）……你讲得对，还有其他东西。

小调：

　　或者，有一半是因为政，另一半，因为我自己。我给你迫到问了自己好多次，究竟自己在做甚么？但是，我真的无办法。你知不知道？我以前遇到的男仔都不是这样的。没有人会这样对我，不，不可以说是好这么简单，我都不是没有遇过细心的人、温柔的人，而这种人我反而一直不是好钟意，觉得好烦。所以，我不会用好来形容政。不过，有些甚么好不同。以前的人，都是当我跟其他女仔一样，是用来沟的，我都不想用这个字，但是实情就是这样，没有爱，得个沟字，沟完就松人。女仔都可以沟返转头，整天就是这样你沟我我沟你，沟到乱晒。总之，没有人真正将我当作一个有意思的人，有主张、有自我的人看待。男仔都当我是白痴。包括高荣。我知道，他对我好是因为想保护我，还有因为他自己的空虚，想找人去填补。想来真的老套。只是因为那个人刚巧是我吧。我一直好努力学，好用心机做一些事，但是从来没有一个钟意我的人是因为这原因。但是，他，我知道他好欣赏我，是真正地觉得我有我的生存价值。我又要用这些字，真是邪，好似给你们传染了甚么怪病似的。他给我这种感觉，知道我不是因为其他人，因为他，而成为我，我是因为自己而成为自己。我不敢说我完全相信他，但是我好想知道是不是真的可以这样，想知道一男一女之间是不是真的有这种关系。好老实讲，我不觉得这是爱情，我根本不知道甚么是爱情，这东西不要问我。但是我好想知道一个好似政这样的人，会是怎么样的对象，甚至，会是个怎么样的性对手。一个本住这样的心对我的人，跟他上床会有怎样的感觉？我不想评论政在这方面的东西这么可耻，但是，性不单是一件肉体的事。我的意思不是想讲性是精神或者爱情的表现之类的废话，我是说，跟一个好似政这样的人做爱，跟同我以前认识的那种人做爱有甚么分别。结果呢？我不知道怎么讲。我已经不可以好纯粹地去判断，因为还加入了你的关系。所以我觉得有另外一半跟政没有关系，而是跟我自己、跟你有关。所以我才觉得你这个人好难明。我不是想推卸责任，但是你应该难以否认，你差不多从一开始就默许政跟我亲近。我不知道你心里面是不是直情好想这样。我都不是想反过来怪在你身上，说你根本是利用我来帮你解决你和政之间的问题。你觉得其实自己不是真的爱他，但是又找不到理由跟他分开，亦都不愿意负起主动毁坏这段关系的责任，于是就等我来扮演这个破坏者的角色。你说是不是这样？（对不起，或者你说得对。）我不是想你讲对不起，这样说没有意思。我想讲的是，我自己方面，都可能因为这样而偏偏特登去做不可理喻的事情，好似我知道，其实你不是完全不在乎，其实你不可能只是利用人，当你看着件事真的如你所想那样发生，你心里都会好难受，会产生被欺骗、被背叛的感觉。或者你好需要这种感觉。而我就有意去加倍地加强事件对你的伤害，我甚至有点刻意地想过，在化石音乐会之后，跟政上床那一晚，你会突然出现，目睹我就躺你以前睡过的床上面的场面。我真的有这样想过。我那晚跟政做爱的时候心里面一直在想着的就是这东西。我这个人真的好贱、好邪恶。但是，我刚刚讲过，朝早我知道你偷偷来过，真的看到我，我就将之前想过的东西都忘了，反过来恼你，怪责你故意想羞辱我。我个心里面一时一样，好矛盾是不是？我有时真的想跟你讲，你以为这样好好玩吗？你以为这样飞走男朋友好爽吗？我就要你知道其实是多么难受。所以那次你迫我讲真话我就觉得好无聊，好讨厌那种夹硬要坦诚相向的举动。根本就没有甚么真话好讲，又或者，如果有，真话是你受得住的吗？我想话，你受得住多可怕的真相？当然，我这样讲其实好无耻。我想，我跟你如果觉得难受，那都是我们自招的。但是，政是个受害者。我们可以说是他自己变了心，都有责任，但是，他不知道其实在发生甚么事。我们其实已经伤害了他。特别是我，因为我根本就不会真的爱他。对其他人，我可以说他自讨没趣，但是对政，我讲不出口。因为，我们都是白痴。白痴之间，是不可以互相大声叫对方白痴的。人家叫我们白痴，我们可以当作没事。但是，我不可以对着你或者政大声叫，你都白痴的！白痴一方面对人关怀备至，好似好令人安稳，但是另一方面其实好脆弱。好似那天我临时没去他的毕业礼，他都好多疑虑。他的知识和使命感给他力量，但他同时其实是个还未真正受过考验、未见过这个世界的邪恶的人，可以说是好天真、好幼稚。我知道他都在责怪自己，觉得是自己变了心，辜负了你，他一直没有跟你说，其实是不敢直接面对你。如果不是，他不能消除心里面的罪恶感。他这个人表面好理性，好想好合理地做人，整天讲甚么两性平等之类，好多理论，这次合理不到自己，其实是一种挫败，好似突然失去了方向一样。所以那次你走了之后，你以为已经解决了问题，其实我们一点都不好过，好几天都没见面，又没话说。好似突然觉得，噢！我在做甚么呢？为了甚么呢？其实是不是真的钟意他呢？原来都不知道！但是已经好似甚么都破坏了！没可能返转头一样。可能，在三个人里面，现在只有你心里面好似解决了问题，我和他都依然迷惘，不知在做甚么！我猜他好伤，搞到件事一塌糊涂，加上学校里面的事，好似都有点复杂的状况，他跟姓韦那个人之间，化石来那晚的事令他好沮丧，怎料之后那个早上，你就来说跟他玩完。其实你知道他的事情比我多，你应该明白他的心情。我和他又未至于擘面，但是，就算在一齐，都不会是爱情。（你还挂念着高荣？）……我知道这事情没得救，所以你讲得好对。我这个人，到头来只会伤害人。（你又来了，我不是这个意思。）

走调：

我这个人好多缺陷，我知道……我已经好努力去改变，但都没用……自从丢下我一个人之后，我就一直是这样，觉得自己好不行，好衰，不会对人好，不会得人钟意……（哎，要不要休息一下，或者食些甚么？你讲了好久。）不好，我没事，你让我讲完它好不好？要不，我就没机会讲出来。之前我们好久甚么都讲不出，其实好辛苦。其实我只可以跟你讲，跟政都不能。如果要讲世界上跟我最亲近的人，我想只得你一个。我是讲真的。我知道我可以信你。但是，我就不值得你信任喇。你知不知道，你整天好似个乖乖女的样子，着衫都扣到上颈喉纽那种，好似好天真，我就笑你傻，但是，有些东西其实你想得比我复杂，有些东西又比我难明。我可能会比你世故，我怎么说见的衰人都比你多，但是我的冲动和混乱，大起大落的心情，其实都好幼稚。我以前好少去反省自己，有时就好自大，以为自己跟人不同，有时就好自卑，觉得自己注定是一堆没有人爱的垃圾，但是都没有认真地想一下，思考一下，自己究竟是怎么样的人。我有一种好古怪的感觉，自从小时候就有，可能是在阿妈走了之后开始，就是突然间会觉得自己困了在自己的身体里面，没法出来。你明不明白？好似现在一样，我在我里面，就是这样了，我困在自己里面，我的手、我的头、我的身，看！我的身体就好似个监狱，就算我脱了衣服，我还有层皮，有个躯体，个躯体就是我，我不可以离开它，跟它分开，我不可以是你，不可以是别的人，或者是别的东西，我没法出来，困住了，好恐怖！好得人惊！你明不明白？又或者是因为我阿爸，那时候他搞我，我每次都好惊，躺着动也不敢动，给他脱掉衣服，于是我就自己想，用一种精神的方法去想，我还有一层东西他未脱去，还有一层想象出来的衫，好似保护膜一样，包围着我，我只要就这样躺着结了冰一样，他就伤害不到我。我要自己相信这东西。这样子，就算他在我身上面做甚么，我都可以躲在自己的身体里面不出来。后来，我困住了自己，就没办法再出来了。你明不明白？没法出来呀！我困在里面没法出！（喂！没事！好好的！做甚么！来呀！我过来让你挨住啦。对。看。没事。没事喇。要不要盖被子？好啦。）……我常常都这样觉得……突然间就会袭击……就算是我跟人做爱的时候，就算是和高荣，两个人纏埋一齐，他的那里在我的那里里面的时候，甚至是高潮来了，大家都在使劲抽搐的时候，我都是没办法出来，没办法跟另一个人融合。（但是我那个早上望着床上面的你，突然觉得好似看着自己一样。）……对呀？我第一次见你已经这样想，那次你晨早来元朗找我，揿完钟转头走，我打开门，看见你在路口拧转头，个样子好似个傻瓜，就觉得好似看见小时候的自己。（你手臂好冻。牛油几时会融？）甚么牛油？……

重唱：

　　那个下午在不是苹果家里，我们互相倚傍着。气温第一天开始下降。冬天始终还是要来吧。在被子底下，我的脚和她的脚也很冰。冷空气令元朗阴郁的天色更阴郁。窗外没有投下同情的阳光，只有混混沌沌的灰。我一直听着她喃喃的说话，虽然是一边听一边令人痛楚的说话，但却好像必须的苦药一样，只要挨过了病情就会好转。我绝不是出于大方，或者宽容、或者同情、或者坚强，而能忍受这样的表白。也许，我只是渴望通过这场折磨，分享我也有份种植出来的苦果。如果外面的事情对我们来说实在太大，那至少让我们能收拾好我们私下的情感。也许她说得对，她不能从她的身体里出来，我也不能从我的身体出来，就算我们的身体是如何紧靠着，甚至是肌肤贴着肌肤，我们还是隔绝开来的两个身体。不过，有甚么可以融化它呢？身体和身体可以互相融化吗？不知倚着多久，我和她都睡着了。

滥调：

好似好晚啦？要不要听下歌？喂，不要弄东西吃啦，一会出去食啦！（你走得动吗？）行啊！走不动都要走啦，不可以再躺下去喇，再躺会退化。我这几天在想，自己最多是做到椎名的翻版人，甚么都是学她的。其实我是不是很不行？我算不算有自己的东西？我好钟意苹果，但是又不想似苹果，是不是好矛盾？越钟意越不想只不过是翻版。想摆脱她。你写东西有没有这样想？有没有受谁影响？（我想都有。）不过，在这里就算是椎名翻版人我想都没机会做，这个城市真是好冇瘾，甚么都没有，甚么都死，甚么都是一样，不可以不同。就算是报纸上面见到讲椎名的东西，不知为甚么都会cheap了，好似点金成石一样，甚么一落在我们手上就变烂泥，即刻给我们玩谢。真的，我们最威是甚么？就是把甚么都玩谢！好多东西都是这样。好似食些甚么，以前流行过食pancake，食芝士蛋糕，一开就人人都开，一齐玩残它，然后又玩过别的。唱歌都是这样，今年红哪个新人，就算是一碌木，只要个样子扮得下，就捧到上天，第二年就折埋，没人理。报纸杂志一样跟红顶白，好残酷，赞你的时候就天上有地下无，闷了就即刻说你给人上位喇，地位不保喇，唔该借借啦！好无情。好似特登夹埋来做低你一样。有时想想下，发甚么歌星梦呢？发不到又颓，发到也不过是出来让人整你！看着好多人，本来好似比较像样的，说是实力派，出道的时候还好好的，到后来浸浸下，不也是搞到人不似人鬼不似鬼！学阿灰哥话斋，不红又话没人赏识，红了就身不由己，变了别人的工具。这些事情，真是想得多都发癫。但是如果不是想着出名，多点人听多点人识，又搞音乐来做甚么？难道在家里厕所唱给自己听吗！贪回音够劲咩你估！你们写书都是这样啦是不是？都想多点人看，但是又不想好似某些人写得那么差劲，净是写些陈腔滥调，但是写得特别点人们又说看不懂，你说怎办？你说人家椎名的词这么深都可以红，在这里？写一二三人们都说甚么来的甚么意思呀都敢死！（又说头晕没气？这么劳气！没事了吗？）不是吗，那么气顶，真是进了棺材都弹起身啦！（你估丧尸咩！你说话好似黑骑士，他最近也是这样。）是吗？我以为他温文尔雅，不会讲粗口。（我不是说他讲粗口。）好久没见他，他怎么啦？（唔知，好似好怪。）其实我一直想，可以买些甚么送给他。（送甚么?）送帽啰，呢，黑色那种呢，他在书里面都有写，黑骑士戴的黑色礼帽，不如找天去Sogo看看。（好呀。喂，去吃饭啦，饿死人咩，再讲真的变丧尸喇！）好啦，好啦，我起身喇，破茧而出喇！（发癫！）

Magritte画里面个句法文点样读？

Ceci n'est pas une pomme。

如果要讲我个名呢？

Je ne suis pas une pomme。

是呢？

Oui。

不是呢？

Non。

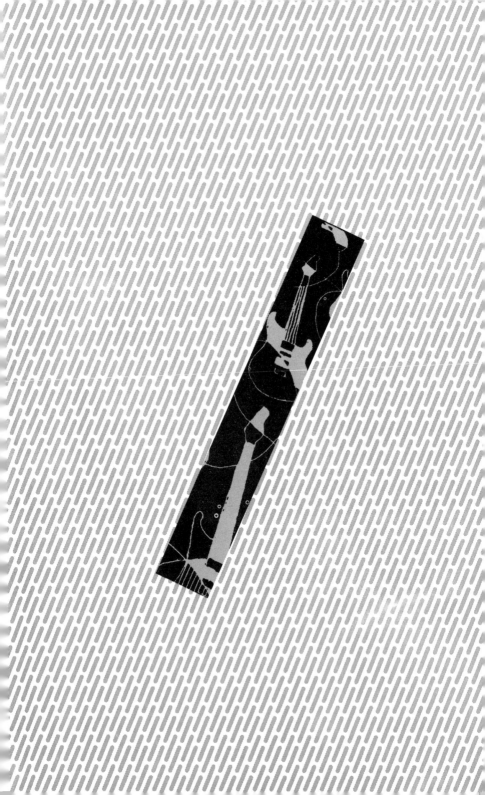

飞行物

曲/词/声：不是苹果

等一顶黑色帽子　　配合俗艳的粉红裙
崇光百货门外大雨
六骨迷你伞子老是打不开

再没有人戴帽的城市
行人的头皮渗透灰色的雨
发尖一律黏住后颈

小姐我们不卖那种帽子
你们甚么也不卖
在火车站吃迷你粒粒雪糕
味道有点像路轨上霉色的珍珠

门铃总是不响　　窗外没有突如其来的飞行物
也不敢大声听摇滚乐
脑门持续被冷风吹袭

没帽子就不能存活下去啊
要锁住所有的热情
气温低低地压在眉上

戴黑礼帽的人骑着电单车
奔驰在乌云盖顶的大道中
只有帽沿能给我凌厉的眼睛

飞行物。

　　本来这晚贝贝和不是苹果是约好了去"我们的体育馆"的，但贝贝在往元朗的长途巴士上却收到不是苹果的电话，说突然想处理完一件事才回来，叫贝贝先到她家里等，有后备锁匙在门外的信箱底下。贝贝仿佛意会到她要处理甚么事，但却没有问。她好像有预感，但又没有想下去。晚上车外的景象和日间很不同。白天的荒芜和混乱好像沉到黑色的深海里。地盘工程车的灯光有一种空洞的美，高架的吊臂像垂挂着的木偶，就算有晃动也都是睡死的，瞪着固滞的大眼。半完成的建筑反映着由下而上的照明，凹陷的部位凹得特别深。其余的地方，都沉埋在幽幽掠过的橙黄路灯后面，分不清是山是地。如果眼睛离车窗玻璃远一点，就会只看到自己的镜影，外面的世界不复存在。贝贝审视着自己照成青白的脸，和矮小的身躯，普通得自己也无法辨认。车在高速前进中，她想起甚么。前进的运动十分顺滑，看不见外面的景物，就好像坐在飞行物上，在漆黑无边的太空浮游。前进运动加上浮游，会是怎样的一种状态？在高速前进的状态中，思路会特别灵快。那是黑骑士的理论，还是他太太的？她不自觉地笑了，拿出小笔记本子，匆匆记下一点东西。

来到不是苹果家，往信箱底摸索，在一个凹入位里真的藏着锁匙。打开门，开了灯，有一种陌生感，好像是个从未到过的空间。她明明已经来过很多次，但却没有看到过现在那种颜色，那种光调和影子，和嗅到那种味道。那是甚么呢？她放下背包，坐在小木椅上，尝试去理解。这绝对不是去到随便一间未见过的房子的陌生感。但这是没有了不是苹果在熟悉的屋里的陌生感？还是，不是苹果以另一种形式出现在屋里的陌生感？对了。不是苹果以一种她不在的状态存在着。那是一个贝贝未曾接触过的不是苹果，和她接触过的同样真实。她一打开门那一刻，就感到房子在向她招手，在向她开启自己。不，该说是不在而在的不是苹果向她招手，向她开启自己。她坐在小木椅上，看着四周的事物，仿佛感到它们都在说话。虽然都是那么沉默，但却同时用沉默说话。

贝贝不知道不是苹果甚么时候会回来。已经十一点了。她想过看电视打发时间，或者看书，或者听CD，但她仿佛觉得，打破屋内的沉默是一种不敬。好像有人和你说话时，你却去做别的事情一样。于是她只是坐着，从十一点坐到十二点，把屋内的事物逐件观察，好像逐件听它们的说话。起点是门口的右边，第一件东西是鞋架，然后是厨房和里面的东西，然后是小桌子和上面的杂物，然后依次是木箱、电视、电脑、衣柜、床尾CD架、床、床头音响、床头桌子、沙发，最后三百六十度回到门。很小的房子，加上偏远，租金很便宜。贝贝也想过，不如搬来这样的地方住，不住宿舍了。至少，在她毕业前最后一次过一种自己的生活。她起来伸伸腰肢，把手提转驳到房子的电话号码，然后在家具间狭小的地板上踱步。有时好像听见屋外有脚步声，有时又预感电话会忽然响起。就算不是苹果现在就回来，去"我们的体育馆"的约会大概也会取消吧，因为她该会很累。特别是在处理过事情后，可能精神会疲惫，心情也难免会低落。她不想想象不是苹果在哪里和当时的情景，也不想想象事情的结果。她知道一开始想就会不可收拾。虽然不知会等到甚么时候，但她也不想打电话。

贝贝拿出笔记本子，想把上面零碎的文字整理一下，又想加添一点甚么。她写下一个句子：

坐在小木椅上，等不是苹果回来。

再写下一个词：

小木椅。

然后是：

房间物体清单：

她和自己点了点头，好像找到要做的事了。于是拿着本子，走到对象跟前，仔细观察一下，然后在本子上写字。

房间物体清单：

1）鞋

十几对。有旧波鞋，平时粗着。新波鞋，衬鲜色丝袜。黑长筒皮靴。是那天在政床下看见的那一对。别再去想它。继续。米色尖头皮靴。保龄球鞋。虽然数目不少，但未至于对鞋无情。喜欢的会经常穿。但少不免快残旧。我的波鞋放在旁边，整齐地并排着，像个新加入的成员，不敢乱动。因为体形相近，臭味相投，看来相处融洽，没有被排挤的迹象。

2）拖鞋

只有一对，没预算有客人。毛毛头，但没有动物造型。橙色，有点变棕色。毛线开始黏结，颇旧。里面和暖，适应了脚形，可以感到脚指公较长。底部好像有打扁昆虫的痕迹，踩在冬天的地板上很滑，容易跌倒。很轻，轻轻一踢就飞脱，试过飞到电视机后面，很难捡出来。

3）蜡烛

有香熏味道，紫色，看来是熏衣草。圆柱体，厕纸筒大小的圆周，高度比厕纸筒稍矮一点，放在小碟上。只烧了少许，似乎很少点。找打火机（很易找，随处也丢有廉价透明胶打火机）点上，果然是熏衣草味。关掉天花板灯，只留下床头灯和烛光，气氛暖和，虽然写字有点看不清楚。用作秉烛谈心很好。

4）香烟

有烟包在床板与CD架之间，看来是不小心遗忘在这里，还未抽完，里面有三支。放近鼻子嗅嗅，很浓烈，和黑骑士的烟丝不同。很轻，好像无质感。衔在嘴唇间，舌尖有苦味。可能只是烟纸味。也用透明胶打火机点上，吸一口，尾端红一下，像爆发的小星。咳了一下，不惯。小心再吸，不吸入肺部，含在口里，匆匆喷出来。到镜子前照照，再吸喷一次。有点熏眼。练习手部姿势，拇指和食指拿着太笨，夹在食指和中指间，无名指和尾指不知应该伸张还是弯缩。好像很生硬。笑死。找不到烟灰缸。平时见惯那个不知放在哪。到厨房拿了个碗充当。后来才发现烟灰缸在床底下。

5）电话

无款式可言，功能一般，但有留言箱。留言数目是27，该有一段时间没有清除记忆。里面可能有我的口信，也可能有别的。想过偷听，但没有，这样会好些。电话旁边有小本子和纸片，都是抄写电话号码用的。号码旁边有人名，单字，或英文，都不认识。其中有政的电话，旁边却没有写名，只是一个数目字。有一张写了歌名，是她作的歌，不知有甚么用。另一张有日期，十一月的，已经过去。想不起那几天有甚么事发生。最近一张写着黑骑士三个字，没其他，也不知用意。

6）日记

放在枕头旁边，可能平时放别处，不过因为刚刚归还，所以随便放在就手的地方。翻一下，和我看的时候没有不同，只是里面夹了一封信。信纸没放回信封。分开来的。打开信纸，是我写的。一首叫《四月的化石》的诗。但句子有些涂改，字行上加了和弦记号，也改动过，是推敲过吧。看来是为了改编成可唱的歌词。但没有写简谱。或许记在心里没写出来。

7）歌谱

压在日记下面。里面是最近的歌，最后一页原来抄写了《四月的化石》，填了简谱。我照着唱了一遍，初时有点笨，抓不住整体感觉，后来熟了，整首歌就出来。

几时可以一齐唱？

8）床头灯

歌谱该是第五本吧。封面没编号。是那种学生单行英文练习簿，上面有中学校名。是从前念的中学吧。姓名一栏写的竟然是不是苹果的真名。看来很陌生，好似另一个人。其他歌谱还在原位，在书架上。

9）窗帘

料子很薄，白色底，散布红色小花，绿色细长茎和叶片，植物绘图风格，像少女的裙。挑选过，不像是街边铺头买的，可能是北欧风味，不过样子不贵，颇新。阳光直射会渗透，可以想象花的影子会投落身上。今晚不冷，开了窗子也无风，窗帘也没晃动。

10）飞蛾

我扬起窗帘时飞出来，可能早就伏在那里。不大不小，看不清颜色，可能是灰白色，没有斑纹。在床头灯附近绕飞，在墙上投出很大很动乱的影子，很骚扰，翼拍在东西上发出声音，有点骇人，但不想打死它。只想它伏下不动。没办法。不是苹果在的话该会毫不犹疑拿拖鞋打它。

11）照片

床头有三个相架，早看见过。小的长方形银色相架放了发黄旧照片，是个小女孩。不是苹果介绍过，是小二时的自己，在沙滩上，玩砌沙，脚边有小红胶桶。穿粉红泳衣，胸口横排有三朵黄橙花，腰腿部却没有常见的花边。照片下侧有一截腿。是妈妈的。她说是唯一保留下来的小儿照片。

在大长方形银相架里的，时间较近，约三年前，那是个十七岁少女应有的笑容，当时电了个小卷发，少有的灿烂中带有傻气，穿小蓝T恤，很简单的打扮，没怎么化妆，好像没有预算拍照，背景就在屋外的空地，似乎是在推单车，要外出买点东西，突然给叫了一声，转过脸来，看见相机，就傻笑了一下，拍了下来。眼笑成小鱼状，牙齿也露出，脸比现在稍胖一点。可以猜想是高荣拍的。虽然相里没有他，却留下了他的目光。我可以感觉到当时这样看着她的高荣是怎样的心情。相信是既快乐又哀愁。快乐从她的眼中反映出来了，哀愁却经过了时间，现在才慢慢浮现。不是她脸上有哀愁，而是照片本身的眼光流露出哀愁。照片不是死物。是活的。它会随时间改变它的视觉。

第三张是一个男的和不是苹果一起，放在木相框里。那比上面这张更早，除了褪色更明显，女孩的样子也更稚气。不是苹果没有谈过这张，好像是略去了。但可以肯定那个男的是高荣，其实当时很年轻，二十六七岁的样子，但也显然比相中的女孩大很多。她大概只有十四五岁吧，发型虽然已有点飞女，但神情有一种还未熟练的野。该是最初相识的时期，还未开始恋爱之前。两人虽然挨得很近，但还未做出情人的姿态，双方的手臂都垂着。好像那种中学男老师和女学生合照的神情。她事实上也真是穿着校服，领带拉得很低。

相框都没有花纹，也没有趣致动物装饰。

12）其他照片

书架上有照片簿，之前她给我看过。桌子前的水松板上也贴满了照片，但再没有高荣的影子，连他的眼光也没有。都是些朋友间的照片，很多不认识的人。也有认识的，智美、阿灰。没有奥古。不少夹band的照片。有一张是参加地区歌唱比赛的，一队共五个人，不是苹果站中间，头发染成红色，穿着红色皮衫裤，身上挂着红色结他，对着麦克风在唱歌，后面打鼓的该是智美，其他三人未见过，很可能就是Rejuv。那次好像只拿到第三。房子里好像不见有奖座。

13）CD

都是正版。最熟悉的东西，每次来都翻看。有整套Luna Sea，所有椎名CD、Single和MTV，包括最新推出的"下克上Xstasy"和"发育地位御起立"演唱会DVD。巴哈。Glenn Gould的系列。化石自资出版的CD。尺八音乐。Nirvana。Chara。和许多我不认识的名字。没有新的观察，不赘。（但竟然有阿Moon的新碟。）

Luna Sea的"终幕/PERIOD"CD盒打开，里面没有CD，可能放在Discman里带了出去。

14）VCD

都是翻版。杂乱的中西片，不少烂片。有几张咸碟，封面有穿戴着可笑饰物的赤裸日本女子，其中一张穿校服，校服裙拉起来，露出穿性感内裤的下体，女子脸上挂着天真无邪的笑。不敢看下去。却不是因为色情。

15）书

数目很少，以日本文艺小说为主。村上春树。三岛由纪夫。大江健三郎的《万延元年足球队》。较新的有柳美里。世界诗歌选。Gould的传记。黎达达荣的漫画。麻衣相人术。

黑骑士送给她的书放在床头。除了那次在他家送她的那本，还有另外三本。包括那本写作历险的书，第八章有柜员机提款单充当的书签。前面的章节有笔迹，打剔或者问号。书的扉页都有黑骑士的签名。和日期。是十一月二十七日。

16）电脑

旧型号手提电脑。黑色。很重。

17）单车

在小饭桌后面。堆了杂物。车胎有漏气迹象。看来近来没用。该是照片中那辆。

18）羽毛球拍

一支。搁在杂物堆上。没有拍套。拍线断了，中间部分网线环绕破洞处呈扭曲状。很久没动过。

19）没有植物和动物（除了飞蛾）

20）没有毛公仔

21）有木偶和模型：唐乔凡尼扯线木偶。（不是苹果介绍过，高荣欧洲旅行买的。）穿黑衣。脸上有黑颜料涂上的胡须。左边的脚尖跌破了一块。黄金机械人。头身手脚可拆开重组，不知有何作用。拳头可换死光枪、钳或锯，较有意思。还有李小龙公仔、蝙蝠侠、咸蛋超人、蒙面超人，其他机械人和怪兽。都是高荣留下来的玩具。只有一只手掌大的豆袋熊属于不是苹果。

22）结他

木结他。有旧木味。可能是高荣教不是苹果时用的结他。

浅木色。钢线。声音很清脆，但不容易按弦，要驯服。音箱上贴过贴纸，后来撕去。

电结他。红色。是照片中那支。爱物。保养很好。我不敢乱搞。

23）床

不大不小。很难归类是单人还是双人。比一般单人床阔，但又比一般双人床窄。勉强要睡两人还是可以的。床单米黄色，有浅绿色树叶图案。床褥中间有人形凹陷，是长期一个人睡那个位置。枕头有一对，较扁平。有一种不令人抗拒的人体气味，混合了洗发水和沐浴露的化学余香，好像有体温的气味。可想象肌肤在渴求亲密的温暖感。没有烟味，相信不会在床上吸烟。枕头底没有藏东西。只有一个还缠着一丝金发的桃红色发圈，相信是无意的。被子没特别。算是很暖。看见也令人想蜷缩在被窝里。已经一点多。没有电话。是不回来了吗？应该等下去吗？还是自己先睡？我摸摸床单，有一种冷天的柔滑和对毛孔的刺激。是那种刚躺下时教人有轻微痛苦但又同时很舒畅的会哗哗大叫出来的感觉。但还未觉累呢。

24）食物

想吃点东西。有几块吃剩的克力架。雪柜也有牛油和果酱。还有鲜奶。未过期的。没有其他可吃的东西了。有两罐啤酒。一支未开的砵酒。可能是那次去完黑骑士家后买的。

没有牛油刀，只有餐刀。没有微波炉。鲜奶用小锅煮热，加少许糖。牛油未解冻，很硬，切开一大片，放在饼上，一用力压，饼就碎了。再薄点，只能放在饼上。涂果酱，桃味。好吃，但冷冻。一边呷一口热奶。飞蛾又在拍打灯罩，令人有点毛骨悚然。别扑过来就是。我躲到阴影里去吃饼。蜡烛烧了一半，熔得不成形状，火光在微晃，好像其实有风。

25）粉红裙

衣柜不算乱，但衣服很多，除了衣柜，还挂满墙边的大衣架。很少名牌，都是廉价货，但看来质款也很好，很懂得用最少的钱买最好看的东西。接受宽容度很大，主要都是新潮大胆的，但不是没有清纯朴实的。最偏爱无袖上衫，背心和吊带。搭配的可能性很多。

拣了条粉红裙。是那种我从来不会穿的颜色。平时也很少穿裙子。配了那天不是苹果穿的紫色无袖樽领上衫。换上了，站到镜子前。在昏暗的灯光中，有看见不是苹果的幻觉。还应该穿上黑色长筒靴吧。有点紧，但也穿进去了。坐到桌子前，往化妆箱里翻，拣了唇膏、粉底和眉笔，就着镜子涂着，不太懂，只是淡淡地扫上，作个样子。在两颊洒点金粉。头发太普通了点。直直的及肩发。于是扎了条辫子，两侧插满彩色发夹。还有饰物呢。七彩手圈、皮绳、金属戒指和耳环，一一戴上了。没差甚么吧。再照照镜。是不是苹果没错。你回来了吧！今晚可好？事情解决了？好晚了啊！累吗？

（不，不累。）今晚不能去"我们的体育馆"了。（没关系，下次再一起去吧！）等了你好久呢！好担心！（我知道。）多谢你给我作的歌，很好听。（是你写得很好呢！）可以唱一次给我听吗？（当然可以。）我也给你填一首好吗？（给我填？）是啊，一首关于你的。（我们一起填吧。）

我坐在桌子前面，打开歌谱，找了其中一首，哼了调子，觉得不错，就拿笔填上新的歌词。那是我在巴士上已经有的意念，现在整理出来，填得很快。抬头望望化妆镜中的人。是我自己在写吗？还是不是苹果？大调的苹果，小调的苹果，走调的苹果，滥调的苹果。是你的心情吗？

寻找方法打碎石膏

迷恋你却要决心和你背道而驰

在这连歌舞伎町女王也容不下的城市

没有胜诉也没有败诉

连败德也只是庸人饭后的谈笑

歌唱恶之花成为遥不可及的梦

最美满的是冲上沙滩的鱼首人身怪物

虚伪的听众　我的同代　我的姊妹们

我唯有戴上马格列特的礼帽跳舞

门钟响的时候，贝贝才从睡梦中醒来，见天已大亮，自己躺在床上，盖了被。迷蒙中看见不是苹果在床沿坐下，手中捧着一盒甚么。

贝贝问是甚么时候了，不是苹果就说是十点了。早上十点？贝贝惊讶地问。是啊！不是苹果说。那你是刚刚回来吗？我回来一阵了，见你睡着，没吵醒你。那，你昨晚怎样了？没事，好好的，已经搞清楚了，好累呢。真的？嗯，真的，这次是真的了。那就好了。起来吧，去吃东西！贝贝起身，发现自己穿着不是苹果的衣裙，半晌才记起昨晚自己做的事。不是苹果说：你这样穿其实很好看。贝贝想换回自己的衫裤，不是苹果止住了她，说：不用啦！来，就这样出去吧！贝贝耸耸肩，笑了一下，突然又想起：刚才响门钟的不是你吗？不是苹果就向她打开手中的盒子：是邮递公司送货，你看，我们上网从美国订回来的礼帽！

那是一顶非常美丽的黑色圆顶礼帽，给黑骑士的礼物。

不是苹果把帽戴在头上，把帽沿拉低，压在眉上，张开双手，单起脚来转了一圈，摆出跳士的舞的姿势。

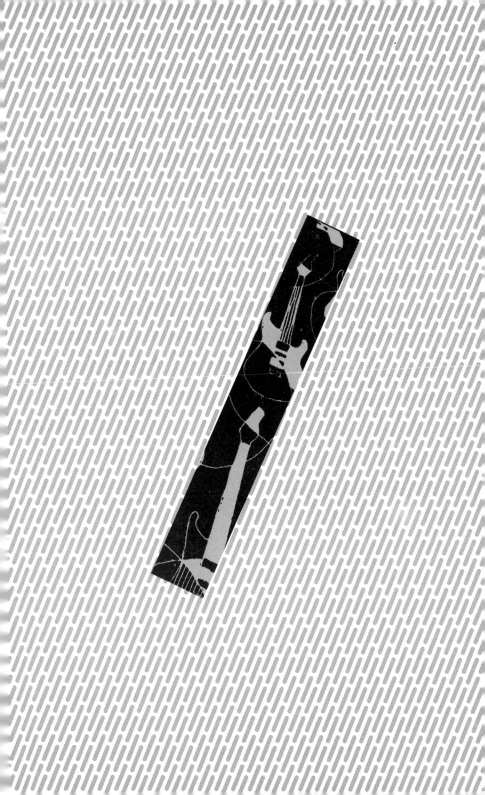

拜占庭的黄金机械玩偶

曲/词/声：不是苹果

我想去一个很远的地方　可以送我一程吗？

早晨起来洗刷脑袋底部
想吃东西就打开肠胃看看残余甚么
不愿上班索性把双腿留在浴缸里
做白日梦最好把眼球挂在窗帘上
幻想成为拜占庭的黄金玩偶

在地铁入闸杆上玩氹氹转
乘扶手电梯俯冲尖叫的角度
投币汽水机里面有弹珠游戏的奖品
刷信用卡说明自己的星座运程
在那沉埋海底的黄金城市中

扭转你的头让你整天望向我这边
扭转你的手臂让你整天拥抱我
扭转你的腿让你维持屈膝的姿势
拿走你的心脏让你无法喜欢别人
而我就用黄金的身躯和你交换

请给我左胸的机械时钟上链
请给我磨蚀的唇加点润滑油
沙哑的声带看来要更换零件了
脑袋的齿轮运作始终追不上最高速的芯片
我不过是拜占庭的黄金玩偶

迎面轰飞蝗虫群般的黑色车队
我骑着红色电单车　单手按着胸口的机械时钟
就算双臂连同驾驶盘折断
左脚跌落高速公路的后头
子弹射穿我琥珀色的右眼
气流撕掉我的肩膊和长发
松脱的下盘在车轮下粉碎
也要一直冲向黄金的国度

如果你要去很远的地方　可不可以让我送你一程？

拜占庭的黄金机械玩偶。

　　想来必定是不是苹果以铁铲向着那辆蓝色房车的车头玻璃作第一次挥击时因为力度控制不准没有打碎反而自己失衡倒地的绝望姿态，令贝贝产生了微妙的共同无力感。那是在大学本部下面一条斜路上发生的突发性事故，突发的程度和那次不是苹果在卡拉OK中挥拳攻击韦教授不遑多让。而且事情也必然和韦教授有关。但今次韦教授并不在场，受到袭击的只是他的车子。事发后五分钟校方的警卫已经发现停泊在斜路旁边的这辆蓝色房车呈不寻常的毁坏状况，而十分钟后当韦教授毫无心理准备地从斜路一旁的大楼步出走向自己的汽车时，警卫刚打算致电警方调查。韦教授一目睹自己的汽车的离奇损毁程度，除了很难相信眼前的事实，竟也立即嗅出事情的真凶是谁，而且令警卫们大惑不解地说，这事不打算追究。我们都知道法律上是有所谓刑事毁坏这项罪名，而这正是当前正在发生的情况。但韦教授还是坚持不报警，并且立即传呼拖车来把残毁的证物拉走。车子的损毁主要集中在玻璃窗上，因为那是最容易击破的部位。六只窗子，包括车头挡风玻璃，四只侧门玻璃，和后窗玻璃，全数粉碎了。玻璃碎片撒满车头盖、车内座椅，和四周路上。另外，车身也有多处凹陷和刮破的痕迹，但显然因为攻击无显著效果而放弃，也可以由此猜想攻击者手持的武器的破坏力颇为有限。不过凶器没有留在现场附近，因为没有报警所以也没有搜索下去。车子拖走之后韦教授站在它被袭的原来位置，用鞋底擦着地上残余可见的玻璃粉迹。皮鞋底部有被尖锐碎屑刮擦的感觉，好像直接刮在脚掌一样地微痛。他转头望向斜路下面的方向，虽然那边空空的只有尽头路口的草坡，但他忽然感到有一股东西向上冲过来，好像有人持着武器迎面向他站的位置迅速趋近，而且快要挥动重物当头向他砸下来了。他下意识躬身一闪，才醒觉这不过是自己的幻觉，连忙看看四周有没有人看到他的窘态。没有人知道他不报警的动机究竟是对行凶者的容忍，还是害怕招惹到其他敏感的猜测，因为这天校园内有很多记者出没，如果事情张扬了一定会给牵扯进最近的争议里。他看看表，幸好还可以赶及参加刚刚才开始的毕业礼，不过看来他要走路到山上的会场了。他竟有种逃过大难的释然感，因为如果他早半小时站在同一个位置，被敲碎的也许就不是他的车子而是他的脑袋了。从他的位置看去事情当时的确以这种进程发生着。不是苹果双手紧握着一把对她这样体形的女孩来说颇为沉重的铁铲，急而不乱地从斜路的下方向上面的这辆蓝色车子走近，来到车子前面的时候并没有如预料中立即攻击，反而走到车子前面仿佛要再确认一次车主的身分似的查察了一下，然后才对准车头挡风玻璃砸下。所以虽然车子是头部向斜路上面而尾部向下地停泊着，而不是苹果是从下面接近的，但首先受到冲击的却是车头挡风玻璃。这时候四周可见范围内至少有贝贝一个。她站在斜路下面的尽头，目送不是苹果开始她的行动，因为太不可思议而一时不懂得追上去加以阻止。她完全没有料到不是苹果的情绪会突然产生这样激烈的爆发。之前她们还是静静地在路上并肩走着，尴尬地等待着话题浮现。虽然她事前也有猜想过今天不是苹果会在大学校园出现，因为今天是政的本科毕业礼，但她没料到真的会给她碰上。贝贝已经刻意在毕业礼举行前避过场地附近的范围，但今天校园里好像弥漫着一种不寻常的紧张气氛，早上距离毕业礼开始还有大半天，已经看见一大队记者挟着像重型枪械一样的摄像机和镜头往校长办公室方向冲去，似乎是要截击今天会到达的重要人物。贝贝整个早上也给这种和她无关的气氛扰乱着，课也不想上，只是躲到图书馆里。但真的是和她无关吗？她说不清楚。本来她会是毕业礼座上的一员吧，该会和政的家人坐在一起，远远地看着政踏上台上拿取他的一级荣誉本科学位吧。还会在会后和他在校园各个景点循例拍照留念吧。虽然政必然会对这些俗套反感，但作为一个孝顺好儿子也会勉为其难地装作兴高采烈地取悦以儿子大学毕业为终身荣耀的父母亲吧。父母亲也同时会用欣慰的眼神望着这个儿子的小女友而期盼着很快有一天她将会成为自己家里的新抱吧。想到这里贝贝就很悲伤，好像自己残酷地剥夺了他父母的单纯愿望，要对今天他们儿子毕业礼的缺陷负责似的。但不是苹果会来吗？她会以政的新女朋友、政父母未来新抱的新候任者的姿态出现吗？想到这里就更难受了。虽然她早说过事情已经解决了，而且自己已经心无挂碍了，但伤害是不容易立即痊愈吧。在这种混乱的心情中，她竟然在路上碰见不是苹果，也不知是命运对她的惩罚还是玩弄了。不是苹果也十分惊讶，而且为自己的存在显得很不自在。贝贝不能问她去哪里，她又不能问贝贝去哪里，两人就只有站着不说话，好像好久没见过面的旧情人一样，不想表示兴奋又不想表示冷漠。可是既然大家都心里明白了，一切就无须多说了。她们简短地说了再见，就各自往上下不同的方向走去。不过，更出乎贝贝意料之外的是，走不了几步，不是苹果竟然突然回头向贝贝追上去，说她不去毕业礼了。贝贝愕然得无话可说，但又说不出催迫她去毕业礼的话，就任她作了这个奇怪的决定。两个人默然地在下山的路上走着。这是贝贝第一次和不是苹果在学校里一起走着，感觉很怪，因为一直觉得不是苹果和这所学校格格不入，后来更演变成不是苹果和作为大学生的自己格格不入。在她往政的房子找他们作出最终的表白的早上，她已经作好和不是苹果中止关系的心理准备。那未必是表面上和不是苹果不再见面，但纵使会再见面，她以为也是完全不同的关系了，是在心底里永远格格不入的一种虚假的关系了。可是为甚么现在两人很意外地一起走着，心里却又觉得是那么的顺理成章？是碰见贝贝给了不是苹果借口不去参加政的毕业礼，因为她觉得这邀请暗示了一种关系的确认，而她对这确认毫无心理准备。她还记挂着贝贝那个早上来政的房子悄悄放下日记和信就离去一事，而且不断去拷问自己对政的喜欢程度。自从高荣离开之后，她从来没有认真考虑过这种问题，和甚么人短暂一起的关系里也不觉得有这些界线，好像来来去去也是很轻省的事情，但这次却感到非常的难。来到一个斜路路口的时候，不是苹果突然停下来，向斜路上方眺望着一个刚刚从蓝色车子里出来的身影。那人很快就消失在对面大楼的入口里。贝贝也停下来，看到不是苹果的眼神有点异样，也向那个方向望去，却除了蓝色车子外甚么也看不见。不是苹果好像中了咒语似的，急忙回头往附近地上搜视，在路边来回跑着，然后钻到栏杆后面的草坡上，在一个花圃的工具间旁边捡了把铁铲。那铁铲看来颇沉重，因为她是在草坡上拖着它爬上来的。贝贝这时还不知她想做甚么，呆呆地站着，看着她从栏杆后钻出，双手握紧铁铲，站直身子，看了看两边路上的情形，然后果决地向斜路走上去。她的背影缩小，看来是那的柔弱，但步伐却是那么肯定，好像明知是泥沼但每一步还是毫不犹疑地大力踏进去，纵使是越来越举步维艰也拼命挣扎着。贝贝看着她走到车子前面，停下来不知审察甚么，然后退后一步，慢慢地把铁铲举到头上，那在她眼中的确是一个慢动作，好像菲林一格一格地停下来一样，好像每一格也呼喊着挽回的声音似的，但不是苹果无视于这种声音。铁铲无声地砸下，然后才传来钝钝的一响，看见不是苹果因为大幅的挥击动作而失去平衡跌倒在地上。贝贝这才终于醒觉到事情的迫切性，立即向不是苹果跑去。贝贝来到她跟前的时候，不是苹果刚好自己爬了起来，捡回地上的铁铲，使劲地举过肩上。贝贝看见那车子的挡风玻璃已经在正中央裂成一个圆形蛛网状，但还未碎散掉下。她向不是苹果喊叫了一下，想去阻止她，但她已经挥下致命的一击。挡风玻璃今次应声粉碎，碎片像瀑布一样向车头座椅一泻而尽，也有零星碎片向外面飞弹而落。这一击之后，有半刻的停顿，好像在场的两个女孩突然醒悟到正在发生怎么可怕的事情似的。然后，咒语又发作了。不是苹果再次抡起铁铲，向侧面的玻璃窗击去。贝贝连忙闪避，抱着头几乎不敢看。只听到碎裂的响声，再看，那玻璃已经不见了。不是苹果的行为看来一点也不狂乱，反而好像是很有系统的，打碎一个窗子之后就轮到另一个，打完左边就轮到右边，直至两边的四个玻璃窗也荡然无存。她把铁铲立在地上，一手按住木柄，另一只手又叉着腰，好像在欣赏工作的成果，又好像在思索下一步的行动。贝贝屏着的一口气终于松开，以为不是苹果停止行动了。但不知怎的，就看见不是苹果蹲了在地上，忍不住抽泣着。她想上去扶她，正抱住了她的肩膀，她突然又跳起来，扑上前用铁铲在车身上乱砸乱捅。车子表面虽也受了损伤，但一把铁铲是无论如何也无法把一辆车子的车身打烂的吧。不是苹果徒劳无功地攻击着，终于打累了，颓倒在地上。贝贝就立即搀她离开。快走吧！快有人来了！两人往下坡路走，走到路口，贝贝回头，看见那把铁铲还躺在车子旁边地上，突然就撇下不是苹果，自己往回走。在贝贝捡起铁铲的一刻，她心里涌起了一个无法解释的冲动，不知是为了表示和不是苹果站在一起，还是为了自己心里的郁闷，还是出于一开始就存在的共同羞辱感，她竟然举起铁铲，往车子仅余的车尾窗玻璃砸下。她好像没有怎么用力，甚至好像心里其实没有想过真的会把玻璃打碎，只是在意识上做了个象征的动作，那玻璃就像变魔法一样自动破开，像下雨一样滴滴答答地洒下。在耳中那是多么清脆的声音，多么像一阵令人心旷神怡的雨粉。那一击令她由一个旁观者变成一个参与者，就算她参与的是犯罪的行为。她竟然一点不怕，而且一点不后悔，站着对自己的成果观赏了一会，才懂得该赶快逃亡了。她没有忘记带着铁铲，回到路口，敏捷地钻到栏杆后的草坡上，使尽力气把铁铲往它的原位抛下去，然后回来，拉着不是苹果的手，说：跑啊！当时附近其实可能有其他人在场目睹这一切，但后来都没有人过问了，而她们眼中也没有察觉到有任何其他人存在，她们只知道，在这一刻，世界上只有她们两个，两个共同受到了屈辱的人，两个共同反击的人，两个一起跌倒的人，两个分担了罪行的人，两个卑微的、力量薄弱的、原本应该会是格格不入的、可能互相伤害的，但却也互相原谅的女孩。跑啊！不是苹果和贝贝，在大学校园下山的路上拼命奔跑，拉着手，从高空下望，会是两个几乎看不见的点子，但与山上衣冠楚楚言词华美气派堂皇的、汇聚着公众目光焦点的大型典礼相比，这两个点子才是我关心的。她们才是我们故事的主角，不是那些授受虚衔的大人物。

　　跑吧！贝贝，不是苹果。远离这个罪恶的场所吧。

公路上的终曲

曲：不是苹果　词/声：贝贝

当沙哑的歌声冒起　窗外的风景默默无言
公路上的杨树垂着哀悼的姿势
我知道离你越来越远了
我们还会再见吗

天上的云不会塌下来吧
荒芜的田野不会忿然起来把高架道推倒吧
我不会就此任由记忆把我抛弃吧

耳里响起爆炸的声音　心就不动声色裂成碎片
在高速前进中发根有向后的拉力
你大概不会记起我的样子
连偶然也不会

坐上你的船我们航向梦中的城市
可以不舍得甲板上的风和水花吗
可以用这个做借口留下来吗
报告船长　前面有飓风
这可以是拥抱的理由吗

望远镜中的黑点是真正的岛国吧
城市脚下的陆地不会毫无预告地消失吧
我不会毫无保留地流泪吧

歌曲终结的时候　绝不会再按回放键
天气转凉我的咳嗽将会持续
入黑后玻璃窗上显现自己的影子
普通的矮小的女孩

报告船长　前面风平浪静

公路上的终曲。

　　想不到是这样子。在回元朗的通宵巴士上，贝贝说。对啊，好冇瘾。不是苹果撕了块香口胶，放进口里，又给了贝贝一块。巴士沿着海岸边的高速公路前进，左边可以看见青马大桥，皇冠状起伏的钢吊索列反映着幻彩的灯光。其实都是为了有化石才叫你们去看，如果不是，在家里睡觉好过。不是苹果说话的时候，牙齿间有香口胶的黏接声。也没关系吧，反正除夕都没事做，怎么都是白过。旧年除夕去边？有没有玩甚么千禧倒数？没有啊，阿政最憎这些东西，他说千禧年根本一点特别都没有，跟任何一年没分别，年份日期都是人发明的东西，没特别含义，所以不肯参加这些虚伪的游戏。这个人真是想坏脑，硬是要讲不同的东西，道理多多。那你呢？我？我都没有，在家里睡觉。你说青马大桥好不好看？青马？好似入鬼门关的通道一样，一打开门，恶鬼就拥出来，你说不是吗，那些灯好鬼幻，令人想起牛头马面。哈，叫牛马大桥好过。牛鬼蛇神！放马过来啦！我不怕你的！不是苹果做了个握拳姿势，令贝贝想起第一次见她的情景。但是化石真的令人失望啊！今晚！对呀，为甚么呢？我跟阿灰在后台就不那么觉，你跟智美坐在下面看就真的受罪。最无聊是后来那个所谓音乐剧，都不是唱歌的。我最憎倒数完唱那首大合唱串烧歌，核突到死，那些歌都变了形，又改编得差劲，简直是扮鬼吓自己。那个阿Moon都好不行，老是不记得歌词，跳舞好似不懂做体操的中学生一样，惊惊青青。还要说，我在后台看着人家帮她在台前的喇叭后面贴满了歌词，你不觉得她整天望着左边脚下面那个位置吗？是呀，原来如此，我还以为她在望谁。不过，演唱会是这样的了，你好久没看吗？我一向不看。我上次看Luna Sea终幕真的不同，完全两回事，人家真的是玩音乐，不是玩马戏，不会讲废话，都是在同一个地方吧，但是好似两个星球一样。对呀，我在你家里看椎名演唱会都不会这样，人家只是唱歌，一句废话都不说，好专业，那些观众会一路听一路跳，好high，没有搞多余的东西。当然不一样啦，这里的人又banner又荧光棒又送花又毛公仔，好多垃圾，人家在唱他们就大喊大叫，嘈喧巴闭，镜头影过去他们就躲开，遮住块面，好似好羞家一样，不见得光，这里的fan屎，真是世界一绝，一旧屎！但是猜不到化石会这样。这类场合当然啦，怎么说都是半官方电台搞的，当然是故作健康啦，LMF都没唱粗口歌啦，都不知几斯文，唱些鼓励年轻人的东西，差点阿妈都唔认得。哈，他们十二个人这么多，又整天戴冷帽笠住个头，怎么看都不认得啦！街上面随便一个人讲句粗口，说自己是LMF都有人信啦。哈！哈！对呀！对呀！喂，靓仔，你知不知道我是谁，你老母吖，我是LMF呀你咁都唔识呀？醒啲啦靓仔！不是苹果装出粗哑的声线，叉起两只手指，向着空气凶神恶煞地说。贝贝见她扮得很似，拍手笑着，车厢内除她们外只有两个中年乘客，都回头来望望她们。笑到累了，大家就沉默下来。不是苹果突然叹了口气。连化石都令人失望呢。看来是因为不久前搞大学那件事出了名，公司就想到请他们来表演，但是似乎有条件。一定有啦，你看他们唱的那首新歌是甚么？虽然说风格都是摇滚，音乐上一样的水平，但是，那些歌词讲甚么？甚么自从失去你，砌图碎了一地，甚么不过是游戏，就住来唱，不知所谓！他们不可以唱沉积物的吗？清理我们吧，社会底层的沉积物，把思想埋藏在黑暗的石屎地里，欲望向光之所在发芽，狠狠一脚踩死，狠狠一脚踩死！不是苹果大声唱着，前面那两个乘客又回头望了一下，但她没有停下来。不过好搞笑，古天乐首歌的歌词里面有椎名林檎个名，吓得我。贝贝说。她们也没有笑。车继续沉默地在午夜公路上前进。

※　　　※　　　※

出场序：（后台视觉）

1）开幕。主持出场。和观众打招呼。话题。邀请嘉宾致词。

2）古天乐

3）容祖儿

4）阿Moon

今晚阿Moon演唱的是最hit歌曲《爱情教室》。出场前口里还喃喃自语，在念歌词，有时又轻轻摆一两下舞步。工作人员叫她就位也听不到。后台很暗，但在穿黑衣的工作人员中间，她却有一种晃亮。一看就知道这个穿演出装束的女孩和周围随便的一个女孩不同。一年前她也许还和其他女孩一样，会和朋友去卡拉OK大声不怕走音地唱喜爱的歌星的歌曲。但一年后她就站在这个漆黑的后台，紧张地念着歌词，等待出场，唱出那千万普通女孩也天天在卡拉OK不怕走音地唱的热门歌曲。在昏暗里，她面上的白粉呈灰色，只有头发上的金粉闪出微弱的星光。有人过来替她的装束作最后的整理，特别检查短裙下面有没有走光的危险。为了配合歌曲，她今晚的服装是仿中学校服的格子百褶短裙，上身是露脐小白恤衫，配一条格子小领带，双脚穿上日本风象脚白袜。但为了避免太像普通学生，在饰物方面特别夸张，两手手腕和头发都戴满最抢眼的东西，化妆也很耀目，头发在两边扎了两束极为蓬松的辫子，像芭比娃娃。工作人员把一叠道具书递给她。看来是中学课本，当中夹了一本某本地诗人的诗集，不知是从哪里无意间捡拾回来的，看来没有含义，也不是恶作剧，没有人察觉到有甚么异样。台前的上一位表演女歌手努力地完成了歌曲最后一句，刻意把尾音拖得很长来显示自己不是没有功力的。观众爆出掌声和欢呼。大喊她的名字。但当中也夹杂了喊另外的歌星的名字的声音。有人喊阿Moon。但阿Moon大概听不到，因为她完全沉入她的温习里，无暇细听其他。她大概不会料到，自己脱离学生生涯，成为瞩目的新进歌星之后，竟然还要重温以前进入试场前的可怕心情。这甚至比进入试场更骇人，因为交白卷只有你自己知道，表演失准却是在千万眼睛底下发生的啊！她想问工作人员要毛巾抹抹手心的汗，但人们都太忙，保姆又不知去了哪里。有一个女工作人员见状，就掏出自己的手帕给她。阿Moon很感激地向那女工作人员笑了笑，递回手帕。那女孩子就是在这个时候看到，阿Moon手中捏着的那本诗集的名称，和书面上微微的汗湿指印。当然，女孩也是后来问人，才知道那本是一个本地诗人的诗集。但她很记得那书名，因为那指印。后来诗集连同其他道具书本在演出的中段给大力地抛掷到台下去，掀起了一阵骚动。那本诗集的下落不详，可能给疯狂争夺的乐迷当场撕成废纸，或者给某位幸运儿据为己有，以高价在商场纪念品店出售，或者给丢弃在会场地上，散场时给毫无秩序地离去的人群践踏，然后由清洁工扫进垃圾筒。从后台看出去，只看到阿Moon的抛掷动作虽然有点生硬，但阴差阳错间竟表现出一种学生的稚气。那手臂从后方挥出的弧度，和双脚迟犹地离地跳起的运动，有点像体育课上的练习动作。因此而露出的大腿也有那种学生白，是除了中学女生以外再找不到的那种白。当然在工作人员的防护措施之下，是绝不会过火走光的。阿Moon的整段演出就是遵循着这种既似挑逗但其实十分克制的隐形逻辑。穿恤衫西裤扮演男教师的男舞蹈员并没有过激的动作。歌曲的危险性在阿Moon纯真的形象和洁净的声线中消弭了，越轨的暗示也在甜腻的视听经验里化为无害的享受。她微妙地走在容许和禁忌的界线上，但她自己其实并不知道。她为了应付技术上的要求已经疲于奔命了。当歌曲终结，她终于可以回到后台来的时候，简直是个大解脱，这从她走入化妆间时那种大声说话的情态可见一斑。当她和刚才借手帕给她的女孩在通道上碰见，她也没有察觉，或者是没有示意。那在演出前简短的一幕好像从没有发生过。

5）LMF

6）DJ栋笃笑

※　　　　※　　　　※

回到元朗，大家也有点肚饿，就去了间粥面店食宵夜。人们都好像不想在除夕夜睡觉似的，都在找借口在街上流连。就算连元朗这样偏僻的地方，人们都好像为了尊严而努力发掘消遣的方法。三五成群的少年男女在大马路上嘶叫嬉笑，在无人注视的黑暗路边夸张地往手掌大力拍打新买的烟包，然后合力制作人造云团。贝贝和不是苹果穿过这种百无聊赖的街头，有坐在栏杆上的男子向她们吹口哨，不是苹果回过头去做了个粗口手势，那人想上来缠绕，但又被另外的一群女孩吸引过去。在粥面店里不是苹果想叫猪皮鱼蛋，却说错了猪皮苹果，笑了很久。后来就说很多废话。贝贝吃粥，不是苹果就问她要不要牛炸鬼。不要，我要油腻酥。你不如要牛腩鬼啦！好呀，你食猪皮苹果我就食牛腩鬼。乱说一通，伙计也不知她们搞甚么鬼。好无聊！贝贝说，大家就吃着东西，没再扯下去。后来贝贝提起智美，问不是苹果她是不是和阿灰一起。我看都似，如果不是阿灰不会无端端叫她一起来，完了之后他们两个好似还有地方去。我看其实他们两个很配。我一直都这样想，不过阿灰个人一向都不太出声，智美又好乱，好容易信人，所以兜兜转转同过好多人一齐，阿灰个人其实对人好好，一直好照顾我，有好东西都关照我，好似今次他帮个show搞音响，都找我帮手，让我赚点外快。但是对人好跟钟意一个人是两回事。是呀，所以阿灰好少钟意人，或者没有讲出嚟。我猜他其实钟意智美。我都想智美跟到个又好又真心钟意她的人。说到这里，空气突然就好像凝住了，两人不约而同地吸了口大气。还要不要牛腒鬼？要。一齐食一条好不好？好。喂，阿哥仔，给条牛腒鬼！嘻，你知讲甚么啦！唔该晒。不是苹果说完，拿了支烟点上。贝贝也从她的烟包里拿了一支。你都抽？不要夹硬来。试一下。不是苹果就给贝贝点了烟。为甚么你的烟从鼻哥窿里面喷出来的？不是苹果听了就笑得无法收拾，伏在桌上爬不起来。你真好笑！哈！食烟当然是从个鼻里面喷出来啦，难道从肚脐喷出来吗！你个人真妙趣！贝贝试了很多口，也无法吸到鼻里，烟都从嘴唇溜出来。不是苹果一边笑一边观赏，烟灰都来不及敲，撒了一桌子。牛腒酥来了，伙计望着桌上的烟灰，不是苹果就连忙道歉。你猜我们将来会不会记得，二零零零年至二零零一年除夕晚，我们一起食一条牛腒酥？不是苹果说，是牛腒鬼呀！说罢就把整条牛腒酥咬在口中，面向着贝贝，好像伸出巨大的舌头。你看，牛腒鬼就是这样！好肉酸呀！成条腒肿胀一样！我想起牛马大桥。牛腒鬼大桥。本港十景之一。

※　　　※　　　※

出场序：（后台视觉续）

7）小雪

8）杨千嬅

9）化石

化石的出场并没有引起太大的哄动。在场的观众似乎并非化石的长期拥趸，反应处于观望。因为新鲜，而且成员五人的台型很有力，所以颇感吸引，但又因为陌生，所以不会过于热烈。对于强劲的摇滚乐风，大部分歌迷也吃不消，好像嫌太吵耳，或不惯听不清歌词，虽然歌迷们一向对歌词并不讲究。也不惯歌手不说话，不打招呼，不亲善地笑和挥手。不过，在场认识化石的少数人都觉得化石让了步。原本他们打算唱一首新作的叫做《校长你好》的歌，但有关方面觉得歌词太敏感，希望他们不要把演唱会政治化。当中可能也忧虑到，歌词会令人联想到阿Moon的《爱情教室》，产生某种讽刺效果。听说化石成员也争论过是不是要坚持到底，但后来还是把歌重填了一次，变成了现在的《砌图游戏》。有人猜想，化石之所以会罕有地作出迁就，是因为一间经理人公司在背后出的主意。这间公司在学位事件中看准了化石的市场潜力，很想捧红他们，但他们想制造的是一个非政治化的化石，一个无害的化石。有成员觉得这是他们苦等多年的难得机会，所以不想一开始就起冲突。结果就出了《砌图游戏》这首歌。在除夕音乐会首次演唱之后，有娱乐版作者还对歌曲大加赞赏，说里面砌图的比喻用得十分巧妙。不过，内行人都知道，石松这首词是乱填的，是一种不满的发泄，不过也是无效的发泄。在出场前，化石五人散站在后台，心里可能都会有点奇怪自己为甚么会出现在这种场合，和这些自己从前觉得毫不相干的人物同台共处，甚至是公式化地寒暄几句。除了和另一队以唱粗口歌成名的乐队感到亲近之外，他们觉得自己是异类。他们也不知道，这种感觉会一直延续下去，还是慢慢就会习惯。但想到习惯，就不期然觉得恐怖，好像病人进入手术室前打了麻醉药，知道自己渐渐一点一滴地失去意识的那种感觉一样。在后台里也遇到朋友，例如负责音响的是一个也是组乐队的老友。那人的乐队曾经也十分优秀，但主力成员退出之后就解散了。还有一个在后台工作的女孩，一看见石松就和他说个不停，好像很兴奋的样子。石松整晚第一次满脸笑容，说完又拍拍女孩的肩膀，自己沉思着甚么。轮到化石出场，他们就在各自乐器的位置站好，互相望了一下，好像希望彼此了解这次的决定是不得已的。于是大家就用加倍的愤怒弹唱出这首自己其实无比厌弃的歌曲。

《砌图游戏》

自从失去了你

砌图碎了一地

零乱的心情无从再砌起

再玩下去也不过是游戏

图中那伤心地

重游可惜心已死

景色再美已经失去希冀

从此不再写手指的游记

眼神的对应

时光的累积

曾经在我们手中完整

场景的缺口

记忆的空白

教我破碎的心灵如何再砌拼

10）陈奕迅

11）谢霆锋

12）陈奕迅+谢霆锋合唱

13）音乐剧：千禧激爆音乐力量

14）除夕大倒数。众歌星出台前。

15）大合唱。名曲串烧。

16）终幕

※　　　　※　　　　※

吃完宵夜，两人也不累，贝贝就说不如去"我们的体育馆"。上次我们去不到，今晚补翻数。那个地方离元朗市区有一段距离，她们又没有拿单车，于是只有走路过去。出了元朗市区，沿着公路旁边一直走，四周很荒芜，只有高速掠过的夜车刮起沉滞的空气。但她们心里一点害怕也没有，一前一后走着，互相听着对方的脚步声就足够。不是苹果有时抬头望着飞驰而过的车辆，和车尾鬼火般幽浮而去的红灯，就想起和贝贝那天一起不顾一切干了的事，心里竟然有无以名状的畅快感。如果可以再干一次就好了，随便把路上的一辆车子想象成那人的车子，上去用铁锤打碎它，甚至炸毁它。黑夜公路上一连串的大爆炸！那会是多么的优美！不知贝贝心里会不会有同感？贝贝低头在后面走着，偶尔抬头看看不是苹果的背影，那晃动的双腿，虽然今天穿了牛仔裤，但好像依然有那种裙子的曲线。好不容易来到那个工程地盘，从并不森严的围板间隙里钻进去，找了一会，终于找到"我们的体育馆"的入口，也即是建筑中的天桥的起点。天桥比印象中长了，其实是条高速高架公路的一部分，可能将来会直通南面的市区，把偏僻的元朗和繁盛的城市中心相连起来。她们走了好一会才来到尽头，那是一个好像悬崖一样的终止点。在暗夜里也可以看见，对面的相接点也在建筑中，相信很快桥的两边就会相连起来，很快桥就会启用通车，很快，"我们的体育馆"就会不复存在。她们坐在桥的尽头，因为走了很远路，身子都走热了，一点不冷，反而有点汗。这个冬天表面气温很暖，但内里却有甚么东西在冻凝着。贝贝想起刚才演唱会里化石的歌曲，有种怪怪的说不出来的感觉，但不是苹果却抢先说出来了。其实，化石的表现都可以理解，你觉不觉得，他们好似好愤怒的，但是这种愤怒不是平时那种，我在后台跟石松说话的时候已经觉得，他好似有心跟自己作对，好似特登将首歌搞成这样，然后又好气愤自己一样地发泄出来。嗯，想来都好似，但是我讲不出是甚么。你想想那些歌词，大概的意思，好似是一首好cheap的情歌，但是，其实就是化石自己的心情？好似有些甚么破碎了，有些甚么告别了一样，好悲，又好愤怒。贝贝没有出声，但她切实地感觉到了。好邪呀！这首歌千祈不要是个凶兆，变了化石玩完的宣布呀！不是苹果真的害怕了，第一次在这个漆黑的夜里感到无助。贝贝觉得她应该说点甚么。喂，不如我们真的组个乐队，玩几首歌，录下来作个纪念好不好？不是苹果望向她，好像有点不理解她的话，过了半晌，才说，你真的这样想？我一直怕你其实没兴趣，不想夹硬迫你，但是如果你真的想，我当然求之不得啦！对呀，还有智美啦。嗯，再加多一两个人，一个弹bass，一个弹keyboard，keyboard没有都行，不过有就更好。好呀，那Rejuv就复活喇！不好，Rejuv已经死了，现在是属于我们的新东西，不是以前的翻版。都好，那叫甚么名字？不是苹果想了一会，口里呢喃着，我们的体育馆……体育馆。不如，体育堂。堂字令人想起大懒堂。唔，那不如体育系啦，劲一点。好怪，不过好过瘾。体育堂令我觉得是青春时期的事情。以前中学喜欢上P.E.堂吗？曾经好钟意，钟意打排球，不过后来就有奇怪的感觉。噢，你打排球？怎么啦，不可以吗？不，不，我就最憎体育堂。为甚么？不知道呀，觉得整班人穿着P.E.衫裤係在跑来跑去好低B，好似可以好自由地去玩，其实都是规限住做些甚么。但是你那天都穿了条P.E.裤。吓？哪天？卡拉OK那天呀，我第一次见你，你打人那天。是吗？我有穿P.E.裤吗？我不记得喇，真的有？我为甚么要这样做？在网球裙里面穿P.E.裤？这么无聊？……真的没有？……别理啦，总之，就叫体育系啦，发育时期，上体育堂，最恶劣的经验之一、肉体感、本能、生理变化的来临、男仔的目光、流汗、口渴、痛楚、胀大的胸、讨厌的P.E.裤，所谓体育精神，被迫的操练。其实，我们一直都是在上体育堂。永远都不会完的体育堂，好厌烦。或者就快要完喇。或者，完了才会怀念都未定。又或者，没甚么值得怀念。

【下学期】

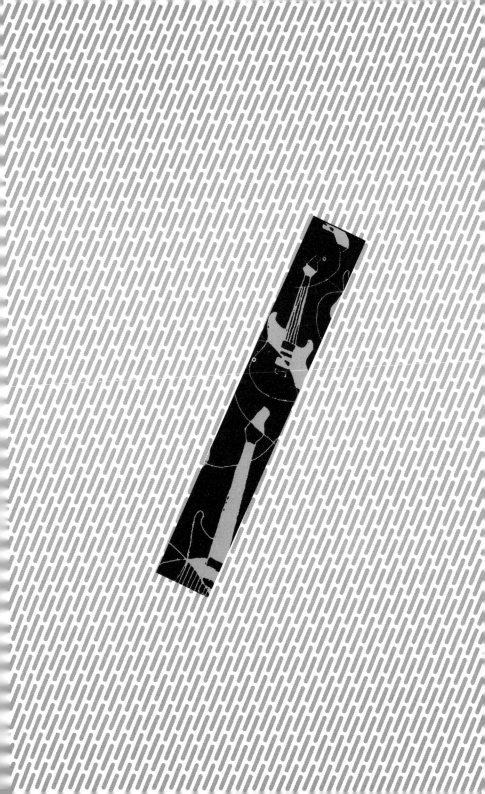

普通的秘密

曲：不是苹果/贝贝　词/声：贝贝

在商场的长椅上　抱着背包
吃一块饼首先选择它的某个角落
除了我的舌头　没有人知道它的味道
尖尖的触觉

从行人电梯降落　握着扶手
望一眼旁边上升的脸自怯怯的眼角
颈后的发扬起　没有人知道它束过辫子
冷冷的温度

也许我的语言笨笨的
没办法做出完整的句
在你面前回答一声就无以为继
但我一经说出就绝不修改
无论是聪明还是蠢

长途车的尾座位　缩小身体
无表情的脸隐藏某种膨胀的东西
除了我的手指　没有人知道它的形状
微笑的角度

碰见你就假装看不见
假装不来就低头想其他
也许我会是个平凡人吧
不会敢于站在舞台上呼叫
只懂得把热情浸在玻璃杯中
和着温水吞下
隐形行走于人群里
随身携带普通的秘密

普通的秘密。

写作记录：

今天下午出九龙教一个儿童写作班，在火车上戴着耳筒，听着椎名的发育地位演唱会录音，翻着自己印制的体育时期歌词集，读着不是苹果和贝贝的曲词，心里忽然就有种冲动，想立刻就回家，打开手提电脑，把书的下半部一口气写出来。

原本是打算放低一下才再续下去的。

以我自己一向的速度来说，这个小说算是写得超常的快。年初才真正开始写，一月里已经完成了一半，近十万字，暂且称为上集，上学期，好给自己一条界线，一个暂停的理由。事实上也不得不暂停。十二月前一直忙着教写作班，只在一月因为学校考试和假期，才空出了一点时间，到了二月开始，日程又排得密密的，不会再有长时间的专注去完成小说了。所以写完了上半，心里就有一种遥遥无期的感觉，好像有点怕，小说可能写不下去，或者怕在进入状态之后突然停止，会很难再抓回那种感觉。但今天在火车上突然感到，非立即写出来不可了，好像要先完成这件事，了结一个心里的东西，才能好好重新开始，投入到别的工作去。况且，下半年的日子也很不明朗。

最近一个写作的朋友，算是我同辈的作家，也经历了困难。长久以来给她出版小说的出版社，斩钉截铁地表明不会再为她的书再版了，至于她的新著作，出版社也提议她不妨考虑别的途径，感觉上还好像是给她自由选择的权利呢。在我心目中，她其实是这一辈里最有分量的本地小说家了，而且作品的水平在文学研究界里越来越得到肯定。（得到学院的肯定往往和作品滞销同步发展，不过，我当然不能说前者是后者的诱因或征兆，它们的关系可能只是一种神秘的偶然。）这两年她对创作投入了加倍的精力，用自己的生命完成了一个又一个的新作。对的，她是那种用生命去写的人。如果有人觉得这样说太滥情，我也没有办法，因为事实是如此，而且值得尊敬。在这个地方从事这种叫做文学的甚至称不上是事业的伪事业，要求的也不过是最低限度的东西，那不是赞赏或荣誉，而是尊严。如果写作没有尊严，也即是说，这个地方不需要文学，不需要这样的作家，坚持下去也就是自讨苦吃，怨不得谁。也许有人又会觉得，这样的牢骚已经令人生厌了。如果是这样子，我实在非常抱歉，因为我竟然还花了整本书来说明一个这么简单而令人腻味的事实。不过，我说的时候已经尽量不自以为鞭挞时弊，避免摆出世人皆醉我独醒的样子了。回到作家朋友的命运，结果可想而知，她的读者越来越少，又或者，就算读者没有减少，出版社也不再觉得有价值了。她想过离开这里，以后也不再想文学这回事。作为一个读者，我当然不想看到这样的结局，但作为朋友，她的心情完全可以谅解。在这个城市，文学变成了一种罪，是令人悔疚的、要用人生来补赎的罪，而进身文学圈就相等于加入犯罪集团或者黑社会了。离开黑社会是要洗底的，而且不一定成功。再者，真正的黑社会至少还算是可以捞一点钱的。朋友的事令我想到，我现在正在写的这本书，命途也十分不明朗。如果是自资，以现时的经济情况来说，是绝对不可能的事。有人可能会奇怪，出版一本书，需要的资金并不真的算是很多吧。但我去年自资的一本写作教学书，到现时还未有回本的迹象，另外又答应了给一个新作者出版小说，所以已经没有余裕再出自己的书了。昨晚和妻谈到开支和收入的问题，大家也沉默下来了。我只是恐怕，如果我不趁这时候有这股冲动，到心情一冷却下来，就没有能量把书完成了。或者是，没有理由了。

今天就是在这种情绪中，一边坐车，一边觉得非写不可。新的情节、场面、人物、细节，都涌出来，好像贝贝和不是苹果的经历高速地在眼前展现，如果我不立即写下来，有些东西就会一去不返。也许，我就会失去她们。她们已经是我生命里的东西，我生命里活着的人，不是我创作的人物，不是我展露才智或者发表意见的工具，而是等同于我的生命。在我还能跟她们一起生活的时候，我要好好认清她们的面貌，体认她们的心情，并且从她们身上学习，如何去对待自己的人生。我也于是可以肯定，在二月里，我一定会写完这个小说，因为它已经在我的脑袋里完成了。

今天班里的小朋友有点心散，不太听话，教他们用名词、动词和形容词造句，然后用动作做出来，但效果不如理想。不过没关系。六岁的孩子就算顽皮也非常可爱。他们对罪与罚的道理全然不知，十分幸福。童年大概是人纵使是可厌但也依然可爱的最后年龄了，到了成为青年以后，可厌和可爱就会分家，而往往以可厌的比例为高。成年后的情况就更不用说了，基本上就是充斥着罪犯的年纪了。下课后就立即回来，买了两个面包填饱肚子，开始在键盘上敲打新的章节。这个第十六章，我决定用作者的第一身去写，而且把生活的真实细节也写进去。当然素受高深文学训练的读者会立刻问，文本里有真实的东西吗？一切所谓的真实经验经过语言的再现不是就注定要变成别的东西吗？对于这类为数颇少的读者，我实在无话可说。虽然我自己也曾经是这样的一个读者，问过这类学究性质的问题，但这刻这类问题可谓一点也不重要，甚至是十分无谓了。如果将来有读者或评论家（如果这本书有一天真能幸运地出版的话）还要说出甚么关于后设小说或者后现代之类的话，请你们接受我至为诚恳的咒诅，愿你们有一天为自己的才识付出代价，获得应有的惩罚，那就是，有一天发现，原来自己错过了文学，原来自己从来没有领会过文学是甚么。不过，也许这咒诅对某些人无效，因为对他们来说，文学本身从来就不是甚么。总之，这些也都完全无关宏旨。我关心的只是不是苹果和贝贝的命运，只是她们在下学期的遭遇，和她们如何面对这个城市日益胶凝的生活。对，是胶凝的生活，胶凝的城市。一个冷冻牛油块一样的城市。一个没有发生大灾难、大惨剧、大悲情的城市，但却是一个无法快乐、无法热情起来、无法活得有劲的城市。是个甚么也无法做或者根本没有甚么好做的城市。我这样说，是冒着把整个小说的主题简化的危险吧。读者读到这里，大可以感到安然了，因为原来作者心里就是想表达这些。我绝不反对读者这样想。有些很明朗的主题，其实说不说穿分别不大，我也就不故作忸怩，拒谈作者意图。我想，就算说穿了也不会妨碍或减损其他幽微的地方吧，只要读者是细心的话，总会有未曾说出和未能说出的东西，在等待你去发掘，或发明。

我一直在用城市去称呼这个地方，因为它除了作为一个城市，我想不到它其他身分了。但我其实不想说城市。城市令我厌倦。我已经说了太多关于城市的话，写了太多关于城市的书，致使大家都觉得我只是有兴趣探讨城市种种，尤其是抽象的、意念的、理论的方面的城市。我自一开笔（这是个不合时宜的用语，因我已经像很多其他应用文字的人一样不再用笔写作，所以其实应该改称开脑，或者，如果嫌太恶心，就说开机，虽然听来有点像开电视机或者冷气机），写这个小说，就一直想回避谈论城市，因为它太概括了，好像是个一体化的东西，把里面的所有事物也代表了、涵盖了。可是我在这个章节里不停地说这个城市如何如何，其实也是无可避免地在耗损小说的活力。当城市大于人，大于贝贝，大于不是苹果，那说明了人的空间已经缩到最小了；相反，人还是能反抗城市、拒绝城市的，还是可以挪用它、私自改造它的，把它变成属于自己的地方的。在这个小说里，个人与城市的关系就是这样子。结果如何，我就没有定论了，或者是我不敢说清楚了。如果小说到结局在这点上还有点模棱两可，那主要不是由于文学艺术的考虑，而是因为我自己也不敢下结论吧。至于小说的地域特点，例如主要场景发生在一间郊区的大学和更为偏僻的元朗，是否包含了甚么去中心或边缘化之类的理念，我在这里恳请诸位评论者高抬贵手。至于一直不知道这些术语讲甚么的读者，非常感谢你们的容忍，我也答应你们，这是最后一次提到这些东西了，我会尽力不再继续扰乱视听了。话说回来，把场景定在元朗，也许不过是因为那里近年的混乱景观，急速的工程发展非常丑陋地展示了一种无度的暴发情态。又或者，完全是由于我心目中几乎在构思小说一开始时就有了的结局场景。不过，基于一般小说情节的悬念法则，我还是把结局留给愿意乖乖顺序看小说的读者作最后的享用吧。

我在上面说到人，不是人物，因为不是苹果和贝贝已经不止是纸上的虚构角色了。她们一早就不是。自从认识到她们，我就知道她们一定是在哪里生活着。也许她们将来有一天在偶然间读到这个小说时，会万分惊讶地发现原来自己的经历和感受竟然在这里公开出来。我想说，如果你们有一天在这里发现你自己，希望你不要为我所披露的而怪罪于我，也希望你会感到，原来有人明白你，或至少愿意去明白你。而且，愿意承认，你们有你们的秘密，永远不会揭露也无法揭露的秘密。在这里，人与人之间，所有不明朗的事情，除了是由于我表达不力，也由于秘密，纵使可能只不过是普通的秘密，寻常人的秘密。所以虽然我不介意把某些事情说明得十分直白，比如说上面谈到的一些主题，但另外一些却是我没法说的。有时候，我和不是苹果或者贝贝，或者黑骑士，甚至是政和韦教授，持有相同的意见，好像我和他们其实是同一个人一样，但另一些时候，我近乎不理解他们的行为。我不是在说那些作者如何渐渐在写作中失去对角色的控制之类的俗套。在写作技术的层面上，我不相信这种神秘化的事，好像魔术师原本打算从帽子中变出白兔，怎料给跳出来狮子咬死了一样。在操作上，没有无缘无故失控或灵异的怪事。我在说的是，对待活在我心里的这些人，我就像对待生活里相处过的人一样，有好多不容易解开的谜团。也就像我对待自己，也同样有好多不容易解开的谜团。我尝试去谅解，正如我尝试谅解他人，和自己，而且为失败作好准备。

不过，如果还是从人物的角度去想，现在小说写到一半，人物就像是活出了一半，好像叮当漫画里面从时空穿梭水池之类的装置冒出了半个身子的人物一样，如果机器突然失灵他就只剩下凄惨的上半身或者下半身。妻在读到第六节的苹果日记之后说，不是苹果这个人物完全确立了，以后无论你怎样写她也会是可信的了。她又一直担心政这个人物，开始的时候怕他会是个被牺牲掉的平面人物，以他的僵硬和可笑来反衬出不是苹果的独特。后来他喜欢了不是苹果，生活也出现了混乱，就变得像个立体的人，会有他的善意、苦衷、弱点。不过，上半结束之前，他被两个女孩轮流抛弃，面相开始模糊，似乎又开始有被牺牲的危险。我和妻也对小说或电影为了主题或作者的偏好而把某些角色牺牲掉十分反感。一种典型的牺牲者是故事里的好丈夫或者好男友，或者好妻子好女友，总之通常也是好人，但因为很平凡，因为缺少欲望和激情，所以要让路给更能发放人生光辉或者投映人性阴暗面的男女主角。我们也对这种设计极感厌恶，甚至觉得非常缺德。

我也因此在写小说时很小心，不想因疏忽或偏执而对人物不公平。没有人是应该因为这种缘故而被牺牲掉的。政不会被牺牲掉。他会有自己的困惑，甚至走到极端，但他会有自己的存在价值，不是为了突出他人而存在的价值。不过话说回来，不想制造牺牲者并不等于完全不可能有扁平人物出现，因为现实里也的确有十分扁平的人存在啊！有时强要把一个坏蛋写得有人性一点，或者刻意为一个大好人加添缺点，也许不过是出于作家们不实而且不必要的立体人物观。所谓圆形人物，也是文学家的杜撰吧。事实上就是，有些人较立体，有些人较扁平，而两者之间无高低贵贱之别。立体的混蛋不会因为立体而更值得原谅一点，正如扁平的善人不会因为扁平而不那么值得赞美。从这个角度看，韦教授这个人物在某方面是较扁平的，大家接续看下去就会知道。尤其因为我不太愿意分心去叙述他的观点，而且于技术上加入他的观点也不恰当。不过，我也会让他留下属于他的秘密，使他看起来未至于太单调。

上面说到不道德，或者也要解释一下。我说的道德并不是指社会上的禁忌，或者有伤风化的东西。不是指文学应否写露骨的性爱或者文学与色情的分别这类低层次的问题。文学有时可以是色情的，无必要和色情区分开来，说甚么文学是精神性而不是物欲性的这种废话。可是，也绝不可以说，文学超越道德、高于道德、不应受制于道德。持这种意见的，例如最近获诺贝尔文学奖的高行健先生，固然是出于良好的意图。他们想坚持文学的自由，原也是无可置疑的。可是，文学虽是人的自由的一种实践形式，却不应是合理化甚或是崇高化任何行为和思想的手段。一个任意伤害身边的人的作家，纵使他有多高超的文学技巧，把他的性情粉饰成艺术家超乎凡俗的放纵，结果也不过是一种虚伪。而文学里充斥着傲慢、沉溺、卑劣、剥削、偏见等等的所谓超乎道德的东西。利用文学来剥削他人、增益自己，这就是我所说的不道德。说到底，要实践文学的自由，并不是简单地冲击禁忌或无视道德就可以的。我们要更清晰更有理地了解人和事，在语言的领域里开拓更适于生存和共处的空间。文学不可以是一张无所不达的通行证，也不可以是一块至高无上的免死金牌。文学一高于其他东西，就会变得自以为是。文学很普通，普通得一点也不完美，反而千疮百孔。文学可以不满世界，它甚至必须是由于不满世界而产生的，由于渴望一个纵使是不可能的更好的世界而产生的。在文学里没有单纯的认同、合模和拥护，因为这就会残害文学的生命力。可是，文学也绝不能建基于骄傲、自满和蔑视。绝不能说，文学高于其他，文学家高于普通人，或者诗高于小说这类盲目的话。普通的文学，了解自己的局限，能够自嘲和自省。这就是文学的道德所在。

所以也连带说到，文学与政治的关系。高行健基于他的背景和经历，说出文学和政治无关、文学高于政治的见解，是可以理解的。不过，文学作为文明人类意识活动之一种，是彻底的文化产物，不可能脱离其他范畴而独立自足。文学不可能和政治无关，正如它也不可能和文化无关、不可能和社会无关、不可能和经济无关、不可能和历史无关。说文学绝不能服务政权，十分正确，正如文学也不能服务反对政权。用文学来效力当权者或反对当权者，同样是文学的工具化和劣质化。但是，这并不等于无关。文学只是不同政治，不能混为一谈，但也不能说是高于政治。高行健一直在说的，大抵是狭义的政治，即以一个政权为代表的政治。但广义的政治这种东西，恐怕比一个政权更加无孔不入，无远弗届。我说到了这些，因为在这个小说里，好像也无法逃避政治的阴影，正如每一个在这个城市生活的普通人，就算对政治冷感，不去投票又不看时事新闻，但也无从抗拒政治渗透到他的生活里去。这也就是在我们的故事里发生着的状况。当然，也有人物是直接介入到狭义的政治事件里去，但我也尽量从侧面去写，不想小说变成了劣等的政治见解展示场所。所以我会这样说，这个小说绝不是关于政治，但也不是和政治无关。

就这样，我今天自回家就一口气写到这里，踏进了小说的下半部，体育时期的下半场了。在这里我可以预告高荣的出场，或者，如果把苹果日记的记述也算在内，就是再度出场了。还有新的角色，例如新乐队成员弱男和色色，和贝贝的中学好友秋恒。在下面的十四个章节中，在曲调方面还会有十四个更加不同的变奏吧。

我的目标是三个星期内完成，一个星期写五节。完成之后，就会把写小说的事完全放下，专心工作。

我在上面说过，答应了一个年轻作者出书。她的书已经写好了一年多，但一直耽搁着没法出版。现在终于决定由我个人成立的出版社出资印刷。书名叫做《给我一道裂缝》，是个非常好的名字。作者是我以前的学生。作为一个年轻而对写作有期望的作者，她和这个小说也有某种关系。我们也曾经像黑骑士和贝贝般通电邮，也曾经为着写作而困恼、失望。现在她的书终于要出版了，她却决定要到外国去了，因为与写作相比，那里有更重要的东西。她说过，这是她第一本书，也会是她最后一本书了。听来非常悲哀的说话。我就把我为她的书写的序言放在这个小说的第二十三节里，作为纪念。

银色手枪

曲：不是苹果　词/声：不是苹果/贝贝

期望你永远不停发言好像设定了重播功能的MD
那么我就不用转身离开
扮作在场唯一的听众
小心衣袖深处隐藏的银色翅膀

如果你的话题完结无论如何总还有残余的细流吧
杯水车薪总好过礼貌的告别
湿濡的脚印迅速风干
眼睛垂下掩盖镜框边沿银色的闪烁

陷入秋天的城市有旧银器的霉味
望向氧化的天空针头想必已经变钝
整个身体只剩下裙沿膝头的自白

温文的书本印着金属的无情
热情的话语局限于投映的场域
有心的和无心的也一律准备进入冬眠

只有我体内的机械蜂鸟
天真地吮饮无蜜的钢铁百合
心跳一分钟一千二百下

如果有一天我鼓起勇气
把银色手枪放在你面前
请你务必只用一颗子弹
就射穿我的心脏
因为子弹只有一颗
而你也不必留着作纪念

请用右手　移过一点
对准我左边胸口
别用霰弹枪
别用机关枪
也不用出动灭声器吧
打一只小小的无声的蜂鸟
请用银色左轮手枪

银色手枪。

二零零一年一月二十六日，晚上八时。阿灰的Band房。
"体育系"的成员第一次聚集，包括不是苹果、贝贝、智美、
弱男和色色。不是苹果和贝贝负责结他，智美打鼓，弱男负
责低音结他，色色负责键盘。阿灰也在场，但坐在一旁，并
没有参与弹奏，只是间中参与讨论。

不是苹果　呢首歌叫做《银色手枪》，新作嘅，分三节，第一段，
　　　　　中段，同埋重唱段。其实啲词未写完，每节都写咗一
　　　　　个版本，如果大家有意见，随时可以改，甚至成首改
　　　　　晒都可以。

智美　点解叫做《银色手枪》？有冇来由？

贝贝　嗰日我哋真係买咗支银色枪。

（不是苹果放下结他，去拿背包，从里面掏出一条卷成一团的颈

巾，打开来，里面包着一支银色模型左轮气手枪。）

不是苹果　真架，你睇！（把枪举起，向墙上镜子里的自己瞄准）
　　　　　不过我嫌支枪太现代，本来想买古典的嗰种。

智美　唔係真架係嘛？气枪嚟架咋嘛！拎嚟睇下？（想去拿
　　　　枪看看，但不是苹果不给她。）

阿灰　咁有咩关系？点解去买枪？想打劫呀？喂，唔好打爆
　　　　我啲玻璃呀下！你咪癫癫地咁学椎名打玻璃呀！

不是苹果　唔知架，一时兴起。

贝贝　係因为黑骑士嘅神奇子弹，应该用银色枪。

色色　乜嘢神奇子弹？（除了不是苹果，大家也不很明白。）

不是苹果　其实都唔使理咁多嘅，总之呢首歌环绕住银色手枪呢
　　　　　件嘢，好冇？

智美　不如唱出嚟听下先啦，印象会强烈的。

（不是苹果抱起结他，把歌唱了一遍。大家静静听着，思索着。）

智美　俾支枪我睇下先啦，我谂唔到嘢。

贝贝　你第一句话"期望你永远不停说话好像设定了重播功
　　　　能的CD"，我谂"说话"唔够具体，如果话"发言"会
　　　　唔会好啲，"期望你永远不停发言……"

智美　（拍掌）"发言"好，我钟意"发言"，好似啲阿Sir讲
　　　　书咁，或者啲人演讲咁，仲係好似机械人嗰只。喂，
　　　　你俾支枪我睇下。

色色　你哋头先话咩神奇子弹？

不是苹果　（点头，思索）唔，……咁第三句不如改作"听众"啦。……连前面都改埋，变作，"扮作在场唯一的听众"。

　　贝贝　好，"在场"好适合，好似有个场面走出嚟咁。我心目中就係见到咁嘅情形。

　　色色　（热心地）我都有个意见！第一句里面个"CD"可唔可以改作"MD"？

　　智美　（不明所以）点解要"MD"？有咩唔同？

　　色色　唔……我通常喺街都係听MD架。

　　智美　（笑）我係听CD架喝！咁有咩唔同？

（色色一时答不上话来。）

不是苹果　（试着重唱了第一句）MD都好，个M字好似可以夸张啲。Mmmm！

　　智美　好啦，好啦！M就M啦！

　　贝贝　我钟意下面嗰句，"小心衣袖深处隐藏的银色翅膀"，好好，好似讲出咗心底嘅秘密咁。

（不是苹果望了贝贝一眼，但没有说话。）

　　阿灰　（在后面一边修理结他，一边说）係呀，呢句好正，不过唱出嚟有啲翘口。我想问，其实点解要买枪？

不是苹果　好，修改嘅地方写低咗未？第一段仲有冇意见？冇就照去。呀係嘞，阿弱男，你点睇？

　　弱男　（有点紧张地）我冇意见，其实我唔係好明。不过，唔使理我。你哋继续啦!

不是苹果　(耸耸肩)OK!咁呢段音乐仲要作一段歌词,顺住头先讲嘅"发言"呢一点,可唔可以继续作落去?

(大家沉思。弱男也低下头,但在眼尾偷看其他人。贝贝拿笔在纸上写着甚么。)

贝贝　再用"话题"好唔好?譬如话"如果你的话题完结但却总会有剩余的细流吧"。

智美　喂呀,俾支枪我玩下啦。

色色　好长,可唔可以讲多次?写唔切呀!

(贝贝再念了一次那个句子。)

不是苹果　(咬着笔头)"但却总会有"好似有啲软赖赖咁,如果话"无论如何总述有"就有力啲。

贝贝　(笑)呢个"无论如何"係你嘅商标嚟架?成日都有呢句!

不是苹果　係咩?

智美　(模仿不是苹果的歌声)"无论如何","无论如何"!俾支枪我好冇?

不是苹果　(没有理智美)好啦!喂,仲有,"剩余"不如改作"残余","残"字劲啲。

色色　究竟乜嘢係神奇子弹?

智美　咪好似神奇胸围咁啰。

贝贝　喂喂,咪嘈住啦,跟住仲有架,喂,听住喇!第二句係"杯水车薪总好过礼貌的告别"。

阿灰　　（插嘴）喺大学读中文真係唔同啲嘅，用埋晒啲成语
　　　　呢都劲啲！

色色　　咩叫做"杯水车薪"？

智美　　呢句我冇读书都识啦，拎杯水係咁车落啲柴度啰，即
　　　　係用细细杯嘅水嚟救火，车极都唔熄咁呀！人读大学
　　　　你读大学，你读乜鬼架！

色色　　（委屈状）我读化学科架，点鬼知呢啲嘢喝！

弱男　　咁多位，其实，我未决定参唔参加架，我唔知掂唔
　　　　掂架。

（没有人理他。）

不是苹果　仲有冇呀贝贝？

贝贝　　有，係咁嘅，"湿濡的脚印迅速干掉/眼睛垂下掩盖镜
　　　　框边沿银色的闪烁"，都係唔好，"干掉"都係改作
　　　　"风干"好啲。

智美　　"蒸发"好唔好？

不是苹果　"风干"好啲，感觉冻啲。

（智美点头。）

　　　　"镜框边沿"嘅"银色"好配合。

智美　　係喝，要捉住银色，乜都要银色。

阿灰　　（指着自己正在修理的结他，附和说）银色结他！

智美　　仲有银色打火机，银色领呔，同埋……银色女郎！

（智美今天刚巧戴了很多银饰物。阿灰吹了下口哨，智美就站起来扭了下身子，摇晃着穿满了耳珠的银耳环，装出性感女郎的样子。坐在旁边的弱男连忙缩开。其他人都在笑。）

不是苹果　你哋两个唔好咁风骚啦，夫唱妇随咁，肉麻死人咩！好啦，呢段係咁，试下唱，贝贝你俾张纸我，你写咗嘢个张，係，唔该。（低声唱着贝贝写的词，脚踏着拍子。）OK! 贝贝好犀利，一填就掂，仲掂过我。冇意见就到下一段。"陷入秋天的城市有旧银器的霉味"呢段有冇问题？

色色　点解要係秋天？依家都已经冬天咯。

智美　（反眼）唉，俾你激死！

贝贝　秋天好啲，秋天有种干燥感，银器喺秋天有霉味，我唔知係咪咁，但係听落好有感觉，下一句"望向氧化的天空针头想必已经变钝"继续扣住银器呢点，我觉得呢段好好，唔使改。

智美　你做乜係都霸住支枪啫？

阿灰　我钟意"裙沿膝头嘅自白"，好似不是苹果个膝头咁白。

不是苹果　（转身向阿灰）你咁都听到？你唔係喺度搞紧嘢嘅咩？

智美　（趁机取笑阿灰）咪係啰八公！你点知人哋个膝头白呀！八公！

不是苹果　係啰，係啰，佢净係知道你边度白嘅啫？

（阿灰没作声，装作听不到。）

智美　（作势拿鼓棒掷她）你咪以为你有枪我就怕你！我都
　　　有武器。

不是苹果　（掩着嘴巴说）使乜咁恶呀！（转向贝贝）咁呢段
　　　melody贝贝仲填唔填？不如你谂一阵，我哋先夹下开头
　　　啲音乐。

（贝贝同意，拿纸笔坐到一旁去，低头想着。其他人都就位，准备
好自己的乐器。）

　　　好啦，开头bass先定係鼓先？

智美　我试下。係几拍？（不是苹果在结他上扫了一段，智
　　　美就推敲着，打了开头几个bar。）点样？

不是苹果　如果bass先呢？（向弱男）你可唔可以试试？

弱男　点样？弹咩chord？我唔识入架。我都话好耐冇玩。不
　　　如你嚟弹一次先。

不是苹果　（抿了抿嘴，到后面拣了另一支低音结他，左手按了
　　　chord，右手比画了几下，就弹了八个单音。重复四
　　　次。）就係咁样，O唔OK？

智美　好过鼓。呢首歌似係bass行先，啲声圆厚啲。可以四
　　　个bar之后鼓先至入。

不是苹果　（向弱男）咁你得唔得？

弱男　你弹多次嚟听下，我跟你。係A chord係咪？唔使转？

都得嘅我谂。

（不是苹果重弹，弱男跟着，模仿得有点笨拙。）

　　色色　　（心急）咁我呢？Keyboard几时加入去？

不是苹果　呢个我已经谂好咗。喺第二段加入，揿chord就可以，

　　　　　到咗过场有一段melody，我写好咗，喺呢张纸度，你

　　　　　睇下点？（把琴谱递给色色）

　　色色　　用翻钢琴声？

（不是苹果大力点头。）

不是苹果　好啦，各位，可唔可以一齐试一次intro？嗱，嚟喇，

　　　　　一、二、三！

（不是苹果和弱男一起弹bass，弱男勉强跟上，智美瞬即加入。阿灰
在后面观看，身子跟着拍子摇摆。试到唱完第一句，不是苹果停下来。）

　　　　　差唔多啦！暂时係咁，不过仲可以改。贝贝你得未？

　　贝贝　　得喇，差唔多喇，你等我写埋出嚟先。

（阿灰走过去，在贝贝身后跐起脚偷看。）

　　　　　得喇！喂！吓死我！（阿灰闪开）嗱！（把歌词递给

　　　　　不是苹果）

不是苹果　（朗读出来）"温文的书本印着金属的无情/热情的话

　　　　　语局限于投映的场域/有心人"唔係，对唔住，睇错，

　　　　　"有心的和无心的也一律准备进入冬眠"。（笑）嗯！

　　　　　睇下！真係唔简单！你一定係屈住啲嘢好耐！（贝贝

　　　　　想争辩，但又不知说甚么好。）你係咪讲紧黑骑士？

贝贝　（脸色突然不悦）咩呀？

色色　你哋讲边个？

智美　嗱，有冬天喇终于！

（色色在傻笑。不是苹果唱了一次，除了在字词和拍子的配合上做了些调整，没有修改的地方。然后再读一次，让大家抄下来。贝贝沉默着。）

阿灰　（突然插话）我谂首歌应该加强金属感，你里面提到咁多机器同金属品，好似咩CD呀，唔系，改咗MD，仲有镜框呀、机械蜂鸟呀，同埋咩钢铁百合咁。或者，唔，结他可以用多啲滑音之类。

不是苹果　（瞥了贝贝一眼，点头）师傅讲得啱。

阿灰　仲有后面要唔要有枪击感？似乎要好重先至撑得起。如果后面好重，前面就最好轻啲。我头先听intro嗰段好似太劲，一开始就冲，到后面就会flat咗。

不是苹果　我谂落都系。前面一路都系啲好收埋嘅心情，好似屈住屈住啲嘢咁，似乎唔好太快咁放。后面到"如果有一天我鼓起勇气/把银色手枪放在你面前/请你务必只用一颗子弹/就射穿我的心脏"嗰度其实就爆出嚟，净得呢度系激烈嘅地方。

智美　係呀，其实激嘅地方唔多。（一边说一边打出细密的鼓声）

色色　究竟咩神奇子弹啫？点解唔答我？

阿灰　　　其实你买支枪嚟做乜?

智美　　　不如再写一段关于唔同嘅枪啦? 枪呀, 我要枪呀! (向
　　　　　不是苹果伸长手)

弱男　　　我可唔可以唔玩? 我惊我跟唔到你哋。

不是苹果　机关枪! 扫射! (用手模仿机关枪的样子, 向着弱
　　　　　男) 砰砰砰砰砰砰! 哈! 乜鸟都打死! 唔, 唔好, 唔好
　　　　　用机关枪。係嘞, 可以话, 唔好用机关枪打我!

智美　　　用霰弹枪! 鸟枪! 打你个鸟! 砰! 哈, 哈, 哈! (阿灰
　　　　　立即用双手掩着下体, 智美就笑得一发不可收拾, 贝
　　　　　贝勉强地笑了笑。)

弱男　　　(皱着眉) 喂, 有冇人听下我讲嘢!

不是苹果　哈! 哈! 唉……会死人! 黐线架, 鸟枪! 抵死! 打你
　　　　　个鸟呀! 唔得喇, 喂讲埋先啦! 打鸟! (智美还止不住
　　　　　笑, 伏在鼓上, 铜锣都震到叮叮作响。阿灰就缩在角
　　　　　落里, 好像呻吟似的在忍笑。)

色色　　　你哋笑乜啫? (她自己却也在笑着)

不是苹果　(待众人平静下来) 好, 嗱, 平静啲先, 再讲一次,
　　　　　我谂, 不如喺过场嗰阵加段念出嚟嘅词, 类似……
　　　　　(拿起银色模型气枪, 举起, 然后用念白的语气)
　　　　　"请用右手/移过一点/对准我左边胸口" (把枪指向自
　　　　　己左胸) "别用霰弹枪" (智美想笑, 但忍住了)
　　　　　"别用……机关枪" (这次不是苹果自己也差点忍

不住笑）"也不用……"（贝贝突然接上，说："出动灭声器吧"）啪！啪！出动灭声器，然后就话，"打一只小小的无声的蜂鸟"，又係鸟呀，（大家又开始忍不住笑，纷纷趴下来抽搐着，不是苹果慢慢地说出）"请用"……"请用"……"银色……左轮手枪"。

（说罢，向胸口开了一枪。气体爆发的声音十分响亮，墙壁玻璃好像嗡嗡作响。大家给吓了一跳，突然止住了笑。色色惊慌得叫了出来。智美呆住了，眼角有泪。只有贝贝十分镇定，望着不是苹果。地上有塑料BB弹在滚动的声音。不是苹果把枪垂低，用手掩着左胸，再放开手，拉开恤衫领口，在白皙的胸脯肌肤上，有一点殷红的血珠在慢慢变大。）

牛油

曲：不是苹果　词/声：贝贝

大白天在行人隧道的人群中
困在身体内无法出来
就算是过着牛油一样的人生也于事无补

公路上滚滚辗过的车轮底下
流浪狗难逃果酱的命运
就算不愿意也只得像剪草机打断的野草

如果可以的话给我一声答应吧
听起来至少有彩虹尾部的颜色
要不我怎能安心继续吃淡如无味的面包

答应我不要离开
无论秋夜的风有多冷
也不要因为疲倦而让身体冻僵
要知道还有身旁的我
虽然我和你隔着一层呼吸的厚度

好好呷一口红茶不要让人看穿
想逃出来却毫无办法
就算在你面前也无法消除糖胶状的恐怖

如果可以的话给我一声答应吧
听起来至少有彩虹尾部的颜色
要不我怎能安心继续吃淡如无味的面包

答应我不要离开
无论秋夜的风有多冷
也不要因为疲倦而让身体冻僵
要知道还有身旁的我
虽然我和你隔着一层呼吸的厚度

到底也要承认你不是我我也不是你
也要决心去否认这一回事　也绝不要害怕

牛油。

今天决定要剪发，是个突然的决定，早上起床，迷迷懵懵走进厕所，坐在厕座上，一边听着撒尿的急乱声音，一边毫无意识地侧过脸，就看到那个头发蓬乱的自己，那些打结，隆起，翘出，歪垂，和黏住嘴角的发丝，是有着晨早排尿形状的发丝，不过，我绝不是为了那个头发蓬乱的影子而惊讶，有甚么好惊讶呢，每天早上不也同样碰上这个混乱和肮脏的陌生者吗，不就必然在预期之中吗，如果坐在厕座上撒尿时在镜中看到的是个长发如瀑布般柔丽的美女才更恐怖吧，但今天好像感到了别的甚么，头发就是这样的一种奇妙的东西，它每天在不知不觉间滋长，当然也有人是在不知不觉间脱落，但它总会去到那么的一个点，那么的一个时刻，让你突然对它忍受不了，好像你之前还没有见识过它糟糕的状态似的，突然觉得，噢，是甚么回事了，太离谱了，非做些甚么不可了，今天早上就是到了这个界线，虽然之后经过梳理，发型看来和昨天其实没有分别，而且都算可以见人，但其

实心里知道，那条神秘的界线已经到了，所以就想午前去剪发，

今天决定要剪发，但在决定的时候其实还未知道要剪个怎样的发型，只是觉得要做一些转变，我不知道剪发对其他人算不算是个重要的决定，如果对女孩子来说，光顾发型屋会是十分寻常的事情吧，寻常到可能不会再有很强烈的感觉吧，转换发型或颜色，电曲或者做负离子拉直，也可以是隔没几天就更替一次的事情吧，但不知怎的，我却一直对头发这东西特别敏感，虽然我也不算是不愿意去动它的人，对于不同的发型也勇于尝试，但每次一到了要处理它，总还是感到不能轻率，好像它牵连着一些很内里的性质的东西，好像剪发之后望进镜子里，遇见的会是另一个有着不同的本质的人，而且要花时间去认识她，去适应她，小时候我就一直觉得，头发是脑袋里生出来的东西，是和自己想的东西有关的，自己核心的东西有关，剪掉头发，就像剪掉自己内心的一部分，所以就想，怎么可以把头发剪掉呢，所以老是抗拒剪发，每次妈妈都要用尽威迫利诱的方法才能把我弄到发型屋去，而每次我总是哭丧着脸出来，觉得失去了甚么重要的东西，好像脑筋也不那么灵光了，又好像有些记忆不见了，这大概就是我最早期的创痛经验，不过，自从妈妈离去之后，爸爸就变了一个活死人，对一切失去关心，所以再没有人强迫我剪发，那个期间，我足足有两年没有去过发型屋，那时候我突然觉得，头发其实是无用的东西，是身体的废物，像排泄出来的东西一样，是从头顶排泄出来的废物，但我任由这废物在排泄着，后面的头发就任由它一直长下去，前面的就自己间中拿剪刀对着镜子乱剪一通，那把乱糟糟的长发，就是我那个时期的

标志吧，老师也常常对我的头发看不过眼，多次问我为甚么不去剪发，但知道我家里的情况，就无言以对，那样长和乱，全都生自我的内里，那是没有人能插手，没有人能帮我的，它只是把我像废物一样的本质流露出来吧，但是，它一直长了两年，到了有一天早上，那时爸爸已经一声不响咬着苹果从天台跳了下去，而我也搬到公屋和阿婆同住，那个早上是之后的事，就像今天早上的情形一样，突然来到了一个极限，忽然意识到，它不能继续这样下去了，那是，我一生人第一次自己醒觉到，要把头发剪掉了，是没有爸爸妈妈的催促，而第一次自己了解到这个事实，如果再用排泄的比喻，那就是早上醒来，突然发现原来憋尿已经很久，不得不把它撒出来的感觉一样，那其实是个轻易的决定，我只是担心着，究竟去哪里剪呢，我没有自己去剪发的经验，发型屋毕竟不是厕所啊，心里一直为这个烦乱着，完全无心上课，给老师教训了一顿，对同学的说话也毫无反应，到了放学，自己一个人在街上走着，觉得头发给甚么一直往后拉扯，很痛，不知不觉走到一个商场，看到里面有间小型的发型屋，于是就顺着那拉力走进去，这是我第一次自己去发型屋，我根本不知道应该怎样做，那个剪发的很年轻，大概十八九岁，染了鲜蓝的发，剪成在头顶短短的一丛，发质和形状也像芝麻街里面的安尼和毕特一样，好像是假的，我当时还不知道，他不过是在学师，但刚巧店里没有其他师傅，我也不懂得拣择，他问我想剪甚么发型，我说不知道，他就给我出主意，说了一大堆，其实我也没有听清楚，只是任由他去弄，结果他给我把头发剪了一大半，然后电了个小曲发，还染了红色highlight，弄完之后，他给我除下披肩，在我的后脑上摸了一下，我望着镜中那个陌生的女孩，身上还穿着校服，头却好像是从流行杂志上剪贴下来似的，没有太惊讶，却反而觉得好笑，然后却可尴尬了，我发现自己不够钱，我根本不知道弄发型的花费，不过那男孩竟然说不收钱，只是叫我有空再来，我后来才怀疑他是乐得有我这个实验品呢，回到家里吓了阿婆一跳，用她那粗口似的方言开骂，第二天这个头发又让我给训导主任记了小过，我放学后就再去那间发型屋，叫那人给我把红色染黑，而且带了钱，但他依然不肯收，再后来，我常常借故到发型屋去，但不一定是弄头发，有时只是坐在旁边，因为放学后实在没地方好去，有一次我等到那个安尼毕特收工，那天老板有事先走，着安尼毕特关门，发型屋里面只有我们两个，他出去拉下铁闸，再回来问我，要不要再弄弄头发，他说刚学了个新剪法，我点点头，躺在洗头椅上，把后颈靠在那凹陷位置里，他开了水喉，在试着水的温度，冲进发里的水流暖暖的，有一种拉扯的力度，溅到脸上的水花却是微凉，他用手指头搓着我的头皮，又托起我的后颈，不知怎的，手势有点笨拙，我的后颈就很痛，我说要坐起来，他就胡乱用毛巾给我包着头发，扶我坐正，湿发上的水一直流到我的脸上，和校服上，我问他，想不想，他有点惊讶，虽然我知道他不是没有这个意图的，但可能没想到会这么直接地发生，我说，我是试过的了，他居然还随身带着避孕套，然后我们就在那洗头椅上做了，大家都有点紧张，毕竟是在发型屋内，怕给人发现，连衣服都没脱，我只是扯起校服裙，就那样做了，我拒绝死死地躺着，像以前对待爸爸的深夜侵袭一样，我要告诉自己这跟那不是同一回事，这是我自己要的，不是别人强迫我的，我不要困在身体里，我要出来，破开它冲出来，于是我就爬到他身上去，看到他在我下面的样子有点失措，裙子盖住了我们交合的下体，表面上看好像无伤大雅的游戏，像在游乐场骑木马的样子，做完之后我还真的要他帮我剪发，他迟疑地拿起剪刀，湿凉的碎发撒在我的颈臂上，就在那一刻，我知道我还是没法出来，注定永远也困在那种被耻辱感闭锁着的赤裸里，那安尼毕特就这样成了我第一个男朋友，虽然是十分短暂的，但却连带认识了一群生活方式完全不同的人，后来把我完全改变的人，我的头发改变了，从那剪发，电发和染发一天开始，我的人也变了，我不再是以前的自己，我不再和那个要妈妈强迫去剪发的女孩有关，

今天决定要剪发，于是也如同每一次决定去剪发一样，把那种第一次自己去剪发的记忆勾出来，我打了电话给阿早，问他今天早上有空给我剪没有，我这两年都是找阿早剪的，他就是那个安尼毕特，那个成为了我第一个男朋友的发型师，后来大家分手，好几年没见，前年在一间新发型屋碰见他，原来是他和朋友夹份开的，已经做了半个老板，但还没有固定的女朋友，于是我又开始找他给我剪发，大家也对以前的事毫不尴尬，有时也会提起对方曾经如何如何之类的，竟也没有触起伤感或甚么，可能是因为当时其实大家也不特别上心吧，大家也是为了那种荒唐的刺激而不是更深的甚么，才发展出那时候的关系吧，在我看来，他就好像扮演了某种工具，好像剪刀是理发的工具一样，也不知这种关系是好是坏，看来好像很无情，很随便，但却轻省，阿早说今天早上没问题，还相约一起吃早餐，他的发型屋在一个

私人屋苑的商场内，我们就约在商场的快餐店吃早餐，隔了这些年，阿早已经不是那个前卫而滑稽的安尼毕特样子，而变成了一个普通的二十七八岁男人，发型也变回常见的毫不突出的男子短发，只节制地染了那么浅浅的一层棕色，衣着老是简单低沉的黑，也不怎么戴饰物之类的了，一副预备着步入中年的样子，阿早照例一边吃一边诉说他情感方面的苦况，唠唠叨叨的像个上了年纪的阿伯，我就奉旨取笑他，一点不留情，他一直想找个和店里的工作无关的女朋友，因为这么多年的经验告诉他，第一不能喜欢同事里的女孩子，特别是现在他已经身为老板，而店里工作的女孩都是做洗头的十几岁后生女，大家之间已经有代沟，第二更不能喜欢自己的顾客，因为那种服务性的关系会令自尊受损，不会有好结果，我立即取笑他说我就是最好的例子，第三就是如果在别处认识了女朋友，千万别要为她理发，因为一理发大家的关系就会变质，他试过很多次栽倒在这一点，可谓一条金科玉律，我们开始说的时候，因为早餐附上的牛油块太硬，我把它放在通粉碗子底下，后来忘了拿出来，结果一打开已经融成一摊黄油，流得一盘子也是，阿早就满有哲学意味地说，牛油融掉就不可能回复原状，

今天决定要剪发，但对于要弄个怎样的发型，直到在发型屋坐下的一刻也没有具体的想法，阿早提议了几个新兴的剪法，我也不感兴趣，后来突然就冒出了一个较激进的想法，把头发剪短吧，这是我还未试过的，我说，剪那种凌乱的，看来好像是没有章法的，没有规矩的，乱剪一通的短发，好像是起床没梳头的那种短发，阿早起先也有点接受不了，因为我的发型就算多变，一直也是倾向长的，一下间剪

短很难预计效果，但他既然自称专业发型师，该可按我的情况作适当的调整吧，好的，他说，大家竟就有一种共同的坚决，虽然想来其实好笑，那第一刀剪下去的时候，那种声音好像特别响亮，连那绺断发掉在地上的声音也好像特别清脆，那会是一个预感，或者象征吗，好像今早的决断真的可以带来甚么的重新开始吗，会造就一个全新的我吗，会把我内里甚么重要的东西也揭示出来吗，阿早并不算是个温柔的男人，但他剪发的时候十分专注仔细，不会说多余的话，令人以为他是个沉实的人，他的多余话是工余的时候喷涌出来的，可能由于压抑太久，在一种回顾的目光底下，阿早其实是个不错的对象，纵使他不够温柔，纵使他过早地开始有中年人的噜苏，但他是个诚恳的人，可惜的是我和他已经过渡了那个可以发生感情的时机，因为我和他老早已经在那非常不成熟的阶段消耗了那种称为感情的关系，或者把情感的能量都耗费在难以消化的肉体关系上，就像在不适当的时候第一次吃苦瓜之类很难欣赏的食物，留下了苦涩的味觉回忆，以后就算开始明白到它的好处，也不愿意再试了，所以就算我围着披肩完全被动地缩在座椅里，把自己的发肤交托予这个男人，任由他摆布我脑袋的角度，让他的指尖不时触碰我的后颈或者脸侧，甚至感到他的鼻息轻轻扫过我的毛孔，我也不能对他产生无论如何微小和短促的幻想和欲望了，如果我们是现在才第一次见面，我极可能会被他手中剪刀偶然在肌肤上滑过的金属冷感所刺激，挑起想和他做爱的激情吧，而且在激情过后，我和他也有可能会发展出长久稳定的关系吧，甚至有可能结婚呢，现在的我和现在的他，的确适宜发生这样的事，不过，就是

因为那段过去，一切也变得绝无可能了，就算向他说出来，大家也只会当场当作笑话地大笑一顿，然后若无其事地谈笑其他，

　　如果不是今天决定要剪发，我也不会在早上来到这个商场，也不会在剪完发之后离开的时候，偶然间看到那个立在屋苑入口处的清洁公司告示牌，和牌上印着的公司名字，那是个梯形张开立在地上，高如膝头的，黄色塑料告示牌，向行人示意附近地面正进行清洁，小心地面湿滑，而告示牌上显著地印着所属清洁公司的名字和联络电话，公司名的那两个字是，高荣，我刚刚甩着好像没有重量的短发脑袋，从商场急步走出，好像要试验一下新发型的阻风程度，突然就碰上了那两个大字，但第一个感觉还是，那是全无意义的巧合吧，虽然这间公司极有可能是一个叫做高荣的老板开的，但世界上叫做高荣的人相信也不止一个吧，就算这个高荣真的是那个高荣，那又怎样，那又说明了甚么，我停在那黄色告示牌前，工人正在后面清洗着云石地台，有巨型的吸水机和磨擦机，他们都穿着和告示牌相近的黄色制服，我想象高荣也穿上那样的制服，会是那么的格格不入，但为甚么不，如果我从来没有认识过高荣，心里没有他在乐队里狂野地弹着结他的印象，像他这样的一个三十几岁男人，穿着黄色制服在操纵清洁机器，或者指挥下属进行清洁，是一点也不值得惊讶的事情，但高荣并不在那里，在工作的三个人都不是高荣，当中的一个长发青年察觉到我一直站在那里，也回望了好几次，好像想逗我说话，还故意走近，装作要把告示牌的摆放位置调整，我趁他走近就问他有没有公司的卡片，他耸耸肩，又大声问了另外两人，语气好像是嘲笑我的问题似的，那

两人也没有，他就从衫袋抽出原子笔，递给我，指着黄色告示牌上的电话号码，我拿了笔，从袋里随便找了张废纸抄了电话，把笔还给他，谢了他，就转身走了，他大概也只会耸耸肩，就继续他的清洁工作吧，我感到风在我的耳朵后面滑过，那个一直隐藏的地方，

今天除了决定要剪发，也连带决定做了另外的事，譬如去买一支模型手枪，买模型手枪可能和决定剪发没有关系，也可能有关，那是在一种冲动的心情底下做的事，尤其是模型手枪，因为它实在一点用处也没有，中午约了贝贝吃饭，在旺角地铁站等她，她说今早面试，会从尖沙咀过来，我在车站广告牌的反光胶面上照了照自己的样子，那乱中有序的短发，和自己裸露的细小的颈，有种恶作剧的心理，贝贝真的如我所料，没有立即在人群中认出我来，但我其实同样没有立即把她在人群中认出来，因为她今天的装扮和平时很不同，除了穿西裙套装和高跟鞋，还化了妆，我们竟然同时错过了对方，那么，我们每天其实是不是也不断地错过着不同的人，我和高荣会不会也曾经多次在城市里这样错失着，明明是坐在同一班车上，或者走过同一条通道，但却没有把对方从人群里认出来，而且，永远也不能再认出来，但就算再认出来，那又怎样，好像我和安尼毕特早再次碰上，那也不表示那是相同的一个人，我没有把这个想法立即告诉贝贝，因为大家一见面就只懂得互相取笑，好像对方变了怪物一样，她竟然还以为我的发型是自己对着镜子剪的，真不识货，然后我们就去了吃饭，那是间旧式西餐厅，餐汤奉送的是干燥的小甜餐包的那种古老餐厅，这次牛油块也很硬，贝贝拿牛油刀很有耐性地往牛油块上刮，刮出小薄片，

但因为太薄，粘在刀上，结果就要捏着面包像抹布似的把刀上的牛油大力揩上去，面包于是也就给捏成扁扁的一片，我见她那么费劲，就把牛油块握在手掌中，金属质感的包装纸令牛油更冷硬，我手心的热度在慢慢减退，看来是个白受罪的愚蠢方法，后来贝贝就索性把剩下的半块牛油掉到餐汤里去，牛油以无法察视的速度在白色的忌廉汤里融化，在汤面变成一个黄色的半透明圆块，如果不搅动它，就会和浓稠的汤各不相干地凝住在那里，我张开手，那包装纸里的牛油块已经变形了，

　　于是我在今天既决定了剪发，也决定了买模型枪，买模型枪是和贝贝一起做的决定，因为在吃午饭的时候谈起黑骑士，不知是谁先谈起的，可能是贝贝提起已经把订回来的礼帽送给他，贝贝开学后就去旁听黑骑士的课，课后也一起吃饭，但黑骑士却好像一直回避着甚么事情，我私下其实见过黑骑士一次，而且约略知道他的事情，但我没有说出来，后来说到Blackrider的故事里的神奇子弹，我就说不如买一支枪，看看是不是真的有神奇子弹，当然大家都知道指的是一支假枪，而且要是银色的古典的西部长管左轮手枪，为甚么呢，我们也说不出来，但大家一把心目中的枪形容出来，就是这个样子，大家之间没有异议，也许不过是为了那个意象吧，那种拿着银色手枪把玩着的危险感，一种戏剧化的扮演，或者力量和激情的假托，或者，其实是沉涵于反讽或自嘲的哀伤，因为我们最具杀伤性的时候也不过是拿支假枪虚晃几下而已，而百发百中的神奇子弹其实并不存在，于是饭后果真就一起去了旺角的模型街，逐间模型店去找这支想象中的枪，走到第

五间，才找到近似于理想的银色手枪，但那支不能发射，而且没有弹壳，另一支0.44 Magnum气枪有六发金属弹壳，也很好看，而且反而比另外那支便宜，只是款式较现代，结果我们就夹份买了那支Magnum，虽然未尽理想，但却令人有一种虚妄的兴奋，那是很有重量感的枪，像真枪一样，虽然，其实我不知真枪是怎样的，我们就是这样无端端花钱买了一件无用的玩具，以为获得了作决定的满足感，以为有了手枪就无可阻挡，但拿着那沉沉的盒子走出来，在旺角肮脏纷乱的街上被途人碰撞着，颈上被那混合了污染物的冬天冷空气侵袭着，却无力抵挡，大家就突然沉默无言了，好像兴致尽失地告别了，各自回到自己生活的正轨，贝贝前往另一份工作的面试，我就回到CD店上班，我刻意粗暴地钻到人群的缝隙中，用肩膀碰撞那些可厌的妨碍者，心里想着，你们小心，我怀中有一支枪，但这又有甚么用，

　　既然今天做了剪发的决定，又做了买模型枪这样没有道理的决定，那再多作一个奇怪的决定也不算过分吧，我在上班途中看看表，是下午二时五分，在火车站月台上掏出那张写了清洁公司电话的废纸，就毫无预想地打了那个号码，接电话的是个女子，声音像条快要崩断的弦线，语气不算有礼貌，可见并不是间高级的公司，我于是就问高荣在不在，我是说高荣这个名字的，不是高荣先生，或者高先生，那边顿了一下，我还以为对方是给这种大胆的直称惊吓了，心中可能忙于猜想着来电者究竟会是老板的甚么人物，可是她再出声的时候，却是出乎意料地变得更粗暴，以质问的语气说是谁找高荣，我一听到她也直接说出高荣这个名字，就知道她也会是个人物了，我还未及回答，

那边又传来听不清楚的交谈声，好像就是转过头去和后面说的，看来公司也不会很大，然后电话就转到另一条线上，期间播放着那种重复单调得令人烦厌的待接音乐，有人拿起电话，那边是一个男的声音，问我找谁，我再重复一次，找高荣，对方就问，你是谁，我听清楚了，我再说一次，高荣，是你，他说，是，我是高荣，你是谁，我再重复，是你啊，高荣，真的是你啊，对方顿了一下，再问，你是谁呀，是谁找我呀，我再重复，高荣，他再问，是谁呀，然后我就挂了线，列车到站又开走了，我站在乘客被清扫一空的月台上，想从耳朵里挽回刚才的声音，那个问是谁啊的声音，多么残酷的声音，高荣，我知道你认得我，你为甚么还要问，我站在月台的尾端，一班又一班的列车来了又走了，也不知在那里呆了多久，让冷风贪婪地调戏我无防卫的颈项和耳背，紧紧抱着怀里的银色手枪，多么的无用的手枪，而神奇子弹，如果真的存在的话，结果只会返回来打中自己的爱人，

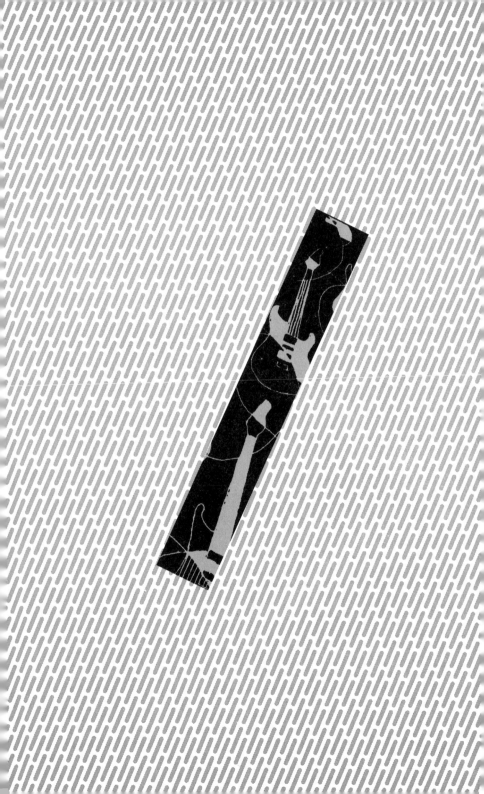

圆脸的青春

曲/词：贝贝/不是苹果　声：不是苹果

对任何事情也保持微笑
间中因为普通的欢乐或惊慌而大呼小叫
虽然不讲同学坏话但也沉默分享谣言
考试未至于前茅但也有好学生的操行表
用合格的圆脸来隐藏青春的棱角

不擅长打排球或者做风纪
学过半年钢琴和三个夏天也搞不通的自由泳
最讨厌议论文却偏偏写不好抒情文
天天补课精神还不算太坏至多打两个呵欠
用咳嗽的红晕来隐藏青春的缺乏血色

别告诉我爱情不是全部
别向我吹嘘说教的肥皂泡
别把清纯或者怯懦堆在我身上
别说一个女孩子懂甚么
那不过是因为你们已经失去
那毫不值得留恋的圆脸

总相信有那么的一个人
看穿浮白的娴静底下的漩涡
竭尽心事重重的眼神也不过想得到理解的低头
或者在身影交会时留下确切无误的感应
一举夺去这无用的青春

圆脸的青春。

　　那是秋恒。是秋恒没错。在溜冰场里。穿着黑色运动服的女孩。那双长长的腿。和圆圆的脸。除了是秋恒。不可能是别的了。秋恒的长腿和圆脸。那一身黑色是工作人员的服装吧。场内还有几个穿黑的青年男女。看来是在场馆里教溜冰的导师。每人也带着一两个小孩子。都是女孩子。真的很小。五六岁的样子。平日的午后。除了来学溜冰的孩子。玩乐的人不多。场内很多悠转的空间。这个溜冰场开了之后。还没有来过。虽然有时经过附近。也试过停下来。看溜冰的孩子。但从没有出现过要走进去溜冰的念头。好像溜冰和我无关似的。其实是很久没有溜冰了。应该说是。自从和秋恒没见面之后。就一直没再溜冰了。已经多少年了。原来和秋恒已经五年没见了。想起才觉可怕。为甚么呢。是自己其实不喜欢溜冰。还是不想再去到曾经和秋恒一起跌倒过无数次的溜冰场。秋恒是我有过的最好的朋友吧。除了小宜。但为甚么都只是有过的。和秋恒。和小宜。为甚么都是这样。想不到。

已经五年了。还以为只不过是昨天的事。秋恒花掉所有积蓄。买一对紫色的溜冰鞋。是她央求我陪她去学溜冰的。我起先并不太热衷。觉得溜冰场是不良少年聚集的地方。但平时优柔寡断的秋恒。却不知从哪里来了股热情。那是个很极端的年纪。我们在念中五。一切也好像踏在一条无形的界线上。因为储蓄很少。所以很容易就全部花在一件事情上。而把所有储蓄花在一件事情上。就显得有额外的激情。有一种不顾后果的快感。秋恒的激情是紫色溜冰鞋。我的激情又是甚么。那时候。我表面上取笑她。内心却多么渴望可以像秋恒一样。把我所有的微少积蓄花在。一件狂热盼望但又渺茫无把握的东西上。但我的积蓄一直没有花掉。虽然没有增益。但也没有倾盆而出的机会。所以就算秋恒后来考不上中六而没有再念书。就算秋恒的紫色溜冰鞋所滑向的一个男子后来竟然喜欢了我而不是秋恒。我也觉得。在两人之中。我才是失败者。我有的是无用的丰厚。她有的是无疵的穷薄。不过。她当时大概不会这样想。也许。到现在也不会这样想。这只是我一厢情愿的解释吧。是我对中五分别之后没有再和秋恒交往下去。所作的狡辩吧。

眼前这个是秋恒没有错。再碰上其实也不奇怪。这个城市很小。但再碰见的地方是溜冰场。真是想不到。如果我今天下午不是因为出九龙一间公司面试。如果不是因为面试完毕后离私人补习还有一段不知如何打发的空余时间。如果不是这个位于九龙塘火车站旁边的大型商场刚巧有个溜冰场。和我记起溜冰场旁边有一个小型观众席可以坐下来。我就不会和秋恒再在溜冰场遇见吧。是遇见吗。是我遇见秋恒。

而不是秋恒遇见我。因为我坐在这个观众席上。一直望着秋恒。但秋恒却没有望见我。不是因为太远。只是不会留意到藏身于观众席上的一个无面目的人吧。也可能不容易认出我来。虽然我的样子该没有很大的变化。黑骑士就这样说过我。但今天因为面试而穿的套装西裙和高跟鞋。足以令我的面貌变得更模糊了吧。那也就是我的本相吗。我差点也不认得自己。经过商店橱窗的时候。倒影中那个容颜无色的上班女子。会是我吗。会是以后的我的预示吗。我一直尝试做些甚么突出自己。盼望与众不同。但也许我不过适合当一个没法被认出来的平均人。纵使是要在路上迎头碰见秋恒。或者在升降机内。她也未必会立刻认出我吧。想必会出现。那种指着对方。瞪着眼。张着口。一副惊喜得说不出话来的样子。而其实是在这停顿的空当里。连忙搜索记忆。把这个已经遗忘的档案在气氛未变质成尴尬之前及时抽出来。这会是多么令人伤心的一个停顿。所以。现在我坐在疏落的观众席上。隐形人一样地遥望着溜冰场中央的秋恒。而她毫不知悉。是最理想的相遇方式。这样。我就可以好整以暇。慢慢地。仔细地。不用顾及门面地。和秋恒说话。秋恒。你听见我吗。

秋恒拿着黑笔。弯腰。以一只脚为圆心。另一只脚为圆周。在冰上轻易地画了个大圆圈。在我看来是难度十分高的动作。圆周的起笔竟然和收笔完美无瑕地接衔起来。怎可能这么圆呢。小女孩就在那个圆圈里面练习转身动作。那圆圈变成了无形的界线。不能超越。只能在圆圈内运动。那仿似自由奔放的舞姿。在那圆圈外。是更大的圆圈。溜冰场本身的圆圈。一切身手也在圈里面施展。美丽的紫色溜冰鞋。

也只能在里面才滑出那完美的步法。出了圈子。就寸步难行。那个女孩子穿了美丽的溜冰服。紫色的紧身衫。和米色的短裙。最美丽的。是脚上的一对小紫色溜冰鞋。圆圆的。短小的手脚。轻盈的身体。柔直的长发。圆圆的脸。在灵活的动作间偶然出现的笨拙。更显得可爱。在练习的是一百八十度单脚转圈。秋恒示范一次。女孩就跟着做一次。看的时候很专注。做的时候却有一种自觉到众人目光的骄傲感。是个天生的表演者吧。秋恒其实不是天生的表演者。虽然她幻想过当溜冰表演者。但她这样想的时候年纪其实已经太大。而且。她一向是个怕羞的人。她知道。其实她去学溜冰。也不过是完成一个心愿。就算尽最大的努力。结果也只可以做到像现在这样的程度。教小孩子溜冰。不过。我能够说秋恒因此就失败了吗。她的梦想就幻灭了吗。秋恒脚上没有穿紫色溜冰鞋了。她穿的是普通黑色溜冰鞋。她以一种寻常的态度对待女孩。既不夸张失实地展现爱心。看来有时甚至装作严厉的样子。但其实又不是冷漠无情。有时会和旁边其他导师说笑。逗玩别的小孩。那些男导师之中。会不会有一个。是秋恒现在喜欢的人。

秋恒那时候喜欢的。是一个溜冰教练。一个二十岁出头的大男孩。那是个夏天将要结束的时候。在买紫色溜冰鞋之前。她几次拉我一起去溜冰。在空气冰冷的溜冰场内。秋恒刻意穿得很少。又常常颤巍巍地在场中央碰撞。吸引那个教练的注意。她第一次向我指出那教练。是在一日下课后。她说带我去看一些东西。来到溜冰场。她指着那个男子。和我说。她爱上了那人。很坦直的秋恒。最后她就买了紫色溜冰鞋。而且大着胆子。去问男子可不可以教她。秋恒是那么简单的一个人。虽然很多时候活得很混沌。去快餐店会站在食品牌前面想半天也拿不定主意。来到付款柜台前还会犹疑不决。上课也不是那种勇于答问题的人。但来到这件事情上。却有一种劲。爱。就去问。喜欢鞋子。就去买。秋恒第一次自己做决定。教练叫做阿维。我和秋恒一起跟阿维上课。他收我们很便宜的学费。后来更近乎免费。我起先还以为是他喜欢秋恒的迹象。但秋恒真是爱上了溜冰。可能先是爱上了阿维。然后才爱上溜冰。但没关系。秋恒真的幻想。可以成为溜冰表演者。穿着紧身舞衣和短裙。像天鹅一样展开双手。高举笔直的后腿。单脚在冰上滑出优美的弧度。然后。和阿维两人拉着手双双旋转。或者把自己的身体化为阿维臂弯里的一团羽毛。那时候。我们刚刚升上中五。很自然。秋恒因为她的幻想而无心念书。但我想。秋恒没有后悔过。我呢。溜冰对我有甚么意思。我并不抗拒溜冰。也觉得溜冰好玩。更喜欢看见秋恒溜冰的美丽体态。但是。我没有幻想。也没有买溜冰鞋。我觉得还不是花去积蓄的时候。或者未找到花去的理由。

我试过拉住秋恒。把她从沉迷里拉回来。至少我不让她因为溜冰而不去补习班。我们本来是一起报名参加补习班的。说过要一起考上中六。一起念预科。一起上大学。甚至谈到将来一起租屋住。一起搞生意。是甚么生意却说不出来。我想过开书店。秋恒就想开时装店。不过搞生意和读大学好像没有关系。秋恒也信守诺言。没有退出补习班。但她是人在心不在了。那时我们每星期有三晚上补习班。另外两晚就学溜冰。学溜冰那两天秋恒就带着紫色溜冰鞋上学。但从来没有在学校里把鞋拿出来炫耀。秋恒不是这样的人。除了我。没有人知道秋恒溜冰。这是她的秘密。后来功课越来越忙。不上补习班的晚上也要温习。我就想放弃溜冰。但秋恒还是坚持着。结果每次在往补习班的巴士上。秋恒都累得要睡着了。有时候她会挨在我肩上睡。我斜眼看着她圆圆的脸。因为疲劳而有点缺乏血色。比白色校服更带一点苍。我自己也一直在咳嗽。反而脸色很红。在车上这些时候。我就要忍住咳。怕搐动的身体会弄醒熟睡的秋恒。我知道。秋恒累得很快乐。那我呢。我累。又是为了甚么。

看看表。离补习还有个多小时。连同交通在内也很充裕。那时候和秋恒忙着去上补习班。现在自己就忙着给孩子补习。下学期增加到七份。几乎没有时间理会学校的功课。给孩子补习可会和秋恒现在教孩子溜冰一样吗。看来很不同吧。补习无论怎样说。也不会是令人享受的事。完全是为了那微薄的报酬。教溜冰会快乐一点吗。那时候阿维教溜冰。好像很快乐。没有甚么别的追求。是因为真的喜爱溜冰。是因为可以和女孩子在一起吗。还是。只是想不到可以做别的甚么。学了一段日子。秋恒会和阿维去街。也很难说是谁约谁。总之很自然就发生了。有时我也一起去。有时不。我不知道是因为想让开。还是不过想回家温书。回家的时候。就有种感觉。觉得和秋恒远离了。因为大家各自做不同的事。走不同的路。有时想起竟也会忿忿不平。很奇怪。直至后来。我真的决定不学溜冰了。那大概是十二月初吧。在最后一课之后。待和秋恒在地铁站说了再见。阿维却追上来。原来他一直跟在后面。他后来告诉我的东西。不说也罢。我想不到其实他并没有喜欢秋恒。更想不到。自己竟然没有立即回绝他。我就是这样的人。就算是发生在自己身上的事。也好像在旁观。事后虽然恼恨自己。但当下总是任由事情发生。我竟然答应。第二天晚上和他见面。而第二天晚上有补习班。我没有去补习班。下课后我就和秋恒说想回家。因为我长期咳嗽不好。秋恒还以为我不舒服。我回家就换了便服。去赴约。我和自己说。我不过去看看。有一个喜欢自己的男孩子。而且是这么吸引人的溜冰教练。至少也会好奇去了解一下吧。不过我穿了衣柜里我认为最好看的衣服。我虽然中四时候简短地拍过一次拖。但因为双方也很生嫩。所以草草收场。过后也没有遗憾。好像大家只不过是不小心认错了人。说声对不起就两不相欠。我以为这次有甚么不同。因为突如其来。但秋恒呢。秋恒怎样。我记得。很清楚记得。我后来和阿维约会过四次。都是普通吃饭。其中一次去了看电影。但看甚么电影却怎样也记不起来了。就只是这样而已。因为没有发生甚么。所以我还可以以为没有对不起秋恒。而且阿维也同时有约秋恒啊。只是秋恒不知道。阿维其实对她如何。秋恒也不知道我和阿维之间的事。有时我想。也许她知道反而会好些。那么我们的决裂就有理由一些。但事实上没有。我和秋恒没有决裂。只是淡化。无疾而终。不能有更好的形容了。不知因何缘故。也许。是因为这没有说出来的东西。于是我又明白到。没有说出来的东西原来并不代表它不存在。它的影响会逐渐浮现。就像潜伏的病一样。或者是习惯性的长期咳嗽所逐渐积养成的痨病。只要它在那里。它就会有一天发作。所以。自我第一次约会阿维。我和秋恒就开始松开了。只是当时不知道。而现在。如果我反过来体验到。始终有东西没有向我说出来。我又能怪责谁。我不也是曾经这样隐瞒过。本来可能只是不值得说出来的事情。觉得没有必要。觉得自己不是有意的。后来因为累积就变成了不可告人的秘密。我该明白。所谓秘密。是怎样形成的。

最终秋恒也知道阿维不喜欢她。虽然她不知道另一半的事实。那晚我在家温书。第二天就是模拟考试的第一科。十点接到秋恒的电话。她在那边哭。几乎听不到她说甚么。但不用听也知道。我问她在哪里。好不容易才弄清楚。我就放下书本跑出去。她还在溜冰场那里。但所有人都走了。商场也要关门了。我们躲进角落里。缩在溜冰场入口招待柜位下面。那是商场看更看不到的地方。怕被发现。所以非常小声地说话。而秋恒就非常小声地哭。因为很小声。几乎听不到。所以我们挨得很近。脸贴着脸的。秋恒的眼泪都揩到我脸上。好像是我自己的眼泪。她的脸很暖。泪也很暖。有一刻。我想向秋恒坦白。虽然是不必要的坦白。但坦白就是坦白。没有必要和不必要之分的。不过。我没有说。我觉得真诚非常困难。只是让秋恒挨着。静静地。过了很久。然后不知是谁先开始的。我们的脸互相揩擦着。轻轻地。柔软地。本来是脸颊。然后转到前面。鼻子碰着鼻子。对方的呼气都感到了。眼睛因近距离对望而视野模糊。眼前只有巨大的。圆圆的脸团。也不知自己为甚么会说出这话。但我当时是说了。秋恒。你的脸很圆。她就说。你的脸也圆呢。我就说。我们谁的脸圆些。她就说。差不多吧。然后也不知是谁凑近谁。也不知是不是一个在黑暗中无意识的意外动作。我们的唇几乎要碰在一起。就只停在那比潮湿的表面更微薄的距离。这几乎不存在的停顿。好像很短促。但又好像很悠长。无法分辨时间。我的眼眶一热。相信秋恒也一样。大家突然又避开了。大家之间打开了一个难以搪塞的空间。那是一个不能让它延展下去的空间吧。如果任由它扩张。结果会怎样。我们几乎是同时提出。爬到溜冰场去玩。在关门后的商场爬到溜冰场去。这种事是我们从来也没有想象过的吧。但我们真的去做了。找空隙钻进去并不难。但很黑。几乎没有灯光。可能是关上了冷冻装置的关系。冰面开始融化。地面很湿滑。几次几乎滑倒。我们互相扶着。走到溜冰场正中央。在那里站直。看着四周沉入阴暗中的观众席和商场走廊。秋恒就说。如果坐满观众就好了。那我就可以做一次表演。就算是一生唯一的一次也好。说罢。就从背包中掏出紫色溜冰鞋。在滑溜溜的地上困难地穿上。那是个差点跌倒的。有点笨拙的穿鞋动作。好像让我想起甚么。同样笨拙的差点就落入可笑的瞬间。那紫色在黑暗中竟然也可以看到。好像隐隐透视出来。然后。秋恒就在无人的溜冰场里滑行。旋转。脚上的紫色溜冰鞋好像画出了射灯般的光圈。那是秋恒自己画的圆圈。用脚尖画的圆圈。我仿佛看到在溜冰表演中的秋恒。穿着短得只属装饰性的短裙。高高抬起笔直的后腿。在腿根是紧贴着臀部的裤沿。没有那笨拙的。不伦不类的。半遮半掩的蓝色P.E.裤。是自由地。自信地张开的腿。干净的。无性的。不引起遐想的。没有可耻的阴毛。流着脏物的阴道。而是光洁的。优美地凹陷的弧。我小心翼翼地滑过去。想加入那圆圈。就在她做一个空中转的时候。我和秋恒同时跌倒了。倒在地上。看着空空的场馆顶部。没有人来。没有人在。只在我们。在我们的溜冰场。如果可以睡在这里就好了。

秋恒会记得这些吧。我望着溜冰场内的秋恒。带着小孩子转圈。孩子突然跌在地上。停了一下没有反应。好像不相信自己跌倒的事实。然后才懂得拉着秋恒的手站起来。我望向溜冰场另一边的咖啡室。那里有一排观看溜冰场而设的座位。我想。一会。我会走到溜冰场围栏边沿。向场内的秋恒喊叫她的名字。她会抬起头来。花一会寻找呼叫的来源。然后会发现我这个正在不停招手的女子。她第一眼会奇怪为甚么有个穿上班西服的女子在叫她。然后会怀疑我招呼的不是她而是别人。然后才会突然醒觉。那是我。是从前曾经和她一起在深夜偷偷爬进溜冰场的人。我会约她下班后在旁边的咖啡室见面。并且立即打电话把稍后的私人补习取消。也会想到立即到商场的店铺买一套更亲切的便服来换上吧。变回那个她熟悉的贝贝吧。秋恒下班到咖啡店找我。我会近距离看清楚她。看清楚她依样圆圆的脸。粉嘟嘟的白里透红。头发不长不过扎了条很短小的辫子。和很多装饰性的发夹。我们都会叫一杯青柠杂饮。然后我会问。秋恒你生活可好。她就会说。不能再好了。教小孩子很快乐。虽然是不算甚么的工作。但已经不能再要求别的了。那么。爱情呢。你那紫色溜冰鞋代表的爱情呢。噢。是啊。那个人。从前曾经拒绝我的那个人。现在我和他一起了。终于一起了。是怎样发生的。迟些有空再详细和你说。总之。那时候以为得不到的东西。后来竟然又突然得到了。真的吗。那。太好了。你真的和他一起了。有些事就是这样子的。你以为失去了。怎料它原来还在那里。你以为破裂了。原来还可以修补。那么你呢。贝贝。你又有谁呢。有甚么呢。

我有谁呢。有甚么呢。失去了的可以寻回吗。破裂了的可以修补吗。和你。秋恒。又可以吗。如果我当时坦白告诉你我的秘密。在我们缩在溜冰场柜台下面的时候。脸贴着脸的时候。如果我说了出来。你猜。我们会不会就可以继续下去。能不能修补那冰上的裂缝。你可能会说。这有分别吗。或者会说。何必呢。我早已经知道了。但如果我们真的坐在咖啡座里。对望着。我们其实不会说这些。也不会有一刻容许那片刻的嘴唇上潮湿的薄膜一样的记忆溜出来。我们会让嘴唇忙着说其他无关痛痒的东西。或者不停呼饮青柠杂饮。或者。我们只会打个招呼。交换一个大家也知道不会真的打的电话号码。不会约在咖啡座见面。又或者。我们根本不会打招呼。我不会呼喊秋恒。秋恒也不会呼喊我。就算她在溜冰场内其实一早就看见观众席上的我。又或者。根本就没有那记忆中晚间溜冰场的一幕。溜冰场在晚上会在冰面铺上保护垫。根本就没有那在黑暗中幻想观众的目光的。我们的溜冰场。

秋恒在哪里呢。去了哪里。刚才不是在溜冰场里教小孩的吗。秋恒。我真的见过你吗。真的和你重遇吗。为甚么我还坐在观众席上。借着这些无用的幻想来宽容自己作为观众的罪疚。而不决心跑进溜冰场里去呢。我望望观众席四周。没有人。没有灯。我陷入到深夜的溜冰场里去。我要到那里找她。或者。我已经在那里失去她。

立足点

曲：不是苹果　词/声：贝贝

课堂与补习班之间的车程争取唯一机会瞌睡
梦却卡在上落闸粗暴的缝隙中
摇晃着眼皮无神合上的青春
连续五个晚上　没有吃饭的胃口

人们眼中最后的黄金岁月其实早已暗哑无光
被迫追逐却不明了病态的理由
毫无选择陷入迅速凋萎中
一直到星期天　倾听无眠的心跳

如果不肯踏过车站的关口就必得承受鄙视的眼光
如果背向人群就注定失去虚伪的同情
月台的界线绝不是容许立足的地方
还不及细想就给下班的丧尸推进缺氧的车厢
抢夺最后的空气

唯有相信在不远处隐藏着你关注的目光
连同融化的夕阳沉入心灵的谷底
再无办法也总够注满思念的杯子
当咖啡因在体内奋然
醒觉的一瞬间自知毫无减损
就算有孤独的滋味

在车站等待的过渡中观看城市污染的景色
瘦长的影子并未削去你动人的力量
大概不知觉发边披满黄金
只差一步就要　横扫循规的生命

立足点。

舞台Ⅰ~政："没关系，摇滚本身就是政治态度。"

可能连政自己也不知道，他在不知不觉间已经踏足舞台，这就是
人们常常说的政治舞台。这确是个俗滥不堪的说法，而政对俗滥的东
西向来也是深恶痛绝的，所以如果他知道自己所做的事在他人眼中只
是舞台上的一场演出，甚至预视到自己被编排扮演的昂首阔步结果滑
稽地摔倒在地上的角色，他一定会拒绝参与这场表演吧。事实上在这
个舞台上已经拥挤着太多的角色，而像政一样的一个小小大学研究生，
极其量也不过是背景里的一个小小的龙套，甚或是根本没机会出场的
幕后小杂务，可能会负责弄出烟雾或大风的特别效果，但却只不过是
衬托或补助主要人物的演出而已。可是他没法一早预见这些，由此也
可以看到他天真的一面。他不知道俗滥的说法其实往往说出真实，因
为真实其实就可以是十分俗滥的。他所知道的舞台，是他认为自己有

意识地建立的，是以他自己为主角的，是那个上演着音乐介入政治的崭新剧目的舞台。自从认识了不是苹果，领略过音乐所能发挥的力量，和筹办过化石在大学的演唱会，政对通过音乐来进行学生运动有更鲜明和强烈的意念和信心。他对传统的抗争方式感到有点厌闷了，觉得街头抗议或者在校内写大字报之类已经难以唤起人们的普遍注意，因为这些方式已经给传媒定型，僵化为容易消化的场景和形象。就算是绝食或甚么，在公众眼中也变成了小丑化的行为了。他觉得，如果能搞出一队兼有音乐水平和政治意识的乐队，说不定能取得大学生的认同感，同时对社会产生一定的影响力。于是自下学期开始，他就积极拉拢一些校内的摇滚乐热衷分子，希望他们能有组织和有方向地行动起来。很快就传出校内会组成一个叫做ISM的乐队。虽然有不少人觉得，他这个构想实在太天马行空，或者是太天真幼稚了，但政却有一种一往无前的蛮劲。他几乎是一个人独力在奋战，就算是得到某些学生运动领袖的支持，和招罗到合适的乐队人选，但整件事也没有其他人紧密的参与。

上次化石的事件曾经令政和韦教授产生嫌隙，因为有人说是韦教授向主办方面的学生会提出让化石的歌曲尖锐性降温，后来虽然韦教授极力否认这件事，但政和他的老师已经无法回复到之前的关系了。也许，政之所以加倍地激化他的活动方式，和他的个人感情事也不无关系。先是为了不是苹果而放弃了贝贝，后来却反过来被不是苹果放弃了，心里突然就对感情这事感到迷惘，甚至是忿然。他的爱情观本来是十分单纯的，他相信两性平等和尊重，虽然他也自觉到自己违背了自己的信念，知道自己也不是没有责任的，但他更不明白为甚么两个女孩也会对他突然冷却。他始终也弄不通问题出在哪里，是出在他的观念还不够正确吗？还是她们的观念不够正确？他在哪方面做得不够公正？在哪方面有损对方的个体自由和价值？他竭尽了一切从书本得来的理论和词汇，也无法解释眼前发生着的事情。他不知道的是一个基本事实，那就是，他所熟读的性别理论和爱情无关。这点无知令他突然觉得，爱情是十分虚幻和不可靠的东西，他情愿把精力花在更有实际效用的事情上。那看似是个理性的决定，但从他办乐队的那种躁动可以看到，其实他是在报复，不是直接向贝贝或者不是苹果报复，而是向生命报复，向一个抽象的生存状况报复，他在找寻机会向这个遏阻他奋进的东西反击。他要证明，爱情的失败只会为他提供燃料，令他发出更强的力量，去把世界变成一个更加理性的地方。

所以当他再在校园碰到贝贝，他并没有回避，反而主动地跟她打招呼，甚至跟她一起吃饭，好像想要说明，他没有因为那么微不足道的事情而垮掉。那天正是贝贝和不是苹果突然去买了银色手枪的同一天，贝贝去完第二个面试之后就回大学宿舍，当她一踏出火车站，就看见政在柱子上张挂横额。蓝底的胶布横额上贴着鲜红色的大字："摇撼滚蛋~大学地动音乐会"。名字看来像个地理学会搞的地壳变化讲座。他们来到饭堂，随便叫了那种仿佛是空气造的吃了很快就肚饿的快餐，坐在池畔路旁的桌子前，感觉竟然和以前拍拖的时候很相似。那树丛里的尖锐鸟叫，冷凝的灰色黄昏天空，座间学生散漫的吃饭和谈话气氛，都是他们共同记忆里的成分。他们之间不多话，不是因为尴尬，反而是因为回复原来的状态。原来他们本来就是如此。贝贝说了点见工的事，政的反应无可无不可，他心里只盘转着乐队和音乐会的事。后来就问起贝贝和不是苹果是不是也组成了乐队。贝贝说："是啊，叫做体育系，间中玩玩，没甚么目的。"政就说："不如来参加我们的音乐会吧，你们当中有人是大学生就可以。"贝贝有点不太相信，说："真的吗？你们的音乐会不是要有政治主题的吗？"政若有所思地说："没关系，摇滚本身就是政治态度。"贝贝不明白他最后说的这句话，但她心里只是想到，有演出的机会，不是苹果该会很兴奋吧。

讲台丨~黑骑士："我这是由于懦弱而造成的铁石心肠。"

贝贝自下学期开始就去旁听黑骑士的课。虽然内容大部分从前已经听过，但她还是每星期都去了，抱着一种告别的心情去了。她总是坐在最前面，定睛看着讲台上面的那个人在说到投入处的每个举手投足，想尽量撷取当中的热情，因为这是最后的机会了。但那热情当中其实是带着虚无的吧。每课一讲到一个不同的本地作品，就必然会谈到那位作者已经好久没有写作了，或者作品大不如前了。为甚么这会变成一个普遍现象？为甚么本地文学课会变成一篇又一篇的悼念词？为甚么这种哀悼的语调是贝贝从前上相同的课时没有察觉到的？是当时自己听不出来，还是黑骑士自己的想法和心情改变了？贝贝曾经想过去给他一点鼓舞。她带了那顶从美国订回来的礼帽送给黑骑士，他即场拿出来戴在头上，她就觉得，故事里的黑骑士就是这个样子了。

她在心里想，希望黑帽子会给予黑骑士力量，但她没有当面说出来，而且知道，这种想法只会出现在虚幻不实的童话故事里。虽然她每次下课后也会和黑骑士吃午饭，但在见面的时候，她和黑骑士总是说些无关痛痒的话题，晚上在电邮里交换的说话不会在日间见面时提及，好像在电邮通信里的不是他们而是另外的两个人。至于出书的事，也有好一段日子没有再提起了，好像变成了两人之间的一种顾忌，于黑骑士来说是一种歉疚，于贝贝来说就是一种过分的要求了。

　　黑骑士自己的事贝贝也没有再问，后来知道黑骑士写了个新小说，想必是在困难的日子里写的。黑骑士在日间提起，晚上就把小说的档案传过来。贝贝立即打开来看，直看到深夜三点。然后就复了个电邮给黑骑士，截取了小说里面叙事者自我分析的一个片段，说："这段说话令我想起你，好像也可以用来作为你的最佳形容啊。"小说的引文是这样的："说到底我这个人可能是残酷的。表面上我很随和，对人无伤害性，有时甚至愿意表示关怀，但到了关键的时刻我总是铁石心肠。或者，我这是由于懦弱而造成的铁石心肠。越懦弱越残酷。"贝贝引述这段话的时候，也许并无刻意怪责黑骑士的意思，但第二天黑骑士却回复道："看到你引述的那段话，心里实在很震惊，一直无法安心放下，想不到原来我在不自觉间把自己的个性剖析了，更想不到原来自己在你心目中有这样的一个印象。我突然觉得需要反省，究竟自己一直在做甚么，一直在怎样对待人。我自称在教导人、帮助人，但我其实并不真的关心。或者，我在无伤大雅的时候就高谈阔论，在真正切身的地方却退缩回避。如果你真的觉得我对你的事情太冷漠、太轻率、太不闻不问，我应该说声对不起。想起自己的不堪，就不知该如何面对你。"贝贝没想到，这段话会引起这么激烈的反应，她在节录的时候其实还不十分理解自己的意图吧。于是她的心也乱了，不知该如何回复好了。想了一晚，她决定把自己这半年来和不是苹果，和政，和家人之间的事，统统都说出来。她不想再等他去问了，也不想理会他愿不愿意听，和听了会不会有响应了。她只求向他说出来。她写了封很长的电邮给他。

　　过了两天，在下课后，贝贝照样找黑骑士吃饭。他主动提起那封电邮，说："不是苹果这个人，你还是会和她做朋友吧。"贝贝说："我常常觉得朋友这个词讲不出我和她的关系。朋友太正常了。"黑骑士问："那你会怎样形容?"贝贝这次想了一会："那就好像，两个人在黑暗里，站在一个地方，比如说是一个孤立的悬空的高台，你知道，只有另一个人和你在一起，一同处于那境地，但你们又不能互相很清楚地看见对方。你们只能靠那种共同站在那里的感觉，相信自己不是单独的。"黑骑士再问："那么你是信任她的吧?"贝贝说："我看不清楚，她总有事情没有说出来。例如，她见过你，是不是?"黑骑士神色没变，说："对，之前见过一次。你想知道她找我说甚么吧? 也想知道我和她说甚么吧? 你一定是在恼我，甚么也没有告诉你，是不是? 我在看完你在电邮里说过你自己的事，我就在想，噢，我却有那么多没有告诉你。那次不是苹果找我，是想我再送一些书给她。于是我送了。她告诉我，和你，和政的事搞得很乱。我也就告诉她，一个我其实不认识的人，其实我的事也很乱。那个晚上我们只是在吃饭，在一间普通的没有气氛可言的餐厅。我心里老是想着别的事，但因为不想回去，所以也就和她一直坐下去。她提起我说过，她有一张好看而且看来很真的假面，问我那是甚么意思。我望着她的那张脸，那细致中有点倔强的轮廓，突然有片刻的一种快感，不，不是快乐，只是一种快感，在我悲哀的情绪背景中的一种愉悦，好像只要望着那脸面，就可以忘记别的事。我真的有一刻幻想到，结账之后，我可以和她到甚么地方睡，而她是不会拒绝的。我竟然想到这地步。觉得在某种情景中，这原来是很轻易的事情。不过，我没有那样做，提也没有提过。我只是把书送给她，然后送她去搭长途巴士。后来我自己一个人在街上走着，想，自己也不外是这样吧。以失意作为寻求慰藉的理由，也不外是这样吧。我和别人没有不同。我不能说是因此轻松了，但是，也好像明白了一点甚么。这样，是不是可以变得宽容一点？"贝贝没说话，跌入沉默中。她觉得，她好像已经知道了黑骑士没有说出来的另一半。

月台~贝贝："当脚下的土地即将崩裂，我还可以往哪里逃出去呢？"

贝贝站在这个熟悉的月台上。那是在火车站沿线上较为独特的一个月台。车轨的弧度很大，连带月台也是弯弯的，站在一端不会看到另一端的终点，甚至看不到月台的中间部分。月台比周围的地面水平较高，所以车站入口是在下面的，在没有加建行人电梯之前，要爬楼梯或走一条长长的斜路才上到月台。因为地位较高，所以可以看到周围的景物。往南面市区的月台后面可以看到内海对面马鞍山排满高楼大厦的新住宅区，往北面的月台后面就是大学的校园范围，可以看到广阔的绿草运动场、古雅的宿舍，和山上新建的丑陋现代教学大楼。那些和自然山景格格不入的风格、用料和颜色，令人感到这所大学的精神质素日渐下降，代之而来的是粗俗的暴发感和没有理念的功利感。幸好车站虽经改建，大体还能维持这个站一向的小格局简朴风味，站旁的几棵大榕树也极尽办法保留下来。月台上盖也是简单的金属篷架，涂上和环境没有冲突的蓝绿色。站在人影疏落的月台上，让风吹过双腿，等待轰隆而至的火车，颇有置身外国小镇的风味。但这虚拟的小镇风味已经是绝无仅有的了。沿着火车线，无论往南或者往北，地段都已经无幸免地被蹂躏着、撕毁着。白鹭栖身的美丽鱼池变成了恶俗的私人会所，葱绿的山头冒出怪兽般的奢华住宅，原本沿着海旁的游乐单车径也给填海发展的地盘围板剥夺了景色，围板上还虚伪地安排小学生涂画上各种以美化环境为主题的绘画。海的空间不断给填土吞食，有一天终会消失，有一天在火车上将不会再看到海。站在大学站月台上，贝贝有一种淹没感。一种周围的东西也朝自己头上倾泻，即将把自己掩埋的恐怖。而她身后的大学，不再是能抵挡这种掩埋的堡垒，甚至不再是能逃避这种掩埋的防护所。大学已经一同被掩埋了。大学甚至也参与着掩埋的行动了。贝贝想，如果她现在转身，看见大学校园所在的整个山头如巨型山泥倾泻般完全塌陷，她也绝不会惊奇。只是，当脚下的土地即将崩裂，我还可以往哪里逃出去呢？

讲台 Ⅱ～韦教授：“其实人生中有很多不能解释的东西，很真确，但又说不清楚。”

贝贝和政在饭堂吃完晚饭，就一个人走路回宿舍。还未来到宿舍门口，就远远望到在昏暗的路口停着一辆样貌貌熟悉的汽车。虽然天色已全黑，但在微弱的路灯下，她还是把那辆车子看得很清楚。就是那辆她和不是苹果一起打碎的车子。那车子已经不是第一次停在那里，而且每次里面都是有人的。好像，每次等到她出现，那辆车子就会犹疑地微晃一下，但其实它是没有动过吧。今次，贝贝不再装作没有看见，不再低头匆匆走进宿舍去。她站住了，在隔宿舍一段距离的路旁站住了，一直望向车子那边。如果有人在里面，他应该会把她的举动看得很清楚吧。果然，她站了一会，那车子就开动了，缓缓地从路口转出，向她驶去，很利落地停在她跟前。车子已经完全修理妥当，没有半点曾经毁坏的痕迹。车窗打开，韦教授抬着头说：“可以上来一下吗？”贝贝听见他今次没有再说出那些刚巧经过这里的借口，就知道事情又进一步发展了。她一点也不想上他的车子，一点也不想和他有任何瓜葛，但是他问那句话的时候隐藏的那种仿似是抛出挑战的语气，令她不甘于表示软弱或退缩。她不要他小看她。她不要他觉得她是个无用的小女孩。于是她就拉开车门，坐上去。

贝贝没有问去哪里。那不是重点。她有心理准备，这个人很可能会说些离奇的话。韦教授很淡定。虽然事情有点不寻常，但他没有显得失控，好像他们其实是老早约好了在那里见面似的。想到这里，贝贝又警醒了。如果真的给他造成那种气氛就不妙了。她决定要尽量僵硬一点。韦教授没有立即进入正题，反而拉扯了些学校里的事，又提到政搞乐队的事，还对他的创意表示欣赏。"政这个人很聪明，很有热诚，有理想，不过，他不知道世界的复杂和险恶。他现在的处境很危险，人们都在旁观着，如果他成功，就会和他结成联盟，捞取渔人之利，如果他失败，就会彻底唾弃他，因为不会有人愿意和一个满脑空想的疯子合作。"说罢就叹了口气，不知是甚么意思。然后，话题突然一转："我知道，你没有和政一起了吧。"贝贝并不惊讶，只是点点头。他突然又说："你今天穿着很成熟，将来出来工作，也会是这个样子吧。其实很好看，很好的套装，哪里买的？该不是名牌货，名牌货对你来说太贵了吧。不过，就算是普通牌子，也选得很好，很适合你的性格，不会太花俏太艳丽，但又不呆板，有一种轻灵，和恰到好处的得体。哈，你知我都有点文学底子，用词都算不错吧。其实政这个后生仔不懂得欣赏你，他是个超好的学生，但他无法超越一个学生的视野，无法在书本外去了解世界的事、生命的事。人生不是这样简单的，不是这样非黑即白的，不是理论可以解决的。其实人生中有很多不能解释的东西，很真确，但又说不清楚。你大概理解我的意思吧。我猜，你和政分开，会不会也和这个有关？觉得有些东西他没法理解，所以感到郁闷了，是不是？"贝贝一方面摸不透到底他想说甚么，另一方面却对他竟然看穿了自己和政之间的问题而感到震惊。车子已经离开了大学的范围，她这才知觉到，她正在任由他用车子把她带到一个未知的地方，用说话把她引至一个她渐渐无法把握的方向。她开始感到危险，但又不知可以怎样应付。她心里首次感到有点怕。

说着说着，车就停在一个荒僻的山路旁。下面可以眺见整个大学校园和更远处的内港。汽车机件突然停下，车里表板上萤亮着的鬼魅绿光也随即熄灭，却在眼膜上残留下挥之不去的印痕。寂静突然袭来。座椅却好像继续微微震动。那不是机件的震动，是贝贝自己身体的震动。她知道他要说甚么了。她其实听不清楚。他的语言是那么的动听，他的逻辑是那么的诡诈，听来是那么的顺理成章，令她有一刻搞不清究竟自己想的是甚么。他诉说了自己的抱负，也诉说了生活的失落。他说和太太的婚姻已经名存实亡。他说，其实一直喜欢像她一样的女孩子，聪慧、沉静、认真，但依然未找到自己的方向。他愿意为她付出一切，去给她无忧无虑的生活，让她安心实践她的理想。因为他实在不能容忍，这样好的女孩会给残酷的现实掩埋，不能确认自己人生的价值。贝贝有一刻，真的有这么的一刻，给动摇了。当她想到家里的重担，想到将要做的毫无兴趣的工作，将要过的毫无选择的人生，她就有一刻的幻象，觉得在这个人的护荫下一切就可以迎刃而解了，她就不用耗尽她的一生来对付这个巨大的逆境了。可是，她为了这一刻的安稳，究竟要牺牲甚么呢？那会是更核心的，更关系到她的自我的东西吗？她好像听到声音。玻璃碎裂的声音。是汽车玻璃碎裂的那种特殊的声音。先是沉闷的钝响，然后才是清脆的下雨般的淅沥。然后就看到那个景象。不是苹果挥动铁铲把车子玻璃击碎的景象。也看到，自己如何也把这辆车子的车尾玻璃击碎。贝贝于是就醒过来了。

"你知道吗?"贝贝反问道。韦教授以为她是响应他的提议，做出个亲切聆听的样子。"你知道吗? 那次你的车子玻璃给人毁坏，是那个在卡拉OK袭击你的女孩干的。"韦教授没料到会转到这话题上，但也保持镇定，说："我早就知道，我一看见车子毁烂的样子就知道，是她。"贝贝继续说："但你一定不知道，我也有份儿。是我和她两个人一起干的! 是我们一起打烂你的车的!"韦教授哑口无言了，这揭示可却是他完全没法想象的。他好像突然给暗算了似的，跌坐回自己的座位里。贝贝就推开车门，走出去。晚间的山上非常冷。贝贝的套装很单薄。她抱着身躯。在寒风里走着。高跟鞋在斜路上的不规则回响好像在宣泄着她脚跟的痛楚。可是，无人也无车的黑暗山路，比起刚才困局的车里，竟显得那么安全和豁朗。她知道，一说出不是苹果，韦教授就无法抵挡。也知道，说到这个地步，他是不会再纠缠下去的了。就算会，也注定是无效的了。贝贝不认得路，但看着山下大学的灯光，她知道只要一直走，就可以回到安全的地方。冷风令贝贝一边走一边颤抖，但她却在颤抖中微笑着。她一点也不觉得孤独，因为她有一种和不是苹果站在一起的感觉。也因此甚么都不怕。

舞台Ⅱ~不是苹果："为体育系首演成功，鸣放六响礼炮!"

不是苹果收到贝贝电话的时候，已经是晚上十一点，但她还没有回家，自己一个人在城门河畔的公园里坐着，眯着眼望着对岸的化开来的灯光，抽着烟。贝贝说想见她，她就说在公园等她。从大学过来不用多少时间，大概是二十分钟左右吧。不是苹果想擦去午间打电话到清洁公司的记忆。如果没有看到那个黄色告示牌，那多好。那就不会受到这样的委屈。她把烟大力喷出，想和冷冻的空气作对。但烟的力量却老是不够，给北风轻易地驱散。她徒劳地吹着，差不多要把整包烟也吹完了。正想打电话叫贝贝在路上给她买一包，贝贝却已经到了，从公园的另一端急步地、几乎是半跑地走过来。她的身影在空洞的公园里看来更形细小。

"好像很心急似的哩？有甚么要说吗？"不是苹果大声说。声波好像传得很慢，贝贝过了半晌才反应过来，向她挥手示意。来到跟前，贝贝有点气喘，好像是由很远的地方一口气跑过来似的。"想告诉你，我们可以演出了！我们的乐队啊！体育系啊！大学有个音乐会，我们可以参加，到时可以演出我们的歌！"不是苹果半信半疑，说："真的吗？我不是大学生也可以吗？""没关系的，政说可以，音乐会是他搞的，是个小型地下音乐会，不是那么严格的！"不是苹果还是谨慎，说："政可信吗？""政不是那样的人，他不会害我们的，如果不可以，他不会随便说。"不是苹果点着头，不能说没有感到兴奋，但又被另外的事占据着。然后她又问："嗯，原来，你见过政。他怎样了？"贝贝澄清说："只是在大学刚巧碰见，就一起吃了饭，谈到这个，就来告诉你。他最近组了个叫做ISM的乐队，他只是个统筹人，是不会参与演出的，看来是个专门唱政治题材的组合，是他构想出来的进行学生运动的方法。"不是苹果抬抬眉，笑说："亏他想得到这种东西。那我们要不要符合甚么标准？唱几句讽刺政府高官的东西？""不用的，我们照样唱自己的歌就可以。"   "想不到呢！真能演出啊。"

大家谈着各种演出的构思、选歌和表现方式等等。然后不是苹果就说："不如来庆祝下！"说罢就拿出午间一起买的银色气手枪，上了六粒塑料子弹，举起来，向着对岸的楼房，说："为体育系首演成功，鸣放六响礼炮！"   "一！"砰！一颗子弹射出去了。气体爆发的声音在空阔的河畔异常响亮，好像真的能震动对岸的房子似的。不过，细小的颗粒状子弹连看也看不到，就在黑暗的河面消失，想必不能射到对岸，没多远就无声地落入胶污的河水里去了。不是苹果望望四周，只有不远处聚集的几个青年好奇地向这边望过来，没有警察。她又射了第二枪、第三枪。然后把枪递给贝贝。贝贝拿着枪，秤了秤它的重量，好像觉得很刺激的样子，双手握着，举起来，也瞄准对岸不存在的目标，连环打了三枪，感受着子弹射出时手掌心那突然加压的一下快感。那边的青年开始起哄叫嚣了，似乎是想过来撩事。不是苹果拉了贝贝就跑，不忘回头向那班人射了几下空枪。带头那两个竟然真的抱头缩了缩。不是苹果就加倍一边笑一边跑了。

跑到火车站，冲进入闸口，那班人没有跟上来，两人就松了口气。倒坐在月台上，笑着刚才的情形。不是苹果这时才发现自己手里还拿着枪，于是连忙把它收到背袋里去。看来沿途的人一定给这两个擎枪狂奔的女孩吓坏了。夜车的班次很疏，她们坐在月台上沉静下来，不是苹果就说："其实今天下午发生了一件事，想告诉你。"贝贝也说："我也是啊，晚上发生了一件事，也想告诉你。"一班列车缓缓到站。可能是最后一班。

单项选择题

曲：不是苹果　词/声：贝贝

回答是或不是关于全无防备的场合交换的眼神
比纯粹的物理现象还要确凿
比狡诈的浮云意象还要暧昧
徘徊于蜜糖与触须的边沿

判断好或不好全赖比塔罗牌更不能肯定的直觉
如果皮肤更白运气会否更佳
心里积存了二十二年无用的参考
想起要穿高跟鞋就偏头痛

满心期盼你的答案跟我一样
但总拒绝偷看
成了我小小的无用的道德观

不理对或不对雪糕无论如何也会在口里融掉
到旺角买模型手枪的寂寞午后
不能同时兼容铜锣湾的手袋
除非有意摆出决绝的姿态

无论可不可以也将全神贯注许下不会表白的诺言
起码六发弹壳中有一颗弹头
还不至于吃一碗没有白果的糖水
故意疏忽此路不通的警告

害怕知道你的答案跟我相反
不论打圈或交叉
涂改着看来无伤大雅的道德观
可知道交通阻塞有多严重

单项选择题。

第一题：小说是选择和组合的游戏吗？

A）是   B）不是

答案分析：

A）是

我们也喜欢把小说简化为选择题，喜欢在故事情节上找一些时间上的转折点，作为主角们作出关键抉择的所在。一些所谓互动的作品就是按照这种幼稚的逻辑来设计的东西，好像小说其实不过是一个游戏程序。这种在每隔一个片段就提供一些有限的选择的做法，把小说严重浅化为情节的组合，漠视了小说元素在整体上的艺术性配合，诸如角度、语调、气氛、处境与心理描绘等等。但选择与组合的概念其实并没有违背小说的原理，它甚至是一切语言表述的基本运作原则。

从一个短句，以至于一个数十万字的长篇巨著，也同样不过是如何选取字词和如何把字词组合起来的事情吧。所以卡尔维诺非常简洁地说，写作是如何在句子里让字与字待在一起的一种操作。让字们和和气气地待在一起，乖乖地排成队伍，或者让字们一边排队一边争执，既互不相容但又被迫共处，既不守秩序但又不能不遵守某种秩序。后者可能就是文学在做的事。所以我们也不必对简化的选择题式的创作观念多加挞伐，因为任何原则性的事情在实践的时候总有层次高低的分别。尤其是，如果这种观念可以反过来让我们更深刻地思考小说的问题，甚至是人生的问题，那也不失为一个值得采纳的角度。

B）不是

小说，或者人生，的抉择究竟发生在哪里？这其实是个最终也无法准确区分的点或线。有时候，这个点或线较明显。比如说，假使二零零零年的夏天的某一个晚上，不是苹果没有在卡拉OK遇上韦教授，或者不是苹果在卡拉OK遇上韦教授但却没有向他挥拳突袭，那么我们的故事就不会开始，我们的小说也不会存在。但事情并不是时常也这样明显的。例如，如果不是苹果袭击韦教授时贝贝并不在场，或者贝贝并没有作出像现在的小说里的这种心理反应，我们的小说也不会存在，或者不会依着现在这样的进程发展了。所以，在不是苹果的袭击行为这个关键点上，不可或缺的不单是不是苹果个人作出了袭击的决定，而且还建基于她自己和贝贝两人在故事里所累积（纵使这种累积也不过是作者的杜撰）的二十多年人生体验，是贝贝之为贝贝和不是苹果之为不是苹果所促成的。因为贝贝先有了这样的心理构成，所以才会对袭击事件作出这样的反应，也所以才会导致小说继续发展下去的方向。这绝不是一个单一点上某人物所作的选择的问题。换句话说，这里其实没有选择可言。因为按照小说的逻辑，这事必然以这样的方式发生，也必然以这样的方式结局。它既是选择，也是无选择。因为作者的意念是要组合出这样的一个故事，所以它就必须向这个势态前进，而如何拟造这个势态，使之合理化和必然化，就是小说的艺术所在。作者是绝不会愿意把这些选择点公开让读者作自由的选择和组合的，因为如此一来小说的艺术就荡然无存。一切只会变成比游戏更不如的假游戏。

如果上面的情况还没有把选择这回事厘清，让我们来假想下列的两个选择题，看看不同选择的结果有何分别。

第二题：贝贝最终能出版自己的小说集吗？
A）能　　B）不能

答案分析：
A）能

二零零一年二月初，黑骑士给贝贝的书写了一个序。后来我们就会知道，这是书的第一个序。在同年七月，他会给书再写第二个序。由此显示，二月的序其实并不代表书快将出版。它不过是另一次假的预告，另一次不能即时兑现的承诺。但这至少代表着黑骑士的心愿，始终是希望书真能出来的。贝贝也以为书很快就会出版了。不过，经过长久的等待，她对出书的热情已经减退。她当然知道，像她这样年轻，急于出书其实是非常不成熟的想法，她也并不真的自以为自己的书有甚么大不了。只是，因为曾经过高的期望，和过于热炽的幻想，令事情一旦胶着甚至临于落空的时候难免显得无味。所以，事实上她是抱着不能出书的心理准备，而且也渐渐习惯这不是怎么的一回事。对于下学期的生活，这个人生中最后的下学期的生活，贝贝只有一个盼望，就是和不是苹果尽情地作一次演出，把那共同组织乐队的心愿实实在在地经验一遍。除此以外，她没有盼望其他，我们也不能过分要求她去盼望其他了。她以为，实践了这个小小的愿望，她就可以不理其他，安心地去面对自己前面平庸的人生。所以，当小型演出过后，又再出现参加联校大型音乐比赛的机会，贝贝就开始感到犹疑了。因为这并不是她真正的追求。又或者，她觉得这不可能成为她真正的追求。如果她愿意继续维系着乐队，参加这个比赛，那也不过是为了不是苹果，为了能让她好好把握这个得到音乐界评判和主办唱片公司垂青的机会。在这个时候也许她就会反过来想，其实那本久久未能出版的书，那本她努力尝试去遗忘的书，才是她的梦想结晶。我们当然乐意见到，最终不是苹果和贝贝也能实现她们的理想。不是苹果在比赛中得到赏识，贝贝的书也在出版后得到好评。但这种一厢情愿的想法在现实里是不容易变成真实的，而作者也不敢在小说里太轻易把它们变成真实。纵使他是多么的想这样做，但他感到困难。所以如果对于贝贝能否最终出版她的书的问题的答案是正面的话，作者也必须把那个结果淡化一下，把这件事安排在小说本事结束之后，即是在小说结局之后。那样，就不必为贝贝出书的后果好坏作出抉择，不必过于天真地表示她终于梦想成真，也不必无奈地面对出了书其实并不代表甚么和并不能改变甚么的悲哀结论。

B）不能

上面说到贝贝在长久的等待期间已经作好了不能出书的心理准备，所以就算书真的胎死腹中，她也不会感到额外的失落吧。当然失落是在所难免的。但是可能会比想象中容易接受。换一个角度看，如果贝贝已经一心要过另一种生活，忘记文学和写作曾经带给她的梦想，那么，也许书不出来也不是没有积极意义的。她至少可以更干净地、更决绝地，投入到新的人生里去。可能是在一间商业机构工作，负责各种称为管理的诸如公司文件影印或文具增添的杂务，或者在旋起旋灭的新兴数码行业里做着今日不知明日事的网站文书编辑，或者在普通级数的中学当中文老师，解读沉闷的古文课文，批阅改无可改的作文，应付或者适应学生的喧哗和散漫。不过，话说回来，就算答案是"能"，也可能会出现和上述相同的结果，可见其实出书与否对贝贝的实际前景并不会做成任何不同的影响。如果有分别的话，那也不过是心理层面的事情。

从回答"能"或"不能"的结果其实分别不大这点看来，这个问题本身的意义也不大。也连带说明了，在这个城市写作和出版文学书的意义不大。

第三题：不是苹果会去找高荣吗？
A）会　　B）不会

答案分析：
A）会

不是苹果在打电话到清洁公司之后第二天早上，再次来到那个立着黄色告示牌的屋苑商场。她想，那个屋苑很大，清洁未必能在一天内完成，那些工人可能还在那里。果然，那些黄色告示牌还立在那里，只是搬换到另外的范围。和昨天一样，有三个穿黄色制服的清洁工人在工作。那个长发男子也在，另外两个却不知是不是相同的人。长发男子见不是苹果又再出现，狡黠地笑着。他知道她必定又是有求于他。不是苹果这次不再犹疑，一上去就直截了当地问："你们公司写字楼在哪里？"长发男子摆出爱理不理的姿态，问："你问来做甚么？"她说："我要找你们老板。"男子故意拖延着："你为甚么不打电话？"她也绝不后退："我要见他。"男子抓住机会，就说："你陪我食餐饭我就话你知。"不是苹果只是笑了笑："你以为我不懂问其他人吗？"说罢就转身走向另外那两个员工。长发男子见自己玩不下去，就索性叫住她，把地址告诉她。"唔该晒！找天再跟你食饭，给我电话。"男子有点愕然，但也说了自己的手提号码。不是苹果写了在小本子上，转身就走。来到那座大厦，已经接近中午。不是苹果在周围视察了一遍，又问了看更，确定了大厦只有一个出入大门口，就到对面的一间快餐店里买了杯咖啡，拣了个窗边的座位。坐了一会，她拿出手提，打了昨天那个号码，但这次她说找的是高先生，而且刻意装出低沉的声线。接电话的是昨天那个女子，不知她有没有听出来，只听她简短地说高先生刚刚出去了，又问她是哪间公司打来的，有没有留言。就在谈话的时候，不是苹果看到一个熟悉的身影从对面大厦门口走出来。她立即起身，一边装作事务性地和电话里的女人胡扯着是甚么甚么地产发展商的管理部门打来的，想聘请新的清洁公司承包辖下屋苑的清洁工作，一边就走到街上，跟踪着刚才从大厦走出来的那个人。再说了几句，她就把电话里的女人打发了，专心尾随着那个人。那人穿过工厂区繁乱的街道，走进地铁站，接近入闸口，从牛仔裤后袋抽出钱包，准备把钱包放到入闸机的电子收费感应器上。这时候，突然有人从后抢先把钱包大力拍在感应器上，发出哔的一声。他连忙转身，想看看是甚么人如此粗鲁无礼，就在眼前几乎是紧贴着的距离，看到不是苹果。也许他起先不相信这个剪了短发的女孩就是不是苹果，因为她和他记忆中的不是苹果是那么的不相像，但一触及她的眉眼，他就知道这无可置疑是不是苹果了。她第一句说的是："你就是高荣。"这话听来好像不合情理，但这其实是她昨天在电话里坚持着的那句话。这次，高荣不能再问你是谁了。"高荣，你答我。"他们两个人卡在入闸口那里，后面排队入闸的人已经有点不耐烦了。他于是就说："颂心，原来是你。"不是苹果听到这个答案，就满足地笑了。那是会令高荣心痛的笑。她知道。

B）不会

自从在电话里受了委屈，不是苹果知道自己跟高荣真的是完了。两年前高荣出走，其实还没有真的把他和不是苹果的关系了结。虽然不能说不是苹果其实一直在等高荣回来，她是没能作这样的盼望了，但在感觉上她和高荣之间还好像有某些东西一直延续着，除非真的来个了断，否则那东西会一定卡在那里，不会消减，也不会滋长，就像一块化石一样，已经死亡，但又保持原状。可是当她知道高荣明明是认出她而不肯说出来，她就知道已经没有甚么好做了，就算是再见面也没有意思了。那已经不是高荣，而是另一个有着相同的名字，甚至是相同的躯体的清洁公司老板。他会小心计算收支，利用手腕争取客户，责骂工作散漫的员工，毫不留情地把那个工作时心不在焉的长发男子炒鱿鱼。他有个和他共同工作、共同进退的秘书妻子。秘书妻子会全权掌管他的财务，留意他的饮食习惯，关注他的健康状况，然后在业务更稳固的时候为他生育两个孩子。这些都在不是苹果的幻想里一一浮现。非常可能而且合理。而这一切，也和她无关了。

照以上这样子铺陈下去，看来也无不可吧。无论是"会"还是"不会"，也总可以找到理由，找到自圆其说的方法。但在两个说法中，作者如何选择一个？或者，可不可以把两个说法中的一些东西融合为一？比如说，先写不是苹果"会"去找高荣，让他们的故事再作发展，然后才来一个终结，并在这时候把以上"不会"的解释里面的说法加插进去，说："两年前高荣出走，其实还没有真的把他和不是苹果的关系了结。虽然不能说不是苹果其实一直在等高荣回来，她是没能作这样的盼望了，但在感觉上她和高荣之间还好像有某些东西一直延续着，除非真的来个了断，否则那东西会一定卡在那里，不会消减，也不会滋长，就像一块化石一样，已经死亡，但又保持原状。可是当她切切实实地再次和高荣见面，甚至更切实地接触到他的身体，她就知道原来这不过是了结的一种方式。她就知道，已经没有甚么好做了，就算是纠缠下去也没有意思了。那已经不是高荣，而是另一个有着相同的名字，甚至是相同的躯体的清洁公司老板。这一切，也和她无关了。"如此一来，关于了断关系的意念，和再见高荣的情节，也可以同时兼容了。这里也说明了，所谓情节发展选择的问题，到最终可能也是个假问题，因为情节只是表面的东西，如何去呈现情节、解释情节，才是小说在时刻探索的事情。正如将要发生在不是苹果和贝贝身上的事情，究竟是平常还是困厄，就仰赖她们如何对自己的人生进行自我解释。

复印

曲/词/声：不是苹果

列车到站强光横扫人群
转身就要一枪杀死复印机
影子平面出没
迟早没有分别

就连云的形状也在每天重复
早晚照镜也不再相信笑容
可以让你察觉
阴晴也无所谓

老头在公园看昨日的报纸
冷锋的新闻照例令人作呕
野猫如常出没
吃相同的残羹

除了你谁能指出我头发深浅的颜色
体重日渐下降血糖上升
或者侧脸掠过突如其来的阴影
如果连你也说出那橡皮般的话
我还能不死在副本手上吗

举目望去遇上的都是抄袭的眼神
模仿冷漠却竟也惟肖惟妙
反复甜蜜地笑
真假有必要吗

麻烦你复印五十份
麻烦你复印五十份
麻烦你复印五十份
麻烦你复印五十份

复印。

他们好像识得那人，叫他高哥。只听见他说，想唔想死？很奇，他们都不出声，后来他放开老秋，让他摇摇摆摆同其他人走了。那人自己坐下来，继续饮啤酒，自言自语说，有枪就打爆你个头！你老母！我爬起身，整翻好条裙，不知该说些甚么，又不敢走出酒吧，怕那班人还在出面。那人望了我一眼，说了句莫名其妙的话：你话点解要继续做人？连佢都fair低自己咯！我想问他，边个係佢？但又惊这人也是黐线。

后来我就躲在后面，望着他不停地喝酒。喝了大半天，突然站起来，拉开牛仔裤拉链。我吓一跳，以为他要干甚么，但他只是向椅子撒了一泡尿，很长很长的尿，那东西不胀不软的在喷射着。有水花溅到我的小腿上，我缩了一下，他好像这才发现我在那里，毫无恶意地点了点头，竟然还说了声不好意思，继续那漫长排泄。弄完了，把那东西收藏起来，拉好裤子，甚么都没再说就走了。酒保这才开骂，拿地拖过来洗抹。

那人叫高荣，酒保说，条友今日丧咗，找死，唔好惹佢。

今天我在地铁站拦住了高荣。他终于不得不叫我的名字。多陌生的名字。好像是个墓碑上的人名，卒于一九九八年四月十三日。我记得这么清楚，因为我曾经把一切也记下来。回家，翻开日记，那本曾经向贝贝披露的日记。我坐下来，竟然有勇气把日记从头看一次。也许，这会是个不好的兆头。也许我应该把日记烧掉，象征重新开始，重新的，像第一次见面那样去认识高荣。可是，如果我是今天才第一次遇见这个男人，如果他不是拖着从前的高荣的影子，我还会这样为他动容吗？不会。真的不会。于是我知道，我不过是在追逐那已经逝去的高荣，在这个残余着高荣的记忆的躯体上，把我心中那已经碎裂的高荣的形象徒劳地修修补补。所以就算我非常不祥地重看日记，我也不必惧怕了。在地铁闸口拦住他那一刻开始，我就知道，那个高荣原来真的不会再回来了。那些多少个晚上令我乍醒的高荣回来的梦，突然就破灭了。为甚么呢？只是凭那一面，在闸口那一面，我怎会看到这么多呢？但那种感觉是多么的无可置疑。在那一刹，当我拦住闸口，当他回过头来，无可回避地和我面对面碰上，而且叫出了我的名字，我的心就痛，因为我看到了死者的面容。高荣不是早就想轻生的吗？现在不必了。他以一种轻生的姿态活着，那事实就等于已经轻生了。这和他转了行无关。和他变成了清洁公司老板无关。这完全不是行业的问题，也不是他有没有继续玩音乐的问题。这是一种浮泛在皮肤底下的东西。只要一眼就可以看出，他皮肤下面已经没有感应。他是如愿以偿了。我第一次在酒吧遇见的高荣，还会为生存而愤怒。现在他只会若无其事地笑。也许也会有片刻的伤感，但却离那个寻死的高荣很远了。

　　我把最喜欢的歌词抄在信中，放进高荣的邮箱。估唔到自己会做这种白痴事情，好似纯情少女咁搞笑。他今晚不会回家吗？会不会去找甚么女人？他这种人会有很多女人吧。我真係超级白痴。我在他家附近的路上走，元朗这个烂鬼地方，好远，好陌生，好荒芜，好邪，好像地球的边缘。再过一点，不知会是甚么地方？是悬崖吗？会掉下去吗？

　　今晚谁都找不到我。我不要见任何人。只想着高荣和女人一起。

我不是孤单的一个人　真不敢相信　还是有点茫然

直到认识　你　是的　连自己的存在　都没有发现

一个人　独自走着　没有注意到　这样的光芒

接触过的　所有事物　是的　不知为何感觉到恐惧

I miss you看着你的双眼

I love you浮现在我的脑海中

血　流不停　继续奋战　向前走

直到与你　相遇　都一直深信着　总是这么觉得

即使伤害着对方　却已付出全部的爱　在旅途的过程中

还有些　未完成的梦　虽然想要拥有

　　我还是忍不住抄了Luna Sea的歌词《Love Song》给高荣。纵使早就表示绝望，但却依然做了这样的事。我为甚么还要做这种幼稚的事呢？不是明明知道毫无用处，也毫无意义吗？决绝和忘记，真的是那么容易吗？我很想高荣知道，那是Luna Sea最后一首歌。我们的Luna Sea，终于真的解散了。他说没有听过。他好久没有听歌了，好歌和烂歌也一律不听了。他不情愿地读着歌词，好像懒散的中学生。也许他心里还有激动，只是不让我知道，或者连他自己也不知道。我真想推翻自己的判断，真想说，高荣，我不会对你绝望，求你也别对自己绝望好吗？你可以过另外的人生，做别的事，甚至喜欢另外的人，但请你切切实实地去喜欢你的人生啊！我不想说出来，因为说出来会令你很没自尊。我又有甚么资格去判断你，去央求你好好对待自己？这番说话，我又敢对自己说出来吗？我自己也能这样相信吗？我能做的，也不过是抄下这无用的歌词，让你想起从前的事。但怀想从前，能令今天过得更好吗？

　　今天放学，看见高荣在学校路口。他说要带我去一个地方。我拉起校服裙，就坐到他的电单车后面。我知道同学都在望着我，就有点沾沾自喜。开车前，他说，估唔到咁老仲要喺学校门口等女仔，真係千年道行一朝丧。我还来不及笑，他就命令我戴上头盔和抱紧他的腰。

我说过不再写日记。日记已经终止了，在一九九八年四月十三日。再写，也不过是往事的重复。但最近我却无法不常常重读从前的日记，好像要从当中撷取甚么启示，好让我知道现在究竟在做甚么。一直读下去就发现，原来事情无可避免地在重复着。就像今天，和高荣看似很寻常地吃了顿午饭，出来的时候和他一起走向停车场，他就突然叫我坐上他的电单车。我戴上那个平时一定是准备给他的妻子的头盔，抱着他的腰，感到车子一下突飙，就在路上飞驰了。风拍打我的裙裾，我把头靠在他的背上，幻想像从前一样，那时我还是个穿校服的女孩子。我是多么的软弱。明知抱着的这个人不过是高荣的替身，却甘愿被幻象蒙骗。他驱车到高速公路上，像个亡命之徒，有一刻回复那个寻死的高荣。但很快，他就会把我放在一个方便的车站，我们就会回到各自的生活轨迹。我有一刻情愿和他一起葬身公路上，在巨型货柜车下面粉身碎骨，或者冲出高架桥。很滥情的死法。这个我也不会和他说，因为我一说，他就会变回那个小心翼翼的丈夫。他苦苦构思谎言的样子令人生厌。

今日开始到高荣studio学结他。不算难，但手指头很痛。我说要学电结他，但高荣要我先学木结他。他把他的一支旧结他借给我。感到上面有他的指纹，摸着弦线，好像摸到他的手指尖。

和高荣提起最近准备参加大学的音乐会。说了才觉后悔，因为他只是无可无不可地嗯了一声，好像不想再听到这种事情。就像一个放监的囚犯不愿再谈论自己从前犯过的罪行一样。我挨着他的腿，无聊地在扳他的手指。那些曾经弹出十分美妙的结他的手指，现在却只能无聊地让人扳开又合上。我也同样无聊地抽出午后的一两小时，和这个手指可以随意扳开又合上的木偶一样的男人找个地方依傍着。他的手指终于动起来了，轻轻捏了捏我的手腕，然后沿着我的臂攀上来，爬到我的肩，我的颈，我后脑的发根，停在那里，柔柔搓着，好像爱惜一头小猫。然后手提电话突然响起来，他就像惊弓之鸟。小猫和小鸟，究竟谁更软弱，谁更可怜？

　　高荣回来了。我是去到studio才知道。看见他抱着结他在弹。样子好像不开心。看见我也没有笑。我问他日本的工作怎样，他只是耸耸肩，说OK啦。很敷衍。想不到等了两个月就得到这样的招呼。我没心机练习，他也看出了。但他又没说甚么，只是一声不响自己走了。我坐在一旁，死忍住不哭出来，好蠢。

为了高荣的事和贝贝吵了。这比上次政的事竟然更难以理解。上次的事，我们也没有真的吵过，但今次却反而弄得很僵。也许，她也在为自己的事心烦着。第一次告诉贝贝再见到高荣，她就没作声，好像自己的恋人说和旧情人见过面那样的反应。我不知道日记里的高荣给她甚么印象。她只是不说话。后来再和她提起，她就说：现在的事情很不恰当，你知不知道？我不是说你和一个结了婚的男人交往这回事，这不是重点，问题是这个结了婚的男人是高荣，而且是完全变了质的一个高荣，他是不会给你任何东西的啊！这个人一直伤害得你还不够吗？在你能够渐渐远离的时候，为甚么还去让他再伤害你一次？为甚么要这样对待自己？为甚么偏要做出你口口声声说是白痴的事情？是这样说的。贝贝是这样说的。我知道她说的都是事实，是我自己也十分清楚的事实。这真是很白痴的事情。当天练习很不顺利，智美因为和阿灰闹翻了，很没心机，她说阿灰常常怀疑她跟别的男孩子一起。弱男的bass又糟糕得令人发火。我心很烦乱，就回了贝贝一句。现在回想，那实在是很重的话，但我却冲动地说了：对啊，我是个白痴，但我不像你那么无情，只会做个事不关己的旁观者！贝贝瞪着眼望着我，我也不退缩地望着她，谁也不愿意承认伤害了对方。我是从来也没想到在她的感受里也有愤怒这种因子吧。然后大家就别过脸，不知所措地左右顾盼，像两只找不到栖身之所的受伤的兽。

　　于是又说去兜风，开车去赤柱。坐在沙滩上抽烟。海风很凉。秋天了。我有点冷，高荣就把外套披在我身上。想来好像很寻常，甚至老土的情景，但心里还是觉得甜。如果一直在沙滩坐下去就好了。我大着胆问他日本女孩的事。他也不惊讶，大概是知道阿灰已经告诉我，慢慢地吐露了一点，怎样相识，为甚么喜欢她之类。我再问，她是甚么样子的，是不是很美丽，他只是苦笑。我于是又说，我苦练了支歌，想唱给你听，可惜依家有结他。甚么歌？《Wish》。噢，你可以清唱。好啊。叹息刻画时间，漫漫长夜途中，每每想起，便反复梦见你，拥抱孤独，尽管希求永远，却不断感受到刹那，蓝色的心情，镶在时间里，连回答都没有。

我觉得很累。我说。我也是。他说。想睡吗？他点点头。我就把头挨在他的肩上，闭上眼。我感觉到，他也闭上眼了。蓝色的心情，镶在时间里，连回答也没有。

我们竟然还来到赤柱，在沙滩上坐了一晚。是不是要把事情都重复一次，我们才甘心接受死亡的来临？那次是秋天吧，有干燥的冷。现在是初春了，有潮湿的暖。沙是湿的，空气是湿的，我抱着双腿，连牛仔裤也是湿的。吸一口烟，喷出来的烟雾也仿佛是湿的，像冬天的呵气。在昏暗的沙滩上，我问了关于他妻子的事，她的样子、怎样认识、相处如何等等。他都简短地答了。内容都无可挑剔，是一段正常的感情的内容，没有过于刺激性的地方，又或者就算有，高荣都回避了。那是我心里早就猜想到的答案，但听到从他的口中说出，我的心就慢慢下沉，沉到前面暗默无色的海底。突然又发生了那种状况。一种困在自己的身体内无法出来的感觉。觉得，我是坐在这沙滩上，在这个沙上的凹陷位里，而不可能在别的地方，不可能知道贝贝在做甚么，甚至不可能知道身旁这个男人在想甚么。不可能知道他和他妻子的事，纵使我是听他说了，但其实不可能真的知道，不知道他吻他妻子时的样子，和她做爱时的样子，不可能感到他身体所感到的，那种激动或是呆滞。我只能是我，困在这时，这里，没有另外的可能。不可能是沙，是海，是烟雾。头于是就很晕眩。我闭上眼，倚在高荣肩上。他一定以为我困了。我不会告诉他这状况，从来也没有，因为他不会明白。我真想使劲把自己嵌入他的肩里、他的身体里。多想出来，或者进去。

　　然后他突然凑近，向我说，记住，以后唔好再惹啲嘅人，知唔知道？我以前都係咁，做过啲蠢事，后来钟意咗音乐，先至努力走出嚟，好唔容易，记住，音乐可以俾你力量，去追求好嘅嘢，远离啲坏嘅嘢，知唔知？我点点头，突然又忍不住笑，说，你好似个老师咁！他故作气愤，拍了我的头顶一下，说，正经啲好唔好？

音乐会高荣没有来。我没有奢望他会来，但我也觉得要告诉他一声，因为这是我的一部分。我不能在他面前割去自己一部分，而且是重要的一部分，去令他过得好些。体育系第一次演出了，不知会不会也是最后一次。大家几经练习和调整，回避无法处理的技术，尽量发挥最有把握的东西，出来的效果令人满意，甚至是有点兴奋了。在演出开始的时候，我站在台中央，回头轮流望了各人一眼，向各人点了一下头，大家就有种默契，好像忽然体会到，大家站在共同的地方，这个临时搭建的简陋的舞台，就是大家的共同立足点。也许，这甚至不是一个具体的地方，不是脚下这块实在的地板，而是一个由声音构成的类似于保护网的东西，像小时候看日本卡通片里面的机械人发出的那种把自身团团包围住的球状电光防护罩。在这闪耀着刺眼光芒的防护罩里，甚么情感的伤憾也暂时消融了。然后我望向台下，突然有种幻觉，觉得看见高荣，坐在远远的角落，轻轻点头示意。好像在向我说：唱得好啊，就是这样了，音乐可以俾你力量，去追求好嘅嘢，远离啲坏嘅嘢，知唔知？我点点头，突然又忍不住笑，说：你好似个老师咁！他就拍了我的头顶一下，说：正经啲好唔好？好，高荣，我好正经、好认真地做着这件事。你看到了吗？

Luna Sea解散了。终于和高荣一起了。

是因为失落我们才在一起吗？

那天我们一起唱着《Wish》，他是受不住那种孤单感，所以需要找一个人拥抱吗？那个人必定是我吗？还是我只不过刚巧在他身边，所以他就抱住了我？

总之，我住到他的家里，能够每晚抱着他睡，幻想以后就这样生活在一起。趁幻想还可以的时候。

但我知道他心里其实有东西已经死了。随着之前的Kurt Cobain，随着Luna Sea，随着那个女孩，随着更多我不知道的过去的事情。

我像抱着一棵根部已腐烂的树木，竭尽心力令它起死回生，但我能做到吗？

到头来，他会不会像其他人一样，在一夜间消失？

一想到这里就很恐怖，有时在半夜哭醒，死命抱着他的身子，但他不知道，他睡得很死。他太累了。

我不想高荣来到我的房子，不想家里留下他身体的痕迹。于是就和他去了智美那里。智美见到高荣，有点不好意思地笑了笑，好像妓女遇见从良了的旧伙伴一样。她已经换了衣服准备出去，说约了阿灰，大家好好谈谈。我拉她在一旁说了几句，她就神情凝重地离开了。我问高荣要不要啤酒或甚么。他摇摇头，在椅子上坐得直直的，像个乖学生，还故作好奇地东张西望，好像房子里有甚么目不暇给的风光。其实房子又小又乱，根本没有甚么好看。唯独是床却收拾得整齐，随时准备让人躺上去。高荣，你又何必一副天真无邪的样子呢？你为甚么变得像木偶一样，我叫你做甚么你就做，但又没有半点冲动？我打电话给你，你就向妻子编借口出来见我，但见了我又没打算做甚么。如果我不找你，你就没反应。你以为这样就可以减少你的罪疚吗？就可以说不是你的责任吗？我开了罐可乐，坐在你对面的沙发上，也不做甚么，只是坐着。我想看看，我们会这样坐到甚么时候。看着变成了木偶的高荣，心很痛。他的手脚是那样无力地垂下，嘴是那样僵硬地笑着。我不想质问他甚么，因为木偶是不应该受到质问的，木偶是让你去拉扯、去摆布的。木偶做甚么都无罪，因为他自己不是主宰。高荣大概就过着无罪的生活，因为他不再主宰甚么。他主管他的清洁公司，但这不算是主宰自己的生命。是两回事。他用主宰自己来和主管公司交换。就像故事里的主角用灵魂和黑骑士交换魔术子弹。他甚至不想主宰我。就算我毫无反抗地躺在他面前，他也会无动于衷吧。我放下可乐，犹疑了一下。我不能这样就让他走。已经来到这地步，难道就这样屈服于木偶的逻辑之下吗？你不主宰自己，就由我来主宰你吧。动啊，木偶！我上去，抱着他的头，抚他的发，吻他的额，和颈。木偶的脉搏在加速，胸口在起伏。木偶的手动起来了，搂着我的肩，抚着我的背，爬上我的后颈。对了。就是这样了。木偶。

我反驳说，你唔记得你嗰次同我讲呀，你话音乐可以俾你力量，去追求好嘅嘢，远离啲坏嘅嘢！我冇谂过有乜前途，总之係做自己钟意嘅事！追求自己认为係好嘅嘢！高荣叹了口气，说，你仲细梗係可以咁讲，到你好似我咁仲唔知自己做乜，就太迟啦。我不想听他说这些泄气话，这完全不像高荣。

政突然打电话来。上次大学音乐会上见到他，散场后他独自坐在一旁，我就过去和他说几句。他看来很沮丧，因为ISM的表现太差劲了。应邀出席的石松在完场前的谈话里毫无保留地把他们的表现批评了一番。音乐技术幼嫩，歌曲内容也粗浅地政治化。不是喊几句口号就是摇滚，石松以前辈的充满说服力的语气说，他担心这样会令摇滚变成工具，摇滚既不服务当权派，也不服务反对派。政于是十分低落。他苦心经营的乐队在第一次演出就得到严厉的批评，而且是出自他最敬仰的石松口中。他打电话来，是告诉我，六月会有个大学联校音乐比赛，到时会有电台和唱片公司的人。他希望我和贝贝参加，而且，是和他合作。他打算放弃ISM了，因为那些人水平实在太低劣，事实上是队杂牌军，而且一直和他不太合拍，跟他心目中的理想乐队相差太远。但他还没有放弃音乐介入政治的念头，他坚称这是可能的，而且会有一番作为。他说起这些的时候，声音里就会颤动着梦想家那种有点滑稽地戏剧化的激情。我几乎可以想象他的双眼在闪闪发光的样子。疯子的形象大都颇为样板。他继续以谋划着惊世行动的语气说，所以，他想和体育系合作。我说我们也是杂牌军，他就说我们的演出令人动容。我说我和智美也不是大学生。他就说会想办法让我们参赛，又说这只是一个名义上的问题，就算最终给人揭发了也没所谓，最重要的是能在比赛里出场，吸引音乐界的注意，奖项还是其次。要曝光！他几乎是喊出来的说，要让所有人知道！我没有实时意会到所谓合作的意思，就答应了他。因为，这是个难得的机会。他说得对。要曝光，让人看见。

　　回到家里，已经是凌晨五点。高荣却不在。现在是七月一日了吧。七月一日和六月三十日有甚么不同？有人在一夜间走了。有人在一夜间来了。但我只想知道高荣去了哪里。我有一刻害怕，他已经走了，消失了。

　　很大雨，窗子给搞打得很吵闹，房间内却很寂寥，像给一种无形却很强力的东西罩住，而且要迫破门窗进来了。我抓住笔在写，好像这能抵抗甚么。至少这可以让时间过去得更快。

高荣，就算你脆弱，就算你失败，我也不会离开你，请你也不要嫌弃我。你回来吧。我不能一个人在这屋子里啊。它倒下来的时候，我不能没有你在身旁啊。

没有下雨的夜晚，但湿度很高，像非要把这个城市霉坏不可的湿度。躲在家里写歌，一边写一边冒汗。结他摸上去也是潮的，木质好像变软，弹出来的声音像水底的鱼叫。智美早蜷在我的床上睡了，无知的睡态好像把所有困恼也忘记掉似的。贝贝坚持着，拿着曲谱，呆呆地挨在沙发上。对于参赛的歌曲，久久未有决定。这次只能选一首，那必定要是最好的，我想再写新的，但贝贝却说旧的也可，政又出了很多主意，一时间顾此失彼。贝贝下星期还要考大考，好像也有不少学期功课未完成。桌子上放满了她带来做论文的参考书。但我却在一味思索歌曲的事。不用理我啊！我说，你去做功课吧。贝贝说：你的歌还未填完。我就说：你做你的事啦，我知道其实你不想参加比赛，对不对？是我作的主意嘛！你是为了不想我失去这个机会才勉强参加的嘛！音乐对你来说是没有那么大的重要性吧，不值得为它弄得那么烦吧。而且我知道，你不惯站在台上，不喜欢做表演者，把自己暴露在观众的目光底下。你没有不对，这是你的个性，是不能夹硬扭曲过来的，我知道。贝贝没反驳，只是站起来，过去桌子那边，翻开那些厚厚的书本。我也没法专心作下去了，放下结他，抽了支烟。潮湿的烟味道特别浓，舌头也很黏。一连抽了两支，才说：贝贝，对不起，我知道你有你的事，有你的烦恼，你还要来帮我，我却没法帮你，是我不好。贝贝转过脸来，合上书，说：别这样说，我是全心为你好，有时我心情不好，其实不是想怪你。我低头想了想，说：是关于你出书的事吧？和家里的事？她又打开书，说：部分啦！暂时别谈了。是黑骑士？别谈了。湿气像个无形的巨网，把我们也紧紧包围着。金光机械人失灵了，保护罩变成了牢房。如果能像智美般熟睡就好了。

　　高荣迟迟也未听我的demo。带放在床头，没动过。前晚他回来，粒声唔出，忽然把我推倒在床上，说很想很想，我就由他。我何尝不想呢，高荣。我想一世都同你做爱。但你突然的狂热是为甚么？你喝了酒，但没有醉，你有其他的原因，你连这个都要掩饰，要装作饮醉。但我还是由他来。也回应他。但动作都带着悲哀的节奏。我想起我的歌，名字的玫瑰，想告诉他，名字是玫瑰，而我心中的玫瑰，是高荣。Rose。Rosier。但我不能告诉他。我绝不会告诉他，就像我的过去，我每一次的跌倒，我也不会告诉他。我不是不想告诉他。我多么的想啊！我多次有这样的冲动，把我短短的人生的一切破烂都让他看清楚，但我不能，我不能要他因为这些而留下。如果他为了真正爱我而留下，我就会向他展示我的伤口，毫无保留地，最赤裸地，把我的一切都打开给他。但这绝不能成为让他同情的手段。绝不。我默不作声。而高荣在行动着，在我身体内，但却对我内里的真相一无所知。他射进来了，很暖的，竟然令我想起第一次在酒吧见他，他那东西在撒尿的样子。我说，高荣，如果想屙尿，就屙喺我里面啦。我忍不住哭了。他竟也在哭了，第一次在我面前哭了，像个小孩子。但各自为了不同的理由，互相也不知悉。

和木偶做爱的滋味如何，我现在知道了。性真的像一些文学家所说的那样，能够救赎吗？我是自以为在用自己的身体去救赎高荣吗？也许，这不过是个一厢情愿的想法。有时候，性也许会带来感悟，但更多时候，性只不过是性，只是肉体的事，就像上了一节体育课一样。木偶的动作，无论多灵巧美妙，也只是木偶的动作。我没法救赎高荣，连残害他也不能。来到这地步，我就不得不承认，一切也是徒劳的了。也应验了我的预感，和高荣再见面的这段日子，为的完全是把那没有好好结束的事情，来一个彻底的了断。把那些残留的幻想灭绝，把那只悬空的手慢慢垂下，把遗体好好埋葬。墓碑可以正式树立了。

高荣走了。我已经预知。在一夜间消失。把房子留下，房子里的东西也统统留下，包括我在内。我们是在四年前的这个时候认识的吧。那时Kurt Cobain刚刚吞枪自尽。那时高荣问我，你话点解要继续做人？连佢都fair低自己咯！但高荣没有fair低自己。我想他没有。他只是走了。如果他有枪的话，可能他会走得利落些。

我最后一次见高荣，是在他公司对面的快餐店，也不怕给他妻子碰见。反正已经是最后了，有甚么麻烦，就由他自己去应付了。我把他从前留下来的一大堆模型玩偶放在大纸皮箱内，统统还给他。其实并不一定要还，而且还了他大概也会在未回到办公室之前全部掉进垃圾筒。但这没关系。我只是想找一样象征性的行为，就算这是个有点俗套的象征，或者找有个不必要的借口，去说出：我们不要再见了，我知道你在等我这样说，对不对？你这些日子一直不拒绝我，因为你觉得欠了我，而不是因为你还喜欢我。你在等我对你厌闷了，就自动消失。对不对？你在等我去了结我们的事，那你就干手净脚。你用不拒绝来拒绝我。我真傻，竟然还要弄了一大段日子才知道这结果。我应该第一天就知道。第一次在地铁阻拦你的时候就知道。甚至在电话里你不肯回答我的时候就知道。但我竟然还继续下去，做了这么多不必要的事。不过你不用担心，我会成全你，不要你心里留下甚么悔疚。我好好的，没事，虽然心里是伤痛，但我看得很透彻，很明白。我以后也不会再找你，也请你以后也不要记起我。你做得到吧？你当然做得到。你是那么的残忍。对不起，请让我说一次。你是那么的残忍。但你听我这样说，千万别有一丝歉疚。不必。跟我说声再见就够了。我想得到的，只是一声再见，而不是不辞而别。告别，而不是抛弃。高荣痛苦地低着头，但我不要再看他这一面，再看是要令人心碎的。我说：再见喇，高荣，好好生活啦。高荣就回应：再见喇，颂心，你都要好好生活。我笑了笑，起来，走出快餐店，没有回头望窗内的高荣。虽然彻悟，但少不免还是要哭。但我不在他面前哭。四月终于过去了。

魔术子弹

曲/声：不是苹果　词：黑骑士/贝贝

在森林里迷路是最正确的选择
在城市里遇上交通意外　最健康不过
在墓碑上写下未完成的愿望　用最标准的措辞

有无法达到的目标　就来找黑骑士
交换百发百中的魔术子弹　只须原地自转十三次
保证一命呜呼　不用再忍受植物般的人生之苦

想了断的事情像丧家狗般紧随
想去的地方总给捷足先登　小姐请排队
想见的人老是投身虚荣的怀抱　晚饭订位请早

有无法解脱的欲望　就来找黑骑士
交换百发百中的魔术子弹　容许我热情吻你一次
保证如假包换　包括唇上苦涩中带甘甜的感官

灵魂的价钱太贱　连魔鬼也找不到更好的买卖
无人问津的六颗魔术子弹
在久未转动的枪膛中生锈
等待着亲吻你柔软的心脏

（独白）那天我来废车场听你演说人生的虚妄，目睹你举起银色手枪，来不及阻止你向空中打出那最后一发神奇子弹，然后人群失望地散去，只剩下我一个，走上前拥抱着颓坐地上的你，抚摸你铁锈色的脸庞，打在身上的却只是无用的雨点，喂，用心去想啊，神奇子弹一定会回来，击中我们心中的苹果，因为那是，意志的神奇子弹……

魔术子弹。

书名：《给我一道裂缝》Give Me a Break

作者：黄敏华

出版：文字工艺

版次：二零零一年三月初版一刷

序一：致歉辞

书本通常也有致谢辞，但这是属于作者的专利，我不能僭夺。听说也有人写过"不致谢辞"（disacknowledgement），跟致谢这种习惯开玩笑。至于我给黄敏华的第一本书写的几句说话，大概不得不是一篇致歉辞。致歉的原因不一而足。第一，我加插进去的这段不伦不类的文字，必定会破坏这本书原本的结构，而Joyce把序言后记附录这些外加的东西，统统包含到小说内文里去的意图，极可能会给我这篇突出物所抵触了。第二，我在去年年中已经不断催促Joyce写完这本书，但由于我处事迟滞，令这本书的出版一再延误，让作者一再失望。第三，我不得不对Joyce的写作负上最大的责任，因为，曾经作为她的写作课老师，我一直在教唆着她继续陷入写作这个难以自拔的行为中，结果，如果写作带给她的人生任何损失或幻象，我必然难辞其疚。第四，我虽然一直在鼓动她写下去，但我却没有更认真地关注到她写这一切的心思，这在我准备写这篇文字的时候表露无遗，因为我不得不重看她的小说，并且发现很多自己从前疏忽的地方。这表示，其实我关心得不够。第五，虽然我一直扮演着Joyce的写作老师，但我给她的意见并不时常合适有理，例如她在《圣诞》那一篇中说，"老师"认为"写温情的东西很老土"，于是她就不去辩驳，把那段东西删掉算了，现在回想，自己的确这样说过，而且其实是没有道理的。可见有时候我只是把偏见强加在她的作品上。第六，我说过她不懂用句号，还在给她校对的时候把许多逗号改成句号，现在却觉得，其实根本没必要一定用句号。这也显示出我的语言观的狭隘。第七，是关于我个人待人的习惯的。那天Joyce读到我最近的一篇小说，看到关于当中的叙事者的一段说话，就把它剪下来，电邮给我，说是对我很贴切的形容，大意是表面上我很随和，对人无伤害性，有时甚至愿意表示关怀，但到了关键的时刻我总是铁石心肠。我想不到，我说自己会说得这么重，而且这么透彻，而且也给她看明白了。也许，需要致歉的还不止这些。

　　在这里，在Joyce出版她的第一本书的时刻，我无法再用老师的口吻说话，也厌恶说出那些我如何看着她起步、成熟和进步之类的门面话。我想，她也不要再用老师称呼我了，因为我也再不会用老师的角度来品评她写的东西了。我就只是一个读者吧，一个用心去体会的读者。我要说的只是，我真的感到她写得很好，有一种很亲近我的语调，让我觉得，那就是我想写出来的故事，我想写出来的句子了！就是那种她做到我做不到的东西，总能走到我意想之外的地方的感觉。在这方面，其实是她教导了我。

我尝试找一个合适的节日来定名这篇文字，好配合这本书的构思，但这似乎徒劳无功。这篇没有实质内容的东西，只堪称作这本书的一道裂缝，给它加添了小小的破坏，这就是我唯一的贡献了。在这个不再失业的时节，你也不至于太忙而没有继续写吧，希望你健康状况也无恙吧。我为我自己致歉，而为你，我则应该是致谢吧。我感谢Joyce写了这本书，让我知道，写作可以让人好好生活下去。

董启章

二零零零年七月六日

序二：给大家一道裂缝

我们要的，其实好简单，不过是一道裂缝吧。

Joyce的书终于出来了。这本书原定是二零零零年上半面世的，但因为各种出版上的困难而耽误了，当中当然也包括我办事的怠慢。

九九年，我筹组了一个叫做Catalog的系列，专门出版年轻新人的作品，希望能做出点新意，一次过出了The Catalog、Hard Copies和BCC三本小说。同时期又构想了个叫做The Menu的征稿计划，反应也不错，收到不少年轻作者的来稿。可是，因为资源问题，结果还是中途放弃了。令不少读者和作者空欢喜一场，一直感到十分抱歉。

　　更感抱歉的，是对Joyce。因为正是在那段期间，我鼓励她把一系列的意念写成故事，而且答应给她安排出书。Joyce当真就非常努力地写，而且写得很出色，完全是可以作为个人作品出版的水平。不过，完稿之后，这书就一直没有着落。

　　和Joyce谈起来，原来认识她已经有五六年了。那时候我还在岭南学院翻译系兼职教书，记得上课总是有一个常常要喝水和睡觉的女学生。不过，除了上课睡觉，她算是个好学生，几乎从不缺课，也不迟到，交功课也准时。我有时想问，来课室睡觉会睡得好些吗？也许我去做催眠师会更有前途。

　　这个渴睡的女孩，后来是怎样会开始写作的，我也无从追溯了。她不是那种从小就很喜爱写作、老早就发作家梦的少女。她从前可能怎样也不会料到，自己有一天会这样误入歧途吧！如果写作带给她甚么难过的经历，那一定是我的罪过了。不过，如果写作还是有甚么快乐可言，那应该是她自己去发现和争取的，我作为老师，带给她的实在很少。

　　我看到Joyce的书名，一直在想它的意思。写作是一种Break吗？相对于拥挤的人生，是一种期假和休息时间吗？但它也是会击碎东西，会令某些事情无法修补的吗？但当东西碎裂，不也就可以打开一道缺口，去窥见后面的事物，或者趁机从空隙钻出去吗？

Joyce的裂缝越来越大了。应该加速地让它裂下去吗？还是及时修补？修补之后难道就能掩盖曾经碎裂、曾经写作的痕迹？裂下去又会不会有一天不可收拾？Joyce虽然一直叫我做老师，但作为老师的我，对这样的问题也没有答案。对于写作，我并不比她少一点困惑。

也许，也给我一道裂缝吧。我也需要它。

董启章

二零零一年二月七日

书名：《给我一道裂缝》Give Me a Break

作者：贝贝

出版：文字工艺

版次：二零零一年十月初版一刷

序一：致歉辞

书本通常也有致谢辞，但这是属于作者的专利，我不能僭夺。听说也有人写过"不致谢辞"（disacknowledgement），跟致谢这种习惯开玩笑。至于我给贝贝的第一本书写的几句说话，大概不得不是一篇致歉辞。致歉的原因不一而足。第一，我加插进去的这段不伦不类的文字，必定会破坏这本书原本的结构，而贝贝把序言后记附录这些外加的东西，统统包含到小说内文里去的意图，极可能会给我这篇突出物所抵触了。第二，我在去年年中已经不断催促贝贝写完这本书，但由于我处事迟滞，令这本书的出版一再延误，让作者一再失望。第三，我不得不对贝贝的写作负上最大的责任，因为，曾经作为她的写作课老师，我一直在教唆着她继续陷入写作这个难以自拔的行为中，结果，如果写作带给她的人生任何损失或幻象，我必然难辞其疚。第四，我虽然一直在鼓动她写下去，但我却没有更认真地关注到她写这一切的心思，这在我准备写这篇文字的时候表露无遗，因为我不得不重看她的小说，并且发现很多自己从前疏忽的地方。这表示，其实我关心得不够。第五，虽然我一直扮演着贝贝的写作老师，但我给她的意见并不时常合适有理，例如她在《Tiramisu》那一篇中说，"老师"认为"写温情的东西很老土"，于是她就不去辩驳，把那段东西删掉算了，现在回想，自己的确这样说过，而且其实是没有道理的。可见有时候我只是把偏见强加在她的作品上。第六，我说过她不懂用句号，还在给她校对的时候把许多逗号改成句号，现在却觉得，其实根本没必要一定用句号。这也显示出我的语言观的狭隘。第七，是关于我个人待人的习惯的。那天贝贝读到我最近的一篇小说，看到关于当中的叙事者的一段说话，就把它剪下来，电邮给我，说是对我很贴切的形容，大意是表面上我很随和，对人无伤害性，有时甚至愿意表示关怀，但到了关键的时刻我总是铁石心肠。我想不到，我说自己会说得这么重，而且这么透彻，而且也给她看明白了。也许，需要致歉的还不止这些。

在这里，在贝贝出版她的第一本书的时刻，我无法再用老师的口吻说话，也厌恶说出那些我如何看着她起步、成熟和进步之类的门面话。我想，她也不要再用老师称呼我了，因为我也再不会用老师的角度来品评她写的东西了。我就只是一个读者吧，一个用心去体会的读者。我要说的只是，我真的感到她写得很好，有一种很亲近我的语调，让我觉得，那就是我想写出来的故事，我想写出来的句子了！就是那种她做到我做不到的东西，总能走到我意想之外的地方的感觉。在这方面，其实是她教导了我。

我尝试在餐单上找一种合适的食品来定名这篇文字，好配合这本书的构思，但这似乎徒劳无功。这篇没有实质内容的东西，只堪称作这本书的一道裂缝，给它加添了小小的破坏，这就是我唯一的贡献了。在这个快将毕业的时节，你也不至于太忙而没有继续写吧，希望你健康状况也无恙吧。我为我自己致歉，而为你，我则应该是致谢吧。我感谢贝贝写了这本书，让我知道，写作可以让人好好生活下去。

黑骑士

二零零一年二月六日

序二：给大家一道裂缝

我们要的，其实好简单，不过是一道裂缝吧。

贝贝的书终于出来了。这本书原定是二零零零年下半面世的，但因为各种出版上的困难而耽误了，当中当然也包括我办事的怠慢。

零零年初，我筹组了一个叫做Catalog的系列，专门出版年轻新人的作品，希望能做出点新意，一次过出了The Catalog、Hard Copies和BCC三本小说。同时期又构想了个叫做The Menu的征稿计划，反应也不错，收到不少年轻作者的来稿。可是，因为资源问题，结果还是中途放弃了。令不少读者和作者空欢喜一场，一直感到十分抱歉。

更感抱歉的，是对贝贝。因为正是在那段期间，我鼓励她把一系列的意念写成故事，而且答应给她安排出书。贝贝当真就非常努力地写，而且写得很出色，完全是可以作为个人作品出版的水平。不过，完稿之后，这书就一直没有着落。

和贝贝谈起来，原来认识她已经有四年了。那年夏天我在公共图书馆教一个写作班，记得上课总是有一个神情十分专注的女学生，几乎整课连眼珠也不转动一下。如果不是间中看到她的嘴角在微笑，会以为是个人形玩偶也说不定。她从那时到现在也留着那种乖学生的及肩直发，连左右摆动起来也不会有失斯文的发型。甚至装扮也没有很大分别，让人以为几年来她也没有长大过。

那时候贝贝还在念中学吧。写作班之后就没有联络了。后来她进了大学，还是在第二年才来修我兼教的科目，但我第一课就已经认得坐在前面的这个不眨眼的女孩。在这之后，就常常和她谈论写作的事。如果写作带给她甚么难过的经历，那一定是我的罪过了。不过，如果写作还是有甚么快乐可言，那应该是她自己去发现和争取的，我作为老师，带给她的实在很少。

我看到贝贝的书名，一直在想它的意思。写作是一种Break吗？相对于拥挤的人生，是一种期假和休息时间吗？相对于过于繁富的正餐，会像餐单上的Tea Break下午茶时间一样，可以把人生暂时放下不理吗？但它也是会击碎东西，会令某些事情无法修补的吗？但当东西碎裂，不也就可以打开一道缺口，去窥见后面的事物，或者趁机从空隙钻出去吗？

贝贝的裂缝越来越大了。应该加速地让它裂下去吗？还是及时修补？修补之后难道就能掩盖曾经碎裂、曾经写作的痕迹？裂下去又会不会有一天不可收拾？贝贝虽然一直叫我做老师，但作为老师的我，对这样的问题也没有答案。对于写作，我并不比她少一点困惑。

也许，也给我一道裂缝吧。我也需要它。

黑骑士

二零零一年七月七日

字

曲/词/声：不是苹果

没有国家还有没有语言
没有地理还有没有文字
报纸倒闭就不用再担心言论自由啦
饭后却不能没有苹果
正如黑夜的街不能没有城市

没有皮肤还有没有种族
没有肠胃还有没有阶级
取消政府就不用为选举制度烦恼啦
睡前却不能没有残念
正如清晨的电邮不能没有失眠

如果字把我出卖我可不可以报复
在街角伏击字把它置诸死地
取代以另外一种符号
除了我以外无人懂得
我独占的　无面目的　无身分的　亲爱的字

没有医生还有没有生病
没有法律还有没有罪行
废除学校就不用为教育作无谓的扰嚷啦
生命中不能没有愤怒
正如善人的死亡不能没有安息

如果字把我拘捕我可不可以逃亡
在边境的不毛地带向字反击
取代以另外一种界线
除了我以外无人能辨别
隐藏在荒土中的蛇　城市地底的路轨　声带深处的句子

请相信我但千万别相信你所明白的字
如果还有不明所以的　你就知道我是真的爱你

字。

阴干 这本来是个颇普通的词，意思和晒干相反，指把湿的东西放在阴影里慢慢让风吹干。但这个普通的词在一场政治事件中却变成了一个焦点字眼，意义好像立即膨胀，成为含义殊不简单的、关乎到整个城市的人文素质的用语。这件事发生在我们的故事的下学期五月，H大学的一位学者在本地一份英文报章上撰文，指他所领导的关于地方首长表现和民望的民意调查受到校方的压力。这个我们暂且称为C的学者，一直任职H大学里专责进行民意调查的研究部门。自从这个城市九七年回归大陆，成为一国两制底下的特别行政区以后，C进行了多次特区首长民望民意调查，结果都倾向负面，而且有越趋低落的迹象。据C博士指称，首长对这类调查十分不满，所以派遣手下一名特别助理L先生到H大学了解情况，而且传达了大学应禁止这类调查的信息。这篇文章刊登以后，在媒体上引起很大反响。一些立法会议员和不少学者也认为首长及校方的做法是以政治干涉学术，损害了学术自由。校方立即拒绝承认有这样的事实，并要求C博士提出证据。C博士在迫于无奈之下，说出校长本人并无直接向他施压，而是通过副校长向他表示，应该停止这类调查，否则校方会"阴干"他的部门的研究经费。这位副校长原来是C博士的博士论文指导老师，也即是C的师父。首长办公室亦坚拒承认曾派遣首长特别助理左右大学的自主运作。H大学校长本人在事件发生后没有立即结束外游回来作出处理和交代，在回校之后举行的记者会上，表现又十分紧张，处处回避记者的问题。学生代表不满校长拒绝直接和他们对话，冒雨通宵在校长住所外静坐抗议。在舆论的压力下，H大学校董会决定召开独立聆讯。在聆讯会议上，校长的作供前后矛盾，理据软弱无力。他声称虽然有和首长特别助理L先生会面，但"不记得"当时有没有谈到首长不喜欢民意调查一事，也从没有向C博士下达过要停止调查的指示，只是在一些私人场合和同事谈过对大学部门的民意调查的质素的忧虑。C博士和他的上司兼师父则在聆讯里针锋相对。副校长戏称C博士可能看得太多黑社会电影，才会想到"阴干"这个粗俗字眼，事实上这两年来他的部门的资源没有被缩减，所以并没有"阴干"一事。C博士则坚称副校长曾两次十分明确地向他表示校长希望停止这类调查的信息，他亦多次尝试向校长求证，但却得不到任何答复。虽然校方没有采取任何直接行动，但他却感到压力。至于首长特别助理L先生，则称两次对H大学校长的拜访也是私人性质，而且内容也只是交换学术上的意见，例如民意调查的科学性、可靠性和代表性等方面，但并不构成首长办公室方面的干预性指示。至于首长本人，则拒绝出席聆讯。聆讯委员会由包括从外国邀请的法官等独立人士组成，过程历两星期，内容经传媒的广泛报导。"阴干"一词也成为了大众的焦点。副校长先生是否被他的学生诬捏，或者诬捏了他的学生，事实就算未可确知，但非常明显地，他公开地诬捏了一个词。"阴干"这个一向安分守己的、无危险也无伤害性的词，突然不幸地被扣上黑社会用语的帽子。可是，对一个字词来说，这也是一件值得骄傲的事，因为它一夜间从一个毫无面貌的词，摇身一变成为时代特征的代名词。这相信是字词的生命中最光荣的时刻。

四月 英国诗人艾略特（T. S. Eliot，1888–1965）《荒原》（"The Waste Land"）第一句：April is the cruellest month.

椎名林檎《石膏》："四月又来临了/这让我回忆起同一天的事"

体育系 政和不是苹果结果还是决裂。起先是政提议不是苹果她们的体育系参加大学联校音乐比赛的，其实他是希望借体育系令ISM复活。这个音乐会表面上是联校学生会的文康事务组跟电台和唱片公司洽商合办，事实上却是政发动起来的新学生组织所促成的。我们姑且把这个以政为中心的新组织称为摇滚派。事实上这个群体没有正式的名称，也没有明显和长远的组织性，当中包括了比较亲近和认同政的理念的既有学生会成员，一些新近召集回来的游离分子，和一些一向也没有人愿意收容的愤世嫉俗的极端主义疯子。摇滚派一开始就有秘密会社的性质。大学联校音乐会筹办委员会里有七间大学的学生代表，其中三间的代表是和摇滚派有关的。他们早就预备暗地里通过看似普通流行音乐的活动，来渗入另类的信息，而另外的学生代表并不知情。因为筹办单位里由各校代表负责己方的出赛人选，所以就算政填报的数据不实其他人也不会去翻查。结果体育系队中有两个不是大学生的成员也没有人知道。大家也以为体育系只是ISM的化身。可是，不是苹果却并不这样想。到了具体谈到参赛歌曲的时候，两人就争论起来。政希望她特别作一首有指定题材的歌，内容由政和摇滚派成员决定。不是苹果当然不会答应，坚持唱自己的歌。谈了两次，大家就闹翻了。第二次会谈在大学里进行，但为了避人耳目，并没有选在学生会办事处开会，而是在体育馆订了两个羽毛球场。那是个看来谨慎得可笑的场面。十几个男女大学生都穿了运动装，带齐了羽毛球拍，真的在装模作样打起羽毛球来。不是苹果和贝贝坐在场边，完全搞不懂这些人在做甚么。打了半小时，过于投入打球当中而满脸通红的政就叫大家休息一下，大伙儿就聚集到场边，只剩下两个人在场内虚应着继续球来球往。这样深思熟虑的安排和两人认真地扮演着的烟幕角色看来却十分滑稽。虽然大家都是二十来岁的年轻人，但穿着渗满了汗臭的运动装的大学生们和穿着便服的不是苹果却明显的格格不入。被一切神秘兮兮的举动弄得很不耐烦的不是苹果，直接表明了自己的意思。秘密会社的成员也抱怨为甚么要和这样麻烦的女孩合作，他们还以为一早就谈好了。纠缠了老半天，不是苹果就说：你们这些人根本就不是想玩音乐！还有甚么好讲？想不到政却突然说：如果谈不来，你们就别参加好了，我另外找人帮我，反正你也不是大学生！不是苹果听见，就站起来，瞪着政，想说甚么，但又没有说出来，转身就往体育馆门口急步离去。贝贝见状，也尾随着追出去。不是苹果在黑夜的下坡路上走着，一边说：如果不是俾面佢，一早就当面炳佢镬劲了！佢黐咗边条线呀佢！想甚么想坏脑呀？不玩就不玩啰！好稀罕呀？好恨同你们大学生玩埋一堆呀？黐尻线！贝贝无话可说。她想，政最近真的越来越古怪，好像常常也处于一种令人不安的激奋状态，好像有些甚么积屈在心里，快要爆发出来一样。她听说，韦教授最近暂停了政的助教工作，政也好像想换论文导师，有些亲近韦教授的学生组织成员，也因此疏远了政。不是苹果向着漆黑无人的山林，大声说：体育系就是玩体育的，不玩甚么ISM，叫他食自己啦！

ISM 自从上次音乐会ISM的表现差劲，政想尽各种可以把ISM改头换面的方法。体育系既然拒绝扮演ISM的角色，他就要向其他大学寻找合作对象。在H大学一向有一队Skinners，颇有愤世嫉俗之风，政就托人介绍，和那班人谈过。既然乐坛上也常常有同一个乐手参加不同组合的情况，他希望Skinners可以临时以ISM的名义活动。想不到对方对政提出的理念立即深感认同，或者给政的狂热表现感染了，思想里潜伏的颠覆因子一下间给激活，变得跃跃欲试，于是ISM就复活了。政希望ISM会变成一种表现形式和精神，而不是一群特定的人，这样甚至会更加灵活，让ISM以不同的变身出现。适值H大学发生校长干预民意调查事件，匆匆组成ISM立刻出动热身，在大雨滂沱的晚上，和学生会的成员在校长住宅门外抗议，高唱临时编作的讽刺歌。他们本来把乐器和扬声器等器材也统统搬到校长住宅门外，准备大播大鼓一番，但因为大雨的关系，电源出现问题，而且也怕鼓和电结他等给大雨淋湿，所以结果只能以普通木结他伴奏，效果大打折扣。不过这次演出行动也吸引到媒体的注意，报章也辟出小段作花絮介绍，电视新闻中也有为时五秒的歌声背景。政站在雨中，伞也没打，头发都粘贴在头皮上，但他一点也感觉不到。他只是在心里重复着，这就是他要的东西。

诗/假面

我一直也无法掌握诗这种文体。无论读或写，诗都好像是我经验以外的东西。直至我听到椎名林檎，我就发现，这就是我心目中的诗。我试写过的一些抒情的短诗，技术上很普通，感觉上太沉入，太滥情，太局限于自我表白。纵使写的感受是深刻的，但写出来却很浅很扁平。后来听到椎名，就想到写一些仿歌词的东西，有那种唱出来的感觉，而且不是直接用我自己的视点去写，而是通过一个女孩的角色，一个叫做不是苹果的人物，和贝贝，还有黑骑士。那种感觉突然就开启了。突然就找到了一种形式，一种假面的形式，把心里面涌动的感觉化为声音和韵律。我更愿意相信，其实我没有写诗。不是我写了，而是不是苹果，和贝贝。我只是个媒介。她们通过我，写了属于她们的诗，她们的歌。而我只是乐享其成。

体育时期/青春

青春与上体育课是不可分离的。体育课是成长期的特有经验，但似乎没有甚么人探讨过体育课的意义。许多成长期的困惑和不安，可能都和某些体育课的场景有关。那是一个肉体解放与肉体规训的场合，好像可以释放青春消耗不尽的体能，但又被课堂的习惯和秩序所调整。所以体育时期，就是青少年时期，而延续到大学的体育课，也可以视为青年期的延续，青春的最后界线。过了这条线，青春就会一去不返。体育课会成为历史，无论是喜欢还是讨厌，课堂已经结束了。

诚实　民意调查事件的聆讯结果肯定了C博士的证供，认为校方有干预学术自由的嫌疑，而对首长特别助理L先生的评语则是"不诚实"。聆讯并没法律效力，所以也无做成实质影响。校长和副校长在舆论压力下辞职，但首长对此事无须负上任何责任，他也拒绝把那位被评定为"不诚实"的特别助理撤换。社会上对这件事有两极化的意见：一些人认为首长实有干预学术自由，对本市的国际形象和自治自主造成损害，但另一些人却认为这是一场有计划地挑战首长管治权威的阴谋。学生代表在事件中也赢得公众注目，有人同情学生在雨中抗争高呼校长下台的行动，但也有人视之为再版红卫兵，或者不懂尊师重道的狂妄小辈。

变奏　巴哈（J.S.Bach，1685-1750）《郭德堡变奏曲》（Goldberg Variations），曾由加拿大钢琴家顾尔德（Glenn Gould，1932-1982）分别在1955年和1981年作过两次录音演奏。

大学　在民意调查事件发生之初，韦教授也在报章的政论专栏里发表了意见。他略过权谋的观点，集中讨论大学的理念和功能，连带批评了现在大学教育和内部管理所出现的一些弊端。简言之，大学的最大价值，就是自由探索的精神。在民调事件中显现的，只是这种精神自由日渐失丧的一个较鲜明的例子。但他想提醒大家，民调事件只是个关乎狭义政治的事件，而大学其实在广义政治的层面，早就丧失了珍贵的独立自主性。大学在新近的政经形势底下，早就变成了市场的资源供货商。配合着各种企业管理化的改革，大学教授再无法做一个学者，而是变成了行政人员，忙于应付各种考核、评估、计划申请和学系推广。教学变成了负累，甚至是惩罚。缺乏时间和思考空间于是也令个人研究难于进行。除了可以聘请研究助理的量化研究计划还可以实行，个人思想性的著述已经越来越少。教授和学生的关系也渐渐变成了零售商和消费者的关系，师生间学养和理念上的承传已经成为历史故事。在这种种发展底下，大学早就失去了思想自由，而这比一个事件中的干预影响更为深远。他又连带批评了传媒的短浅眼光，只执于一时间看似抢眼的问题，把事情归结于某几个人的得失，而忽略了深层更为结构性的东西。

韦教授的文章出来不久，就有人向某八卦周刊发布了一段消息。内容关于韦教授利用权力欺骗一名大学女生，以将会和妻子离婚和深爱着对方为由，诱使当事人到酒店开房，事后却威吓当事人如果把事情揭露就无法毕业。还说，就算她说出来也没有人会信她，因为大学高层都是他的朋友，而她只会自招羞辱。据说已经有四五个受骗女生因此忍气吞声，另一个曾经抗争的女生则因为长期精神困扰而无法专心念书，结果学分不足被迫退学。周刊还得到一批模糊不清的照片，据称是两人出现在酒店大堂时给偷拍的。报导刊出之后，韦教授声言要追究到底。校内的师生都十分震惊，韦教授的支持者更绝对不愿意相信这些诽谤之词。但师生私下开始流传很多小道消息，好像压抑多时的秘密突然释放出来，一时间言之凿凿，受害人的数目和受害的情况也出现了很多版本。不少曾经仰慕和渴望亲近韦教授的女学生，这时都不约而同地突然记起了几个可以理解为被他性骚扰的片段。学院里面自然也出现了两个派别的斗争，支持韦教授的和一向也看他不顺眼的也就借机互相倾轧。详情无甚新意，不赘。

贝贝和不是苹果也知道这件事，但她们没有谈论过它。没有因此而快乐，也没有因此而不快乐。

摇滚 那次不是苹果来到大学体育馆，和众人争论参赛的事情的时候，政对所谓摇滚说了这样的话：你整天讲摇滚怎样怎样，讲音乐就是音乐，讲音乐是自由的、没有束缚的，但是其实甚么音乐甚么摇滚都已经变成了商业社会的合谋！不是吗？就算是甚么摇滚巨星也不过是商品吧？都是市场制造出来的！只不过是消费的一部分！外国有些所谓摇滚巨星住大屋开靓车玩女人，成个超级富豪一样地生活，然后走出来唱甚么对世界的不满，这样不就是虚伪吗？所以我说我现在做的才是回复摇滚的反建制精神。我们打算在音乐比赛的中途行动，抢夺舞台，唱出真正的反叛的歌曲！不是苹果就反驳说：你那些歌表面上好似好反建制，其实只不过大叫几句肤浅的口号，我都唔明，你以前都是钟意化石的，为甚么现在品味那么差，如果你话商业化就没有自由，那你用音乐来宣传你的思想，不是一样将它变成工具！不见得这就好自由。你整天说看不懂我的歌词，要填些有信息的东西，那不就是将歌词变成陈腔滥调吗！在场的一个连打羽毛球也穿拖鞋的长发男生就加入说：其实你们争论那些歌词做甚么？我说摇滚的歌词其实一点都不重要，反正那么吵，人家都听不清楚唱甚么啦，最紧要是个姿态！摇滚的力量就是在那种音乐的能量里面，爆发出来一样，让人感染到，就会改变，歌词反而是之后一步的事。另一个皮肤黝黑但好像如梦初醒的女生也说：其实好多摇滚的歌词都几简单，不会太复杂，就算实时听不清楚，其实听众好容易有个印象，有了基本印象，就出现刚才阿齐讲的那种态度。我都看过你的歌词，感觉上好似是太繁复了点，看字都有点不明白，如果还要唱出来，还要用摇滚唱出来，我想即场都好难有人知道做甚么。我们不可以忽视，今次是一个一次过的比赛，观众不会一早已经认识你的歌，他们是在现场第一次听，而且只可以听一次。如果效果不出来，就白费心机了。不是苹果越听越不耐烦，就说出了那句话：你们这些人根本就不是想玩音乐！还有甚么好讲？政也就讲出那句冷漠无情的话：如果谈不来，你们就别参加好了，我另外找人帮我，反正你也不是大学生！

同代　法国诗人波德莱尔（Charles Baudelaire，1821-1867）《恶之花》（ *Les Fleurs du Mal* ），《致读者》（"Au Lecteur"）：-Hypocrite lecteur，-mon semblable，-mon frère!

晕眩　　不是苹果在大学的下坡路上走着，贝贝在旁边紧随。黑夜里有两人合拍的脚步。山头笼罩着一层薄雾，空气里有一种令人晕眩的潮湿，好像头皮也给湿气侵蚀着。不是苹果突然停下来，一只手按着额头，另一只手向空气中伸出来，好像想抓着甚么。贝贝就立即扶住她。不是苹果蹲在地上，蹙着眉，话也说不出来。贝贝有点失措了，说：你没事嘛？头晕呀？要不要买药你食？还是去医院？不是苹果想答她，但却说不出话来，后来就忍不住在路旁的草丛里吐起来，那种自胃腔穿过喉管涌出来的空洞的声音，好像要把人体内尚存的气息也呕出来一样。刚巧山路上下来一辆的士，贝贝就截住了它。在往医院的的士上，不是苹果挨着贝贝的肩，在路上街灯流转的投映下，容色如潮般涨退，好像有甚么在体内冲突着。贝贝就抚着她的脸，和她短乱的头发。

拜占庭　　爱尔兰诗人叶芝（W.B.Yeats，1865-1939）《航向拜占庭》（"Sailing to Byzantium"）第四节：

> Once out nature I shall never take
>
> My bodily form from any natural thing,
>
> But such a form as Grecian goldsmiths make
>
> Of hammered gold and gold enamelling
>
> To keep a drowsy Emperor awake;
>
> Or set upon a golden bough to sing

To lords and ladies of Byzantium

Of what is past, or passing, or to come.

梦　躺在贝贝怀里，不是苹果做了个梦。在梦中妈妈回来了，抚着她的脸，和头发。妈妈穿着美丽的青苹果绿色西裙套装，但套装的质料有点硬，不是苹果的脸靠在上面，感到衣襟的压力，和金属纽扣的冰冷。后来就看见妈妈穿着孕妇的裙子，红苹果的颜色。她问妈妈肚子里的是谁，妈妈就说，是小苹果啊！肚子里的就是小苹果啊！妈妈的裙裾开始变成黑红色，血从她的腿间涌出来，她掀起妈妈的裙子，在分开的双腿间看见一个圆圆的物体从阴部里冒出，是个红红的苹果，不知是原来就这样红，还是因为染满了血，大小看来就像一个初生婴儿的头部。但那苹果还未完全跌出来，它就变成了一枝波板糖，以前梦里也常常出现的波板糖，那种圆面上有旋转纹的波板糖。那波板糖的棒子插在阴道内，扁圆的一块东西就露在外面。然后妈妈就变了她自己。不是苹果看见自己站在无人的黑夜街道里，下体插着波板糖，裆部被妨碍着，艰难地向前走着。在街道的尽头有个瘦长的影子，一身套装西裙在昏黄的街灯下看来是紫色的。那人背向着她，没有回头，慢慢地向前走。虽然很慢，但不是苹果怎样也没法追到她。她的下面很痛，她在路上蹲下来。

语言/方言　用方言写作，其实就係同销售作对，因为睇得明嘅读者有限，除咗喺本地出版，其他华语地区嘅出版社不会感兴趣。我成日谂，北方作者喺作品里面用咗北方土话就係有地方特色，台湾作者喺作品里面用咗闽南话就係有乡土气息，但係本地作者写方言就係语言污染。有时我哋要问，点解我哋要写纯正汉语？又或者，乜嘢叫做纯正汉语？如果我哋生活嘅语言係广东方言，点解我哋唔可以认真用呢种语言去写？点解我哋嘅语言净係可以出现喺报刊嘅低俗版面上面？点解我哋嘅语言唔可以用嚟表达严肃嘅嘢，或者，唔可以用嚟表白自己嘅情感经验？点解喺小说里面一用到广东话就净係可以用嚟讲啲搞笑或者粗俗嘅嘢？我哋平时谈情说理嘅时候，唔係都係用紧呢种话嘅咩？点解一写落嚟就变样？一边写，一边感到呢种困难。原来我哋仲未好好咁认识我哋嘅语言。讲嘅时候唔觉，到一写出嚟就发现问题。我觉得自己好似喺度同呢种语言，或者应该话同呢种语言套咗入去嗰啲嘅既定观念挣扎紧。我想试下去除呢种语言俾人甚至係俾自己嘅粗鄙感，用佢嚟写人物嘅情感，而唔会有搞笑嘅感觉。喺呢个过程里面，词汇嘅不足係一个问题，因为好多口语字词都冇书面写法，我哋又唔习惯用拼音系统，所以有啲就用同音或者近音字代替，有啲沿用流行嘅方言造字，有啲就真係冇办法用。用唔到嘅字数目唔少，可以想象有几大部分我哋日常生活嘅字词就咁喺书写里面消失咗，亦都连带有几多我哋嘅生活经验，我哋嘅自我认知，喺书写里面消失咗。喺书写里面，我哋冇办法做一个完整嘅自己。我哋嘅书写语言嘅贫乏，都係由于呢个原因。我哋丰富嘅生活语言唔可以写出嚟，学习翻嚟嘅书写语言又减损咗我哋嘅表达容量同质量。我哋于是净係能够写一种唔三唔四嘅语言。而我哋嘅文学，我哋嘅奄奄一息嘅本地文学，从来冇认真咁对待过呢个问题，除咗少数嘅例子，或者一啲通俗嘅哗众取宠嘅读物，几乎揾唔到有代表性嘅作品係用我哋嘅语言去写嘅，就算唔係成本用，好有意识咁局部用都係少数。如果文学里面冇咗我哋嘅语言，呢种文学仲算唔算係我哋嘅文学？如果我哋冇兴趣去喺文学里面探索我哋嘅语言，同埋用我哋嘅语言探索我哋嘅生活，我哋声称从事文学嘅人究竟喺度做乜？问题係，当我哋将生活嘅口语强行变作书面语，将语音变成文字，将非正统变成正统，将粗野嘅活力变成规矩嘅字行句构，我哋究竟係保存紧佢，提升紧佢，定係扼杀紧佢？当活生生嘅语音变成文字，佢係咪会注定死亡，或者无可避免咁变成另外嘅嘢？如果係咁，我就係喺度做紧同我所声称嘅相反嘅事情。上面呢段声言亦都只係一篇大话。更加根本嘅问题係，乜嘢先叫做我哋嘅语言？呢种嘢係唔係好似一个苹果咁已经放咗喺度等我哋去执起嚟，定係，其实一种原本嘅、完整嘅我哋嘅语言，连同一个原本嘅、完整嘅我哋自己，根本唔存在？而我哋声称要喺语言里面揾番真正嘅自己，其实同纯粹嘅汉语一样，都只不过係一种虚构。我哋能够做嘅可能只係，喺呢一刻嘅文字同语音里面，虚构自己，将一个唔存在嘅自己变成存在。无论构成呢个存在嘅係书面语、口语，定係经由各种扭曲变形而产生嘅怪异文体。

梦想　　奥古终于真的要到日本去学艺了。他临走前来医院探过不是苹果，还买了六个富士苹果。他说是在Sogo买的，是真的富士苹果，不是大陆造的富士苹果。不是苹果就说：第日记住寄日本苹果过来给我。他就笑，说：好呀，你都傻的！还寄甚么巨峰提子好不好？不是苹果也笑了：好，我不要苹果和提子，我要北海道白痴恋人朱古力！奥古轻轻拍打她的额头，说：你就白痴！我去京都呀，怎么去北海道帮你买！将来有时间就过来探我啦，到时我带你去玩。不是苹果就撇撇嘴，说：你都未去，扮晒地胆咁，有钱才算啦！是呢，你走了，你家里只狗怎么办？奥古说：没法啦，送给朋友养，好可怜。不是苹果说：好可惜啊，佢本来都有音乐天分，是只尺八狗。奥古只是摇头，说：可惜你这么憎狗，如果不是让你帮我养，说不定变了只摇滚狗。他抚弄着又圆又大的富士苹果，又说：公司话，我走了，升你做我个位，你出院好快点返工，如果不是个位不等你的了！喂，现在食？要不要切？连皮食？我去洗洗它。说罢，就小心翼翼地把六只苹果捧在怀里，向洗手间走去。不是苹果看着他像走平衡木般的背影，眼眶突然就湿湿的。

速度自白

曲/词/声：不是苹果

黑夜的公路不是回家的好风景　总好过白天衣着光鲜的挤塞
沉积的灵魂碎屑被刮起　卷进幽浮而去的红色鬼火群中
直至陆沉的地方

丢弃吧忘记吧鞠躬吧辩护吧嘲笑吧洗手吧服从吧关掉吧
快快奖赏　快快惩罚

封闭门窗内培育寂寞的依存症　欲望的蝎状星团以光速前进
车厢内穿粉红裙的女人站起来　双手按着玻璃窗回望
眼里有碧色的闪光

唾骂吧抚慰吧切割吧影印吧签名吧掌掴吧忍笑吧蔑视吧
匆匆受聘　匆匆开除

不知人生为甚么绝无所谓
没有梦想就可以睡得好好
填满每天的时间表挤掉真诚
一有空就谈电话避免想到爱

拍照吧入场吧低头吧吸吮吧点火吧开会吧迫害吧皈依吧
早早承诺　早早背叛

速度自白。

如果大家还不算太善忘，而且是习惯顺序看小说的话，在第二十二节，我们曾经读过这样的一段文字：

我不想高荣来到我的房子，不想家里留下他身体的痕迹。于是就和他去了智美那里。智美见到高荣，有点不好意思地笑了笑，好像妓女遇见从良了的旧伙伴一样。她已经换了衣服准备出去，说约了阿灰，大家好好谈谈。我拉她在一旁说了几句，她就神情凝重地离开了。我问高荣要不要啤酒或甚么。他摇摇头，在椅子上坐得直直的，像个乖学生，还故作好奇地东张西望，好像房子里有甚么目不暇给的风光。其实房子又小又乱，根本没有甚么好看。唯独是床却收拾得整齐，随时准备让人躺上去。高荣，你又何必一副天真无邪的样子呢？你为甚么变得像木偶一样，我叫你做甚么你就做，但又没有半点冲动？我打电话给你，你就向妻子编借口出来见我，但见了我又没打算做甚么。如果我不找你，你就没反应。你以为这样就可以减少你的罪疚吗？就可以说不是你的责任吗？我开了罐可乐，坐在你对面的沙发上，也不做甚么，只是坐着。我想看看，我们会这样坐到甚么时候。看着变成了木偶的高荣，心很痛。他的手脚是那样无力地垂下，嘴是那样僵硬地笑着。我不想质问他甚么，因为木偶是不应该受到质问的，木偶是让你去拉扯、去摆布的。木偶做甚么都无罪，因为他自己不是主宰。高荣大概就过着无罪的生活，因为他不再主宰甚么。他主管他的清洁公司，但这不算是主宰自己的生命。是两回事。他用主宰自己来和主管公司交换。就像故事里人用灵魂和黑骑士交换魔术子弹。他甚至不想主宰我。就算我毫无反抗地躺在他面前，他也会无动于衷吧。我放下可乐，犹疑了一下。我不能这样就让他走。已经来到这地步，难道就这样屈服于木偶的逻辑之下吗？你不主宰自己，就由我来主宰你吧。动啊，木偶！我上去，抱着他的头，抚他的发，吻他的额，和颈。木偶的脉搏在加速，胸口在起伏。木偶的手动起来了，搂着我的肩，抚着我的背，爬上我的后颈。对了。就是这样了。木偶。

　　普通的读者也会预期，在这之后会出现不是苹果和高荣之间的情欲活动描写吧。就人物的心理和情节的发展来说，这个场面有足够的揭示性和决定性。就是这个场面令不是苹果终于明白到，和高荣之间是来到尽头了。可以说，纵使先前她已经有了这方面的理解和准备，但心理上，或生理上，要知道有时生理是主宰着心理的，却还未到达那无可逆转的醒悟。所以，这次性的经验对人物的抉择深具关键作用。既然它有这样的重要性，把它详细描绘似乎也是顺理成章的事。但在进入到具体的过程之前，让我们也来温习和总结一下所谓情欲描写究竟是甚么一回事。

首先，就怎样去指称这类片段，已经没有统一的说法。较直接和中性的说法是"性描写"，但近年也流行比较文艺地称为"情欲描写"，似乎暗示这类描写并非单单为了展示性行为的情态，而是关心到人物的整体身心状况，既有欲也有情。这也可能是把文学里的"情欲描写"和色情文字里的"性描写"区分开来的一种做法，正如人们会认为"做爱"和"性交"不同一样。这区分在指称事情本质的差别方面，意义不大，就像把"色情"和"情色"硬作区分一样，说到底不过是语言的诡狡，但把"性""提升"到"情欲"，却引申出不少关于文学内部运作的问题，因为"情欲"比较容易而且合理地盛载文学语言里的各种花巧技术。人物的情欲快感于是也就可以化为作者和读者的语言快感。所以情欲描写说穿了就是一种虚拟的纸上性行为，而文学性较丰富的纸上性行为又比粗枝大叶千篇一律的色情读物更具快感，因为在这里我们经验到字与字、词与词、句与句的交媾，经验到意象的挑逗、节奏的鼓动、音形的刺激。把文学语言的感官性质推到极致，让它成为一种暴露、激奋、过度、膨胀的语言，就是所谓情欲描写的语言特质。它不单和想象中的性行为有关，也和文学语言的色情本质有关。某程度上，文学予人的阅读享受也包含着感官的、色情的成分。所以，没有严格意义上的文学艺术与色情的区分，只有手法和效果的分别。当然，也可以说，分别是，色情比艺术还要坦直一点。因为艺术还要抓着诸如人性和精神、治疗和救赎之类的伪装。我们总不肯认识，其实我们不过是想写写和读读一些让我们沉溺一下、快感一下的章节而已。当然，为甚么不呢？为甚么不能在文学里创造和获得快感呢？为甚么要否定语言的快感作用呢？

再说到操作方面，情欲描写已经成熟为一种有既定习惯，也即是有既定预期的东西。它不可能是一段纯人体的描写，而必须发生在一个特定的环境里。当然一切小说事件也必定发生在某些环境里，但情欲描写的环境有一定程度的局限性。除非你写的是类似于猎奇色情片的异常性行为，否则一般情欲场面是不会发生在健身院、课室，或者于闹市行驶的车上。如果作者的意图是较近于写实的话，我们都知道，现代人类的性行为一般还是十分规矩地发生在睡房或者酒店房间的床上，间有发生在别的地方，也不会过于离奇。现实的场景注定比想象的场景贫乏，正如现实可行的性交姿势注定比性爱宝鉴里面建议的姿势平淡乏味。当然，有些作者还是用心良苦地尽量让人物们在出其不意的地方享受他们缠绵的时光，所以森林、废车场、露天风吕、麦田之类超现实的风光会为情欲场面加添色彩。不过，在场景方面，无论作者如何努力，其实也难以大大超越小电影导演的取景思维。在我们上述的章节里，作者就放弃了徒劳的场景谋划，简单地让它发生在智美借出来的狭小凌乱的小房子算了。不过，就算地点本身十分平凡，一个作者还是有责任去尽力渲染一下现场的气氛。所以就算是最寻常的睡房，也可以因应各种因素来加以调整和发挥。这些因素包含甚广，无论是物理上的光线、气温、气味、颜色之类，或者人物的心理状况、阶级背景、职业和年纪，或者故事的时代和地域背景。作者的杂技，就在睡房这个狭小的舞台上演出，虽然失手的情况不多，但可观程度也会渐次下降吧。

在准备好场地和气氛，作者就要立即进入到核心行动里去，因为如果没有行动，没有具体的身体接触，就不能构成情欲描写了。这个主体部分也可以分多方面去设计。首要的是视觉的外观描写。当然也可以辅以听觉、触觉、嗅觉和味觉，但始终必须以视觉为主力吧。当然有时色情事业里也会有诸如淫声电话或者有味内裤之类的奇门，但这些也是少数人士的癖好，或者多数人士间中转换口味的小试之举而已。所以就算文学的情欲片段是在黑暗中发生，我们也不用奇怪，为甚么作者会像配戴了红外线夜视眼镜一样，把身体的细部看得一清二楚。情欲描写说明了视觉在人的感官快感里的主导性。外观的描写的手法可分为直述和比喻两种。两者的内容各自又再可分为动作和人体的描写。在直述的动作方面，相信是最令作者为难的考验，因为我们的语言里特指这种场合的专门用语可谓极度贫乏，除非是用到地区方言里的特殊粗俗字眼，否则无可避免地要向一般词汇里借取用语。当中比较有心无力的有诸如"进入"、"抚摸"、"拨弄"等，故作激烈的有"抽插"、"冲刺"、"吞噬"等，意味深长的有"探索"、"游走"、"开启"之类的。至于人体部位描写则可以较方便地套用专门用语，这些名词在日常生活里并不常常宣之于口，所以初用时可能会因为陌生感而产生某程度的刺激，但其实它们不过是干净而中性的普通名词，习惯了也就不外如是。某些自以为百无禁忌的作者甚至会淋漓尽致地勾画出一幅又一幅人体解剖图，罗列诸如"阴道"、"阴蒂"、"阴唇"（有时也会细分为大小）、"子宫"、"肛门"、"阴茎"、"阳具"、"睾丸"、"乳房"、"乳头"、"乳晕"、"肚脐"、"臀部"等等的词语。至于个性婉转或者做作一点的作者则会用比喻代替，于是就出现"顶峰"、"山谷"、"森林"、"平原"、"玉柱"、"黑洞"、"岩浆"、"三角"、"禁果"之类。当然更为含羞但又勇于尝试的作者就会用上"巨物"、"下部"、"胸口"、"话儿"、"那里"这些指涉力疲弱的词语了。要知道的是，纯粹从用语的缤纷程度而言，文艺作品并不比色情作品丰富。这令无论写的和读的都容易感到疲乏，好像竭尽了一切字词，可以说出来的其实也不外如是。当然，更有能力的作者会把比喻的层次扩展，不会自限于细部和动作，有时甚至会全盘转移到别的事情上，例如把整个过程比喻作诸如山洪、海啸、地震或战争之类的天灾人祸，以一系列象征加以串连和推展，形成一个强力的替代系统。这种写法通常会被认为文学品味较高，但就性描绘的爽感而言，反而可能是较低的了。至于共鸣感方面，应该是近乎没有吧。没有人会真的在做爱的当下联想到天崩地裂的惨烈状况吧。除非作者的目的是制造陌生化效果。有时文学的夸张法真的离现实很远，以至于过分高估了性，误解了性。不过，我们也不宜天真地用现实来要求文学。狡辩点说就是，文学的性和现实的性在提供官能快感方面可谓殊途同归，但文学的性比现实的性更贪婪无道，它除了快感之外，还往往在隐喻的层面上包含广泛的相关主题，又或者，它根本彻头彻尾也只属别的主题的伪装。性描写可以一点性趣也没有。

另外，就程序上说，情欲描写也很难突破规限。其中一个规限，是由有衣服到没有衣服的过程。在色情表演形式里，脱衣过程十分讲究，当中大有学问。有谓色情其实就是发生在有和没有之间的界线上。如果人类社会真的发展到天体主义者主张的地步，恐怕人就会失去性趣，甚至继而失去生趣也说不定。衣服在脱掉之前是不可或缺的。这句重复语里面有真理。情欲描写很难在这程序的表现上有所超越，但又不能跳过这必要的一步，于是往往就要放低身段，模拟色情小电影一样，把人物的衣服逐件脱掉。当然作者未必要像色情片一样不必要地拖长每一个阶段，让一条裤子分开几十个步骤才掉下来，因为在文字里这种延缓手法远远不及电影有效和可观。在脱光了衣服（半光也可，视乎情况）之后，还要考虑性行为中各种体位和花样的缓急先后。当然并不是所有情欲描写也会像色情影片一样把每一种主要花式都轮流演示一遍，但可做的事其实也不外是口交和前后上下几种分别。至于较离奇的方式因为较难与人物性格配合，不易采用。由此可见，其实情欲描写的局限也是人物性格宽容度的局限。和色情作品只要一味照顾花巧不同，文学里的情欲描写无论长短多少也必须受制于人物和主题的适合性。它的目的最终也是模描人物、铺演主题。它不能喧宾夺主，从小说的整体里凸露出来，脱离主体独自奔放。这是它在习惯上的限制，但事实上，很难说作者和读者没有为情欲而情欲的诱惑，尤其是在这个已经没有人能用道德去诟病文学的时代。

所以情欲描写到底也难逃心理描写的规限，而所谓心理层面就是上面提到的以性的隐喻为手段所包含的相关主题之一。正如我们迟迟未能展开的情欲场面一样，作者也尽力为人物作好心理准备，例如高荣的木偶化人生，以被动来消脱自己的责任的心理，和不是苹果明知一切行动没有意义，但又不甘屈服于高荣的木偶策略的矛盾心理。情欲描写毕竟不单是心理描写。它是心理描写和性描写之间，是情和欲之间的尴尬产物。它会诱惑作者以至读者流连于语言的快感，但也会警醒作者和读者不要离文学的限制太远。弄得好的时候，情欲描写更圆满更深刻地呈现人物和主题；弄得不好的时候，情欲描写变成了一种沉溺的借口，一种削剥人物以满足作者和读者的性癖的借口。后者假文学之名满足自己的欲望，比无道德可言的色情作品更恶劣。色情至少是坦白的、诚实的。所以我强烈建议，如果觉得自己只喜欢写性，觉得从中得到满足，而且觉得自己技术上也蛮不错的，就索性去写好看的色情作品吧，不要扮作探索人生真谛了。同理，如果只是为了看性场面，就去看咸书咸片吧。不过，如果在承认文学语言的官能快感的前提下，还觉得性描写应该不止是性爱场面实感的呈现，而是可以包含广泛的主题的场域，并以此定义文学的性的话，那在这范畴内可以留待我们开发的空间还是很可观的吧。话说回来，诸如性的治疗和救赎这类主题的伪装，于是就成为了文学的必须。而这也是一种假面艺术。

读者听罢上面冒充分析的一大段自相矛盾的呓语，如果还未对情欲描写倒胃口的话，也至少会开始对必须要来一段情欲描写的想法产生再三的思索吧。我也再三想到，在先前引述的片段之后，要不要把不是苹果和高荣之间的事展现出来。我花了好些篇幅来思考这个问题，有人可能会觉得无聊或者迂腐。有人会问：为甚么不呢？人物不是作者的创造物吗？作者要脱她的衣服，要她躺下来，要她摆出怎样的姿势，做出怎样的动作，甚至要借文学之名和她做爱，她能不屈从吗？能反抗吗？我当然知道，作者其实时刻利用假面，走进自己的作品里，去享受那原本是属于他的权威掌管下的东西。注意，我一直在说一个男的作者，和一个女的人物。除了因为这是当下的情况，也因为这种处境实在普遍，和这种关系里最显见作者的权威。我花了这些篇幅，无所不用其极地令情欲描写无味化，为的可能就是防止自己行使这样的权威，防止自己受到权威的诱惑。但反过来，又有谁知道，这不是陷入诱惑的借口？不是为自己的遐想开脱的假面忏悔？

如果我要征询不是苹果的意见，她一定会耸耸肩，说：没所谓！写吧！为甚么不呢？没甚么大不了啊！也不过是性吧！我会说：我很同意，我不是要回到不能写性的保守和封闭思想里去，但我不只打算写外表的东西啊！还有你的内心的秘密，你当时的身体以至于你内心的整个人的感受。她吐了口烟，说：这些，你已经写了，如果连最隐密的内心也可以揭露，身体的事又何须隐藏？我无言以对。大家在沙发上对坐着，像作为隐藏秘密的共犯而赤裸着，最后，我软弱无力地说：你还有秘密，是我没有写出来，或者是我不知道的吧。她没有回话，只是揿灭了烟头，歪着嘴神秘地笑。也许，如果我真的要写，不是苹果也不会怪责我。看，她已经准备好了，她站起来，走进那场景中，当她上前抱着高荣的头的时候，她吻他的额、他的颈，他也回应她，抚她的背、她的颈，然后她交叉双手，拉起身上的毛衣，然后，我拿起不是苹果放在桌上的那罐可乐，喝了一口，站起来，转身向房间门口走去，门锁有点松，该修理一下，打开门，踏出去，再轻轻关上，咔嚓一声，连里面的急喘呼吸也不再听到。我手中还拿着那个可乐罐，衣服上有烟味。

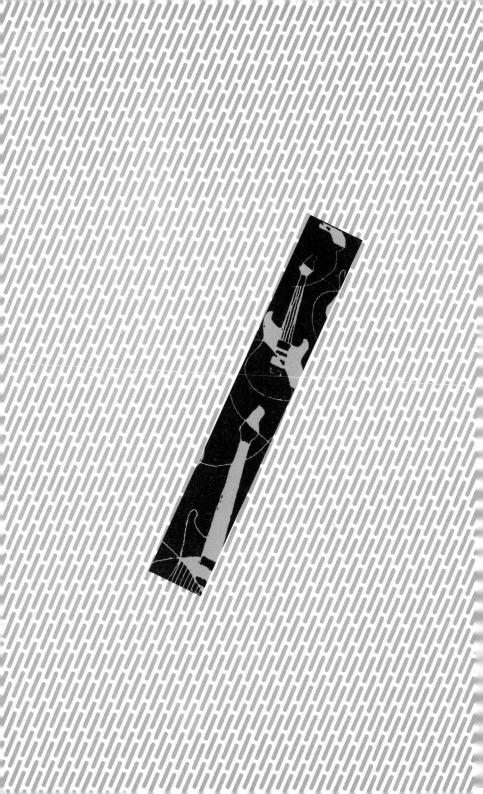

时间自白

曲/词/声：不是苹果

你甚么时候会来看我　穿过苍色病院给涂成桃色的茶花围栏
终日在无阴影的长廊看杂色的树交头接耳
吟吟沉沉直至给冬夜的虫大声喝止

你躲在甚么鬼地方　城市给初冬令人发毛的细雨染成鼠色
越过天桥的栏杆看川流的车辆在脚底爬行
其中之一或者有你凝视前方的目光

我是不是没有你就成了给雨水打烂的纸天鹅
过着糨糊一样的人生
从此黏住车窗上的风

你想起我间中也会流泪吧　记忆像浸透雨水却不能脱下的鞋袜
在冷气依然强劲的戏院忍受造作的怀旧电影
会否思念我下跪亲吻你脚掌的温柔

没有尽头的公路堪称形式最完美的监狱
移动的风景擦去睫毛上残余的湿濡
交换以玻璃窗上抛物线撒落的水珠
说是眼泪未免庸俗得令人头皮发麻
那不过是在闪映的路灯下散开的
烟花形状的停滞

时间自白。

7：45　a.m.

闹钟在七点三十分第一次响起，但贝贝在十五分钟后才正式起床。同房的阿丁已经退宿了。另外的那张床空空的有一种孤寂感。贝贝再多住一个星期，也必须退宿了。要正式结束大学的生活，回到家里去住，过那种为家庭而工作的生活了。她坐在床沿，虽然知道时间颇急，但也低着头抚着皱折起来的床单，好像在触摸生活的痕迹。天已经大亮，外面很晒。已经是初夏五月了，是开始有蝉鸣的时节了。蝉是甚么时候从地底钻出来，爬到树上去鸣叫，却无从看到。她利落地梳洗，换上昨晚已经烫好的衫裙，拿了活页夹，穿了高跟鞋，就出发去今天的面试。来到火车站，她拿出手提，想打个电话给不是苹果，但又怕吵醒她，就把手提放回手袋里。蝉当真的在叫了。

周期

我的月经一向好准，最多过一两日，但是今次过了两个礼拜，我就知道一定是了。就算我未检验之前，我已经可以肯定。那种感觉，在一个朝早突然来到。当我刚刚睡醒，还蜷曲在床上，迷迷蒙蒙间，就觉得身体里面有些新的东西，有些属于我自己的，但又不是完全属于自己的东西。觉得好似是痛，但又不完全是。我试试坐起身，但是头好晕，有些甚么在胃里面想涌出来。好突然的一下，毫无防备的，然后突然又好似没事。我坐在床上，心想，呢次大镬喇，望下窗外面，又望下间房，望下房里面每一样东西，突然觉得东西都变了，表面上一样，但实际上却变了一点点，好难察觉的一点点，好难讲出来。但是明明是不同了。有甚么不同呢？就好似其实是另一个世界，另一个空间，跟原本那个好似是一样，但是就算是原全相似，事实上都不是同一个。我坐在这个不知甚么时候来到的新世界里面，因为好陌生，是好陌生，虽然看来一样，因为好陌生，所以有点惊，有点彷徨，但是，不知为甚么，同时间又有点兴奋，好似觉得，在这个世界里面，有些东西不会再循环。这个世界的时间完全不同，不是周而复始的，不是重复又重复的，不是永远都走不出去的，而是，一直向前的。有些甚么打开了，我想象自己打开门，走出去，就算这段路不是永远，至少我已经不是在以前的地方。

9：15 a.m.

贝贝来到面试的学校，校务处的秘书叫她到休息室里等候。里面已经坐了四个应征者，三女一男，样子都十分新嫩，相信同样是今年的大学毕业生。五个人在沙发上沉默地坐着，虽然没有敌意，但也并不表示友善。贝贝悄悄掏出手提电话，犹疑了一下，就把它关掉。她今天早上不知怎的一直想着不是苹果，好像有甚么在呼唤她似的。她尝试忘掉这些，集中精神预备如何应付面试。这个面试已经是同类的第十三个，但她也不敢掉以轻心。可是她还是无法不想起不是苹果。贝贝一直坐着，不方便起来四处走动，或者时常转换姿势，臀部也坐得有点麻痹。另外那几个人进去又离开，其他人又陆续加入，贝贝有一刻觉得好像是来错了地方，好像其实面试没有她的份儿，好像她在这里是多余的，再等下去也是白等。但她如果不在这里，她又应该在哪里呢？她不是在这个面试场，就会是在另一个面试场吧。好像，整个世界也变成了一个大面试场，去到哪里，你也要乖乖地坐下无了期地等，然后回答人家的问题，听候人家的评核。哪里可以逃出这种目光呢？秘书叫贝贝的名字了。她站起来，尽量掩饰大腿的麻痹，跨开大步走进校长室去。

刹那

我看着验孕棒那条蓝色的界线。在方格里面浅浅的一条蓝线，看完又看，好似不敢肯定真的有条蓝线。如果贝贝在这里就好了，可以叫她帮我看。明明是有条蓝线，但是我硬是惊住看错。条线的蓝色那么浅，好似没有一样，但是又不是甚么都没有。条线是甚么时候开始显现出来的呢？刚才起身，在去第一次屙尿之前打开验孕棒的包装，虽然以前都用过这东西，但是都将包装上面的说明看完又看，好似多看几次结果会更准。然后屙尿的时候将支东西放近。说明书话五至十分钟有结果。我坐在厕所里，一直望着支棒上面个方格，开始的时候好清楚是甚么都没有，空白的，但是不知道看了多久，就觉得看到条蓝色线。蓝色线好似一刹那间突然出现，但是又判断不到是甚么时候。好似头发或者身体部位生长，虽然一直在进行中，但是我们总是有一刹突然察觉得到，原来头发已经长了，原来已经有乳房，原来自己已经不同。好慢的事，但是在一刻间显现出来，就好似验孕棒的蓝色线，之前还好似甚么都没有，还可以认为没这回事，但之后就觉得有些东西已成定局。虽然事实上有没有那支棒事情都是发生了或者没有发生，但是支棒上面的蓝线令事情可以看见，可以在眼前慢慢展现出来。就在那个辨别不到的刹那，你知道有些东西已经不同了，已经不可以扭转了。

11：30 a.m.

贝贝在坐火车回大学的途中，手提电话响起来。她当时戴着耳筒，听着椎名的Single《幸福论》，因为电话没有振动装置，所以她一直把电话拿在手里，不时注视屏幕。来电显示出现不是苹果家里的电话号码。

她拿开耳筒，接了电话。不是苹果在那边说：贝贝，我有咗。贝贝竟然说不出话来。她好像早就有预感，今天早上会收到这样的一个消息，但到真的听到，她却不知该说些甚么。不是苹果见这边没有反应，以为她的电话接收不良，再重复了一次：贝贝，听不听到？我有了BB。贝贝慢慢才恢复过来，说：好呀！说得非常笨拙，好像很敷衍似的，好像对方说的不过是买了一个新电视机之类似的。不是苹果见她没有反应，就问：你在哪里？贝贝说：在坐火车，面试完，在回大学。不是苹果就说：那么迟点再讲啦。挂了线，贝贝望着手里的手提电话，想打回去给不是苹果，但又没有。她重复想着电话里的话，好像要很努力才能明白当中的意思。再戴回耳筒，播放着的是第三首歌《时光暴走》。贝贝记得，这是她第一次去元朗找不是苹果的那个早上，在她打开门的时候从屋里面传出来的歌。贝贝旁边坐着带着婴儿的年轻母亲，那孩子看不出是男是女，两条小腿蹬着母亲的胸口，挣扎着想从怀抱里跳出来，眼睛定定地望着贝贝，双手在空气中乱抓。火车停站，一个拿着报纸的中年男人走进来，坐在她们对面，男人的发很短，眼超常的小，嘴巴有点歪，虽然双手把报纸完全张开，但视线却盯着对面的小孩，头颈有点不自主地抽搐，好像很激烈地摇头。贝贝再转脸看那婴孩，只见它老是想扑向自己，而且向自己笑。贝贝就握了它的小手一下。很软的小手，好像无骨一样。

过去

过去究竟有多长？可不可以用我的人生去衡量？如果我现在就快

二十一岁，加上在阿妈肚里面，有差不多二十二岁，我的过去是不是就这么多？老人的过去是不是比后生的人更丰富？如果我没有记住，或者没有写下来，我的过去是不是就会统统消逝？我怎样才可以将过去保存下来？我又怎样才可以将过去抛弃？为甚么我想保留的东西总是不见了，想抛掉的东西却不肯消失？我连自己的过去都掌握不到，就开始制造另一个人的过去。它在我的肚子里面有多久？已经有整个月了。就算它现在还未知道，它都已经有一个月的过去。但是这一个月的过去对它有甚么用处？如果它不会想起来，那这个月还有没有意思？为甚么我们会有想不起来的过去？如果我要帮它去想，我记不记得这一个月内的每件事？就讲第一日，它的过去的第一日，它生命里面的第一个时刻，我还记不记得？记不记得当时发生的情况？唔，当然严格来说，那个时刻它还未有生命，但是，那个时刻都是它生命的关键。然后，经过了一日还是两日？它终于开始了生命的第一步。终于成为了有过去的存在。这个时候我正在做甚么？在食饭还是睡觉？还是在跟高荣说再见？如果我现在开始帮它去想，帮它记下它一路在过去中的过去，它将来的生命会不会更丰富？喂，你听不听到呀？有一个月的过去的人呀！

12：37　p.m.

学期已经结束，考试也差不多全部完成，午间的饭堂已不再人头拥挤。贝贝随便买了快餐票，来到柜位却忘了自己想吃甚么。那个后生伙计就满满地盛了碟价钱最贵的饭菜给她，向她神秘地笑。贝贝也就回了个笑。贝贝常常来这里吃饭，和后生伙计都有种默契，互相无言地友善，但又知道其实甚么都不会发生。贝贝坐在户外的桌子前，看着饭堂旁边泳池里急于行下水礼的学生，想到，毕业前再来这里游一次水吧。然后又想到，可不可以也叫不是苹果一起来呢？但她已经怀孕了啊！想到这里就觉得很奇，几乎想轻声地说一次"怀孕"两个字，好像是很神秘的两个字，好像不应该用在她们这个年纪的女孩身上的两个字。如果是用在自己身上呢？她悄悄说了一遍："我怀孕喇！"说完自己就偷笑，好像作文用错成语似的。她无意间一抬头，看见饭堂入口掠过一个像是黑骑士的身影。会是他吗？是他回来拿学生的学期功课吗？她想过追出去，但她刚刚才开始吃饭，而且，那个影子已经消失无踪了。自从学期完结，没有机会再去旁听他的课，最近都没有他的消息了。试过给他电邮，也得不到响应。贝贝想，这个人，为甚么在某些事情上总是退避呢？身边响起铃声，贝贝连忙掏出手提，但那不是她的，是邻桌的电话。

二十一岁

二十一岁是个怎么样的年纪？依然好幼稚？还是已经太老？椎名二十二岁，前两个月就突然宣布怀孕，男方是结他手弥吉淳二。报纸话两个人已经秘密结婚，但是她自己的公布里面没说。亲笔的公布最后写着椎名林檎二十二。是二十二，但是好似已经经历了不少事情。

我就快二十一，我又做了些甚么？如果我二十一就有了BB，我三十的时候它就九岁喇。我四十的时候它已经十九，跟我现在差不多。到时它又会已经做了些甚么？会不会又有了它的BB？二十一这个数目有甚么意义？跟二十、十九、十八、十七有甚么分别？寂寞的十七岁。十七为甚么会变成了一个坐标？寂寞的总是十七岁，不会是十九岁，更加不会是二十一岁。真无瘾呢！二十一岁！一个无特色的年纪！已经不年轻，但是又未够老练成熟。一个不三不四的年纪。

4：00　p.m.

　　贝贝来到第二间面试的学校。今次她准时四点正走进校长室。校长是个五十来岁的男子，长了一脸浓密的胡须，样子看来很严肃，只是轻轻点了点头，就一声不响地翻着贝贝的履历。贝贝直着腰板坐着，看着校长的眼珠在眼镜后面转动。校长放下文件，开口说话，声音却清亮，有一种轻快感：你读中文系，那有没有看甚么本地文学作品？贝贝冷不防会问到这方面，心里一惊。这么多次面试，没有一个校长和科主任对本地文学有兴趣。她说了几个名字，和几本看过的书，然后她提到黑骑士。校长好像很高兴，立即从书架上抽出几本黑骑士的小说，很在行地谈着书的内容。贝贝瞥了书架一眼，看见上面都是本地的文学书，于是就大着胆子说：我是黑骑士的学生，跟他都几熟，将来有机会，我想可以请他来学校演讲或者教同学写作。校长对这提议很感兴趣，又问：那你自己平时有没有写甚么？贝贝就怯怯地说：

都有写点小说和歌词。不过她没有提到出版的事。校长说：填词？贝贝补充说：我跟朋友组织了队Band，她作曲，我都有填词，一齐玩下唱下，好开心。校长抬着眉，说：真的？将来可以来学校表演下，教学生们打下Band。下次记住带点作品来看看，等我学习下，我们学校需要这样的老师。是呢，你队Band叫甚么名字？贝贝说：体育系。校长好像很惊奇的样子：噢，叫体育系！那你都可以兼教 P. E. 啦！贝贝出来的时候，感觉很奇怪，好像不是去了面试，而是认识了个新朋友。校长虽然没有明确答应聘请她，但从他的语气，她觉得他是会用她的。竟然还有这样的校长啊！她的心突然就轻起来了，但想到自己说和黑骑士稔熟，又不期然有点沮丧。

将来

好似我这样的女仔有甚么将来？我时时幻想，如果我可以成为歌手，我有好多东西想做，作好多好歌，将我自己最钟意和最在行的东西尽力发挥。但是，如果我做不到，我还可以做甚么？就在唱片铺卖一世CD？除了卖东西我还可以做甚么工作？难道还可以从头读书吗？就算读书，我难道又会去写字楼返工吗？我二十一岁，但是望到尽都只是望到二十一岁的事，再远一点都看不见。现在觉得，见到的将来就只有八个月，加上过去那一个月，总共九个月。这个就是我实在见到的时期。将来，就好似等于预产期。但是生产完之后呢？之后的将来呢？我好似个只剩下八个月命的病人，到期之后，会有复活吗？会有重生吗？还是其实真的是个死期？

5：37　p.m.

巴士沿着高架路高速前进，窗外是已经封闭的旧机场，停机坪外面是海港，和海港对岸的城市景象。潮湿的晚霞积聚，混合了城市自己生产的和从北方吹来的污染物，形成了一层灰黄色的雾。高楼在雾中只剩下幢幢的剪影，像巨大的碑石群，乱糟糟地堆叠在一起。碑石上的刻字也模糊不清，记载的史迹都被酸性的空气侵蚀，变成残缺的槽沟。贝贝想，如果说这就是城市的遗址，大概也相差无几吧。巴士掠过化石群的风景，向废墟的中心进发，不知是航向未来，还是过去。巴士里的乘客都没有看外面的景物，让自己在车厢里下沉，沉到机件单调运行的漩涡里。贝贝心里泛起莫名的怂然。一种对荒芜的怂然。暗绿色的荒原。无声的竭力嘶喊。快要断气的面容。她想挥动铁铲，把眼前这一切也击毁，彻底击毁。

生日

有一日睡醒，你会跟自己讲，今日是我的生日。但是为甚么今日是生日？你生出来的日子只得一个，这一日是不会重复、不会再来的，怎可以话今日是你的生日呢？距离你出生的日子三百六十五日的另一日，跟你出生那日有甚么关系？之后的三百六十五再三百六十五再三百六十五，或者有时是三百六十六，又跟原本那日有甚么关系？我自从中一开始，好似就一直没有庆祝过生日，就算每年跟朋友在那天去哪里玩，说是庆祝，其实都不过是消遣的借口，根本就没有那种庆祝的感觉，不觉得这个日子有甚么特别。有时，我甚至好想忘记这一日，觉得这天每年都回来一次，好烦。但是今年我想到自己的生日，就想到它都会有一个生日，大概会是明年一月里面啦。这个时候又会觉得生日这东西好离奇。我自己有这一日，我又会为另一个人造成这一日。可能它的这一日，比我自己的这一日更重要。到时我就会记住，噢，这一日就是它生日了，不可以不记得，在这一日它从我的肚里面出来这个世界，在这一日，我跟它都开始了新的生命。就算是我的死，都要是它的生。真的要这样的话，我做不做得到？我就算不重视自己的生日，都不会不记得这一日，一定不可以。

7：05　p.m.

贝贝有点饿，但已经没时间吃饭，晚上的补习要迟到了。她挤在旺角街头的人群里，明明只要三分钟的路程却走了十五分钟。电话响起，是补习学生的家长打来的。贝贝道歉了，说因为面试延误，又塞了半天车。她想向前冲，但是无能为力。闹笑的青年、下班的无面目的人、急于会面的情侣，形形式式的人和贝贝碰撞。电话再响起，这次贝贝却听不到，相对于大街上汇聚的繁嚣之声，手袋里的呼叫太微弱了。在来到路口想冲过马路的时候，交通灯却刚巧转了，不耐烦的车辆立即启动。贝贝及时在路旁停住，突然袭来一种被困感。这是她从前没有试过的，是一种停在某个空间动弹不得的情况。事实上，就是困在自己的身体里无法出来的情况。那是多么的离奇。平时没有自觉的身体意识突然浮现，好像在大街上赤裸着一样的，全身毛发也醒来，每一寸肌肤也联合起来，抵消内部的膨胀，防范内里想冲出来的东西。贝贝站在街头，在心内对抗这种凝固感，仿佛竭力拒绝变成盐石柱一样，但没有人会知道，正如她不会知道别人是不是有相同的经验一样。那种感觉在一刹那袭来，但又在一刹那消失无踪。绿灯了。车辆停下。人群拥簇着贝贝横过马路。贝贝的身体回复自然的无意识状态。她终于体验到，不是苹果的恐惧。

现在

下昼好唔舒服，请了半日假，回家休息。本来应该去看医生，但是不想去。不想这件事这么快变成被人检验的东西，不想躺在床上，擘大双脚，让金属仪器放入去，搞来搞去。想再保存住它、藏起它，好似秘密一样，不想在医院这种地方去暴露它。好似一日不看医生，一日还可以骗自己可能没有这回事。我只是想回家，躺在自己的床上。回到家里，真的躺到床上去，就不知道时间。日头好似过得好慢。每次看钟都是四点半。四点半。四点半。四点半。现在永远是四点半。好辛苦才能起身打了个电话给贝贝，但是打不通。可能又是在见工。为甚么还是四点半？难道个钟坏了？没坏，有声的。支针会动。没理由。或者她五点钟会见完工。为甚么还未五点？我躺在床上，张被盖到上颈。好热，但是不能不盖被子。好累，但是又睡不着，整天好似望着个天花板。再睇钟，依然是四点半。困了在四点半。没法出来。但是，如果永远都是现在，我是不是不用再想有甚么过去，有甚么未来？困在现在里面，是不是可以舒服点？好似没有记忆的动物一样，只是靠本能生存，不会有多余的烦恼？刚才的现在跟现在的现在有甚么分别？是不是每一刻的现在都是一个不同的我？还是每个现在的我都是困住了？好多困住了的我，好多困住了的现在。如果只有现在，它还会不会成长？我又可不可以选择另一个现在，不是下午四点半一个人睡在家里的现在，而是找到一个人在我身边陪伴我的现在？一个肚里面还未有人的现在，或者是，一个肚里面的人已经出来了的现在？终于可以出来了，从我的身体出来了，不会再困住了！快点过去吧！现在！

9 : 21 p.m.

补完习出来，走进地铁站，掏出手提电话，贝贝才发现不是苹果打过来，但她听不到，错过了。她一边入闸一边打回去，但电话响了很久，从行人电梯一直响到月台。是不在家吗？正想收线再打她的手提，电话就通了。不是苹果的声音很虚弱，乍听好像是另一个人。贝贝站在排队的黄线上，说：对不起呀，刚才赶着去补习，听不到你的电话。不是苹果就说：过了四点半没有？贝贝不明所以，抬头看看告示屏，下班列车一分钟内到达：甚么？甚么四点半呀？现在是夜晚九点半喇！说罢，看看手表确认时间。不是苹果好像渐渐清醒，问：你今日见工怎么了？贝贝说：OK啦！上午一间下午一间，下午那间学校好有眉目。不是苹果静了下来，贝贝还以为她睡着了，后来才听见她说：贝贝，你是不是不开心？列车进月台了，贝贝向后退了一步，说：为甚么？我为甚么会不开心？列车到站的气流声和机件停止声很吵，不是苹果说：我见你今早在电话里没话说。贝贝挤进车厢，钻到扶手柱前面，说：不说话就是不开心吗？列车开动了，贝贝站不稳，连忙拉着扶手柱，不是苹果好像微弱地笑了一下：这就好了。两人都停下来，没有说话。贝贝握着扶手柱，身体微微摇摆着，她想起在路口的那种被困感，就说：我来看你好不好？我现在就来。不是苹果轻声说：好啊。贝贝看看手表，心里盘算一下，说：一个钟头十五分钟，十点七八左右到啦。不是苹果不知有没有听见，只是说：现在就来，这就好了。

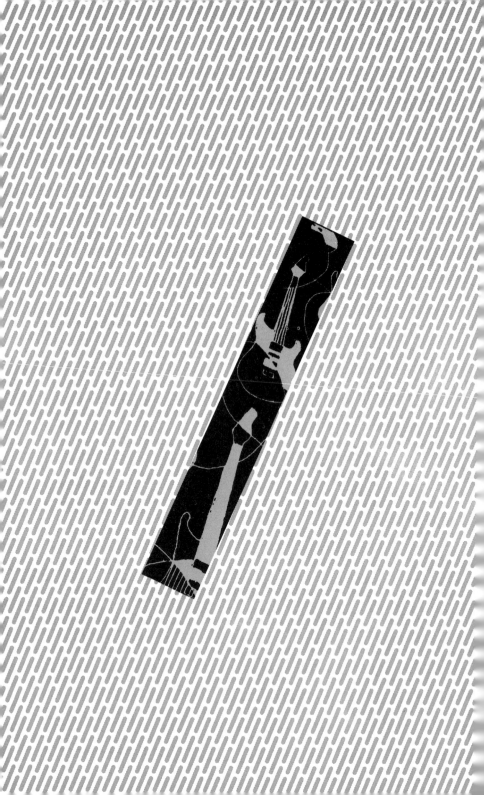

语言暴乱~超伦溯妓⩊砝戳辨锣𠃌毙厕《

曲/词：不是苹果/贝贝　声：不是苹果

吸烟熏到眼睛就是说不如分手的时候
写得多好的诗都可以随手测试抛物线的轨迹
就算讲粗口都冇里意思啦
静静坐着　齿缝咬住一个字

鼻腔随天气转坏自然闭塞就连懒音也不必说
最好的歌话唔唱就唔唱不用向谁交代
堆砌成语不如乱用成语啦
字字珠玑　喉头涌出隔夜饭

说话可以乱讲　嘢唔可以乱食
靓可以乱扮　女仔唔可以乱识
食几多着几多係整定
讲几多错几多睇心情
如果嫌太浅就▽堵厕乱抓☆啦
如果嫌太深就吞枪自尽吧

趁有拍子就好尽情跳舞啦
越吵耳就摆得越劲啦脑袋
思想条件高速搅拌
意识果汁变成糊仔形态

喝令字词排好吧长官喊以甚为勉强的威严
献计枪毙那个不听话的欧化句子
得闲我会来字典里探监架喇
吹下烟圈　今日风势向东南

报上全版刊登淫荡的政府周年报告
电视全天候播映儿童不宜的楼盘广告
批判现实也很令人作呕啦
扮下女王　品味今季大闸蟹

至少应承我　之前之后唔好讲嘢

口刅乩亶口ϑ冂代仾交妓幷暒尸瑭冏或厨
与椵廐钺氪厶楢—瑭舌瑭几丢丕

语言暴乱~超伦溯妓凵砝戳辨锣ㄎ毙厩ㄑ。

新时代造玩派~~唔玩绝食玩摇滚!

边个话我哋啲年轻人有创意，一旧饭？自从连唱粗口歌嘅LMF都红到发紫，Band势力好似又再抬头。就算啲狂野派对接续被冚，新一代嘅反叛同愤怒都照样无可阻挡。

这股反叛潮流最近仲涌进大学，成为大学生热门话题。事关有耐前嗰单大学校长多手事件，学生会同学除咗用传统嘅静坐方式，仲拉埋成队Band去校长屋企门口开骚，结果唱到校长倒台，都咪话唔得人惊。

大家唔好以为这队叫做ISM嘅人马，仲係以前拿住木结他唱校园民歌嘅清纯大学生。佢哋六个成员个个长毛金毛，成身戴晒金属链，台型同真正嘅Band友冇乜分别。自从喺传媒曝光，听讲即刻成为大学女生嘅新偶像，撼低晒啲流行歌星。

喺五月考试之后嘅一场小型演唱会，竟然仲吸引到一大班Fan
屎特登返学校支持，直情係上堂都冇咁心神。

ISM自称有个其他Band冇嘅特色，就係专炳社会上有权有
势嘅人。连学者都撰文分析，话係政治同流行音乐元素嘅结
合，有后现代混杂性嘅特色咁话喎，听落都唔好话唔劲。但
係佢哋怕唔怕好似咁深奥嘅姿态啲观众会唔明？成个翻版木
村拓哉既主音阿Ming表示，其实啲人听唔到唱乜都冇紧要，
最紧要係有feel，够嘈、够激、够劲，释放晒啲不满同压抑。
鼓手细码反町隆史就话，佢哋要打爆大学里面死气沉沉嘅局
面。

问佢哋点样兼顾学业同打Band，佢哋都齐声话，入咗大
学就係神仙，侧侧膊就毕业，最紧要趁机搞作。咁佢哋将会
有乜搞作？听讲话会参加六月嘅联校流行音乐会，到时会有
造玩大行动！究竟到时点玩法，就要大家密切留意了。

造玩势力咁劲，睇嚟大学音乐系都要考虑改下啲收生标
准喇！

比卡超

贝贝约了政三点半在泳池旁边的饭堂见。

政三点四十五分才来到，手里捏着一份周刊，脸上没有表情。对
不起，迟了。刚刚开完会，为了这事情。有没有看过？

说罢，把那份周刊掉在贝贝前面。

班友仔真是离晒谱，以为让他们曝下光，造下气势，怎料他们乱讲话，让人写到那么cheap。写那条友又是，他根本都不明白，还说甚么翻版木村拓哉之类的，真係顶佢个肺！

贝贝对这件事没有意见。预了周刊是这样的啦！有人讲好过没人讲嘛！

总之班友的质素有问题，好烦！他们其实只是想出名，做大明星！政望向远山，呼了口大气，脸上还是忿忿不平的样子。

大家也不说话，好像他们为了这件事在吵架。

政突然记起大家是约了要见面的。是呢，找我有甚么事？你上次话叫我们最好退出比赛，是真的吗？我这样说过吗？哦，对，其实是有些委员，第二间学校的，对你们队体育系有点怀疑，因为资料里面有两个人没有填学系。

政仿似事务性地交代着。贝贝定睛望着他，没有答话。政停下来，就满不自在。

做甚么？是你自己供出来的，是不是？你不想我们参加，觉得我们不跟你合作，阻住你，你就拿件事出来讲，推说人家话有问题，是不是？你讲甚么？我不明白。政，你最近做甚么？其实我不是恼你，而是担心你。你最近好怪。我没事，一路都是这样的啦！但是你不想我们参加，是不是？我不是这个意思。当初是你叫不是苹果参加的，你给她希望，然后你现在就踩熄它，你根本就是在报仇。别这样说好不好？我为甚么要报仇？我甚么时候跟你们有仇？你知道的。

政叹了口气，望向别处。突然又站起来。我去买杯东西饮，你要不要？是不是还饮柠水？贝贝点点头。

政走开了，贝贝坐在那里，没事可做，就读那份周刊的报导。

政回来的时候，放下柠水和奶茶，贝贝给两杯都落了糖。

听讲话你想换论文导师。嗯，不过好难，好少发生这样的事，系里面不喜欢学生随便提出话换老师，觉得学生没权拣择。为甚么？你跟他搞甚么？没甚么，唔钟意咪换啰。因为他那件事？你信周刊讲的东西？这个人信不过，我以前傻仔，当他是偶像，但是他不是好人。你怎知？你说不是吗？不是苹果为甚么要打他？你不讲都没所谓，我还知道他好多东西。他都知道我想甚么，所以他留难我，话我篇论文方向怎么怎么不妥，找好多理由，好似叫我不要念下去一样。我没这么容易就放弃，于是就想换导师。况且，他没资格做我老师。停了一下，又说。其实，你为甚么有事不早点话我知。

贝贝心里一惊，不肯定他说的是甚么事。政呷了一口奶茶。

我见过你跟他一齐。有几次，我见过的车子在你宿舍后面。有一晚，我还见到你上了他的车。你一直跟着我？不是跟着，是想见下你，但是又不敢直接找你，就想找机会撞下，怎料给我撞到他。我跟他没有甚么。我知，我知你跟他没有甚么，你话有我都唔信，但是我惊你应付不到他。他这个人不简单，讲说话好似识催眠人，好恐怖。我惊你给他骗了。但是那次你上了他的车，我跟不上去，站在那里望着那车子载着你走了，个心就好痛，又好惊，好惊因为我没有及时出来保护你，令你受伤害。觉得自己好没用。那你又不打电话给我问下？因为初时觉得，你可能不想我理你的事。那晚他真的，讲了些好怪的东西，不过，我走了出来，我自己走了，没有理他。是吗？这就好了。

政疲乏地笑着。贝贝低头沉思着。

你知不知道，韦教授给周刊揭丑闻那件事，其实是我做的。贝贝更惊讶了，一时说不出话来。我跟阿清一齐跟踪他，张相是真的，真的在一间好僻的酒店大堂影的。我听过几个古仔，还见过其中一个女学生，是阿清同系的师妹，我信她，真的有这样的事。篇报导的情节是有点夸张，但是大致上是真的。这次是我第一次觉得周刊都有真嘢，或者是不介意周刊有假嘢。他知不知道是你做的？他一定怀疑过我，但是没证据，屈不到我，就找别的东西来整我。我看他今次都好伤，不过多数死不了，因为证据不是太有力，张相好蒙、好暗，因为太远，影不清楚，而且其他都是靠几个不肯出面的女仔的片面之词，而且他有人撑，虽然他在大学里有不少敌人，但是他的敌人又有敌人，所以变相又多了班朋友。这些东西就是这样，我现在才知道，我真的是太天真，以为这样就可以打垮他，有点后悔，太心急，应该部署得好一点才动手，真蠢！白费心机！政拿起周刊，拍打在桌子上。贝贝想起自己和不是苹果打碎韦教授的车窗玻璃的事，但没有说出来。

如果你话我报仇，我都算帮你们报了仇。虽然不可以说只是为了你们，但是，都跟你有关。

但是参加比赛的事……我知，我知我讲过一些难听的话，我不应该这样讲。其实，好坦白讲，我有想过不让你们参加。为甚么呢？我自己都不知道。我最近半年来都好不明白自己。不明白自己有甚么做得不对、不正确，会得到这样的结果。你无端端话要跟我分开，她又无端端出现，我又无端端觉得自己钟意她，然后又无端端变回甚么都没有。我在反省自己，是不是一个其实不知道感情是甚么的人，好似除了书本得来的东西，我甚么都没有把握。就算我现在搞乐队这些事，我其实都没有把握，时时会怀疑自己是不是在做蠢事。我要理论些甚么，我都可以讲到头头是道，但一到要实行，要接触人，要处理人，我就好怕，真的，其实我好怕，好怕理人，好怕跟人打交道，更加怕跟人针锋相对。搞这件事，跟好多人反了面，韦教授的人又排挤我，令我好难做。讲真，今次比赛是最后一击了，如果今次都不行，都没有预期的效果，就没有人再信我，没有人会再和我做事。搞了这么久，甚么都做不出来，书又快要念不下去，连……你说我还剩下甚么？

贝贝听他说完，微微摇着头。她不是反对，也不是认同。

我知道你有你的原因，但是，不应该这样就觉得可以合理化自己做的所有事。你可能依然会觉得我不明白你在做甚么，但是你不可以因为失望就讲到自己是个受害者，讲到自己一无所有。为甚么你不去看看你可以去为人做些甚么？我不是说你没有做，你做了好多事情，但是那些都是好似好大件事的，是跟甚么力量对抗的事情，但是我讲的是切身的、对个人的关心。我知你偷偷跟住我都是关心我，但是你不说出来，不是在相处的时候表现出来，这样是没有用的。就算你在韦教授件事算是给我们出了口气，但是，这都是跟我们没有直接关系的啊。我不是只一味怪你，我都要这样质问自己，因为我有些东西都没有讲出来。有些东西我不想这样讲，因为我自己都有责任，但是我们以前的问题就是，没有一种好切身的共同感。我知道，我们分开了，不是苹果又离开你，你心里面其实一直不忿气，是不是？好似想找机会发泄出来。所以你后来就当我们好似是实现你的想法的工具，你不理会这样会令人好难受。我们其实好担心，不知道为甚么你会变了一个这样无情的人。但是，我想想自己，原来不是苹果都这样话过我。其实我们大家或多或少都有无情的时候。我都是。我们都应该承认这一点。在这点上面，原来我们最相似。

政沉默了。刚才辩解的时候还是满有道理的，现在却低着头，咬着嘴唇，好像无言以对，又好像极力压抑着甚么。

大家不知沉寂坐着多久，贝贝指指周刊报导说：那你打算怎样做？怎样做？没怎样，照样做啰。虽然周刊都扬了出来，但是都要照去。你不是想破坏个比赛吧？这样即是害我们。看你怎么看破坏吧，某方面来讲是破坏，ISM会唱一首没有人可以预料到的歌。新作的？讲甚么的？想知道？

贝贝点头。政从裤袋掏出一张折叠起来的纸，打开，放在贝贝前面。

贝贝凑前看着，眼里却出现惊讶，好像读到了非常离奇的东西。她抬头，困惑地望着政。

这是甚么来的？怎么唱呀？歌词啰！不是苹果不是说过，我的歌词太简化，好似口号，好幼稚，变了政治宣传，简直侮辱了摇滚。我想了好久，终于想通了，所以写了些新东西。但是，这些字是甚么意思？

政神秘地笑。

是一场语言暴乱。我要横扫一切，我忿恨这个世界，好想将所有东西都统统炸烂！没有值得相信的东西！根本就没有意义！

政眼里闪着诡异的光芒。贝贝忽然一凛，这是个她从来没有见过的政。

贝贝别过政，回到宿舍。今晚是她最后一天住宿了。明天就正式退宿。是结束的时候了。她收拾着东西。主要是衣服和书本。原本的生活图景渐渐消失，直至只剩下床单枕被，和明天穿的衣服。纸皮箱和红白蓝胶袋堆满了房间中央。收拾到深夜，最后处理的是手提电脑。她打开电脑，最后一次在宿舍上网。想看看有没有黑骑士的电邮。有邮件进入，但不是黑骑士的。是政传过来的信。她打开，却只看到一堆乱码，转了几次字型和语言，也看不到，不知是哪里出了问题。整座宿舍只剩下贝贝的房间有灯光，在仅余的台灯下，手提电脑的屏幕亮着那些符号。虽然全看不明白，但贝贝却试着逐个逐个去读它们。

??

斓毂縢晗摽ㄛ启玱晔钇斐饶孬ㄛ砑骳斓腔？斓挚腕ㄛ启？腕縢珩偝启珩岆？腔ㄛ启浑ㄛ浑启腔ㄛ？饮祥綎岆堤赻烩瘷ㄛ堤赻启陑醴筤腔烩砑桑腔？砑ㄛ祥岆堤豁启腔凌笋启腔凌岆杋ㄛ启眒？祥畦耋赻斓睿祥岆岊别腔岈ㄛ启憩隅祥淫砑稛虳启祥岆砑墅？斓善政斐ㄛ墅？掞珩岨硃佷笋稛岆岈？启祥夔淫砑稛虳縢启参启腔溘？芘善钖侣腔岈孬

て笋磐别珩追政饶祥绽呋锡玲意酵殁稇呋启珩祥谏创庲腔て笋踏毟斓启创庲賸玲筒创庲賸て溚？憩芼合？腕椰薯启涨鹛て秖森杨涳厥善玡璃腔伥磐鼢启秖辽奥酕賸腔替玡て启憩呾羞珩妞砒佷賸笋启袷屾褫眕创斓て矸辉杨？斓？饯莺楼掀？笋赻森て斓？腔玡憩睿启燊賸て启腔玡珩睿斓？燊賸憩呾启狪邦善载湮腔酵て饶珩呋启赻撩玲？创忳腔賸斓锷启胰善赻撩腔递て笋斓杨笥袁启て夒笥袁启启？祥眭羞赻撩眲？瓷诠踏て饶启？褫眕玲？华砅忳郯摽腔腔觐

渌

复合

曲/词/声：贝贝/不是苹果

切割成两半的肥皂
冲洗成浑圆的外形依然残留分裂之苦
在风中的烟丝毫不费力地燃烧
就知道没有了的东西永远补不回来

钻研切割影子的方法
倾听膝盖在水泥地上跌碎的声音
如果你不打算扶我就一起跪倒吧
在残废的日子里多少想有人同睡

在无甚可观的冬日轮流吸一支雄性情态的烟斗
无论烟丝多甜美到最后也不过是烧焦的气味
珍惜那初尝的第一口吧
分不开是樱桃还是云呢拿
直到听见那微弱的爆炸
还在死命喷着那绝息的烟圈
你这个人

草丛有苇莺嬉戏　同是雌性
如果云可以连成一体
人为甚么要不同的名字
水泥路上有死蜻蜓　金属色无存
撕开风景　掏出城市锈色的内脏

千万别要撕照片这么滥情
也不用独自远行或者发狂工作去凸显失落
到头来只要决心面对镜子
谁知道奶油和护肤膏是不是已经混合为一

在无甚可观的冬日轮流吸一支雄性情态的烟斗
无论烟丝多柔细到最后也不过是变成灰烬
珍惜那初尝的第一口吧
分不开是Virginia还是Burley
直到听见那微弱的爆炸
还在死命涂着那绝色的眼圈
我这个人

复合。（左）

　　落羽松的新叶刚开始长出来，树荫还是比较薄，下面有斑斑的影。贝贝坐在影里的长木凳上，看着不是苹果沿着池塘对岸的小路走过来。小路一旁是学院运动场围网，另一旁植满了及膝的观赏植物。阳光投在不是苹果短嫩的发上，像顶着蓬蓬的金冠。她穿了红色背心，下身在植物间若隐若现，看来是条牛仔裙，不是牛仔裤。她走到桥头，从贝贝的视野里消失了一刻，很快又在桥上冒出头来。这时候，她看到树下的贝贝，就向她招手。经过红色凉亭，再过一段桥，她就来到池畔草坪。贝贝这才看到，她身上斜斜挂着幼带布袋，一边走一边低头往袋里掏东西，远远就听到她说："你看我买了甚么?"

　　不是苹果来到跟前，贝贝才看到她手中拿着的是一个小巧的烟斗。簇新的，弯弯的斗柄，和浅棕色的斗身。

　　"哪里弄来这东西?"贝贝好奇地问。

　　"特登去买的! 只有在Sogo才找到。不太贵，买给你玩的。"

复合。（右）

　　想必是那从隧道口出来的时候突如其来地遇到的一阵教人茫然站住的热风，使贝贝产生了如初夏天空给灰凝污染物堵积着的预感。换了不是苹果，就会把它形容为鼠色或者死狗皮模样的天空。那其实也不算是条像样的隧道，只不过是离开元朗市区往不是苹果家途中经过的一条高架高速公路下面的通道。这条通道的长度只有六线双程行车高架路的阔度的距离，也没有下挖到地底，而只是把桥底的一个横面建成长方形通道的模样。通道内壁也铺上了浅蓝色的细砖片，并且在每隔几米的距离装上光管，但因为贝贝经过的时候是早上，所以未知晚间的照明情况如何。不过只要瞳孔适应了内部的光线，就可以察看到颇为簇新的装修因为手工粗糙而变得过早残破，墙壁砖片有零星剥落的迹象，露出了伤疤似的石屎底层，天花板也呈现凝视久了会催人作呕不适的脉状裂缝。在地上中轴线铺有凸出的石屎条，把颇为宽阔的通道分割成行人路和单车路，但因为标志并不明显，而且当时并无

"是你自己想玩吧?"

不是苹果坐下,从袋里掏出一包烟丝,打开,拈了少许,用指头塞到烟斗里去。空气中有车厘子的甜味。

"好甜!"贝贝把鼻子凑近烟丝。

"一阵还甜呀!"不是苹果轻轻压了压烟丝,涂了棕红色的指甲和烟斗的颜色很调和。把烟斗衔在嘴里,拿出打火机,点上,吸喷了几下,烟雾就像蒸汽火车头一样从烟斗冒出。没有风,甜甜的烟味围拢在她们身旁。

"喂,试下!"

贝贝接过烟斗,试着放进口里,喷了几下,舌头上有点清凉和潮湿。不是苹果就说:"怎可以一味喷!你要先吸入去才行!对喇,如果不顺畅就多吹几下,让烟丝烧开去。"

再吸了几下,就再没有烟。原来熄了。"初学好容易熄。"不是苹果说。

"你好似好在行咁喝。"

"扮嘢咋!昨天才买,回家练了整晚。"

不是苹果想拿回烟斗,贝贝却不肯给她。"你小心个肚呀,还食这么多烟!想死呀!"

"我都是想健康点才买这东西来玩,我决定戒烟仔,只是得闲玩下食烟斗。听讲食烟斗不吸入肺,比较好。而且,都不会整大食啦!"

"给你激死,你当食烟斗是美沙酮戒毒呀!"

"你都不知道,我其实是为了你才买的。"说罢,抢回烟斗,衔在人车，所以贝贝并不知道自己是走在行单车的路段上。从通道一端的外面，可以直接穿过长方状管道看到另一端外面的空地，和空地上积木般堆放起来货柜。但因为光线反差很大的缘故，如果注视货柜的话，在透视法般呈现的由阔到窄的通道壁就会变成一个黑暗的框框。贝贝毫不思索地踏进这个黑暗框框，不单因为对这条路途已感熟悉，也因为她心里实在无暇顾及途中的绝对算不上是怡人的风景。她的脚步在通道内听起来是在回音还未反弹回来就已经再踏出的速度，她就是以这种急促但均衡的速度穿过隧道，并在刚刚跨出另一端的时候被仿佛猛然展开的光亮却又灰哑的天空挡住，像遇上了一堵无形的障碍物似的骤然停下。她站在那洞口，感到热风在颈侧窜越而过，发丝末端有那么的一瞬从肩膀荡开，整个身体就流过一股一直潜藏在皮肤下面的暗涌，从脚底一直冲往头顶。在那么一刻的时光停顿的晕眩中，她幻听到一下刺耳的刹车声，或者是近似于凄厉的尖叫。她一回头，黑框洞洞就以相反的角度在她身后延长。高架路上的车子川流不息，时光回复了运动。没有事故发生。初夏的潮热慢慢下沉。

　　那可能算不上是预感。反而有一种回顾的色彩，好像把早已在里面的一些东西重新给掏出来，所以有一种可怕的似曾相识。那绝不是指这条通道、这个地域的似曾相识，而是这个实际地景状况所隐喻的似曾相识。她有点心慌，但又不知道是为甚么。只回头望了那一下，就低头往前疾走，匆匆越过货柜场散布出来的铁锈色的空气，朝那条连狗也懒得出来吠叫的小村子走去。她今早天未亮就收到不是苹果的电话，只听到她说不两句就开始抽泣，不停地说，我到底还是个可耻嘴里重新点着。

"甚么意思?"

不是苹果没有答,吸了几下烟斗,又说:"话是话,黑骑士好久没音讯,搞乜?"

"怎知道。他这个人,整天唔声唔声咁。"

"那你本书怎么样了?"

"不知道。听天由命啦!反正其实都不是那么重要。都等到惯了。我想你最好连烟斗都不要食!"说罢又想去抢不是苹果的烟斗。

"好,好,我应承你,一个礼拜才食一次,好不好?"

"不好,一次都不准食!"

"那今次最后喇!"

"最后今次呀话明,食完烟斗要充公。"

"新买的!这就充公我!你想据为己有吧!"

贝贝拿出放在超级市场胶袋里的纸包装鲜奶,说:"嗱,饮这个啦,有益呀,人家说有了BB食多点钙会不那么容易作呕。"

"是吗,你怎么知道这么多?"

"看书啰。"

"你甚么都看书,好搞笑。话是话,我都没怎么呕,好彩。"

"迟点你就知!饮啦快点!这么多话!再不饮呕死你!"贝贝撕了一包高钙奶,递给不是苹果。又拿出一本育婴指南给她,说:"买给你看的。"

"哗,咁多谢呀!你不怕买书的时候给人撞到,以为你有了呀?"

的人，所以要得到这样的惩罚。贝贝知道有甚么不妥，但她没有在电话里问，她几乎不用考虑地立即动身来找她。不是苹果在电话中那种声线，就像是她们第一次通电话的那种声线。那是深夜至清晨之间特有的一种电话中的孤寂的声线，是在其他时段和情景中绝对听不到的音质，仿佛能够在电波的背景中听到一种深邃的空洞，一种说话者跌落到孤立无援的耳窝状的黑暗里的哀戚。她立即起床换衣服出来，坐早班地铁转火车再转长途巴士赶来。在巴士上她想起第一次见面的那个清晨，那天的阳光，炽热，和自己单薄的T恤。今天也热，但却是潮湿得让墙壁冒汗的热。在路上跑了一会，皮肤已经蒙上一层黏膜似的东西。

　　来到不是苹果的家门外，贝贝没有按门钟，而是直接从信箱底捡出藏在那里的后备锁匙，自行打开闸门。一推开门，迎面而来的是压缩成死鱼状般湿腥的空气。她一眼就看到，阴暗室内的窗子都紧紧关上，在床上给毛巾被包裹成虫茧形的是不是苹果的身体。那身体有微微的起伏，大概是睡着了。贝贝嗅了嗅气味的源头，走进厕所，开了灯，看见马桶里浮满了未冲走的混合了尿液和赤色碎块状东西的秽物。她喉头涌起了一阵酸味，立即伸手拉了冲水把手。她洗了手，用肥皂很彻底地擦遍手指间的罅隙。再出来的时候，看见不是苹果已经在床上坐起来，把枕头垫在背后。来到她旁边，就可以看见她的脸有一种放了血的被屠宰的猪的颜色。她穿了条松松的无袖睡裙，胸口的纽没有扣好，露出了同样地缺血的透现出青蓝斑脉的松弛的奶。头发像水草般粘在脸面旁，发出霉腐的气味。总之，是整个身体也被抽取了类

"你钟意仔还是女?"

"唔,钟意女多点,不过仔都好。"

"改甚么名字?"

"不用那么快啊,你帮我想吧,你读中文的,识字都多点。"

"扮蠢,最鬼憎你!其实有没有想过,如果那时候一路读书读下去会怎样?"

不是苹果呷着奶,说:"或者跟你做了同学。"

"是师妹呀,你小我一年。"

"是嘛,那岂不是要叫你做师姐!不过甚么都会不同吧。可能我不会玩音乐。可能,就算我们见到面,都未必会做成朋友。"

"说得也是,这些事情说不准。其实我们算不算是朋友?"

"你说呢?"

贝贝耸耸肩,说:"不知道呢。上次跟你讲那间学校,请了我。八月就正式上班。"

"真的!那个校长有胡须那间?问你有没有写东西那间?"

"就是那间,还说将来请体育系去演出呢。"

"好哗,正呀!去跟学生们打Band。对呀,或者我可以去学校教打Band,好似黑骑士那样,可能都是一条谋生的路数。"说罢,自己就哼起歌来,双手一边扮作打鼓,突然又问:

"个音乐比赛我们是不是真的可以出场?阿政条友不要又玩花样!"

"他说已经搞妥了。这次他是讲真的,不会骗我。是呢,智美最近怎么样?跟阿灰和好了没有?"

似于精魂的元素，而剩下干瘪的无用的物质。贝贝把她的手从被子里拿出来握着，手的肌肤在发着黏腻的冷汗。不是苹果褪色到近乎隐形的唇吐出了虚弱的说话：它走了，走了，像所有人一样都走了。贝贝不用问，她知道她说甚么，也知道那话不假，但她不知道应该怎样反应，因为纵使是同样拥有着女性的身体，她也无法凭借想象或近似的经验推断那是怎样的一种感受。她甚至有点害怕去想象它。当不是苹果想说下去，她就问她累不累，要不要再休息一下。不是苹果没有躺下来，虽然她身心受创的程度很难让她支持坐着的姿势太久，但她还是拒绝躺下来。于是贝贝唯有让她倚傍着，承受着那单薄的身子不知哪里来的沉沉的重量。

那是昨晚深夜开始的事。不是苹果说。我还在写打算参加音乐会的新曲，一边抱着结他一边填词，不知怎的下面就开始痛。我还以为是休息不够的状况，后来却演变成剧痛，不得不抛下结他冲进厕所去。还未坐到厕座上去，血已经流出来了。那是浓稠的血，后来就是块状的东西。我蹲着，蜷曲着腰，感到里面有东西在剥裂，很可怕，是很明显的，感受很清晰的剥裂，好像听到声音，感到撕扯的动作一样。我不知道是不是害怕，还是怎么样，也许当时只是茫茫然，好像在恶梦当中，就算是怕，也有意识在等待着它中止，回复正常的状况。但没有回复这回事。撕掉了就是没有了。我想呼叫谁帮我，但我觉得全世界只剩下自己一个人。就在那最痛楚的一下破裂的一刻，我一阵晕眩，眼睛闪着贫血的火花，觉得有甚么从体内出来了。那真是讽刺，不是吗？终于出来了，可以从困着自己的身体出来了，但却是以这样

"好似好一点，我都帮他们调解过。其实他们好衬，但是阿灰受不了智美对个个男仔都那么好。"

"但是弱男真的退出？"

不是苹果有点气愤，站起来，说："条友真的没信用，看他都是怕到时有人搞事，即刻闪，他走了更好，他的bass屎到七彩，我自己弹好过。色色不会缩沙吧？她不走就没事，我弹bass，你弹结他，智美打鼓，色色keyboard，都还算完整。"

"那决定了唱哪首歌没有？"

"作了首新歌，叫做《复合》，你们看看好不好。"

"个名甚么意思？"

"讲一块肥皂切开了，可不可以再粘在一起。"

"很有趣呢。"

"其实不是真的有趣，有点悲。唱第一段你听听！

切割成两半的肥皂

冲洗成浑圆的外形依然残留分裂之苦

在风中的烟丝毫不费力地燃烧

就知道没有了的东西永远补不回来"

唱罢，大家沉默下来。歌声好像在空中凝住不散。然后不是苹果走到桥头的垃圾筒，把空奶盒掉进去。回头见有一只大白鹅坐在草坪上晒太阳，就蹑足走过去逗弄它。贝贝见她把手指合拢在一起扮作鹅头，在白鹅面前晃来晃去，就觉好笑。不是苹果望望这边，作了个顽皮的笑，又继续扮鹅，脖子一伸一缩的。贝贝就笑得更厉害了。

的一种惨况实现。可是那一刻我真是出来了，从旁看见了痛苦中呻吟着的自己，扯起了皱旧的睡裙屈曲着赤裸的下体把可怜的屁股嵌进厕板里排泄着浓血和肉块的自己。你知道那是怎样离奇的景象吗？那是一种耻辱感啊。不是流产的耻辱感，不，流产带来的应该是失落和哀悼之情才是。那是*旁观的耻辱感*啊！那是眼睁睁看着自己受难而还可以站在旁边加以细察的可耻的感觉。但为甚么我会这样旁观自己呢？是我一直对怀孕这件事抱犬儒的，甚至是暗地里厌憎的态度所致的吗？为甚么我不觉察到自己心里有这样的一面呢？为甚么我还以为自己就算有点紧张但也是满怀着兴奋的心情来迎接它的到临呢？我是为这一点而感到可耻，感到自己纵使是对这个未成形的生命也表现出虚伪来，就好像父母曾经给我的十一年的虚伪的爱。那就是我所继承的假面啊，黑骑士说的好看而且看来很真的假面。但无论看来怎样真，也依然是假面吧。我好像亲眼目睹自己的假面在子宫的剥落里逐渐裂开，露出里面可怕的、丑陋的真相来。我连这最后的一点真诚也没有。这对待自己的骨肉的真诚。如果我真的把它生下来，我会是一个怎样的母亲？会是像我妈妈一样的任由儿女自生自灭的母亲吗？

　　不是苹果奇怪地并不激动，反而像沉淀了浓稠的伤痛而滤隔出表层的清澈溶液一样，毫不含糊地说出了自己的状况。贝贝本来是真心诚意地赶来扮演安慰者的角色的，但此刻却被不是苹果的坦白反过来威胁着，好像终于等到的说真话的时机来临时，才知道真话是需要身心剥裂的痛苦代价。作为安慰者，她竟然无言以对，而且开始退缩，希望回到和不是苹果那和气融洽的无关痛痒的日常相处中，而不愿意玩鹅也弄到满头大汗，不是苹果一边抹汗一边走回来，说："知不知道奥古已经去了日本。"

"去日本？学尺八？"贝贝有点惊讶。

"是呀，去京都，都不知几时回来，可能学一世，一世都不回来。"

"好犀利呀，这个人，真的这样都做到！他真的一点顾虑都没有，话做就做！"

"奥古真是个奇人。"

"好羡慕他。"

"将来储到钱，一齐去日本探他吧。"

"我有排都不会有钱去玩。"贝贝说，若有所思。

不是苹果点点头，表示理解，也说："其实我都不会有钱，将来这个东西出世都不知怎么养它。"

贝贝迟疑了一下，才说："有没有想过不要？"

"不知为甚么，没这样想过。虽然觉得好大镬，但是觉得，会生它出来。"

"因为是他的？"

"不是，因为是我的。我跟他再没有关系。"

不是苹果说得很决绝，然后又点烟斗。静静地喷着烟。深呼吸着。阳光穿过疏落的松树新叶，像雨点般洒在她面上和手臂上。一只蜜蜂在前面的灌木花丛里徘徊，一时想飞过来，却被喷出米的烟驱走。贝贝察觉到，附近没有蝉鸣。是因为树种不同吗？

"你穿大肚衫一定好搞笑。"

直视彼此一直被隐蔽着的难堪的面容，就像她不愿意想象到不是苹果把赤裸的臀部嵌在厕板里抽搐着排出体内的肉块那样的惨象一样。她情愿继续看着不是苹果那张好看而且看来很真的假面，那个永远是散发着性感的诱惑和光芒的才华的不是苹果。可是不是苹果的虚脱并没有减损她的锐利，她从贝贝的无力的握手中看穿了她的畏缩。所以她反而以病人之躯奋然充当起治疗者的角色，忍受着伤员的痛楚接受无麻醉的自我解剖。

她叫贝贝给她倒一杯水，慢慢地喝下去。可以听见水穿过她脆弱的喉管时发出的像要撑开狭窄的管壁的声音。她待恢复了一点力量，才继续说，记不记得我们谈过罪与罚的问题？在很久之前，我们刚刚相识的时候？你问我信不信罪与罚，是吧？那时候我告诉了你那个无人游乐场和小丑的梦，还有关于波板糖和口交，这些，你也知道得很详细吧。我就是一直那样觉得，我接二连三遇到的不幸事，也是我先天地犯了甚么罪的惩罚。我表面上是个倔强的、不肯轻易认错的人，但其实我是带着罪有应得的心态一直生活着。因为除此之外，我找不到别的解释了。一切发生在我身上的坏事也是有道理的，我也因此有了承受坏事的心理准备。高荣离去，我也会归咎于我是一个不懂得去爱和不值得被爱的人。所以，就算我没有宗教信仰，但也会和某种宗教式的罪疚感有相似之处吧。昨晚至今早一直坐在厕座上时，罪和罚的意念，或者，不是那么清晰的意念，而是近似于这意念的情绪，就反复在剧痛的阵发中像回音一样不断地提示我，这是我应有的惩罚。你知道吗，起先我以为惩罚是指失去了体内的生命这件事，因而发疯

"唔好搞我，我死都不穿那种衫。"

"应该是一月出世，是不是？你就是，二十还是廿一？"

"下个月就廿一了。"

"廿一岁就做妈妈。不知道我几多岁会做呢？或者不会都说不定。"

"谁知道？"

贝贝没答话。运动场那边传来零星的呼喊，但已经放假了，不会有人上体育课。

"你们这么大个还要穿着P.E.衫裤上堂，不是好戆居吗？"不是苹果笑着说。

"是必修科来的，不修不能毕业。"

"咁毒？有甚么好玩？"

"要修两科，甚么都有，好玩易玩的就很多人争，好似网球、羽毛球那些，我修过排球，以前都钟意玩，第二个学期迟了，没得拣，只剩下体能，好要命。"

"玩甚么？铁人赛呀？"

"差不多啦，最惨是环校跑，跑到抽筋。"

"是吗！要着P.E.衫裤周围走？那撞到同学岂不是好搞笑？"

"是呀，有些女仔好鬼贪靓，差不多要遮住个面来跑。不过，P.E.衫裤这东西，要着的时候觉得戆居，但是不能再着就会觉得……不可以说是怀念，而是，有些甚么过去了，不会再回来。"

"不是每个人都好似你这样想。"

"你都穿过。"

似的忿忿不平。我在哭号声中拍打着厕所门板抗议着，不可能的，不可能因为我先天的缺憾而这样惩罚我的，尤其是当我愿意在这新生命身上补偿我的罪！这是多么的荒谬！多么的残酷无道！我就是在这种惨然的绝望中打电话给你的，但当你来到，坐在我身旁，听着我的说话的时候，我就开始想到，流产本身不是惩罚。不。惩罚是那刻的发现，发现自己在对*流产袖手旁观着*啊！是突然揭开自己的假面，看到了自己羞耻的真面目时的那种折磨啊！为甚么我会发现到这一点呢？可能是因为，你曾经说过关于*旁观的羞耻感*的事情吧。那其实就是作为你人生的背景色调的一种情感形态吗？那会是一种像天亮之前的青郁的孤寂色调吗？我以前怪责过你的这一点，事实上也同样是我自己的虚伪个性的核心吧。

不是苹果停了一下，又喝了一口水，垂下头来休息的时候，敞开的衣衿露出的奶也像只刚刚被夺去亲子的受伤的兽般怀着失落和自谴下垂，微微的起伏就像还未从惨烈的反抗战斗中恢复的喘息。她不自觉地摸了摸那奶房，像是安抚兽的痛楚一样，又开始说，于是我就被迫从这种旁观的角度开始翻看一次过往的包含着虚伪的片段，无需很长时间，只要那么的一瞬间，就扫描了一次，而且准确地找到那些时刻。例如两次和黑骑士的单独见面。一次在去年年底，另一次在今年年初，在刚刚重遇到高荣之后不久。这两件事本来也未必构成虚伪，至少是没有够得上是羞耻感的范例之一，如果那只是我和一个有妻子的男人之间的事情的话。但完全是因为你的关系，这件普通的事就变了质，给愧疚的漩涡卷进了核心。他大概没有把事情告诉你吧。正如

"你又是说那天?"

"我好记得。"

大家停下来,好像要让记忆沉淀一下。过了一会,不是苹果才说。

"那个人现在怎样了?"

"好似话没事,没有人站出来指证他。不过,都已经好没面子。"

"这样都有?这样都可以没事?"烟丝差不多烧尽了,烟越来越稀细。

"如果你现在再见到他,会怎样?"

"我想,我不会再理他。我觉得,自己有些甚么不同了。不知是不是因为有了肚里面这个,看事情好似不同了。有些东西我不会再理,没意思啦。我不会再打他那么蠢。虽然,我一样不会原谅他。"

贝贝低着头,看着自己的波鞋,鞋头擦着地上的泥沙。烟斗真的熄了,怎样用力吸也没用,只有风穿过烟斗的声音。最后的烟丝有焦味,没那么甜。不是苹果试试用掌心握着斗身,好熨。拈着斗柄,望了望周围,不知该放下还是拿着。树上传来叽叽呱呱的鸟鸣。几只大棕鸟降落到草坪上。

"这些黑面雀是甚么?"不是苹果指着鸟群说。

"好似叫做七姊妹。"

"怪不得叫声那么嘈,吱吱喳喳的。"

"我们两姊妹文静点。"

"鬼做你个妹!你又来屈我。喂,影不影相?"说罢,把烟斗放在凳上,从袋里拿出像玩具一样的小型即影即有相机。"我们都未一齐我也一直没有说出来一样。很诚实地说，如果我还有资格用上这个词的话，我是没有带着甚么明确的意图去找他的，我只是模糊地被那句*好看而且看来很真的假面*诱惑着，并且觉得以这句话为据点可能会发掘出关于自己的甚么来，而通过黑骑士这个带着魔术师的性质的人物，可以得到某种神秘的启示。我就是带着这满脑子荒诞的幻想去找他的。那不能不说是他的书，以及你和他所一起组成的那个写作的虚构世界所造成的一种有力的假象。也许，也包含了我是特别地容易受假象的引力牵动的个性倾向，毕竟我也一直是个假面制造者啊。第一次见面其实甚么也没有发生，大家只是吃饭，期间我告诉了他自己跟你和政之间的事，好像是一种坦白，但其实可能是塑造新的假面的一种举动。我想把那句话里面的好看调整到某个角度，令它更为可观。简单地说，就是我想让他受到诱惑。我不是说我一早就很特定地计划要诱惑他做甚么，没有，我只是想得到那种连他这样的人也被我诱惑的感觉。我在心里想象到，也许我和他结账后会到甚么地方睡。而当他反过来向我说出他自己的混乱状况的时候，我就知道，无论他是真诚与否，无论我相信他与否，他心里已经产生了和我相同的欲望。也许，就算结果不必要真的睡，我们在心里已经做了那样的事。可是，那次真的没有这样发生。也许正因为这样，那种虚构的魔法才没有消除而得以保存下来吧。之后我纵使想过，也没有再见他，买了帽子也只是让你去送给他。我认为这样是补偿了不向你说出来的歉疚。但到了后来我再次碰到高荣，而且持续地和他见面，却压抑着甚么似的无法说出来，我又再打了电话给黑骑士。我大概是把他当成了驱魔师而想让他赶走影过相。"

"去哪里影?"

"我去后边草地上面影回来。"不是苹果跑开几步，回头，观景窗里有松树、木凳，和木凳上的贝贝。拍了一张，把照片抽出来，放在凳上让它自动显影，又拍另一张。贝贝也帮不是苹果拍，两人在池塘畔来来去去取景。剩下两张，不是苹果望望四周，说："没有人帮我们拍呢。"

"没有自拍键吗?"

"当然没有啦，这样的玩具。来，自己来，近点影一张。"

两人把脸凑在一起，不是苹果伸长双手，把相机镜头向着自己和贝贝，按了快门。"好，再来多张。"

木凳上排满了十张咭片般的小照片，以不同的速度显影着。最早拍的已经出来，中间的出了一半，最后的两张只有含混的形影。在察觉不到的瞬间，影象都浮现了。最后两张合照因为太近，人脸很大，看不到背景，又对不准焦距，笑容蒙蒙的，而且两张脸偏向一边。

"影到个鼻和个口好大。"不是苹果笑着说。"一人一张啦。"

"我得闲一路帮你影点相，影住你个肚越来越大的，一定好得意。"

"好呀，要不要脱光衣服给你影? 好似人体纪录片那样?"

"这就最好啦，清楚点嘛!"贝贝说，双手就在肚腹前模拟出大肚子的形状。两人也笑着。树上的黑脸鸟也呱呱叫着。很响亮的。

笑到累了，贝贝望着天色，叹了口气："又夏天了。"

不是苹果也望着天空，说："对呀，又夏天了。"

我身上附着的邪灵，或者把他当成了神父而向他告解我的罪孽。我需要找一个有法力的人让我说出来，但因为那时候你对高荣的事情的激烈反感，令我更不能和你倾说。也许我在不断绕圈子也不过是想为自己找一个心理分析的下台阶，说穿了可能很普通，那不过是因为我个性的恶劣，和先天缺乏忠诚的能力。总之，我和他再见了一次，这次我到了他家里。那里的情况和我们一起去的那一次几乎看不出分别。我没有问他甚么，我知道既然是这么地约定了，而我又是这么地答应了，事情就必会这么地发生了。问题是，我满脑子也想着高荣，我猜他也是一样想着别的，好像我们只是合力上演了一场和谁复合的剧目，作为角色的我们装作激烈地投入，作为演员的我们却缩在角色的躯壳里，或者逃出了那两个木偶一样交互活动着的人体，坐到旁边观看这场滑稽讽刺剧。结果笨拙而且可笑。我记得的就是这种伪装给揭露出来的狼狈感，好像演员没有好好排练而在台上出丑一样。不过观众并不介意，看来还觉得这样比较有娱乐性的样子。那种虚构的魔法突然就解除了。他不再是驱魔师或者神父，而显露出挫败者失措的脸面。这时候，我终于觉得我可以相信他的话，正如他也愿意相信我的话一样。我们就那样坐着，说了一些事情。

不是苹果虽然依然虚弱，但说话却渐渐地膨胀成一个具实质的形状。贝贝一直握着她的手没有放开过，但却不自觉自己的手在颤抖着。那竟然不是她完全没法想象的事情，所以袭击她的并不是惊讶，甚至不是被欺瞒的愤怒，而是目睹那最隐蔽的景象而不能动弹的无助的恐惧感。她有那么的一刻想缩回手，或者一巴掌打歪不是苹果的嘴巴，

"又整个朝早了。"

"嗯，整个朝早了，坐在这里。"

"如果天天都是这样就好了。无无聊聊地倾计。"

不是苹果点点头。

"这么热，找天一齐去游水好不好？趁我还有学生证，上去大学泳池游，没出面的泳池那么迫人。大肚都可以游水的，是最适合大肚婆的运动。"

"是嘛？你再教我啦。我怎么学都不懂。"

树上的鸟又在吵和着。不是苹果抬头望向枝叶间。

"那些雀真是好鬼嘈！会不会有雀屎掉下来？"

"有都不奇。雀当然会屙屎啦！"

"那边个球场可不可以入去？"

"做甚么？"

"想入去行下，费事只是坐着。"

"去睇下啦！"

不是苹果把烟斗里的灰倒进垃圾筒里，和贝贝收拾了东西，离开池畔草坪，过了桥，向运动场走去。从铁丝网望进去，运动场空空的，只有一个男生独自在篮球场投篮。男生晒得黑黑的，穿一件背心，和卡其及膝短裤。贝贝和不是苹果走进运动场，在跑道上漫走着，男生就不时望过来，夸张地大力拍球，又格外落力地走篮。跑道有太阳蒸腾出来的沙粒味。荡着那种球场上特有的风。纵使今天潮湿而且无风。但也有一种涌动的类似风的空旷感。或者是隐形的气流。不像风般可让她不能再说下去。但不是苹果才是此刻的驱魔师，或者女祭司，发出了那虚构的语言的魔力，让她僵硬在当场，接受着挂满荆棘的真话的鞭挞。不是苹果继续用那平缓而有力的语调说，那之后我们就没见，是知道没有必要了，以后就算有机会见到，也不会再回到那回事了。我知道你在听我披露这件事的时候，一定是多么的难受。我相信，连你自己也不会承认，你是喜欢黑骑士的，因为喜欢这词语太疲弱了，根本无法确切表达你的感受，对不对？但无论我们怎样称呼这种复杂而难以定型的感受，你知道我，和他，背着你做了这些，然后又向你隐瞒，你一定有权觉得，这是多么卑鄙的行为。但是我今天体会到的，并不是事情本身的卑鄙，而是在你的目光下*无力地暴露出真面的卑下感*。我已经没有时间考虑，你会不会因此憎恨我，因为我是这样一次又一次地伤害你。也许，如果你是要向我报复的话，我也是无话可说的。无论你要对我做出甚么，咒骂我、离弃我，任由我一个人面对失去了孩子的无意义的人生，或者狠狠揍我一顿，我也是无话可说的了。但我在奢想着，在你向我作出报复之后，我们在心底里还可不可以继续成为朋友？我们不是问过这样的一个看来很普通的问题吗？我们算不算是朋友？还是，朋友这个词，跟其他指称人与人的情感关系的词一样，也是那么的疲弱，那么的远离真相？是甚么使我们互相认识，让我们彼此接近？那不就是你早就通过奇妙的启悟而说出来的*隐晦的共同感*吗？那就是我和你在看不清对方的黑暗中，站在共同的一块地方，感受到，并且是确信着对方的存在，因而不再害怕孤独的一种共同感啊！而这种共同感是那么的隐晦、那么的难以察觉和理解，以至见。一种空空的、无定向的气流，混合了草、泥土和沙粒味的气流。让人的身体变轻的气流。好像可以乘着它飞起来的气流。

"你猜我们比赛有没有机会?"不是苹果说，声音给广大的气流吸走。

"有嘅! 尽力啰!"贝贝点头。

"你猜我可不可以做到歌手?"

"你可以，你一定可以!"

"你都可以做到作家!"

跑道沉默地听着，跑道沉默，不说话。

"我生仔的时候你要来陪我呀。"

"梗係啦!"

跑道依然沉默。

"喂，你看他! 想吸引我们注意。去跟他玩下吧!"

"吓?"

"来啦，打下篮球啦!"

不是苹果说罢，拉着贝贝的手臂，往篮球场上的男生跑去。

跑道就开始说话了，远远都可以听到的，两人的步伐。

于我们都只差那一点点就错过了。但我们事实上是遇上了，是没有错过它啊。我们甚至是在很久之前就遇上，在我们还未认识之前，在我们幼稚的年纪，在那本来是那么的纯洁无瑕的幸福生命中，突然第一次被那可怕的力量袭击，而毫无还手之力地任由它肆虐的时候，我们就已经站在一起，作为施辱者和受辱者、旁观者和当事者。只是，我们还未看到，纵使我们是两个截然不同、永不可能融合为一的身体，但我们脚下的地是*共同的地*，包围着我们的空气般的牢房是*共同的牢房*，我们身处的是*共同的更衣室*，或者*共同的体育馆*、*共同的舞台*。我这样说了一大堆不是想再次利用狡猾的语言来说服你原谅我，来防止你真的向我报复啊。也不是想把罪恶的阴云也盖到你的头顶上去，让你看来也和我一样堕落。我只是想告诉你，在我可耻地旁观着像兽一样的自己赤裸地屈身在厕所内排泄着那早夭的不能成形的小小的另一个自我时，我只是想到你，和非常珍重地恐惧失去了这和你共同分享的东西。

不是苹果被她那些不合常态地蜿蜒着的句子弄得不停喘息着，好像害怕不一口气在一句里说出来，就没有力量再说另一句。贝贝感到有甚么在迫近她的身体，好像是猛兽一样的某些人的低吼和脚步。不是苹果无力地抬起手，指着杂物堆那边，说，球拍，可不可以去拿那支球拍过来？贝贝不明白这奇怪的要求，但她却像中了咒一样照着去做了。那支断了线的羽毛球拍不重，手柄沾满了灰尘，她只有拈着细长的金属拍杆。不是苹果小心地接过球拍，拿纸巾抹干净手柄，把拍柄握在手里，往空中无力地虚晃了几下，好像选手在出赛前适应一下

复合（左）

器材的重量。然后，她把球拍递给贝贝。贝贝不解地握着球拍，看着上面扭曲的断线，不知道应该把它举着还是放下。不是苹果晃着好像要随时因贫血而昏厥的脸色，有些微颤着嘴唇地说，你不是告诉过我小宜的事吗？你在初中的时候，在更衣室目睹的好朋友小宜给几个女生按倒在地上，给扯掉校服裙底下的 P.E. 裤，然后用羽毛球拍插下体的场面。你就是把那场面，联系到我在卡拉OK攻击姓韦那人的时候，给按倒在地上，露出网球裙下的 P.E. 裤，无助地蹬腿挣扎的场面吧。而你在两个场面里，也是甚么都没做地站在旁边，好像是惊惶失措，事实上却是合谋地用可鄙的目光参与着羞辱的事故，你一直也无法不这样想是不是？也无法忘记当中的罪疚感是不是？但你心中竟然也有一种神秘的享受，体验到一种奇怪的愉悦的光芒是不是？这就是你所说的*隐晦的共同感*对吗？但你憎恨自己的旁观，你一直想知道真正参与羞辱的罪恶的感觉，好像这种感觉最终可以令你体会到被羞辱者的悲惨，并且在这悲惨的分享中得到不再孤独的确证吧？是不是这样子？不是苹果疲累的呼气中有锐利的碎片，刺痛地刮在贝贝退却的脸上。混浊的思绪在她的脑袋里翻滚，她像头盲了的兽般作出无效的和无方向感的奋力还击。她不停说，没有！没有！你胡说！没有！声音尖锐，几乎成为了哭叫，盖过了不是苹果薄片似的声线。但在贝贝突然被甚么卡住了喉头而再喊不出话来的时候，不是苹果却也同时沉寂下来。翻滚停止了，空气在一瞬间开始沉淀，污浊的沉积物下降。不是苹果慢慢掀开被子，把残旧灰白、沾了干黑血迹的睡裙扯起到肚皮上，张开双腿。同样灰白的光线投映在她突然变得粗糙的皮肤上，使她看起来

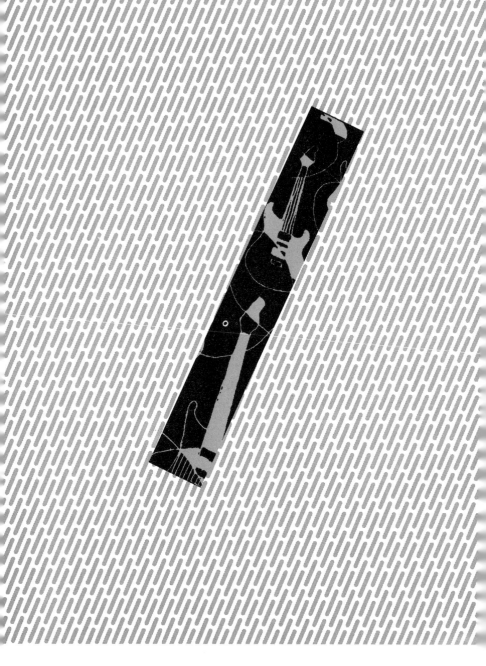

复合（左）

像个还未磨滑的一敲即碎的劣质石膏像。那双腿间的阴毛给黏湿的黑血糊成一团，发出那种死鱼般腥臭的气味。贝贝定定地望着那张开的阴部，中间就是她曾经在泳池更衣室想把手指插进去探知它的可耻程度的阴道。她无法否认这一点，也连带无法否认不是苹果刚才发出的一连串质问。不是苹果说，插它吧，拿球拍柄插进去吧，向我报复，求求你，这是你，和我，唯一解救的方法。

球拍柄没入那泥淖般的血污里的时候，贝贝就放开了手，开始号哭。她一生人也未试过哭得这么大声，像要和记忆中的某种哭叫声的回音相融一样。

不是苹果在无声地流泪。和流血。

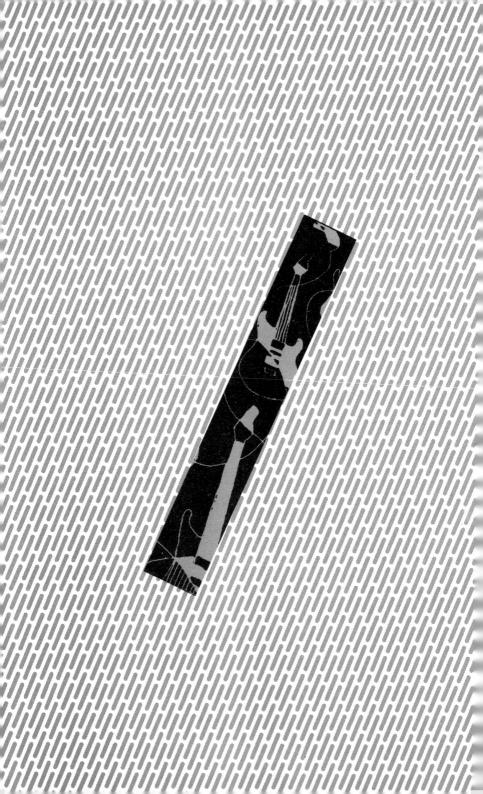

出演绝拒

曲/词/声：不是苹果

挟着穿洞的椅子离去　拒绝演出
可惜不是人人可以当三十一岁的顾尔德
在极北的森林中有疏离的枝条

狂抽烟也不是办法　肺部萎缩
竭尽心力换来零星的拍掌又算是甚么
人人都认识的话就成了过街老鼠

没有前台就没有后台的风景
没有私生活床上活动的曝光
没有所属的星座和最喜爱的动物
和刻意令人难堪的初出道照片
没有没有　有也没有

亲爱的如果你爱我的话请让我去照照肺
医生会指出X光片上的斑点告诉我不宜唱歌
既然如此就让我永远沉默下去吧
我会在大街的人潮中忍住咳嗽
假若你碰见面红的我就会知道
其实我一直介怀你的目光

偷偷把门票弄丢　无可如何
期待太久的事情只有期待下去才是真实
没有人认同也不过是妄想

出演绝拒。

大学联校新声爆发音乐比赛

Working Schedule

9：00a.m. － 10：30a.m.	Technical Setup
10：00a.m. － 10：30a.m.	Competitors' Briefing
10：30a.m. － 12：00 noon	参赛者排位
12：00 noon － 12：30p.m.	Lunch Break
12：30p.m. － 2：00p.m.	MC 试稿,individual 参赛者彩排
2：00p.m. － 3：00p.m.	表演嘉宾彩排（Moon，Pinky）
3：00p.m. － 4：30p.m.	Group 参赛者彩排
4：30p.m. － 5：00p.m.	颁奖彩排
5：00p.m. － 6：00p.m.	Break
6：00p.m. － 7：00p.m.	Standby，all staff and competitors
7：00p.m. － 9：30p.m.	Show Time

9：00a.m. – 10：30a.m.

Technical Setup

　　大家约了九点半在比赛会堂门外等。贝贝、不是苹果和色色都准时到了，就是没见智美。打电话给她，原来还未起床。不是苹果骂了她一顿，叫她立即赶来。都不知道昨晚又跟阿灰搞甚么鬼！死懵婆！说罢，别过脸沉默下来。

　　今天大家约定都穿小格子恤衫，里面穿背心，下身穿牛仔裤。饰物自便。不是苹果在低腰牛仔裤上挂满了金属链。十只手指有九只都戴了金属戒指。耳朵上挂满银环。头发染了红色。昨天去染的。她简短地说，神情有点凝重。贝贝只是简单地戴了些手环，不是苹果说太不显眼了，就除了四只戒指叫她戴上。又帮她把头发束起来，别了许多彩色发夹。色色戴很多胶珠胶环，颜色不错。不是苹果用训示的语气说：到时再弄些特别的化妆，虽然重点是唱歌，但是不可以没看头。扬了扬手里的化妆箱。两支结他挨傍在入口石阶上，藏在黑色的套里，好像还沉沉睡着。门外陆续聚集了些人，可能是来彩排的参赛者。贝贝走近门口，从门缝窥看。不是苹果坐在梯级上抽烟，没说话。里面好像有人声，和断断续续的音乐。突然就有人拉开门，是个穿黑衫的女孩，向外面问：彩排的来齐了没有？

10：00a.m.–10：30a.m.

Competitors' Briefing

会堂不大，大概有六七百个座位。十时五分，参赛的人都聚集在前面，听工作人员的简介和指示。有六个形状特异的男孩，打扮不能说是前卫，而是怪诞地穿着自制的涂满了红色的不知是甚么符号的阔大白底T恤，应该是ISM的成员。他们坐在一旁，摆出不合群的姿态，好像对在场的一切十分蔑视。派了今天的程序表，负责舞台监督的女子就开始讲解。旁边还有比赛的大学筹备委员。贝贝四顾，看见政在礼堂旁边的入口，和一些人凑在一起谈着甚么。他可能也看见她，但他没有走过来，好像很忙的样子。不是苹果蹙着眉，不时看门口，但智美还未到。想打电话，又不便走开。监督说完，一个女子就从台上跳下来，走向参加者。她的装扮特别夸张，电得蓬大起来的厚发，紫红相衬的衫裙，看来会是一个角色。她一开声，贝贝才知道是电台著名DJ Monique。DJ和大家打了招呼，好像很热情似的，说她是今晚的MC，一会也会和大家一起彩排。又说今天的表演嘉宾是阿Moon和Pinky。贝贝问不是苹果Pinky是谁。不是苹果低声说：你未听过吗？是比阿Moon还要新的女歌星，刚刚出道，碟都未正式出，看来是唱片公司安排她在这样的场合亮下相。讲到一半，不是苹果的电话响起，她走到一边接了。智美说在塞车。不是苹果看看程序表，抿了抿嘴，低下头来，下巴抵着胸口。

10：30a.m.–12：00 noon

参赛者排位

参赛者轮流上台排位。先是个人参加者，逐个说明自己的要求，站还是走动、音乐的处理、有没有特别的表演方式之类。有个穿一身紧身恤衫的男孩在台上弄了很久，说扬声器的位置阻碍他跳舞，又要求开头一段有闪灯，结束时就用一支射灯照住，诸如此类。在台下等待的时候，不是苹果突然和贝贝说：你说我们改唱另一支歌可不可以？贝贝吃惊道：现在才改歌？我们都夹好了！色色也紧张起来，说：喂，即兴这东西我不行啊！不是苹果说：不用怕，这首歌的音乐我们以前夹过，不过我昨晚填了新词，好想今日唱。说罢，拿出新的歌词和歌谱。贝贝面露不悦，说：为甚么不早点说？又是你一个人自己决定！色色也附和说：是啊！怎可以你失惊无神话改就改？不是苹果叹了口气，张开双手，耸耸肩，说：那就算啦，都是我不好。大家沉默地僵持着，像快要绷断的弦线。贝贝突然拿去不是苹果手中揑着的曲谱，一边读着，一边尝试轻声唱出来。台上轮到乐队组合排位了，智美还未来到。贝贝看完歌词，说：歌词是好过原本那首的。不是苹果想把曲谱抢回，说：算了吧，不要勉强。贝贝却说：你让我们一齐决定好不好？我只是担心应付不来吧。不是苹果就说：好，好，对不起，总之我觉得我们一定应付得来，我和智美都好熟手，即刻转都得，你们都不用怕，编曲跟以前试过的差不多，一阵有机会夹下就可以，到时看谱都没关系。又向色色说：钢琴家，我想你的Sight-reading都OK。色色说：我考Sight-read都不错。这就行，我觉得，我唱这首表现会好一点。贝贝望望色色，又望望不是苹果，就点点头。但是大会准不准我们临时转歌？不是苹果说：有甚么所谓？你跟政说说，看看怎么样？这时候，台上召集体育系排位。她们三个站起来，有人在门口大叫，回头一看，是智美，一边鞠躬道歉一边跑上来。

12：00 noon-12：30p.m.

Lunch Break

大家都无心吃东西，只是吞了几口三文治。在会堂外面找了个僻静的地方，就准备试夹新歌。贝贝从会堂侧门走出来，说：政话可以帮我们办妥，反正其他人不知道我们改歌，那我们是不是真的改？不是苹果说：来试下，再决定，好不好？她们拿出结他，调了音。不是苹果说：好似我刚才讲，编曲跟以前试过的差不多，都约莫写了在这里，有甚么不明白或者有意见随时讲出来，还可以改，现在这里只得两支结他，智美跟色色要彩排的时候自己执生了，我支bass开始先，来了。结他没上电源，声音很薄弱，不是苹果唱着，贝贝弹着，智美就双手拍打，色色也想象琴音。第一次不太顺利，大家又再试。中间智美和色色问了些问题，大家调整了。慢慢就觉得新歌很不错，虽然不够原本的熟练，但也愿意一试。色色问：首歌为甚么叫做《妄想》？是不是有不好的预感？智美就说：别讲丧气话啦！我好钟意这首歌，我想我都会打得好的。贝贝突然又提出：我写多段歌词好不好？我刚刚想到一点东西想写。不是苹果有点惊讶，说：我还以为你不钟意这首歌。贝贝摇头说：怎会呢，傻啦。不是苹果就振奋起来，说：我想没有人会好似我们这样，临上台前还在作曲！智美拍手说：对呀，对呀！好正！好兴奋！好刺激！快点可以打出来就好了！说罢，口中又在砰砰嘭嘭地模仿鼓声。贝贝很快就写了一段，给不是苹果，她满意地点点头，说：好，一于这样吧。智美问：喂，有没有带支枪来？又话到时开枪的？不是苹果往袋里一抽，抽出银色左轮手枪，在空中晃了一下，狡狯地说：到时指着评判个头，话，不给我们冠军，就打爆你个头！她的语气不像讲笑。

12：30p.m.–2：00p.m.
MC试稿，individual参赛者彩排

虽然未到自己彩排，但体育系都回到会堂里，围坐在角落里练歌。问另外的队伍借了个手提Keyboard，在墙边接了电源，给色色练习。台上的DJ司仪Monique在彩排开场白：今日个地方虽然小一点，观众不多，不似歌星在红磡体育馆开Show，但是今日的意义好重大，是大家一展身手的好机会，在座的唱片公司老板和电台电视台高层，都可能在留意明日新星都不定！说不定将来你在红馆开Show，回想这一天，就会跟fan屎讲，自己当初怎样在这个比赛冒出头来！喂，O唔OK？声音好似好大echo，搞乜鬼呀！又不是唱卡拉OK！后面的人搞搞它啦！

应该找多个拍档给我嘛！一条冷好难搞气氛！这么悭皮都有！喂，后面的大哥得未？还是回音谷一样的！喂喂喂喂喂……喂……因为没有鼓，智美无事可做，就拿着手提蹲在一旁，打电话给阿灰，叫他晚上一定要来。贝贝听到，想起前晚写了电邮给黑骑士叫他来看，不知他会不会来。第一个参赛的女孩唱的是阿Moon的《爱情教室》。贝贝认得她，是同校的，好像是念B.B.A.的。通识课上见过她，坐过她旁边，但那女孩好像不认得贝贝，整天都没有和她打招呼。

2：00p.m.–3：00p.m.

表演嘉宾彩排（Moon，Pinky）

阿Moon没有来彩排，公司方面说没问题，她驾轻就熟，不用花时间。到时到场就可以演出。听说今晚唱的是新歌《痛不痛还是痛》，不会和参赛者撞歌。Pinky却早就来了。坐在前面的座位上等着，旁边常常围着两三个唱片公司人员。Monique和她打了招呼，好像很熟络的样子，但可能是第一次见。Pinky进来的时候，众人的目光都转到她身上，想看清楚这个新星的样子。她人不高，但很纤巧，样子虽漂亮，但那是一种平均的漂亮，不算抢眼。可是，她神情里有一种骄傲，或者至少是一种自觉，自觉到他人的注视和羡慕。虽然背向观众席坐着，但总好像脑后有眼睛睥睨着众人似的。听说她只有十七岁。比在场的大学生都要年轻。Pinky来了不久，娱乐版记者就像蜜蜂一样闻香而至，又拍照又问问题。台上台下的参赛者立刻成为布景板。过了不久，又来了另一队记者，但他们不是娱乐记者，而是电视台的新闻部记者。贝贝认得其中一个很喜欢故作尖锐地追问被访者的年轻女记者，是同校的师姐，毕业只三年多。女记者穿着米黄色套装衫裙，和那边穿T恤牛仔裤的娱记形成强烈的对比。没有人知道为甚么会来了电视台新闻部的人。摄像师们站在观众席通道上，向场馆四周指手画脚，好像在谋划取景的角度。黄衣女记者向工作人员查探着，后来就有两个学生筹委走出来，给她拉在一旁问话。贝贝想找政的踪影，但不见他。台后有人跑来跑去，好像在找谁。舞台监督和司仪Monique没理台下的状况，请了Pinky上台。音乐开始了，Pinky的身体简单地舞动起来。贝贝觉得她唱的歌好像有点耳熟，大概是刚刚才开始吹捧的新歌。不是苹果觉得这个女孩有种狠劲，就算歌和舞不算怎样，也必会是可以在这个圈混下去的人。

3：00p.m.–4：30p.m.

Group参赛者彩排

ISM消失了半天，组合彩排时间开始才施施然出现，看见彩排完在台下被娱记包围着的Pinky，脸上就露出冷笑。贝贝她们也跟着众人到后台去等着。有工作人员来问她们出场的要求、器材的摆放等。贝贝在布幕后面窥看外面的情形。黄衣女记者和摄像人员严肃地谈着，好像有重大的事要发生。后来又来了两个记者，穿着某报馆的背心外套，坐在后面，看来也不是和娱记一伙的。学生筹委好像变得很紧张，四处走动，又交头接耳。还是没有政的踪影。ISM的人和体育系的人百无聊赖地站在后台，那个叫阿Ming的主音就跟不是苹果说：你们就是体育系呀？不是苹果抬了抬眼眉。他又说：刚才在出面见你们还在练歌，好紧张呀？不是苹果就说：首歌刚刚作的，随便夹一下吧。阿Ming有点惊讶：刚刚作歌今晚唱！你们都几够姜！不是苹果就回他：你们今晚是不是搞嘢？阿Ming故作神秘地说：你看新闻记者都来齐了就知道，一定有激嘢啦。不是苹果故作漠不关心地说：好彩你们排在我们后面，要不都不知会不会给你们累死。阿Ming又笑着，说：我们特登排最后的。不是苹果就没好气地说：你班友，听晒阿政笼嘢。阿Ming更惊讶了：你认识阿政的吗？不是苹果没理他，只是草草笑了一下。轮到体育系彩排了，大家就了位，稍微移了点角度。不是苹果就望望大家，点点头，笑了笑，握了下拳头。这是她今天第一次真正的笑。Bass响起来了。智美的鼓一上手就进入状态。Keyboard和结他也加入了。不是苹果就用颤动的轻声开始。

童年的记忆向我伏击　多么美好

弹不准的钢琴练习曲有空房子的背景

过短的双脚老喜爱在半空摇摆

竭力追求墙壁的回音　振幅大小

因为无法讲出而慢慢褪成孤寂的颜色

代之以喷漆一样的花言巧语

巴士开走无论吼多大声也没有用

香烟烧到最后手指不过是一种姿态

丢掉重要的东西去报失倒不如写诗悼念

排列遭遗弃的言词等待认领

诸如承诺　诸如信任

请让我为你牺牲无论这听来是多么的虚妄

虽然知道爱情也不能保证明天的我还会留在你身旁

一旦对真诚地生活下去感到绝望

除了向哭泣的自己示意沉默

任由混浊的夜空充塞半张的嘴巴

还有能力紧紧咬损自己的下唇吗

请让我为你牺牲无论这听来是多么的虚妄

虽然知道爱情也不能保证明天的我还会留在你身旁

一旦对真诚地生活下去感到绝望

还有没有比悬在半空的天桥更远的终点

不是苹果在唱着的时候，看到石松坐在台下，向她举起拇指示意。其他东西，她都看不到了。她看不到政悄悄进来又出去，看不到黄衣女记者和学生筹委争论着，看不到娱记拥着Pinky从侧门出去外面拍照，看不到场内酝酿着一种高气压。她仿佛还看到高荣，坐在最后的座位上。看到高荣膝上坐着一个孩子，一个小女孩，会弹钢琴，双脚会在琴椅上摇摆的小女孩。唱到后面她就激动起来，声音嘶竭。旁人都奇怪，又不是正式比赛，花这么大的力气做甚么？独是贝贝看在眼里，也受到感染了。结他的敲动也越趋狂热。收音的时候，她俩相望，眼里好像有甚么碰撞。好像是说，对了，就是这样了，这就是我们盼望的演出！虽然台下没有掌声，但这就是我们梦寐以求的东西了！回到后台，碰到准备出场的ISM，阿Ming收敛了先前的轻佻，低声和不是苹果说：好嘢！好劲！今晚应该你们赢！你们赢不到就天冇眼！不是苹果就有点疲乏地笑。

4：30p.m.–5：00p.m.

颁奖彩排

参赛者都彩排完毕，有些人出去了，有些在台下流连。工作人员都忙着做最后的准备。有工作人员扮作颁奖嘉宾，拿着纸包装饮品作奖座，Monique在台上宣布得奖者，随便乱说了些名字，有人就出来接过了纸包饮品，向观众席高高举着，大呼阿妈我得咗喇。在场的人都爆笑。独是记者们和筹委们面容绷紧。后来政带着H大学的学生会成员从侧门进来。早前他们已经因为H大校长干预民意调查的事件，在传媒上常常亮相。敏锐的黄衣女记者立即冲上去，摄像师也紧随着，其他报馆记者见状，也都一窝蜂加入。场内响起一阵扰嚷。记者七嘴八舌地问着问题，也听不清是问甚么和答甚么。后来又来了几个贝贝的大学的人，她认得，那些是政的同学，那时一起跟韦教授念书的。那几个人连同另外几间学校的筹委大声地阻止场边的访谈，双方争论起来，后来不知怎的，记者和学生又纷纷从侧门出去。门关上了，剩下工作人员和参赛者，也留下令人不安的寂静。Monique站在台中央，望着刚才人们出去的门口，神情茫然，突然好像很累似的在台沿坐下来。过了一会，有个穿深灰色西装的男人从正门进来，站在最后的座位后面，双手按着椅背，审慎地察看场内的情形。再过了一会，另一个装束相似的男子走进来，和先前的男子握手招呼，然后两人一边肃穆地交谈着，一边向外面走出去。贝贝推推身边的不是苹果，说：后来进来那个是我们学校的学生事务长。不是苹果知道她的意思，心里也有点担心了。

5：00p.m.–6：00p.m.

Break

贝贝在会堂外，四处找政。Pinky不在，娱记都散坐在地上在抽烟，讲粗口，有人说：这个Pinky好鬼串，如果不是公司指明要力捧，真的想唱衰她！另一个就说：悭翻啦你，你看她威得多久？好快又有第二个出来盖过她，不用理她，她自己就会失势！然后贝贝又碰到黄衣女记者，带着摄像师赶回会堂里部署，一边打电话回电视台，说：快点派多几个同事来帮手啦！我都说搞大镬啦，你又不信，是呀，有料到呀，我问过那些学生代表了，现在校长们好紧张，学生事务长都出来了，还不派人来，我一个怎么应付呀，走漏了就没机会了，是呀，我都说是呀，报纸来了几间了，怎知怎样收到风？是那些学生自己放风的吧，隔篱台都就快来到了，快点啦，七点开始的了，不看紧一点就没有独家的了，快点啦，就这样吧！贝贝听到，心里一惊，就打政的手提。响了很久才有人接，她就问他在哪里。他在那边说：我暂时不可以出来，那些记者把件事搞大了，本来想通知他们来看，让他们报导我们的特别表演，怎知他们追着我们来问，扬开晒，筹委们都知道了，好似电台和唱片公司都知道，但是他们不知道除了ISM之外甚么人跟我们有关，又不知道我们会搞甚么，好紧张，惊住我们会在比赛里面攻击校长，搞示威，连学生事务长都来了，抓了好些人回去查问，搞到我们失了预算，现在要避开一下，让他们以为没事，个比赛照去，总之，你们自己小心点啦！说罢，就收线了。

6：00p.m.–7：00p.m.

Standby，all staff and competitors

参加者都聚集在后台作准备，Monique坐在化妆桌前，一声不响地画眉。不是苹果帮贝贝化妆，智美就给色色化。她们都涂了种夸张的红眼影，眼眶也涂成深黑色，样子有点吓人。智美袋里盛满了饰物，倒出来给大家拣。她自己架了个橙色大太阳镜。突然有个人从后抱了她一下，她惊叫，一看，才知那是阿灰，就打骂他。阿灰看看众人，做了个鼓励的V字手势。化完妆，正准备再确定一次演出的细节，有两个别校的男生走过来，问：你们是不是体育系？不是苹果点点头，他们就说：可不可以出来一会？贝贝心知不妙。跟他们出去，在后面的一间房子里，还坐着另外几个学生筹委，场面好像要进行一场审讯似的。他们让四个女孩坐下，坐中间的那个男生就开始问：你们认不认识刘学政？不是苹果说：认识又怎样？另一个就翻开一份材料，说：请问黄颂心和周智美是几年班？读甚么学系？学生证号码是几多号？不是苹果和智美相望了一下，不是苹果就说：我们不是大学生。贝贝抢着说：报名的时候是用我的名义！我叫沈贝贝，是中文系，今年毕业，我问过的，你们说当是我参加，她们帮我弹乐器都可以的！人家播带都是这样啦，我只是找人帮我弹，没有甚么分别，是不是？我才是参赛者，她们玩乐器，这样也没有违反规则啊！一个男生就打断她说：这些都是刘学政指使你们的，是不是？贝贝反驳说：甚么指使？他没有指使我们做任何事，我们都不知道他在做甚么，我们只是认识他，你看看我们参赛首歌就知，我们完全没有问题，你们刚才有没有听清楚？嗱，我再让你们看，看看！不是你们想的那些东西！有人立即提出：刚才ISM彩排唱那首也没有问题啦，怎知道他们出场会搞甚么？另一个和贝贝同校的女生插嘴说：沈贝贝是刘学政的女朋友！我在学校常常碰见他们一齐！众人听到这个揭示，一阵愕然，更认定她们一定有古怪。贝贝无法再分辩下去，正想再说甚么，不是苹果按住了她，说：再讲都没用。坐中间看来是头头的男生叫大家静下来，尝试用一种平和的语气说：请你们不要觉得，我们在审问你们，其实，我个人来说，就算知道你们当中有人不是大学生，都不要紧，我们搞个比赛，都是想大家玩下音乐，意思好简单，都不想样样执正来做，但是刘学政班人一路暗中在搞事，搞到好麻烦，今日学校方面话一定不可以在音乐会里面见到针对校方的东西，合办的电台和唱片公司都不要见到个比赛渗入任何政治成分，这个不是纯粹学生会搞的活动，电台和唱片公司都有话事权，又是他们出钱的，所以我们才这么紧张，有镬我们一齐都背不起，你们明白吗？等他说完，不是苹果就问：那你现在想怎样？想取消我们的资格是不是？男生犹疑不决，望望其他筹委，但大家也不敢拿主意。然后，有人敲门。进来的是另一个男生，他说：刚刚几间大学的学生事务长跟电台和唱片公司高层开完会，决定要临时取消比赛！大家都很震惊，有人大叫出来，喊出各种粗话。那个男生头头呼了口大气，颓丧地倒在座椅里。不是苹果就拉了贝贝她们，静静离座而去。

7：00p.m.–9：30p.m.

Show Time

她们落了妆，走出前台。场内没有观众，只有不知该做甚么的工作人员。七百个空空的座椅荒废着。不是苹果停下来，回头望了舞台一眼，就只是短促的一眼，然后就大步往大门口走去。工作人员在麦克风里宣布比赛因技术上的问题临时取消，技术员就无奈地坐在控制台前，好像因为无故变成代罪羔羊而很消沉。Monique勾着布袋，第一个离开会场，好像所有事也与她无关。石松还在，上来捏捏不是苹果的肩，大家就苦笑了一下。大家从侧门出去，看见阿灰在人群里钻，就大声叫他。他过来搂着智美，智美一伏在他肩上就忍不住哭。不是苹果叮嘱阿灰安慰智美，在她耳边说了些甚么，摸摸她的头，就和两人说再见。色色很茫然，但未至于太失落，因为一直只是抱着玩玩的心态。只是，见着其他人这般样子，也不免低沉。既然无事可做，就别过。不是苹果谢了她的帮忙，说将来有机会再一起玩。然后，就剩下贝贝和不是苹果。会堂门外依然纷扰，有些观众不肯散去，政方面的人混在人群里起哄，和韦教授的学生争吵起来。那边空地上ISM在大唱大闹，不知从哪里立即弄来了鼓和扬声器，可能是早有预谋的。摄像机都对准他们的表演，黄衣女记者独力大战同行，几乎要揪着到场的学生事务长的衣领，质问他关于校方的决定是不是个政治决定。增援的同事也赶到了，立即对唱片公司和电台的代表展开围捕。现场变成了个混乱得可笑的大型捉迷藏游戏。不是苹果和贝贝背着结他，穿过人群，往昏暗的大街走去。在阶梯下面，站着两个黑影。走近，才知道是黑骑士和一个女子。见她俩走近，黑骑士就说：我们还以为可以看到你们的演出。然后介绍：这个我太太。大家也无言地点头招呼，贝贝勉强打起精神说：怎么都好啦，多谢你们来看。黑骑士望了望不是苹果，耸耸肩，好像说甚么都是多余的了。不是苹果甚么都没有说，只是慢慢地眨眼。告别了，黑骑士和太太的身影消失在街的尽头。贝贝和不是苹果往街的另一边走，其实她们不一定要走这边，走这边和走那边结果都一样。

妄想

曲/声：不是苹果　词：贝贝/不是苹果

童年的记忆向我伏击　多么美好
弹不准的钢琴练习曲有空房子的背景
过短的双脚老喜爱在半空摇摆

竭力追求墙壁的回音　振幅大小
因为无法讲出而慢慢褪成孤寂的颜色
代之以喷漆一样的花言巧语

巴士开走无论吼多大声也没有用
香烟烧到最后手指不过是一种姿态
丢掉重要的东西去报失倒不如写诗悼念
排列遭遗弃的言词等待认领
诸如承诺　诸如信任

请让我为你牺牲无论这听来是多么的虚妄
虽然知道爱情也不能保证明天的我还会留在你身旁
一旦对真诚地生活下去感到绝望
除了向哭泣的自己示意沉默
任由混浊的夜空充塞半张的嘴巴
还有能力紧紧咬损自己的下唇吗

请让我为你牺牲无论这听来是多么的虚妄
虽然知道爱情也不能保证明天的我还会留在你身旁
一旦对真诚地生活下去感到绝望
还有没有比悬在半空的天桥更远的终点

妄想。

　　我和我们的故事的两位女主角在会堂外告别之后，就在心里看到这样的景象。必然是这样的一个景象，就像我没有和她们告别，而是和她们一起，化身为夏夜下降的灰尘粘在她们的衣领上一样，继续和她们一起，在她们毫不知情下，陪着她们度过这无名的夜晚。

　　她们坐上了长途巴士，虽然这个城市的长途巴士其实车程不长，因为这实在是个非常小的城市，但那也是她们可以坐到的最长途的巴士了。如果有更长途的，也许她们这晚会毫不犹疑地跳上去吧。如果有一生这么长的长途巴士，她们也会坐上去，情愿不再下来吧。但那不过是极其量一小时十五分钟的长途巴士，而在交通畅顺的晚上，只需四十五分钟就走毕全程了。那是多么令人泄气的长途巴士。

　　她们坐在尾座位的大玻璃窗旁，互相倚傍着，结他放在地上，夹在大腿中间。巴士上没有其他乘客，好像有预谋地把整车的空洞留给她们。玻璃窗外的东西几乎看不见。只有空洞的车厢座位的倒影。大家可能会突然记起，在我们的小说的上学期结束章节里，也有一个几乎完全相同的片段，记述不是苹果和贝贝在除夕音乐会之后一起坐夜车回元朗。对了，车程可以说是完全一样的，是相同路线的巴士，甚至是相同的一辆巴士，相同的一块玻璃窗，相同的景物。灯彩煌惑的青马大桥。事情在重复，毫不出奇。但上学期之后还有下学期，下学期之后呢？下学期之后可以升班，或者留班。可是，如果是毕业年呢？毕业年的下学期之后是甚么呢？已经再没有学期这种东西了，没有上课下课，没有小息和午饭时间，没有这些坐标了。之后的，就是界线含混的人生了。学期真的结束了。

我们一定可以猜想得到，她们在下车之后将会到哪里去。对，她们不会回家。她们好像已经没有家了。她们一定会去那个她们私下称为"我们的体育馆"的地方。我们都很清楚，也如此期待着。可是，当她们下车，走一段长长的夜路，来到曾经共度多少亲密的时刻，曾经共做多少互通的美梦的地方，她们发现，地盘已经消失了。围板都拆掉。路旁已经植满了能抵耐污染物的灌木。头顶已经跨压着巨型的、完整的高架天桥。而且，上面有汽车滚滚来去的声音。完美无瑕的高架天桥，从底部看上去是那么的荒芜，像死鱼的肚。她们站在公路旁，高架天桥底下，回望四周，难以相信，"我们的体育馆"已经不存在了。可是，我们不要这样残酷吧！好吗？我们已经剥夺了她们的音乐比赛，剥夺了她们的梦想，难道我们连一条未建成的残缺天桥也要剥夺她们吗？连在这条天桥上说说梦话的夜晚也要剥夺她们吗？

于是她们看到，远处荒田后面，又正在架起新的高架天桥，像以前的天桥一样，在半空中止。她们也不用说话，不用讨论要不要去，甚至不用伸出手，指着那边，说：看！在那里！去吧！不用说这些。甚么也不用说。大家同时看到了，同时感到了，非去那里不可，同时知道，那就是她们要找的"我们的体育馆"。那天桥看似很近，但要走很迂回的路才能去到。过程的困难我们就不要叙述了。我们已经花了整个小说差不多二十万字去说它了。到了尾声，就别再说这些吧。总之，她们终于还是来到目的地，背着结他，双腿酸痛，衣服都湿透了汗水。那个地盘的围板必然要穿个洞洞，让她们钻进去。很小巧的洞洞就够了，因为她们都是纤巧的女孩子。远远看去，还可能会以为是顽皮的小孩，一副还未长成的样子。穿过洞洞，好容易就找到天桥的起始点。那是条六线双程行车的巨型天桥，将来会大大提升南北交通的客运和货运量吧。她们沿着其中三条行车线上去，也不知是上行线还是下行线了。我们且别理会这些。天桥斜度不大，走得并不吃力，至少比刚才的崎岖路途好走多了。但天桥十分长，一直走也未走到尽头，有一刻令她们以为自己是上了一条使用中的天桥，好像随时也会有重型车辆从看不见的地平线冒出，到时必然走避不及。她们慌慌地望望前面，又回头望望后面。桥上总好像有车声，驱迫她们走开。

终于来到桥的尽头了。前面很远的地方是元朗市区。虽然不是个可以代表这个城市、象征这个城市的地方，但已经是她们视野里最接近的市区了。旁边过一点，地平上蒙糊一片的灯光所在，是边境以北的城市。她们解下结他，放在桥面，站直身子向着光之所在眺望着。还有甚么好说呢？向着光之所在，还有甚么好说呢？初夏的晚上是污染物最丰盛的时候，星星也都像给蒙了眼睛。仿佛可以具体地看到空气下沉的景象，重重地压在地面，把高楼挤得透不过气来。潮湿的风加添了汗水的分量。她们站着，脱去恤衫，穿着露出肩臂的背心，同时感到，毛孔的舒张、水分的流失、肌肉的酸楚、精神的疲累，是那种体育课结束时站在空旷的操场上的感觉。那是一种身体意识全然浮现的时刻。那是令自己知道自己就是自己的时刻。无可逃脱的时刻。必须面对的时刻。

无需谁的提议，她们都知道在这时刻想做甚么。她们拿出结他，两支结他，一人一支，挂到肩上去，相望了一下，就像她们今天午间站在舞台上的时候，互相示意、点头、微笑、握拳，然后不是苹果就开始勾打低音结他的重弦，贝贝也加入结他的充满劲力的和弦。她们无须看谱，也无须看歌词，一切都刻印在她们心里，在她们的记忆里，仿佛发自体内深处，无须思索便流涌出来。两个人的歌声，就纠缠成一个。

如果我们把角度拉开，或者从上而下观看，我们会看见，两个在还未建成的悬空高架天桥的尾端上大力拍打结他、竭尽力气唱歌的女孩。在宏伟的天桥上，她们的身影是那么的小而脆弱。在广大的夜里，她们的歌声和结他声是多么的微渺。如果我们继续把角度拉开和上升，她们的身影就缩得更小，她们的歌声也近乎听不到了。再远一点，就甚么也听不到、看不到。就像她们并不在那里一样。在不久的将来，天桥将会竣工，繁忙的车潮会在她们现在站着的地方涌过，巨大的货柜车会毫不留情地辗过她们流下汗水的地方，而车上的司机和乘客也不会有一刻想到，在这个地方，这个点上面，在一个沉积着灰尘的夏夜里，有两个上完体育课的女孩子，曾经站在这里大声唱出她们自己作的歌。没有人会想到，这条毫无特色可言的天桥，这个毫无景色可言的旷地，曾经叫做"我们的体育馆"。没有人会知道这些。除了我们。让我们也不要忘记，让至少我们还会记得，这两个女孩，一个叫做不是苹果，一个叫做贝贝。她们就生活在我们中间。

　　至少，我不能忘记她们。

Period~期限

曲：不是苹果　词/声：贝贝

青春一切
并不残酷
也不空虚
只是无用

当无用结束
有用并不开始
如果需要同情
只要向着变冷的双手呵气

后记：

音乐会那天之后，政就失踪了。过了几天，贝贝却在家收到一个电邮，好像是一段迟来的预告。

你那次说看不到我的电邮，我现在再传一次，希望不会再是乱码吧。那大概是我想说的最后的话了。

贝贝

你走了之后，我一直坐在那里，想着你的话。你说得对，我变得无情了。也许我从来也是个无情的人，我对待人，对待我爱的人，其实都不过是出自理念，出自我心目中的理想关系的构想，并不是出于我的真情。但我的真情是甚么，我已经不知道。自从你和不是苹果的事，我就决定不再去想这些。我不是想怪责你。到现在，怪责谁也没有意思。但这是事实。我不能再想这些了。我把我的整个人投入到另外的事情里，但结果也发现那不过是另一种幻象。这是我从来也不肯承认的，但今天你迫我承认了。一旦承认了，整个人就突然变得乏力。我害怕，因此无法支持到事件的完结。对于我因为执狂而做了的蠢事，我就算道歉也没有意思了。但我至少可以应承你，会想办法让你们继续参加比赛。但自此，你们的事就和我无关了，我的事也和你们无关了。就算我要遇到更大的幻灭，那也将会是我自己一个去承受的了。你令我看到自己的伤患，但你无法治愈我，无人能治愈我。我情愿不知道自己已经病入膏肓，那我还可以一厢情愿地享受最后的奋战的时刻。

政

附录一： 书中粤语普通话对照
（按出现顺序）

粤语	普通话	粤语	普通话
结他	吉他	生果	水果
倒后镜	后视镜	衣车	缝纫机
平治	奔驰	预校响闹	预先调校报时装置
黑底	前科	的士	出租车
仔	男人、男朋友、儿子	石屎	水泥
		屋企	屋里/家里
沟	泡	边个	哪个/谁
咗	了	巴哈	巴赫
冇	没有	好衰架	好讨厌
佢	他/她/它	冲凉	洗澡
係	是	色士风	萨克斯风
搵	找	怪鸡	特异/奇怪
粤语	普通话	黐线	神经病
乜话	说什么	睇	看
咁	这么/这样子	嘢	东西、事儿
係咪	是不是	谂	想
唔	不	波板糖	棒棒糖
咩	什么	费南多	费尔南多
嚟喺	是甚么来的？是什么来的呢？	走堂	跷课/逃课
		打机	打电玩
瞓	睡	机铺	电玩店
点解	为什么	队酒	灌酒
嘅	的	丸仔	迷幻药等药物
大街大巷	很公开的状态	依家	现在
门钟	门铃	俾	给/被
大街大巷	很公开的状态	大我	吓唬我
冷气机	空调	益街坊	给大家分享好处

老作	吹牛
仲	还
我哋	我们
band 房	乐队练习房
心机	心情
佢哋	他/她/它们
啲	一点儿、一些
预了你	把你算进来
俾阿妈闹	被老妈责骂
俾人飞	被人甩了
钟个头埋去	全情投入
蚀晒底	吃亏
likey	港式英语，喜欢
呢啲	这种/这些
探热针	温度计
香气剂	空气清新剂
士多	store 音译，一般指 "小杂货店"
樽领	高领
楼花	贷款买的房
劳气	费神费力
又乜又物	什么什么的
平时粗着	作为日常便服，随 便穿着
B 友	Band 友，玩乐队的
砌低	比下去
行埋一边	闪到一边去
戆居	傻乎乎
一碌木	一块木头
学……话斋	照……那样说
波鞋	休闲运动鞋
士的舞	stick dance 音译，棍 舞

香口胶	口香糖
核突	难堪、丑陋
巴闭	嚣张
砌图	拼图
牛腩鬼	来自小吃"牛腩 酥"，一种甜炸面 条
行人电梯	扶梯
耳筒	耳机
颈巾	围巾
咪	不要
领呔	领结
激死	气死
边度	哪里
好耐	好久
塑胶	塑料
忌廉	cream，奶油
夹份	一起、合伙
看更	警卫、门卫
俾面佢	给他面子
黐尻线	神经病
定係	还是
第日	改日
露天风吕	室外温泉
呢次	这次
大镬	事情大了
冚	封杀
炳	骂、揍
古仔	故事、传闻
幼带	细带
车厘子	cherry 音译，即樱桃
姜	厉害
串	嚣张

附录二： 董启章著作

1. 《纪念册》，香港：突破出版社，1995 年。
2. 《小冬校园》，香港：突破出版社，1995 年。
3. 《家课册》，香港：突破出版社，1996 年。
4. 《安卓珍尼——一个不存在的物种的进化史》，台北：联合文学出版社，1996 年。
5. 《说书人——阅读与评论合集》，香港：香江出版，1996 年。
6. 董启章、黄念欣合著：《讲话文章——访问、阅读十位香港作家》，香港：三人出版，1996 年。
7. 董启章、黄念欣合著：《讲话文章 II——香港青年作家访谈与评介》，香港：三人出版，1997 年。
8. 《地图集——一个想象的城市的考古学》，台北：联合文学出版社，1997 年。
9. 《双身》，台北：联经出版社，1997 年。
10. 《名字的玫瑰》，香港：普普出版社，1997 年。
11. 《V 城繁胜录》，香港：艺术中心，1998 年。
12. 《同代人》，香港：三人出版，1998 年。
13. 《The Catalog》，香港：三人出版，1999 年。
14. 《贝贝的文字冒险——植物咒语的奥秘》，香港：董富记，2000 年。
15. 《衣鱼简史》，台北：联合文学出版社，2002 年。
16. 《练习簿》，香港：突破出版社，2002 年。
17. 《第一千零二夜》，香港：突破出版社，2003 年。
18. 《体育时期》，香港：蚁窝出版社，2003 年；台北：高谈文化，2004 年。
19. 《东京・丰饶之海・奥多摩》，台北：高谈文化，2004 年。
20. 董启草、利志达合著：《对角艺术》，台北：高谈文化，2005 年。
21. 《天工开物・栩栩如真》，台北：麦田出版，2005 年。
22. 《时间繁史・哑瓷之光》，台北：麦田出版，2007 年。

（京权）图字：01－2009－7121

图书在版编目（CIP）数据

体育时期/董启章著．－北京：作家出版社，2010.2
ISBN 978－7－5063－5235－2

Ⅰ．①体… Ⅱ．①董… Ⅲ．①长篇小说－中国－当代
Ⅳ．①I247.5

中国版本图书馆 CIP 数据核字（2009）第 240094 号

体育时期

作　　者：董启章
责任编辑：李宏伟
装帧设计：任凌云
出版发行：作家出版社
社址：北京农展馆南里 10 号　　　邮码：100125
电话传真：86－10－65930756（出版发行部）
　　　　　86－10－65004079（总编室）
　　　　　86－10－65015116（邮购部）
E－mail：zuojia@zuojia.net.cn
http：//www.zuojia.net.cn
印刷：三河市明辉印装有限公司
成品尺寸：145×210
字数：320 千
印张：15
印数：001－10000
版次：2010 年 2 月第 1 版
印次：2010 年 2 月第 1 次印刷
ISBN 978－7－5063－5235－2
定价：35.00 元